문신

문신

1

윤흥길
장편소설

문학동네

차례

제1장

더디 오는 봄

1

얼음 조각을 쪼아 만든 듯 별들만이 뾰쪽뾰쪽 섬뜩하게 빛나는 밤이었다. 헐벗은 숲을 연방 닦달질하는 심통 사나운 바람에 실려 맞은편짝 홀머리산(獨頭山)의 밤부엉새 울음만이 곧장 골짜기 건너뛰고 들판 가로질러 한달음에 달려오고 있었다. 땅 위의 먹잇감 대신 밤하늘에 걸린 차가운 별 조각이라도 허실삼아 콕콕 쪼아보는 부엉새 소리는 무척이나 음산스럽게 긴 여운을 동반했다. 수십 년 만의 대흉이라던 지난해 극심한 가뭄이 휩쓸고 지나간 대지에서 허기진 부엉새는 밤이 이슥하도록 아직도 눈먼 들쥐 새끼 한 마리 찾아내지 못한 모양이었다.

후우훵 후우훵 후우훵……

봄이 머지않았다 하지만, 산서(山西)의 이월 날씨는 아직도 기세등등한 겨울 추위가 등성이부터 골짜기까지 삼엄하게 진을 친

채 완강히 버티는 형국이었다. 백발노인처럼 허연 바위를 꼭대기에 얹은 채 겨울밤 한복판에 묵중히 자리잡은 백상산(白象山) 중턱 암자 근처였다. 그곳 숲속에서 꼼짝없이 한뎃잠 잘 수밖에 없는, 참으로 고단한 신세의 스무남은 명 사내에게는 참으로 가혹하기 그지없는 하룻밤이었다.

밤이 깊을수록 산중 추위는 점점 더 기승스러워져 두툼한 솜옷마저 간단히 꿰뚫고 들어와서 살을 물어뜯고 뼛속을 갉아댔다. 마치 겨울이란 놈조차도 제 추위를 감당할 재간이 없어 인간의 몸에 빌붙어 어한을 하려고 몸부림치는 꼬락서니였다. 해가 지기 기다려 밤도둑처럼 발소리 죽인 채 마을을 빠져나올 당시 각자 한 뭇씩 챙겨온 짚단이 있긴 했다. 하지만 땅바닥에 깔린 볏짚 위에 오보록이 뭉쳐앉아 서로서로 체온에 의지해봤자 위아래 이들 득득 맞부딪기는 매일반이었다. 깔고 앉았느니 차라리 볏짚을 태워 불을 쬐는 편이 훨씬 나으련만, 누군가의 이목이 두려워 감히 그럴 엄두도 못 내는 처지였다. 만일 먼발치로라도 숲속의 불빛이 발각될 경우, 어느 귀신이 득달같이 달려들어 덥석 덜미를 낚아챌지 아무도 모르는 판국이었다.

추위는 또 그런대로 참을 수 있었다. 가장 참기 힘든 것은 죄책감이었다. 최부용(崔富容)에게는 그 양심이란 물건이 노상 말썽이었다. 사전에 서로 약조라도 된 듯이 누구 하나 입을 여는 사람이 없었다. 입을 꾹 함봉하고 앉았어도 최소한 한 가닥 염치쯤은 알고 있는 농투성이들이었다. 어이 추워, 하고 혼잣말 흘리는 것마저 사치스러운 투정임을 모두들 똑부러지게 깨닫고 있었다. 그들의 사지를 덜덜 떨리게끔 만들고, 그들로 하여금 내처 입을 함봉하도록 강요하는 것의 정체는 바로 그 염치일 것이었다.

이제 곧 마을 사람들 운명을 결정짓는 엄청난 사태가 벌어질 판이었다. 최부용은 어둠 속에 녹아들어 마치 어둠의 한 자락인 양 칙칙하게 가라앉아 있는 산비탈 아래 상곡리(象谷里) 일대를 어림짐작으로나마 가늠해보려고 두 눈에 쌍불을 켰다. 도둑맞으려면 개도 안 짖는다더니, 미구에 들이닥칠 재앙 앞에서도 면내 마을들은 내처 잠잠하기만 했다. 평생 땅이나 일구고 심은 대로 거두며 살아가는 백성들한테 무슨 앙화가 미칠까보냐는 듯 마을 사람들은 그새 고단한 잠에 흠뻑 취해 있었다. 미리감치 낌새를 챈 덕분에 재앙을 피해 산속으로 피신할 수 있었던 최씨네 겨레붙이들 처지에서는 하룻밤 추위에 부대끼는 고역쯤 오히려 호강에 잣죽 쑤는 셈 치고 천행만행으로 여겨야 할 판이었다. 이제 날이 새기 무섭게 어디론지 멀리 끌려갈 운명에 직면한 마을 사람들 모습을 머릿속에 떠올리다가 부용은 저도 모르게 한숨을 길게 내쉬었다.

굶주린 부엉새가 날카로운 부리로 콕콕 쪼아댈 적마다 쨍그랑 소리도 요란하게 한 모서리씩 똑똑 떨어져나가면서 밤하늘 별들은 자꾸만 모양이 흉측하게 이지러지고는 했다.

"저놈에 부엉새는 잠도 없는가, 밤새드락 목도 안 쉬고 부엉부엉 잘도 울어쌓는고만."

어둠 속에서 누군가가 불쑥 혼잣말을 흘렸다. 부용은 심상한 어조를 가장해 건공중에 띄워올린 그 혼잣말 속에 숨어 있는 적대감을 어렵잖게 간파했다. 혼잣말에 이어 그는 지금쯤 상상 속에서 냉큼 부엉새를 붙잡아 두 손으로 목을 힘껏 비틀고 있을 것이었다.

후우훵 후우훵 후우훵……

부엉새 울음이 그 누군가의 귀에는 '부엉부엉' 정도로 들리는 모양이었다. 부용에게는 시종일관 '후훵후훵'으로만 들렸다. 그쪽이 '부엉부엉'보다 훨씬 더 인간세상 향한 부엉새의 악의를 잘 드러내는 소리처럼 느껴졌다. 같은 부엉새 울음인데도 사람마다 다르게 들리듯 미구에 마을에 들이닥칠 비극을 두고도 저마다 다른 반응을 보이고 있었다. 특히 사촌형 진용(珍容)이 그랬다. 겨레붙이끼리의 산중 피신이 부용에게 견디기 어려운 죄책감이 되는 반면 일행의 지도자 격인 진용에게는 벌쭉한 가문의 일원으로서 마땅히 누려야 할 특권임에 틀림없었다.

마침내 올 것이 오고야 말았다. 그것은 동네 개들 울부짖음으로 시작되었다. 아낙네들 째지는 비명이 그다음 차례였다. 난데없는 전짓불들이 사면팔방 어지러이 번뜩이기 시작했다. 일본말인지 조선말인지 얼핏 분간이 안 되는 고함과 호령들이 겁탈하는 기세로 아낙네들 비명 위에 감때사납게 포개지고 엎어졌다. 어둠 자락을 갈가리 찢으며 상곡리 안쪽 감나뭇골 하늘 위로 솟구치는 구슬픈 비명들을 시퍼렇게 날 선 일장검 같은 전짓불 몇 줄기가 도막도막 난도질해서 도로 땅 위에 흩뿌려놓았다. 마을 변두리를 둥그렇게 에워싸는 것으로 시작된 인간 사냥이 점차 마을 복판 쪽을 향해 빠르게 짓쳐들고 있음을 날뛰는 전짓불들 움직임을 통해 어둠 속 먼빛으로도 훤히 가늠할 수 있었다.

아낙네들의 비명은 어느새 새된 통곡으로 바뀌었다. 뒤늦게 잠에서 깬 어린것들이 끓는 솥에 다빡 엎드러진 푼수로 자지러지게 울면서 저희 어미 아비 불러대는 소리가 산중턱까지 핏물처럼 낭자하게 번져왔다. 선불리 인간들 일에 참견하려다 무엇인가에 되알지게 혼쭐난 개들이 금세 숨넘어가는 소리로 깨갱깨갱 비명을 뽑아댔다. 밤잠에 혼곤히 빠져 있던 감나뭇골은 급살이라도 맞은 듯 순식간에 생지옥으로 둔갑했다.

"저, 저런! 강 건네까장도!"

산밑에서 벌어지는 아수라판을 무거운 침묵으로 지켜보던 무리 가운데서 신음 한 가닥 나직이 흘러나왔다. 소문난 난봉꾼 최재삼 목소리였다. 재삼이 방금 입길에 올린 강 건너편이란 샛냇말(東川里)을 가리키는 말일시 분명했다. 그는 식전부터 이웃동네 노름판 속에 풍덩 빠져 있다가 간신히 마지막 순번으로 기밀을 연통 받고 부랴사랴 제 몸뚱이 하나 뽑아 건지기에 급급한 나머지 미처 샛내 건넛마을 처가 쪽에 은밀히 노총 지를 여가가 없었음을 마냥 통탄한 바 있었다.

"자네는 강 건네라고 무사헐지 알었든가?"

평소에 재종동생 난봉 기질을 되우 못마땅히 여겨오던 재필이 얀정머리없이 재삼의 면전에 핀잔 한 대를 꼬나박았다.

"한두 부락 정도가 아니라 시방 우리 면내 부락 전부가 왼통 다 발카닥 뒤집어지는 모냥이고만."

누군가가 한숨 섞어가며 섣달그믐밤만큼이나 캄캄한 목소리로 중얼거렸다. 산서면을 대표해서 상곡리 안 감나뭇골과 마당골 사람들이 도맡아 치르는 난리가 아니었다. 면민들이 강이라 불러 버릇하는 샛내를 옆에 낀 동천리에서도, 그 너머 두종리(斗宗里)와 그 이웃 목곡리(沐谷里), 그리고 면 소재지 동쪽 사정리(思貞里)와 화월리(花月里)에서도 시방 똑같은 소동이 벌어지고 있음을 어둠 속에서 감으로 때려잡으면서 최부용은 치를 떨었다.

멀리 샛냇들 지나 산세 험하기로 소문난 묵장산(墨長山) 중턱에서 홀로 깜빡이던 외딴집 불빛마저 아랫마을 단말마 비명에 잔뜩 겁을 먹었는지 후딱 자취를 감추고 말았다. 몰이꾼과 사냥꾼 잔뜩 풀어 밝은 낮에 미리감치 점찍어두었던 면내 마을들을 일시에 덮치고 있음이 분명했다. 산속의 최씨네와 그 척벌들은 처자식 있는 자기네 마을 안위 걱정하느라 코를 베어가도 모를 흑암 속을 부산스럽게 움직이기 시작했다. 쇠꼬챙이 같은 울음으로 밤하늘 별 조각 일삼아 쪼아대던 부엉새도 어느새 소리를 뚝 멈춘 채 아까부터 잠자코 있었다.

"붕알 두 쪽 덜렁 차고 나온 죄로다가 우리네 남정들이 당허는 것이사 그렇다 치드라도, 처자식은 또 무신 죄여? 예펜네나 자식 새끼들 다치는 일만은 참말로 없어야 쓰겄는디……"

혼잣말에 이어 갑자기 불똥이 파랗게 튀었다. 누군가의 손끝에서 부시와 부싯돌이 탁탁 맞부딪는 소리와 함께 파란 불똥은 연달아 춤을 추었다.

"부싯살림 갖고 시방 불장난허는 잡놈이 뉘여?"

난데없는 불똥의 출현에 기급한 나머지 최진용이 대뜸 언성을 높였다. 부싯깃에 불이 옮아붙으면서 마른 약쑥 타는 냄새가 사방으로 향긋이 번지기 시작했다.

"시방 이 판국에 댐배질로 호사 누리는 오사리잡놈이 대관절 뉘냔 말여!"

진용이 엄중한 목소리로 재차 추궁했다.

"그 잡놈이 뉘신지는 알어서 얻다가 써먹을라고?"

대답 아닌 대답이 어느 입에서 꼬물꼬물 기어나왔다.

"규칠이고만! 자네, 시방 화월리 사는 규칠이가 맞지?"

상대방은 그냥 잠잠히 있기만 했다.

"규칠이 자네, 미쳤는가? 시방이 어느 때라고 시방 활량 행세로 한유허니 댐배질이나 즐기고 자빠졌냔 말여, 시방!"

"애간장이 바짝바작 졸아붙는 판인디, 요런 때 댐배 한 대 안 꼬실르고 어느 태평세월에 꼬실르는고?"

"뭣이여, 시방? 자네 혼자만 시방 애간장 짧어지고 산에 올라왔는가? 누구는 시방 댐배 좋은지 몰라서 못 태우는지 아는가? 멀찌감치서 불빛 보고 시방 왜놈들이 이 산몰랭이까장 규칠이 자네 잡어갈라고 허우단심 뎀벼들기 전에 시방 당장 그 댐뱃불 못 끄겄는가?"

진용의 목소리에는 만만찮은 위엄이 도사려 있었다. 곁엣사람들도 덩달아 어둠 속에서 빨그름히 빛을 머금은 담뱃불 겨냥하고 저마다 한마디씩 불평들 늘어놓았다. 결국 담뱃불은 슬그머니 자취를 감추고 말았다.

"사람 가죽 덮어썼으면 시방 자기 분수도 조깨 알고 살어야지!"

그래도 분이 덜 풀리는지 진용이 훈계를 계속했다.

"상곡 그 어르신 은덕을 생각혀서라도 시방 경거망동은 못쓰는 법이여!"

부용은 맨발로 작두날 위에 올라선 사람만큼이나 신경이 한껏 곤두서 있을 사촌형 심정을 충분히 이해할 것 같았다. 최진용은 모일 모시에 산서 지역으로 강제 모집을 나갈 거라는 극비 정보를 원근각처 겨레붙이한테 은밀히 전달하는 임무를 차질 없이 수행했다. 그 때문에 산서 최씨네와 전혀 연줄이 안 닿는다는 죄로,

산서 최씨네 몫까지 암냥해서 몽땅 덤터기 쓴 채 죽을 구덩이로 끌려가게 된 이웃들 참상을 사촌형은 계속 모르쇠 잡고 그냥 넘어가기 어려웠으리라.

"만약에 시방 상곡 어르신 같은 분이 산서에 안 기셨드라면 시방 우리 신세가 어찌될 뻔혔는가?"

어느 한 개인 아닌, 일행 모두를 상대로 진용은 조용조용히 말했다.

"저 아랫동네서 시방 울고불고 난리치는 저 사람들맨치로 우리도 시방 기구망칙헌 신세가 되얐을 게 아닌가. 세상몰르고 처자빠져 자다가 청천하늘에 날베락맨치로 시방 느닷없는 난리를 맞고는 시방 꼼짝없이 붙잽혀 가기가 십상이지, 우리라고 달리 뾰쪽수가 있겄는가."

담뱃불로 비롯된 사촌형 훈계가 도리어 부용에게 끽연 욕구를 부채질하는 구실을 했다. 화월리 사는 규칠의 부주의한 행동 역시 충분히 이해할 만했다. 미친년 속곳같이 마음속이 엉망진창일수록 담배 연기라도 폐부 깊숙이 빨아들였다 내뿜는다면 한결 기분이 개운해질 성싶었다.

"그냥 두시지요, 형님. 피차간에 조심만 헌다면 댐뱃불 정도는 별로 들킬 염려도 없을 것 같습니다."

점잖고 학식 높은 사촌동생 말에 진용은 굳이 이의를 달지 않았다. 그 점을 사람들은 무언의 허락인 양 멋대로 해석하는 눈치였다. 예서제서 담배랑 부시쌈지서껀 꺼내는 기척이 갑자기 활발해졌다. 거개의 사내들이 가용(家用)으로 손수 만든 썩초를 종이로 말거나 곰방대에 쟁이느라 손을 부산스레 놀리는 동안, 부용은 천석꾼 대지주를 아버지로 둔 귀남자 신분에 어울리게끔 외투 주머니에서 궐련갑을 꺼냈다. 그는 고급 궐련에 속하는 아사히(旭) 한 개비를 사촌형에게 권했다. 불빛이란 놈이 파발마처럼 마을로 달려가 은신처를 일본인 모집인들에게 고자질하는 불상사 일어나지 않게끔 그는 산등성이 쪽으로 돌아앉아 외투자락으로 앞을 가린 채 조심스레 성냥을 그었다.

"우리 예펜네사 쪼그랑박적 할망구니깨 왜놈들이 앞문으로 들이닥치건 뙤놈들이 뒷문으로 쳐들어오건 상관없네만, 자네 심사는 보나마나 솔찮이 복잡허겄구만."

"성님이 내 오장육부 속에 퐁당 들어왔다 나갔소? 성님은 어찌 넘에 심사를 그러코롬 소상허니 들여다보는 재주를 타고났다요?"

담배 연기 부조 덕분에 긴장이 다소 풀린 기색들이었다. 모처럼 쉴 짬을 얻은 사람들이 곁에서 가만가만 농지거리를 주고받기 시작했다.

"우리 계수씨로 말헐 것 같으면, 꽃송이 같고 달덩이 같은 새댁 아닌가. 필경 저놈들이 우리 계수씨 손목이라도 한번 덥석 붙들었으면 붙들었지 절대로 그냥 곱게는 안 놔뒀을 성불러서 허는 말이네."

"나 원 참, 성님도! 성님은 무신 억하심정으로 그러코롬 악담을 걸판지게 허시는 거요?"

지난가을에 장가든 새신랑 재만이었다. 그가 제법 어른스러운 가락으로 볼멘소리 늘어놓자 주변 어른들이 한꺼번에 낄낄거렸다. 실없는 말장난이라도 걸지 않으면 불알마저 바짝 오그라들게 만드는 한속(寒粟)에서 벗어날 수 없는 모양이었다. 부용이나 진용의 눈치 슬금슬금 살펴가며 헤묽은 농지거리로 입에다 군불 때려는 사람이 하나둘 늘어났다.

"이 사람들아, 우리가 시방 익은 밥 먹고 설은 소리나 웩웩 게워내고 자빠졌어도 좋을 땐가, 시방!"

진용이 또다시 모진 소리로 일행 모두를 한목에 싸잡아 윽박질렀다. 가장 연장자는 아니지만, 항렬로 따지나 속에 든 식자로 보나 그는 일행 가운데서 충분히 시어미 노릇 맡을 만한 위치였다.

"자네들이 시방 원족이라도 나온 처진가? 상곡 그 어르신이 안 기셨드라면 시방 난리 틈새기에 찡겨서 혼백이 저만치 십 리는 달어나게코롬 졸경을 치르고 자빠졌을 사람들이 시방 무신 살판이나 난 것맨치로 시방 희희낙락 좋아죽고들 있단 말인가?"

진용의 연이은 질타에 오가리가 잔뜩 들어 모두들 유구무언이 되었다. 그가 언필칭 들먹이는 '상곡 그 어르신'이란 천석꾼 대지주이자 부용의 아버지 최명배(崔明培)를 가리키는 말이었다.

"그러코롬 좋아죽을 지경으로 시방 피차간에 똥창이 잘 맞거들랑 시방 집안 어르신 한 분 방짜로 잘 뫼신 행운에 감지덕지 큰절이라도 올리고 잖은 맴보재기부텀 시방 우선적으로 챙겨야 쓸 것 아닌가!"

오래전부터 산서 사람들 사이에서는 최명배를 살짝만 높일 경우 '감나뭇골 어른', 적당히 높일 경우 '상곡 그 어르신', 그리고 마냥 높일 필요가 있을 경우 '명 자 배 자 그 어르신'이라 호칭하는 것으로 대충 묵계가 이루어져 있었다.

"백번 지당허신 말씸이지라우. 명 짜 배 짜 그 어르신 집안허고 일찌가니 사둔을 안 맺었드라면 내 신세가 오날날 어느 지경에 떨어졌을꼬 생각허니께 참말로 눈앒이 다 아시무라허구만요. 우리가 그 어르신한티 입은 음덕으로 말헐 것 같으면, 머리터럭 뽑아서 신을 삼어 바쳐도 그 은공을 다는 못 갚지라우. 암먼요, 못 갚다마다요!"

목소리로 미루어 짐작건대, 동천리 사는 이기철인 듯했다. 면내는 말할 나위 없고 군내 전체를 통틀어도 인색하기로 제일가는 사돈을 그토록 입에 침이 마르게 칭송해 마지않는 이기철의 표정이 캄캄칠야 속에서도 눈에 선해서 부용은 저도 모르게 쓴웃음을 머금고 말았다. 최씨 일행 속에 끼인 타성바지 중 하나였다. 쌀됫박 안에 섞여든 뉘처럼 혹은 앵미(惡米)처럼 숫자로도 워낙 소수인데다가, 어쩌다 최씨네와 맺은 가느다란 연줄 한 가닥 붙잡고 덤으로 따라나선 피신길인지라 이기철을 비롯한 타성바지들은 처음부터 입도 벙끗 못한 채 자기네 분수를 지키려 애쓰는 눈치였다.

"재만아, 욜로 좀 오니라."

부용이 은근한 목소리로 새신랑을 불렀다. 어린 나이로 한 여자의 지아비 되어 모진 풍상 겪는 꼴이 측은해 보였다. 재만이 어둠 속을 거의 기다시피 문칮문칮 다가와 부용의 발치에 다소곳이 앉았다. 그는 새신랑의 등을 두어 차례 가볍게 토닥거렸다.

"어떠냐? 많이 힘들지?"

"아니구만이라."

어리디어린 새신랑 입에서 제법 의젓한 대꾸가 나왔다. 연전에 한바탕 모집 소동 겪은 뒤, 언제 끌려갈지 모르는 삼대독자의 씨라도 받아둘 요량으로 번갯불에 콩 볶듯 부랴부랴 혼사 서두른 부모 덕분에 어린 나이에 관디벗김을 입게 된 소년이었다. 면내를 온통 휩쓸다시피 했던 일차 모집 당시, 몸집만 커 보이면 나이야 고하간에 무조건 모집해 간다는 소문이 짜하게 나도는 바람에 집집마다 아들자식 둔 부모들 근심이 태산 같던 참이었다.

"재만아, 새색시 걱정일랑 당최 말거라, 어른들이 널 놀릴라고 파적거리 삼어서 괘얀시 떠드는 소리니깨."

"걱정은요! 저도 성님들 말대접 삼어서 그냥 웃음엣소리로 받어넹겼을 뿐이어라."

몇 시쯤이나 됐을까. 자정보다는 새벽 쪽으로 훨씬 더 기울어 있을 시간이었다. 땅꼬바지 새끼주머니 안에 회중시계가 있지만, 부용은 불 켜고 그걸 들여다보는 절차가 부담스러워 꺼내지 못했다. 그 어둑새벽에 마을 사람들이 겪는 참상이 어느 정도인지는 구태여 육안으로 확인할 필요도 없이 그냥 귓구멍만 열어두는 것으로도 족히 파악할 수 있었다. 사람 사냥꾼들이 목표한 숫자를 아직 다 채우지 못했는지 샛냇들에 깔린, 그리고 골짝마다 박힌, 크고 작은 여러 마을에서는 여전히 난리가 한창이었다. 남자들과 여자들이, 일본인들과 조선인들이 어둠 속에서 한데 어우러져 굵디굵은 동아줄을 꼬고 있었다. 고함과 비명과 통곡의 가닥들로 겹겹이 꼬아진 동아줄이 높고 험한 산들로 에워싸인 분지 속 마을들을 포승처럼 옴짝달싹 못하게 꽁꽁 묶어놓고 있었다.

도망치는 자들은 개처럼 추격당하고 있으리라. 저항하는 자들은 시나이(죽도) 아니면 복겡(목검) 따위 흉기에 되알지게 얻어맞아 당장 초주검 꼴이 되고 말았으리라. 울며불며 매달려 파리발 되도록 싹싹 빌며 애원하는 자들은 무술로 단련된 모집인들 업어치기 한판에 넉장거리로 나가떨어져 구둣발에 함부로 걷어차이고 마구 짓밟히리라……

부용은 눈을 질끈 감아버렸다. 귓구멍마저 꽉 틀어막고 싶었다. 눈을 감으니 모진 추달당하는 마을 사람들 모습은 더욱 또렷이 보였다. 아마 귓구멍 틀어막아도 비명과 통곡은 여전히 귀청을 난타할 것이었다.

"오날밤 아니면 니알 새복에 왜놈들이 또 그놈에 모집인지 옘병인지를 나올 모냥이드라."

사촌형 진용과 함께 부용이 영문도 모른 채 아버지가 기거하는 사랑채로 불려간 것은 점심 무렵이었다.

"이른 저녁 딴딴허니 챙겨 먹고는 해 저물기 무섭게 피신들 가야 쓰겄다."

아닌 밤중에 홍두깨 격으로 아버지가 불쑥 들이대는 분부에 부용은 순간적으로 말문이 꽉 막혔다.

"우리 최문허고 피 한 방울, 살 한 점 안 섞인 따른 집안 사나놈들이사 당최 우리가 상관헐 배 아니다. 우리 최문 일가들찌리만 살째기 알고 구렝이 담 넘덧기 실무시 빠져나가야 허니깨 족친들 입주뎅이 철저허니 단속허거라. 진용이 니가 책음지고 쥐도 새도 모르게 요번 일을 감쪽같이 잘 처결혀야 쓰느니라. 내 말 알어듣겄냐?"

최명배는 거지반 멸구(滅口)에 준하는 비밀 유지의 중요성을 장조카에게 거듭거듭 신칙했다. 진용이 연방 머리 조아려 지엄하신 상곡 어르신에 대한 맹목적인 복심을 드러냈다.

일제 관헌들 묵인과 비호 아래 모집인들이 야밤중에 마을들을 급습할 계획임을 최명배가 믿을 만한 경로 통해 은밀히 귀띔받은 건 사태가 상당히 임박한 무렵이었다. 놀라운 소식을 접하자마자 그는 친아들 제쳐놓고 장조카부터 먼저 찾았다. 아들을 셋이나 두었건만, 하나같이 물러터진 위인들인데다가 마음씀씀이마저 헤프게 타고났기 때문에 그놈들 믿고 요긴한 사업 도모했다가는 낭패 보기 딱 십상이었다. 더군다나 둘째 귀용과 셋째 덕용은 시방 객지 유학중이고, 기중 차하지는 큰아들 부용만이 집에 남아 있었다.

슬하에 무용지물 진배없는 자식들만 둔 반면 조카 하나는 방짜로 둔 것이 그나마 불행중 다행이었다. 영민하고 야무지고 튼실하기 이를 데 없는 헌헌장부라서 최명배는 진용을 노상 시선 가까이 붙들고 있다가 요긴목마다 사랑채로 불러들여 진일 마른일 가리지 않고 노상 수족처럼 부리곤 했다.

"험준허고도 징글맞은 시국이다. 세월 잘못 만나 내 한 목심 부지허기도 심들어 죽겄는 판국에 타성바지까장 부축헐 생각 따우는 애시당초 허들 말거라. 까딱 잘못허다가는 저승질 동무허는 수도 있느니라. 따른 집안 죄다 망조 들어도 우리 산서 최문만은 무신 수를 써서라도, 어느 놈 부자지 틀어쥐고서라도 끝까장 악착같이 살어남어야 되느니라. 내 말 알어들었냐?"

믿음직한 장조카와 도무지 미덥지 않은 맏아들 앞에 앉혀놓고 최명배는 마냥 심각한 낯꽃을 지어 보였다.

"우리 최문에서는 한 놈이라도 다치는 일 없게코롬, 피붙이는 물론허고 허다못혀 집안 꼴머심 한 놈이라도 축가는 일 없게코롬 진용이 니가 책음을 지거라. 야물딱지게 사방으로 연통을 놓아설랑 해 떨어지기 무섭게 백상산 저 안창 짚숙헌 골짝으로 피난을 떠나거라. 내 말 짚이 명심허겠냐?"

"시방 여부가 있겄습니까요, 어르신."

진용은 어릴 적부터 최명배를 작은아버지라 부르지 않고 항상 어르신이라 불러 버릇했다. 농한기 소일거리로 헛간에서 가마니 치다 말고 상곡 어르신 부름 받자마자 득달같이 달려온 참인 진용은 연방 머리 조아려 변함없는 충성심을 표했다. 설령 산골짝 아니라 불구덩이 속으로 뛰어들라 해도 덮어놓고 실행할 판이었다. 뭇 혀에 뭇 주둥이가 제아무리 험한 소리로 상곡 어르신 헐뜯고 깎아내려도 그의 충성심은 언제나 요지부동이었다. 가문을 보전하고 번창시키고자 애쓰는 어르신의 독한 집념은 호리(毫釐) 만큼도 의심할 여지가 없기 때문에 그는 여태껏 어르신 분부라면 무조건 심복하고 맹종하기를 일삼아왔다. 숙질간에 손발이 척척 맞아떨어지도록 중대사 다루는 자리에 친아들은 없어도 그만, 있어도 그만인 들러리 자격으로 우두커니 앉아 굿이나 보고 떡이나 얻어먹는 신세였다. 밀명 받들고 급히 사랑채 벗어나려는 장조카 꽁무니에 묻어 맏아들이 슬며시 자리를 뜨려 했다.

"에라, 이 밥버럭지 같은 놈아!"

최명배는 용렬하기 그지없는 맏아들 면전에 대고 불편한 심기를 노골적으로 쥐어지르기 시작했다. 그동안 있는 속, 없는 속 썩을 대로 푹푹 다 썩은 나머지 최명배 입에서는 해묵은 두엄 냄새가 물씬물씬 풍길 지경이었다.

"비싼 월사금 처들여서 고등보통핵교까장 마친 유식쟁이가 그 잘난 신언서판 내똥댕이치고 오날날 입산 피신이 웬 말이냐, 이 놈아! 넘들은 잘도 허는 벼슬자리 마다허고 두메산골 무지렝이들이랑 머심놈들이랑 한통으로 작반혀서 모집 바람 불 적마다 도망질이나 댕기는 게 유식쟁이가 헐 노릇이냐? 오날밤에 산중에서 거적때기 뒤집어쓰고 한뎃잠 자는 니놈 그 행색 한번 참말로 가관이겄다, 가관!"

여태껏 한두 번 겪어본 솜씨가 아닌지라 부용은 그 정도 폭언에는 진작부터 이골 나 있었다. 나 죽었소, 하고 부용은 길길이 뛰는 아버지 앞에서 그저 묵묵부답으로 일관하는 도리밖에 없었다.

산기슭 타고 마을로부터 허위허위 올라오는 일본말 고함과 조선말 울부짖음이 겨끔내기로 부용의 죄책감을 찔벅찔벅 건드리고 있었다. 자신을 고문하는 것의 정체가 어쩌면 죄책감이 아닐지도 모른다는 생각이 부용에게 문득 찾아들었다. 시작이야 물론 죄책감 같은 것이었을 테지만, 시간이 지나면서 그것은 점차 안도감으로 바뀌어가는 듯했다. 저 자신의 변모에 놀란 부용은 잠시 어이없어했다.

사랑채에서 아버지 폭언을 묵묵부답으로 견딜 당시에도 부용이 느낀 감정은 수치심보다 차라리 안도감에 가까운 것이었다.

출중한 능력자 아버지 덕분에 강제 모집이라는 절체절명 호구에서 벗어날 수 있게 되어 천만다행이라는, 천석꾼 대지주 상곡 어르신께서 두 눈 시퍼렇게 뜨고 거대한 병풍 노릇 자청해서 몸을 가려주는 한 산서 최문 남자들은 아무리 모진 광풍노도 앞에서도 끝내 끄떡없을 거라는 안도감이었다. 장차 힘없는 이웃들이 겪게 될 끔찍한 고통 따위는 잠시 잊어버린 채 어느새 그는 간사하게도 제 일신 무사하기를 간절히 바라고 있었다.

쇼와(昭和) 12년(1937년)에 노구교(蘆溝橋) 사건으로 이른바 지나사변(支那事變)을 일으킨 일제는 전시 군수산업에 필요한 막대한 노동력을 식민지 조선에서 조달하기 시작했다. 그 조달 사업을 제도적으로 뒷받침하는 장치가 바로 쇼와 14년에 발동한 '국민징용령'이었다. 그 법령에 따라 자그마치 백십만 노동력 조달이 책정되었다. 노동자의 자원을 명분 삼는 이른바 '모집'이란 형식이 시작되었다. 그러나 말만 보드랍게 들려 자원이고 모집일 뿐, 실인즉슨 어마어마한 목표량이나 할당량을 다 채우지 못할 경우 감언이설로 고임금 내세우는 유인 단계를 지나 모집을 빙자한 마구잡이 연행이 반도 곳곳에서 자행되기 예사였다. 그럼에도 한번 입에 붙어버린 언어 습관이란 참으로 맹랑한 것이라서, 사람들은 짐승 사냥 진배없는 전대미문의 강제 동원을 가리키는 말로 모집 또는 모집인이란 과거 용어를 아직 그대로 써 버릇했다.

지난가을에 이어 두번째 몰아닥친 모집 광풍이었다. 노획물 실어 나를 선박들 대기 편리한 저 아랫녘 해안 지역에서는 하룻밤새 한 마을 남자들이 모조리 모집에 걸려 끌려갔다는 둥 흉흉하기 짝이 없는 소문들이 겨우내 산서 사람들을 두려움에 떨게 만들기도 했다. 국민징용령은 이를테면 호랑이 등에 새로 돋아난 날개와도 같은 것이었다. 민간 회사 위주로 운용되던 모집 형식은 징용령 발동 후 어느덧 일선 행정력과 경찰력 비호 아래 노골적인 강제 동원 형식으로 둔갑해 있었다. 특히나 교통 불편하고 외부와 왕래가 뜸한 탓에 세상물정에 어두운 반도 남쪽 궁벽한 산골마을 상대로 벌이는 마구잡이 사람 사냥이 잊을 만하니 또다시 벌어진 것이었다.

"추우시지요, 형님?"

잔기침이 발작성 해수로 발전하기 전에 부용은 반나마 남은 궐련을 아직도 군데군데 잔설이 희읍스레하게 덮인 땅바닥으로 던졌다.

"추운 게 다 뭣이단가!"

아까부터 일행 앞에서 자신의 역할에 번번이 딴죽을 걸곤 하는 사촌동생이 내심 고까워 보였던지 진용이 툽상스레 대꾸했다.

"요로콤 편안허니 앉어서 시방 저러콤 인간들이 질러대는 처참헌 소리를 듣고 있자니께 속에서 시방 번열이 끓어서 참말로 미치고 환장을 허겄네!"

진용은 양손으로 담뱃불 소중히 감싸쥔 채 손끝 타들어 누린내 솔솔 풍기도록 마지막 연기 한 모금까지 탐욕스레 빨아댔다. 진용에게 담배가 양약이라면 부용에게는 독약일시 분명했다. 그것을 무리하게 사용함으로써 자신을 독살이라도 할 작정인 듯 유난히 담배에 집착하곤 하는 부용의 행동은 해수의 발작에 막혀 매양 임의롭지 못했다.

"많이 배운 부용이 동상 소견으로는 시방 이놈에 지긋지긋헌 모집 지랄이 대관절 어느 세월까장 이어질 것 같은가?"

"무위도식 일삼는 밥버럭지 신세가 무신 재주로 그런 짚은 속내를 알고 감히 시국을 논허겄습니까."

"고보를 나온 자네 실력으로도 시방 시국 돌아가는 이치가 깜깜절벽이라면 나 같은 소핵교 출신은 시방 어느 훈도(訓導)를 찾어뵙고, 대관절 조선 하늘에는 언지쯤 보름달이 뜰 것 같으냐고 물어본단 말인가?"

진용은 아까워 차마 버리지 못하던 담배꽁초를 그제야 던졌다.

"모집당헐 걱정 없이 시방 뜨신 아랫목에 벌러덩 둔눠서 구들장 질펀허니 짊어지고는 시방 예펜네 웅덩짝 철썩철썩 뚜들김시나 두 다리 쭈욱 뻗고 잘 수 있는 태평성대는 대관절 어느 천년에나 찾어올꼬!"

진용은 땅이 꺼지게 한숨을 토했다. 자신의 손자대와 고손자대까지 들먹여가며 한없이 멀리 물러가버린 태평성대를 백상산 근처로 바투 불러들이는 주문과도 같이 혼잣말을 이어나갔다.

"지발 덕분 시방 왜놈 군대가 이기든가, 뙤놈 군대가 이기든가 양단간에 시방 싸게 결판이 나뿌렀으면 쓰겄네. 시방 전쟁이 끝나야만 요 빌어를 처먹을 모집인가 징용인가도 덩달어서 끝장이 나뿔 게 아닌가, 시방."

당초 돈벌이 욕심 하나로 모집에 덜컥 응한 사람이 산서에도 더러 있긴 했다. 남의 집 고용살이하던 동천리 총각 곽 아무개도 용역 맡은 일본인 모집인의 사탕발림에 넘어간 몇몇 청년 가운데 하나였다. 그가 토공(土工) 모집에 지원해 고향 떠난 지 수개월 후 혼슈(本州)의 공사판하고는 얼토당토않은 홋까이도(北海道) 탄광에서 광부로 노역했다는 사실이 밝혀졌다. 막장에서 탄가루 들이마시며 중노동에 시달리던 그가 결국 낙반 사고로 탄더미 속에 파묻혀 죽었다는 소문이 산서면 일대에 한동안 왜자하게 나돌았다. 엇비슷한 무렵, 새텃말(新基里) 사는 한 소작인은 함께 모집된 동료들 틈에 끼어 홋까이도 탄광으로 끌려가던 도중 하꼬다떼(函館)에서 어찌어찌 기회를 틈타 탈출에 성공했다. 천신만고 끝에 산목숨으로 고향에 돌아온 그 소작인의 기구한 체험담이 한동안 면내를 몇 바퀴씩 휘감고 돌기도 했다.

그뒤부터는 면소재지 큰길가나 장마당에 그럴싸한 모집 광고가 나붙고, 면서기나 주재소 순사 앞세운 내지인(內地人) 또는 만주에서 왔다는 모집인들이 마을마다 돌아다니며, 수지맞는 돈벌이가 있노라고 온갖 양념 끼얹어 꾀어도 귀기울이는 사람이 도통 없다시피 했다. 시늉이나마 유지하는 듯하던 모집 방식이 무차별 강제 연행으로 바뀌기 시작한 것은 그 무렵이었다.

"날이 샐라면 시방 한참 멀었는디, 시방 눈가죽이라도 잠깐 붙여두는 편이 이득이잖겄는가?"

고생 따위 전혀 모르고 귀남자로만 자란 사촌동생 위한답시고 진용이 불쑥 친절을 들이밀었다.

"형님은 잠이 올 것 같습니까?"

"내 잠이사 뭐 시방 초상마당 노름판에서도 선잠 앉은잠 안 개리고 코나팔 드렁드렁 불어대는 솜씨 아닌가. 어쨌피 오날밤 철야는 시방 우리한티 받어논 밥상이고 띠어논 당상인디, 자네가 시방 뜬눈으로 하룻밤 꼴딱 샌다고 꽁보리밥이 허연 이팝으로 둔갑헐 리도 없잖은가. 나가 책음지고 시방 이 사람들 잘 단속헐 모냥이니께 염려 말고 암자로 근너가서 쉬다가 오소."

진용이 또다시 암자를 들먹였다. 남들 눈치볼 필요 없이 백상암으로 가서 쉬라는 권유는 초저녁부터 불거졌다. 그 편이 오히려 자기네한테 부조하는 길이라고 주위 사람들도 내남없이 맞장구쳤다. 마치 별종인간 취급하면서 매사에 자기네와 상곡 어르신 맏아들 사이에 굵은 금줄을 쳐버리는 그들 태도가 부용으로서는 여간 부담스러운 게 아니었다.

"철야로 말허자면, 저도 말마디깨나 허는 편이지요. 요래 뵈야도 학창시절에는 시험 칠 적이면 사나흘씩 뜬눈으로 버텨낸 솜씨랍니다."

"허기사 고만침 열심을 팍팍 쏟아붓었으니께 고보에서 우등을 떡 먹딧기 맞을 수 있었겄지."

진용의 말투가 슬그머니 장난조로 바뀌었다.

"그런디, 자네는 시방 고로코롬 밤낮도 없이 휘영청 딲어놓은 그 도술은 대관절 어느 귀신 붙잡고 어느 세월에 시방 본때 있이 써먹을 작정인가?"

"병 주고 약 주는 말솜씨 실력은 형님이나 아버님이나 어금버금이네요."

아버지가 맏아들 홀대하고 박대하게 된 배경에는 천석꾼 도마름 자격으로 분신 노릇 충실히 수행하는 사촌형의 존재가 도사리고 있음에 틀림없다고 부용은 평소부터 생각해왔다. 입의 혀처럼 무슨 일이든 영악스럽고 반지빠른 처신으로 빈틈없이 수행함으로써 상곡 어르신 신임을 독차지하고 있는 사촌형의 수완을 그는 인정하지 않을 수 없었다.

"나가 시방 자네한티 병 주고 약 주든가? 약 준 기억은 있어도 병 준 기억은 시방 없네. 웃음엣소리로 그냥 뱉어본 말이니께 동상은 당최 새겨듣들 마소. 누가 무신 소리를 허드래도 부용이 자네가 시방 우리 산서 최문을 기차 화통맨치로 시방 칙칙폭폭 끌고 갈 재목인 것만은 영축 없는 사실이네. 장차 도모혀야 될 일들이 시방 태산같이 많은 몸 아닌가. 젊어 한때 시방 병치레로 고상 조깨 헌다 혀서 시방 그러코롬 시르죽들 말고 모쪼록 몸가축 잘 단속혀서 시방 훗날을 기약허기 바라네."

어둠 속을 소리 없이 건너온 손바닥이 불시에 어깨를 툭 치는 바람에 부용은 온몸을 흠칫 떨어야 했다.

"말씀은 고맙습니다만, 우리 부자 관계를 알 만헌 사람이라면 저 최부용이한티 걸었던 기대를 당장에 접어뿔 겁니다."

아버지 기대와는 딴판으로 부용은 어릴 적부터 제 적성이 결코 벼슬 쪽은 아니라고 믿어왔다. 장차 벼슬길에 올라 가문을 휘황찬란하게 밝혀줄 아들 고대하는, 한이 서리고 피가 맺힌 아버지 열망에 등짝 떼밀려 마치 울면서 목화 먹는 씨아 격으로 상급 학교에 진학할 도리밖에 없었다. 전주로 유학 떠나 고보를 다니는 동안에도 배부른 강아지 시래기 다루듯 언제나 에멜무지로 학업에 임했다. 일제 치하에서 적성에 맞지도 않는 벼슬살이 위해 세월 축내가며 유학생활 감당하느니 차라리 몸 놀리고 땀흘려 일찌거니 농사나 지었더라면 애당초 고질병도 얻지 않았을뿐더러 지금보다 훨씬 더 행복한 삶을 누렸을 거라고 그는 아직도 굳게 믿고 있었다.

"주지스님한티 청을 드려서 미리감치 시방 방 하나 잡어놨네. 아무리 막되야먹은 세상인심이라도 시방, 우리 작은어머님께서 그동안 백상암에다 쌓은 수십 년 적공을 생각헌다면 시방 주지스님이 어디 자네를 괄시헐 처진가? 따른 사람은 곤란혀도 자네한티는 시방 당장 방을 내주겄다고 그러데."

굳이 싫다는 사람에게 진용은 막무가내로 또 권면했다.

"그 방, 일본인 순사나 주라고 주지스님한티 전허십쇼."

거듭되는 사촌형 친절에 대침 찌르듯 부용은 모진 소리로 쐐기를 콱 박아버렸다.

"이런 넨장맞을!"

진용이 투덜거렸다. 깊은 배려를 거절당한 게 못내 분했던지 그는 대뜸 엉뚱한 상대에게 화살을 돌렸다.

"주진지 나발인지 허는 그 늙다리 화상, 시방 얼매나 몸보신 잘허고 얼매나 무사무탈 강녕허고 잘사는가 어디 한번 두고 보자! 시방 지아모리 시국이 험악허다 혀도 방문 처닫고 비렁뱅이 내쫓딧기 시방 축객헐 사람 따로 있지, 한평생 대자대비 부처님 뫼시고 도 딲었다는 노장이 시방 쫓기는 중생들 나 몰라라 외면허기로 작심헌다면 절간은 시방 대관절 뭣에 쓰는 물건이여? 중은 또 우리네 속인들허고 종자가 다를 게 뭐난 말여, 시방!"

부용은 산중으로 들어서기 전에 사촌형을 먼저 보내, 일행이 절간에서 하룻밤만 머물게 해달라고 백상암에 청을 넣었다. 산서 최문과의 오랜 인연 감안할 때 그 정도 청은 어렵잖게 들어줄 거라고 믿었기 때문이다. 그런데 사촌형이 버거운 짐처럼 끙끙 짊어지고 내려온 범천(凡泉)스님의 하회는 뜻밖이었다. 만에 일이라도 수십 명 장정 한목에 받아들였다가 차후에 경찰 주재소나 헌병 분견대 쪽으로 기밀이 새나가는 날이면, 그러잖아도 하루가 다르게 숨통 바짝바짝 죄어오는 종교 사찰 문제로 노심초사하는 판국인데, 법력 모자라는 땡추 혼자 무슨 수로 그 곤욕 감당하겠느냐며 단호하게 거절해버리더라는 것이었다. 암자에서 오간 교섭 경위를 전할 당시에도 진용은 온갖 입에 담지 못할 욕지거리 쏟아가며 범천스님 온몸 골골샅샅을 가로로 물어뜯고 세로로 할퀸 바 있었다. 한바탕 그랬음에도 불구하고 진용은 아직도 분이 덜 풀린 모양이었다.

2

궁벽하기 짝이 없는 산골 오지에 불어닥친 모집 광풍은 먼동이 희붐히 터올 무렵에야 겨우 좀 잦아들었다. 사냥꾼과 몰이꾼 들의 감때사나운 고함은 이제 웬만큼 머츰해진 상태였다. 탈진해버린 아낙들이 쥐어짜내는 구슬픈 호곡만이 마치 잿더미 위로 꼬물꼬물 피어오르는 실연기처럼 가느다란 꼬리를 끌면서 이따금 마을 밖으로 멀리 원정을 떠나고 있었다. 쓸모없어진 허섭스레기 같은 자투리 소리들만이 어쩌다 간간이 어슴푸레한 새벽빛을 거스르면서 세숫대야 형상의 산서분지 가장자리를 방향감각 잃은 들쥐처럼 정처 없이 맴돌고 있을 따름이었다.

자동차 소리가 들렸다. 들릴락 말락 작게 시작된 그 소리는 금세 요란한 소음으로 바뀌었다. 포획물 실어 나를 화물자동차가 마침내 면소재지 쪽에서 모습을 드러내기 시작했다. 연전에 목탄 만드는 데 쓸 나무들 베어내느라 일본인 벌목업자가 백상산 울울창창한 솔숲들을 민대가리로 배코 칠 당시 닦아놓았던 산판도로를 타고 털털거리는 소리와 번뜩이는 불빛이 완만한 언덕바지를 느럭느럭 올라오고 있었다. 화물자동차가 마당골과 감나뭇골 경계 어름에 멈추자 한동안 머츰해졌는가 싶던 소란이 갑자기 되살아났다. 양쪽 마을 위로 또다시 고함과 비명과 통곡 들이 난분분히 흩날리기 시작했다. 자지러지는 통곡들이 허위허위 고갯마루 타넘는 그 사이사이로 날카로운 호각 소리 뛰어들어 어지러이 좌충우돌했다.

굴비 두름처럼 엮인 채 화물자동차로 끌려가는 남정들, 토끼 같고 노루 같고 소 같은 초식동물들…… 그 곁을 따라가며 땅바닥에 엎드러지고 고꾸라지며 선지같이 시뻘건 울음으로 남정들 발목 움켜잡거나 옷자락에 매달리는 아낙들, 지렁이 같고 쇠똥구리 같고 민달팽이 같은 미물들……

그들 남녀 모습이 때마침 봉우리와 봉우리 사이로 고개 내미는 눈부신 햇발 속에 또렷이 드러났다. 포획물을 짐짝처럼 쟁여 실은 화물자동차는 이윽고 부릉부릉 요란한 소리로 여타의 잡살뱅이 소리들 압도하면서 내리막 비탈면을 빠른 속도로 굴러가기 시작했다. 그 꽁무니를 자동차 못지않은 속력으로 쫓으면서 뼈를 갉아대는 통곡들이 필사적인 경주를 벌이기 시작했다.

아무개 즈그 아부지요오!

우리 아무개, 우리 아무개야아!

아이고, 내 새깽이야아!

눈 번히 뜨고 가속을 강탈당한 아낙들 울부짖음이 메아리로 변해 이 산 저 산 함부로 들이받고 부딪다가 출발할 당시보다 많이 수척해진 채 본래 자리로 되돌아오고 있었다. 그에 화답하는 화물자동차 속 남정들 고함 소리 또한 메아리가 되어 이 산 저 산 함부로 들이받고 부딪다가 아낙들 울부짖음 위로 엎어지고 포개지며 어지러이 덧게비치고 있었다. 자동차 속 지아비들과 길바닥 위 지어미들이 서로서로 자기네 소생 이름을 써서 목청껏 불러대는 소란으로 말미암아 애먼 산천초목들마저 덩달아 빽적지근하게 몸살을 앓고 있었다. 잠깐 사이에 지아비들과 지어미들 간격이 크게 벌어졌다. 그런데도 서로 부르고 답하는 두 뭉텅이 울부짖음은 면소재지 쪽 향해 줄곧 함께 움직이고 있었다. 화물자동차 뒤꽁무니 밟아 세상 저 끝까지라도 뜀박질하기로 작정한 듯싶었다. 아낙들 몸놀림이 그 이상 극성스러울 수 없고, 목청 또한 그 이상 그악스러울 수 없었다.

드디어 기나긴 악몽의 밤이 물러갔다. 그리고 그 자리에 새날이 들어섰다. 산과 산이 병풍처럼 둘린 동녘이 훤히 트였다. 굽이치는 거센 파도 형상의 산줄기 윤곽이 시시각각 더 뚜렷해지고, 산자락 귀퉁배기에서 잠시 늑장부리던 어둠발이 바투 다가선 햇살에 걷어차여 어마뜨거라 질겁하고 잰걸음으로 퇴각을 서둘렀다. 어느 먼 마을에서 얼빠진 수탉 하나가 또다시 새아침이 찾아들었음을 고하느라 별로 잘나지도 못한 목청 가다듬어 꼬끼오 하고 왜장질을 쳤다. 그러자 감나뭇골 수탉 하나도 그 소리에 에멜무지로 화답하는 시늉을 했다. 끔찍했던 지난밤을 고스란히 견디는 동안 짐승들도 인간들 못지않게 잔뜩 주눅들었음이 분명했다.

"저런, 모가지를 홰홰 비틀어 죽일 축생들 같으니라고!"

욕지거리와 동시에 누군가가 눈에 뵈지도 않는 감나뭇골 수탉 겨냥하고 힘껏 팔맷돌을 날렸다. 돌멩이는 그다지 멀리 날지도 못하고 바로 지척지지에 떨어졌다. 그 소리 군호 삼아 산속 사내들이 한꺼번에 엉덩이 탈탈 털면서 짚자리에서 일어서기 시작했다. 그들은 제각각 깔고 앉았던 짚자리 모아 한군데 쌓은 다음 다복솔 사이를 일없이 바장이고 서성거렸다. 장시간 추위에 부대끼느라 서로 어긋물린 듯 쩌릿쩌릿 마치고 쑤시는 뼈마디들 도로 끼워 맞추기 위해 하낫둘 하낫둘 도수 체조를 하는 자도 더러 눈에 띄었다. 어서 하산을 서두르자는 주장이 한쪽에서 불거졌다. 모집 지랄이 다 끝났으니 이제는 마을로 돌아가도 별탈 없을 거라는 주장이었다. 다른 한쪽에서는, 추위 속에 고드름똥 싸는 한이 있더라도 한참 더 산에서 지체해야 된다고 야단들이었다. 모집인들이 각 마을에서 모조리 철수한 사실이 확연해질 때까지 절대로 안심할 수 없다는, 선불리 경거망동해서는 안 된다는 주장이 대세를 이루었다.

"자네들 시방 정신머리가 시방 온전헌 사람들인가, 고장난 사람들인가?"

최진용은 멀쩡한 이목구비 한껏 일그러뜨려 험상을 꾸민 다음 시시비비에 고부라진 면면들을 사납게 노려보았다. 이제 그만 내려가자커니, 아직은 안 된다커니, 아까부터 콩팔칠팔 우김질 계속하던 사람들 시선이 일제히 진용에게 꽂혔다.

"우리가 시방 왜놈들이 모집 나올지를 미리감치 거니채고는 시방 우리찌리 작당혀서 부랴사랴 동네를 빠져나온 참이든가? 우리가 시방 동네 이웃들 나 몰라라 허고는 시방 우리찌리만 살 궁리 도모허는 인면수심 악종들이든가? 이 사람들아, 지발 덕분 정신들 조깨 채리소! 정신 조깨 채리란 말여, 시방! 자네들은 시방, 밤쥐도 낮새도 모르게 시방 사리살짝 피난질 댕겨오니라, 명허신 상곡 어르신 당부 말씸도 시방 말짱 다 까먹고 말어뿌렀는가?"

진용한테 호되게 지청구 얻어먹고 나서야 비로소 사람들은 아뿔싸 후회하는 낯꽃이었다.

"아차, 그렇고만요!"

"맞어라우. 진용이 아제 말씸대로 우리는 시방 왜놈들 모집 바람 겁나서 도망나온 처지가 아니고만요."

"암먼, 그렇다마다. 어짓밤에 우리는 문중 어른 탈상마당에 참예허고 나서 오날 아침에 집구석 찾어 돌아갈 참이었지? 에또, 그러고 그 뭣이냐, 탈상집이 어디였드라? 가만있자, 거그가 산동면 허고도 점촌이었지, 아매?"

"시끄럽다, 이 사람들아!"

진용은 거푸 소래기 내지르며 소가지를 부렸다. 자고로 매사는 불여튼튼이라 혔느니, 하시던 상곡 어르신 말씀이 천석꾼 사랑채부터 백상산 중턱까지 내내 작반해 그와 동행하고 있었다. 만약의 경우에 대비하기 위해 진용은 지각머리없는 작자들 머릿속에 굵은 말뚝을 콱 질러주기로 작정했다.

"이 판국에 시방 우리가 겁낼 것은 모집 지랄도 아니고 왜놈 관헌들도 아니란 말여, 시방! 그것들은 시방 멀찌가니 다 물러가고 근방에는 시방 없단 말여! 산서 바닥에서 자네들 지달리고 있는 것은 시방 우리 조선사람들이고, 우리 이웃사촌들이고, 그 사람들 피맺힌 원한들이여, 시방! 왜놈들 모집보담도 그쪽이 시방 몇 배나, 몇십 배나 더 겁나는지를 자네들은 시방 명심혀야 된단 말여! 동네 고샅으로 발 들여놓기 무섭게 시방 자네들이 무신 봉변을 당헐지 아무도 몰르는 판국이란 말여, 시방!"

진용은 잠깐 말허리 분지르고 나서 곁눈질로 사촌동생 눈치를 살폈다. 그새 아무런 소리도 못 들었다는 듯 부용은 무심한 낯꽃을 가장하고 있었다. 사촌형 보기에도 안심찮기 짝이 없는 위인인데, 하물며 상곡 어르신 눈에는 얼마나 오죽잖아 보이실까. 주는 것도 없는데 공연히 미운 녀석이었다. 언제나 눈엣가시 같은 존재였다. 그러잖아도 제 속내평을 너무 적나라하게 드러낸 성싶어 아까부터 자꾸만 부용의 존재가 껄끄럽게 느껴지던 참이었다. 진용은 한차례 심호흡으로 감정을 다잡고 나서 잘린 말허리를 되이었다.

"뿔겋게 핏발이 서고 독이 올를 대로 올른 동네 이웃들 눈에 참말로 시방 탈상마당 참예허고 돌아오는 사람맨치로 비치고 잪다면 자네들은 시방 한바탕 굿을 꾸며야 된단 말이네. 탈상마당에서 시방 빈껍데기 곡소리라도 애고대고 깔다가 돌아오는 문상객행세 헐라거든 시방 으떻게들 처신혀야 되겄는가 각자가 시방 잘들 알어서 판단허도록 허소."

그리하여 최씨네 겨레붙이들은 새벽같이 산동면 점촌을 출발해 산길 이십여 리나 걸은 끝에 마침내 산서 땅에 들어서는, 그야말로 명실상부한 문상객들인 것으로 다시 한번 옹차게 말을 맞추었다. 마을 이웃들 의심 다독이는 데 다소라도 보탬이 될까 싶어 그들은 백상산 정수리 코끼리바위가 햇살을 받아 상아색으로 말끔히 씻길 때까지 추위와 허기를 참으며 하산의 적기를 기다려야만 했다.

"차마 못헐 짓이여."

진용은 신음하듯 아프게 중얼거렸다.

"인두겁 둘러쓰고는 참말로 못헐 짓이라니깨, 시방."

혹시라도 누군가의 이목에 붙들릴까봐 숲 그늘 한구석에 우부룩이 몰려 은신중인 사람들에게 사방으로 흩어져 숨도록 지시하고 나서 진용은 또다시 중얼거렸다.

"아무 도움도 못 되야서 미안헙니다, 형님."

부용이 입을 열었다.

"그렇지만, 형님 같은 분이 안 계시면 누가 이 복잡다단헌 일을 그러코롬 빈틈없이 처결헐 수 있겄습니까."

그 말에 진용은 저도 모르게 입아귀에 웃음 가닥을 매달았다. 이를테면 그것은, 먹물 많이 묻힌 사촌동생이 지도자의 고충을 알아줘서 고맙다는 뜻이었다. 하지만 일자무식 농투성이만 득시글거리는 일행 가운데서 군계일학인 양 저 혼자 맵시 뽐내는 사촌동생이 떨떠름하게 느껴지기는 여전했다. 매사에 옳은 방귀만 뿡뿡 뀌어대는 역할은 언제나 사촌동생 전담이었고, 뭔가 집안에 난감한 사달 터질 적마다 정작 수습에 나서는 고역 담당은 번번이 따로 있게 마련이었다. 병골입네, 약골입네, 핑계하면서 집안 대소사에 진자리 피하고 날날이 마른자리만 골라 디디곤 하는 부용의 소행머리가 실은 여간만 괘씸한 게 아니었다.

"자네가 싸게싸게 건강을 회복혀서 우리 종중 짐을 나허고 노느매기로 맡어준다면 얼매나 좋을꼬."

한차례 몸서리치는 악몽에서 그럭저럭 벗어난 셈인데, 새아침과 더불어 또다른 악몽이 새잡이로 다가들고 있었다. 진용은 조석으로 이마 맞대고 도타운 인정 나누며 살갑게 지내온 이웃들과 대면할 일 생각하니 미리감치 가위눌리는 기분이었다. 야음 속에 가려져 있던 최씨네 치부들이 밝은 햇살 아래 낱낱이 까발려지는 건 말할 나위도 없을뿐더러, 심지어 최씨네 시커먼 오장육부마저 이웃들에게 모조리 투시당할 것만 같았다.

"그런디 춘풍이란 놈은 어째 여적지 코빼기도 안 비친다요?"

하산할 임시에 새신랑 소년 입에서 엉뚱한 지적이 튀어나왔다. 모두들 어리벙벙한 눈빛으로 주위를 두리번거리기 시작했다. 미상불 일행 가운데 유독 춘풍이만 빠져 있었다. 다른 얼굴들 다 보이는데 춘풍이놈 그 잘난 낯짝 하나가 어디에도 안 보였다. 날이 밝은 다음에 그놈 봤다는 사람이 아무도 없었다. 일행 모두가 한동안 그놈 얼뜬 목소리 한마디 들어본 기억조차 없음이 이내 밝혀졌다.

"대관절 으떻게 되야먹은 노릇이여, 요게 시방?"

진용은 가슴이 철렁 내려앉았다. 만일 춘풍이가 일행하고 떨어져 혼자서 먼저 마을로 내려가기라도 했다면, 그것은 정말 큰일 중의 큰일이 아닐 수 없었다. 몸뚱어리는 깍짓동 같아도 머리는 철부지 어린애 푼수밖에 안 되는 그 바보천치가 눈에 핏발 선 마을 사람들 앞에 무방비로 노출된 채 의심에 찬 질문에 아무 얘기나 나불나불 다 읊어댈 경우, 걷잡을 수 없는 사태가 벌어질 것은 그야말로 불을 보듯 뻔했다.

"모다들 산지사방 흩어져서 시방 그놈을 찾어내! 당장 그놈을 못 찾어내는 날이면 참말로 난리가 나뿌러, 시방!"

너무도 다급해진 나머지 진용은 일행을 두 패로 나눠 한 패는 산을 뒤지고 다른 한 패는 마을로 들어가는 길목을 지키도록 지시했다.

"그 속없는 춘풍이놈이 시방 기연시 또 사람 애간장을 말리누만!"

진용은 부앗김에 발부리에 거치적거리는 돌멩이를 힘껏 걷어찼다. 곁에서 그 꼴 지켜보던 부용이 보일락 말락 미소를 지었다.

"춘풍이 궁뎅이를 걷어차봤자 형님 발만 상허게 될 뿐이지요."

"시방 내 발고락 작신 뿐질러지는 한이 있드래도 시방 그놈 응뎅짝을 축구공맨치로 뻥뻥 내질러댄다면 시방 십 년 묵은 체증까장 쑤욱허니 내려갈 것 같으네, 시방!"

"우리 춘풍이로 말헐 것 같으면, 돌이나 풀 같은 자연이지요. 인간이 돌이나 풀을 보고 나무람허는 건 실상 의미가 없는 일이지요. 설령 춘풍이 때문에 우리 모두가 낭패를 당허는 한이 있드래도 그것은 어쩔 도리 없는 노릇이겄지요. 하늘이 시켜서 된 일이다 생각허고 형님이랑 저랑 우리 문중 전체가 달게 벌을 받어야 되겄지요."

잘난 사촌동생이 또다시 옳은 방귀 뀌어대고 있었다. 딴은 맞는 말이기도 했다. 춘풍이놈 하는 짓거리는 참말이지 천지신명께서도 탓할 수 없는 것이었다. 그럼에도 불구하고 부용이 그처럼 초롱초롱한 맨정신으로 옳은 방귀 뀌면 뀔수록 진용의 마음은 점점 더 편찮아지기만 했다. 진용은 사촌동생한테 뭔가를 더 말하고 싶었지만, 그만 입을 다물고 말았다. 입씨름보다 춘풍이놈 찾아내는 일이 훨씬 더 시급했다. 밤새 그놈은 일행한테서 멀찌막이 떨어져 외돌토리 신세로 군밤 같은 시간을 하염없이 까먹고 있었다. 그도 그럴 것이, 녀석 신분이 머슴인 까닭이었다. 이를테면 춘풍이는 일행 가운데 유일한 아랫것이었다.

"찾었다아!"

숲 한쪽에서 갑자기 환성이 솟아올랐다. 백상암으로 오르는 오솔길 옆이었다. 등잔 밑이 어둡다더니만, 그리 멀지 않은 거기가 바로 등잔 밑이었다. 깜짝 반가운 김에 진용은 체통이고 뭐고 땅바닥에 내던진 채 부리나케 달려갔다. 놀랍게도 춘풍이는 짚자리 위에 벌러덩 드러누워 땅거죽 뚫고 바깥세상 구경 나온 노송 뿌리를 퇴침 삼아 벤 채 드렁드렁 코를 골아대는 중이었다. 따지고 보면 별로 놀라운 풍경도 아니었다. 오직 춘풍이만이 할 법한, 그 놈다운 짓거리일 따름이었다. 범보다 무서운 모집의 위험도, 뼛속까지 후벼파는 한데 추위도 도통 아랑곳없이 그놈은 그저 만사태평으로 꿀잠에 흠뻑 취해 있었다. 남들 곱절은 족히 되는 우람찬 거구가 땅바닥에 너부러져 있으니 평상시보다 한바탕 더 푸둥푸둥해 보일 건 당연한 이치였다. 그런데도 낯꽃만은 천진난만한 어린애의 그것과도 같았다. 바보의 평안과 천치의 행복이 겹을 이루고 층을 이루어 만면을 불그레하게 물들이고 있었다. 언제 그 부아 다 냈더냐 싶도록 진용으로 하여금 절로 미소 짓게 만드는 정경이었다.

"불이여, 불!"

어린 새신랑이 저보다 곱절 더 세상을 산 춘풍이의 살진 엉덩판을 거세게 걷어찼다. 춘풍이는 약간 움찔하는 듯하더니 반대편으로 끙 돌아누워버렸다. 새신랑이 이번에는 저보다 곱절 이상 푸짐한 몸뚱어리를 굴려 짚자리 밖으로 밀어내려고 안간힘을 쓰기 시작했다.

"불이여, 부울! 산불이다아!"

새신랑이 또다시 춘풍이 귓구멍에 쇠꼬챙이 같은 고함을 쑤셔 박았다.

"으? 부울?"

그제야 비로소 진피(陳皮)만큼이나 거칠고 두둑한 춘풍이 눈꺼풀이 몹시 게으르게 벌어지면서 흰자위 유난한 눈알이 마지못해 드러났다.

"오냐, 니 똥구녁에 불붙었다!"

"으? 니 똥구녁?"

"잔소리 말고 싸게 못 일어나겄냐, 이 빙신아?"

춘풍이 뱃구레 겨냥하고 재차 발길질 가하려는 새신랑을 진용이 말렸다.

"아서라, 아서. 생기다가 만 것 같어도 연장자가 분명헌디, 시방 짐짝 다루딋기 함부로 취급허다가는 필경 죄로 가는 법이다."

서른이 훨씬 넘은 나이로 미장가라 해서 그런 게 아니라 춘풍이는 진정한 의미에서 아직도 어른이 못 되었다. 그는 어린애하고 똑같은 어린애요 어떤 어린애와도 스스럼없이 잘 어울리는 동무지간이었다. 그는 송아지처럼 큼지막한 눈자위 꿈적이며 진용을 한참 쳐다보더니, 뒤미처 생각이 났던지 제 엉덩짝 밑에 얼른 손을 집어넣었다. 실제로 불이 붙었는지 어땠는지 확인해보고 나서 그는 한차례 씨익 웃어 보였다.

"에잉, 그짓말……"

서너 박자는 좋이 늦곤 하는 춘풍이 굼뜬 반응은 곧바로 모든 시름 한목에 날려버리는 큰 웃음판을 일행에게 안겨주었다.

"춘풍이, 너 시방 어디 갔다 오는 질이냐?"

녀석이 우람찬 덩치 비척비척 일으키기를 기다려 진용이 신문하는 투로 날카롭게 물었다. 녀석은 아직도 잠이 설깬 탓인지 어릿보기 눈빛으로 사방을 두리번거리기만 했다.

"누가 시방 니놈 붙잡고, 어디 갔다 오는 질이냐고 물어본다면 시방 으뜷게 대척허라고 나가 초장서부텀 자상자상허니 안 일러주드냐?"

귓구멍에 쇠딱지 내려앉게끔 장시간 경을 읽어주었건만, 밤새 그걸 말짱 다 까먹어버린 모양이었다. 녀석은 얼음판에 나자빠진 황소 흉내로 연방 눈을 꿈적거리면서 도통 말이 없었다.

"산동 사시는 생원댁 탈상마당에서 시방 이것저것 허드렛일 거들어주다가 오는 질이라고 시방 나가 골백번도 더 안 일러주드냐, 이놈아!"

"으, 산동댁 거들어주고 오는 질이다, 이놈아!"

어렴풋이 기억이 되살아났던지, 춘풍이는 제법 자신만만하게 진용에게 놈 자를 맞놓으면서 타고난 제 버릇대로 한차례 또 헤벌쭉 웃어 보였다.

"그놈, 말대꾸 한번 싹수 있이 잘도 허는고나."

진용은 쓰디쓰게 입맛을 다셨다. 어른 아이 가릴 것 없이 모두들 녀석에게 말을 팍팍 낮추는 것이나 피장파장으로 녀석 또한 어떤 상대를 막론하고 아무한테나 반말지거리로 맞받기 예사였다.

"산동 사시는 생원댁 탈상마당, 고걸 또 잊어먹었다가는 시방 때깨칼로 니놈 붕알을 홀라당 발러뿔란다, 이놈아!"

그게 무슨 칭찬이라도 되는 양 녀석의 입이 또다시 헤벌쭉 벌어진다 싶었는데, 어느 겨를에 녀석의 손 한쪽이 코를 향해 올라가고 있었다.

"생원댁 때깨칼로 홀라당 발러뿔란다, 이놈아!"

녀석이 엄지손가락을 콧방울에 갖다 붙이는 걸 보고 주변 사람들 모두 질겁하면서 저마다 손바닥으로 제 얼굴 가리기 바빠졌다.

"춘풍이 네 이놈!"

아무래도 자신을 과녁으로 정한 듯싶어 진용은 대뜸 으름장으로 방패막이를 삼으려 했다. 녀석이 장승같은 키로 진용을 내려다보고 히쭉 웃는가 싶더니만, 아니나 다르랴, 갑자기 세찬 기세로 코를 풀었다. 팽 소리와 함께 콧구멍에서 튀어나온 콧물 덩이가 아침 햇살 가르며 탄알처럼 허공을 날았다. 녀석은 순번을 바꾸어 다른 엄지손가락으로 반대편 콧구멍 막고 나서 두번째 팽 소리를 터뜨렸다. 누르께하고 끈적끈적하면서 걸쭉한 콧물 덩이가 두 차례 모두 노송의 둥치를, 그것도 거지반 엇비슷한 자리를 차례로 맞히는 과정을 지켜본 후에야 사람들은 경계 자세를 허물 수 있었다.

"저, 저런 육시럴 놈을 봤나! 굼벵이도 궁그는 재주 한 벌은 타고난다드니만, 춘풍이 저놈이 바로……"

예서제서 혀 차는 소리가 끌끌끌 울렸다. 아무한테나 천연덕스레 반말지거리하는 재주와 함께 춘풍이가 지닌 또하나의 비상한 재주였다. 녀석은 콧물 날려 마음먹은 목표물 어김없이 맞히는 남다른 솜씨로 사람들을 놀래곤 했다. 본디부터 부대한 몸집 속에 그득 들어차 있음으로써 바보를 더욱더 바보답게 만들던 어떤 물질의 덩저리가 엄지손가락을 만나는 순간 점액질의 걸쭉한 콧물로 변하는 듯했다. 녀석의 벌름한 콧구멍 속에는 아무 때라도 마음만 내키면 서너 방이든 예닐곱 방이든 임의대로 계속 쏘아대고도 남으리만큼 상당량의 콧물 탄알이 노상 장전되어 있는 성싶었다.

"이놈아, 옷에 붙은 그 검부락지나 시방 털고 내려가거라. 탈상마당 참예허고 돌아오는 놈이 시방 그 검불투생이 옷매가 웬 말이냐."

춘풍이 무명옷 등덜미에 달라붙은 검부저기들 발견하고 진용은 또 신칙을 내렸다. 춘풍이만 그런 게 아니었다. 산중에서 한뎃잠 자고 오는 길임을 광고하듯 내남없이 흰 옷자락 검은 옷자락마다 밤새 깔고 덮었던 짚자리 흔적을 닥지닥지 붙이고 있었다. 서로 도와 상대방 매무새 단속해서 말끔히 정리한 다음에야 일행은 하산 길을 잡아 마을로 향발하기 시작했다.

"이 사람들아, 영락없는 소핵교 아그들맨치로 시방 그러콤 줄을 맞춰서 걸어가야만 똑 쓰겄는가? 서너 명씩 적당허니 흩어져서 시방 동네로 들어가야 넘들 눈에도 시방 그럴싸허니 뵈들 않겄는가!"

몇 발짝 뒤처져 따라가며 진용이 칠칠찮은 며느리 잡도리하는 시어미 본새로 앞선 사람들 뒤통수에 잔소리를 끼얹었다.

"쏘내기는 쏟아지지요오……"

그때였다. 일행 맨 꽁무니에 붙어 산자락을 느럭느럭 내려가던 춘풍이가 느닷없이 청청한 아침 하늘 두고 엉뚱한 노랫가락을 흥얼거리기 시작했다.

"괴얄띠는 안 끌러지지요오……"

"듣기 싫다, 이놈아!"

"꼴지게는 넘어지지요오……"

"시끄러 죽겄네! 저놈에 입주뎅이, 그냥 북어포맨치로 짜악 찢어뿌릴라!"

"똥은 매랍지요오…… 송아지는 도망가지요오……"

아무리 막된 꾸지람일지라도 산서 일대에서 죄 알아주는 반편이한테는 전혀 통하지 않았다. 춘풍이는 누가 뭐라 시비하건 말건 상관없이 꼴머슴들이 물미작대기로 지겟다리 두들겨 장단 맞춰가며 부르는, 도무지 노래 같지도 않은 그 노랫가락을 마치 풍월 읊듯 흥얼거리고 있었다. 아무 눈치코치 모르는, 가사 순서마저 뒤죽박죽 제멋대로 무시한 채 걸걸한 목청으로 아무렇게나 불러대는 꼴머슴 노래가 마을이 가까운 줄도 모르고 줄기차게 되풀이되고 있었다.

"갈 질은 멀지요오…… 해는 꼴딱 넘어가지요오……"

뒤에서 따라오던 부용이 갑자기 발걸음 멈추는 기척에 진용은 핼끔 돌아다보았다. 그러자 부용이 어색스럽게 웃어 보였다.

"먼저 내려가시지요, 형님."

"왜? 시방 같이 안 갈랑가?"

"생각난 짐에 오래간만에 백상암에나 잠깐 댕겨올까 허고요."

"거그는 시방 무신 일로?"

부용이 막 나오려던 대답을 목구멍 안쪽으로 급히 우겨넣는 기색이었다. 그는 춘풍이놈 흉내로 그저 바보스럽게 웃기만 했다.

"범천스님이 허신 말, 너무 섭섭허니 새겨듣들 마소."

스님 말 나쁘게 물어 나른 장본인으로 아무래도 켕기는 구석이 있는지라 진용은 몬존한 말씨로 사촌동생을 타이르기 시작했다.

"스님이 시방 상곡 어르신 집안 몰라보고 괄시허니라고 부용이 되린님 부탁을 그러콤 박절허니 물리쳤겄는가? 나가 시방 스님 입장이 되야서 주지 자리에 앉어 있다 허드래도 시방 나 역시 달리 용빼는 재주 없겄데."

"뭐, 꼭 그런 생각으로 찾어가는 게 아니라……"

"요게 다 시방 비렁뱅이 같고 용천뱅이 같은 시국 탓 아니겄는가. 부처님도 몰라볼 지경으로 무지막지헌 시국이란 놈이 시방 늙다리 중을 어찌 알어볼 것인가. 콧바람만 쐬야도 저만치 널러갈 그 알량난 토굴암자라도 시방 왜놈들 손아구에서 지켜내겄다는 각오 하나는 참말로 가긍시럽데. 부처님 받들고 백상암 돌보니라 몸조심허다보니깨 시방 그러콤 본심허고 상관없는 소리가 엉겁저릉에 불거져 나왔겄지. 요샛 세상에 범천스님만헌 도승도 시방 흔치는 않을 것이네. 자기 일신 애끼고 위허덧기 범천스님이 시방 그 토굴암자 끌어안고 벌벌 떨지 않었드라면 백상암은 시방 어느 바람에 널러가도 옛날 옛적에 펄써……"

"아버님한티는 시방 암자에 잠깐 머물다가 시방 집으로 돌아갈 작정이라 허드라고 시방 형님이 말씸 잘 사뢰시기 바랍니다."

쿡 쥐어박는 기세로 남의 말문 틀어막고 나서 부용은 매몰찬 몸짓으로 홱 돌아섰다. 진용은 방금 전 사촌동생 말투에서 어쩐지 자연스럽지 않은 구석을 느꼈다. 많이 귀에 익은 듯싶은 말투인데, 돌이켜 생각해보니 다름아닌 진용 자신의 말투였다. 시방이란 군말을 무심결에 이야기 중간에 틈틈이 끼워넣음으로써 듣는 귀로 하여금 왠지 모르게 조바심 같은 걸 느끼도록 만드는 말투였다. 이미 고질버릇으로 자리잡은 그 말투를 부용이 멋대로 차용한 것은 일부러 사촌형을 욕보이려는 의도임이 틀림없었다. 진용은 왔던 길 되짚어 휘적휘적 산으로 향하는 사촌동생 뒷모습을 일삼아 째리면서 어이없어했다. 제딴은 흉당 안에 팥죽 끓듯 육도삼략이 들끓고 있노라 자부할지 몰라도 겉보기로는 된서리 맞고 시르죽은 율모기처럼 맥없이 느껴지는 지질컹이라고 치부해 나온 진용이었다. 그 지질컹이 인간이 뒤도 안 돌아보고 횡허케 멀어져가는 광경을 지켜보다 말고 진용은 쓴웃음을 흘렸다.

마당골과 감나뭇골 두 자연부락을 아우르는 상곡리 전경이 먼빛으로 눈에 들어오기 시작했다. 몹쓸 재변이 훑고 지나간 비극의 현장답지 않게 감나뭇골은 의외에도 괴이쩍은 정적에 휩싸여 있었다. 여느 날 같으면 집집마다 아침밥 짓느라 하얀 연기가 가느다란 띠를 이룬 채 마을 전체와 그 뒤편 감나무숲을 싸잡아 서리서리 휘감고 있을 때였다. 그런 시간에 감나뭇골은 늦잠에 취한 듯 마냥 게을러빠진 자세를 취하고 있었다. 물색없이 제멋대로 불러대는 반편이 노랫가락에 힘입어 오히려 평화롭고 한가로운 마을인 양 언뜻 착각마저 들 지경이었다. 마을이 겪고 있는 고통이나 슬픔 따위와는 아무런 연관도 없는 노랫가락이었다. 그리하여 춘풍이 그 잘나빠진 풍월은 차라리 이 세상 아닌 저세상의 것인 양 비현실적으로 들리기도 했다. 바람받이에 선 간짓대가 윙윙 울어대는 현상 혹은 봄소식 알리느라 얼음장 갈라질 때 샛내가 밤새도록 쨍쨍 소리 내는 현상하고 별반 다를 게 없는 풍월이었다.

님은 보고 잪으지요오
해는 꼴딱 넘어가지요오
노잣돈은 똑 떨어졌지요오
괴알띠는 안 끌러지지요오
똥은 매랍지요오……

상곡리를 통틀어 단 하나뿐인 반편이였다. 부모가 호적에 올린, 신춘복이란 성명 삼자가 엄연히 따로 있건만, 어느 누구도 그 어연번듯한 이름으로 반편이를 불러주는 법이 없었다. 줏대 없고 속판 허술한 사람 놀릴 때 쓰는 '속없는 춘풍이'란 말에서 연유한 별명만이 사시장철 본명 행세를 하고 다녔다. 앉아도 춘풍이, 일어서도 춘풍이였다. 가도 춘풍이, 와도 춘풍이요 비를 맞아도 춘풍이, 눈을 맞아도 춘풍이일 뿐이었다. 그런 춘풍이를 상곡 어르신은 오래전부터 머슴으로 부려왔다. 그들 사이는 단순한 주인과 머슴 관계가 아니었다. 때로는 철천지원수같이 미워도 하고, 또 때로는 피붙이나 살붙이처럼 애지중지도 하면서 아삼륙 골패짝처럼 노상 붙어 지내는, 이를테면 세상에 보기 드문, 아주 기이한 주종 관계였다.

한바탕 먼길 에돌아 산동에서 산서로 넘어오는 큰길 쪽까지 갔다가 인가가 띄엄띄엄 흩어져 있는 숲정이마을 근처에 당도했다. 그곳에서 진용은 일행을 갈라 같은 방향끼리 몇 사람씩 동아리로 묶어 해산시킨 다음 상곡리와 동천리, 오암리(五岩里) 사는 겨레붙이들 인솔하면서 길을 재촉했다. 겨울잠에서 막 깨어나기 시작한 샛내 물소리를 옆구리에 끼고 걷다가 숲정이와 모듬물(合水) 어름에서 큰길 버리고 다시 소롯길로 접어들었다. 감나뭇골 지척에 두고 일부러 험한 길 골라 힘들게 귀가하는 중이었다.

마당골 전경이 한눈에 잡히는 야트막한 언덕에 다다랐다. 그곳에서 진용은 다시 동천리와 오암리 패거리를 떼어 각각 다른 길로 보냈다. 이제 상곡리 사는 겨레붙이 넷과 춘풍이만 휘하에 남았다. 다섯 사내 이끌고 마당골 복판 가로질러 감나뭇골로 향할 일이 꿈만 같았다. 반드시 통과하지 않으면 안 되는 요긴목 지키는 외딴집 한 채가 그들을 기다리고 있는 까닭이었다. 그 외딴집 주인 성기상은 진용하고 소학교 동기이자 부자지 맞잡고 자란 사이였다. 산서 바닥을 휩쓴 간밤의 변고와 자기는 전혀 무관하다는 투로 그냥 미친 척하고 지나칠 수도 없고, 그렇다고 삽짝 밀고 마당으로 들어가 밤새 별고 없었는지 직접 확인하는 것 또한 참으로 거식한 노릇이 아닐 수 없었다.

"자네들 먼저 가게."

성기상의 집 조금 못미처에서 마침내 진용은 단안을 내렸다. 제 한 목숨 살아남기 위해서라면 무슨 짓이든 마다하지 않는, 참으로 야박하기 그지없는 세상인심이지만, 그래도 부자지 맞잡던 괴복친구의 안위조차 모르쇠 잡은 채 그냥 지나치는 건 도무지 사람 된 도리가 아니지 싶었다.

"가다가 혹간 어디 사는 아무개를 만나서 시방 무신 소리를 듣드래도 상곡 그 어르신 말씸을 시방 절대적으로 명심혀야 쓰네."

진용은 그새 혀끝에 매달고 수없이 반복했던 당부를 일행과 헤어지는 마당에 또 되작였다. 친척 사내들은 마냥 심란해 있는 지도자 낯꽃 보더니만 덩달아 기가 팍 죽는 기색이었다. 지도자의 복잡한 심사를 옳게 헤아렸는지 그들은 눈인사만으로 작별을 고했다. 그러나 최씨 겨레붙이 아닌 춘풍이만은 끝내 예외였다.

"님은 보고 잪으지요오……"

세월아 네월아, 마냥 게으름 피우며 뒤따르던 홍얼거림이 몇 걸음 뒤늦게 일행에 합류했다.

"노잣돈은 똑 떨어졌지요오……"

반편이 입에서 십팔번 풍월이 시작한 이래, 언제나 가사에 맥락도 안 닿을 뿐만 아니라 순서도 뒤죽박죽 엉망진창인 그 꼴머슴 노래에서 앞뒤 짝을 이루는 '님과 노잣돈'의 관계가 최초로, 아마도 우연의 일치로 신통방통하게 딱 맞아떨어지는, 놀라운 순간이 왔다.

"상곡 그 어르신께서 적적허시들 않게코롬 자네들이 시방 춘풍이 저놈을 사랑채까장 시방 무탈허니 데려다가 어르신 존전에 잘 대령혀야 쓰네."

젊은 친척들이 앞뒤로 춘풍이를 당기고 밀면서 멀어지기를 기다려 진용은 외딴집 삽짝 앞으로 신중하게 다가갔다.

"어이, 기상이!"

나간 집구석같이 썰렁한 기운 감도는 방문 쪽 향하고 짐짓 심상한 목소리로 불렀다. 안에서 아무런 기척도 없자 진용은 가슴이 덜컥 내려앉았다.

"기상이, 시방 집에 있는가? 날세, 진용이."

제각각 빛깔 다른 종이쪽으로 얼룩덜룩 땜질해놓은 누더기 방문이 발길에 걷어차인 푼수로 와당탕 열렸다. 어찌나 세차게 열렸던지 문짝이 벽면에 부딪힌 반동에 의해 반나마 도로 닫혔다. 마치 그 누가 찾기를 기다리고 있었다는 듯 흉측한 몰골의 여자 머리통이 문틈으로 불쑥 비어졌다. 다름아닌 기상이 처였다. 산발하다시피 아무렇게나 풀어 헤뜨린 머리칼과 팅팅 부어오른 눈

두덩을 보는 순간, 밤새 친구의 신상에 심각한 변고가 생겼음을 진용은 직감할 수 있었다.

"살짝 지그려만 놨응께 그냥 삽짝문 밀고 들어오시요!"

밤새도록 얼마나 울고불고 난리쳤던지 기상이 처는 마치 난생 처음 시험 삼아 울음소리 뽑아보는 장끼마냥 꺽 쉰 목소리를 내고 있었다.

"산동 고갯마루 넘어오다가 시방 마주오는 행인한티 얼핏 들으니께 시방 산서 땅에 난리가 지나갔다고 혀서……"

장마 도깨비 여울 건너가는 소리로 진용은 구시렁구시렁 혼잣말 흘리면서 삽짝 안으로 주춤주춤 들어섰다.

"생목심 잡어가는 저승사자가 으찌 산동 땅은 근너뛰고는 유독 산서 땅만 직신직신 밟고 지나갔답디여?"

기상이 처가 의심 가득한 눈초리로 남편 친구의 위아래 행색 골골샅샅 살피면서 악에 받친 소리를 내질렀다.

"산동 땅이 원판 넓어놔서 시방 면내 사정 전부는 몰르지만, 우리 친척 동네 점촌은 시방 아직까장은 별일이 없습디다."

"식전서부텀 산동은 무신 화급헌 사무로 댕겨오시는 질이다요?"

완연한 추궁조로 상대방이 표독스럽게 따질수록 진용은 더욱 태연자약을 가장하기 위해 무진장 애를 써야만 했다.

"식전이 아니라 시방 실은 어지께부텀 산동으로 근너가 있었소. 시방 점촌 생원댁 탈상례 뫼시고 나서 오는 질이요."

"헹, 생원댁인지 진사댁인지 몰라도 그 집안 탈상 한번 때맞춰서 잘도 치룬 것 보니께 산서 최씨네는 참말로 하늘이 점지허신 복인들 같구려!"

언중유골이 약여했다. 좀처럼 의심을 거두지 않는 그니의 매서운 눈매 앞에서 진용은 갑자기 풀기를 잃어버렸다.

"기상이는 시방 무사헌지……"

"헹, 둘도 없는 쬐복친구 성기상이가 무사헌지 유사헌지는 이녁 두 눈으로 똑똑허니 살펴보시요!"

그니가 방문을 다시 활짝 열어젖뜨렸다. 그러자 숨어 있던 방안 풍경이 진용을 덮치듯 마당으로 와르르 쏟아져나왔다. 성기상의 모습은 안 보였다. 방안에는 아이들만 남아 있었다. 어린것들 셋이서 제각기 밥그릇 하나씩 끌어안은 채 속에 담긴 무엇인가를 걸신들린 듯 손으로 마구 걸터먹는 중이었다. 그 모습에 진용은 적잖이 충격을 받았다. 그 순간, 백상암에 들를 일 있다며 뒤로 내빼버린 사촌동생을 퍼뜩 떠올렸다. 부용이 그처럼 꽁무니를 빼게 된 진짜배기 이유가 무엇인지 그제야 알 것 같았다. 진용은 당장 따귀라도 한 대 올려붙이고 싶으리만큼 사촌동생이 괘씸하기 짝이 없게 느껴졌다.

3

이틀도 아니었다. 단 하루였다. 그 하룻밤 사이에 감나뭇골에서는 이른바 '북해도 과부'가 자그마치 일곱이나 생겨났다. 북해도 탄광으로 끌려간 남편은 벌써 죽은목숨 다름없다 해서 붙여진 이름이었다. 그 밖에도 총각 셋에 홀아비 하나까지 합치면 간밤 모집에 걸려 화물자동차 타고 마을을 떠난 남정은 모두 열한 명이나 되었다. 아무리 백여 가구가 똬리 틀고 있는, 제법 벌쭉한 마을이라지만, 그 가운데서 족집게로 뽑아내듯 쏙쏙 솎아 데려간 열하나라는 숫자는 기실 만만찮은 규모가 아닐 수 없었다. 더군다나 그 남정들이 낱낱이 힘꼴깨나 쓰는, 젊고 튼실한 장정이라는 점에서 문제의 심각성이 커질 수밖에 없었다.

모집 사건 둘러싸고 마을에 떠도는 쑥덕공론들 영감 귀에 옮기느라 천석꾼 마나님 관촌댁은 아침나절부터 사랑채로 건너와 마냥 호들갑을 떨어대는 중이었다. 하지만 사랑채 주인의 생각과 늙정이 마누라가 전하는 마을 사람들 쑥덕공론 사이에는 커다란 간극이 있었다. 바로 그 점 때문에 최명배로서는 여간만 마땅찮은 게 아니었다.

"나가 천황폐하여, 뭣이여? 그 잡살뱅이 연놈들이 총독각하도 아니고 도지사도 아니고, 허다못혀 면장짜리도 안 되는 이 최명배를 왜들 못 잡어먹어서 그러콤 복통을 앓는 게여, 복통을?"

또랑또랑한 장조카 시켜 만단으로 대비는 마쳤다지만, 그래도 막상 모집인들이 마을로 짓쳐들어올 당시에는 최명배 역시 소홀찮이 겁나심(怯懦心)을 집어먹을 수밖에 없었다. 귀신마저 소스라쳐 놀라 산똥 지릴 법한 그 전광석화 기세로 보아 불알 두 쪽 차고 나온 죄밖에 없는 남자들이 마을에서 씨도 안 남아날 성싶었다. 특히나 왜경 앞잡이로 알려진 장터거리 건달을 향도로 앞세워 모집인들이 서슬 푸른 일본도 꼬느질하면서 온 집안 휘젓고 다니며 방방마다 들들 뒨장질할 때는 배포 유하기로 천하가 알아주는 최명배마저 하마터면 솜바지에 오줌 찔끔 지릴 뻔했다. 꿩 대신 닭이더라고, 저러다 저놈들이 혹시 산으로 달아나버린 젊은 남정들 대신 아무짝에도 쓸모없는 이 늙다리라도 덥석 잡아가지 않을까 싶어 오금이 뻣뻣이 굳을 지경이었다.

그토록 절박을 극했던 사정을 감안한다면, 오히려 그 정도 선에서 끝난 것만도 천행만행으로 여겨 마땅한 판이었다. 일찌감치 선견지명 발휘해서 오랫동안 관가 쪽에 공을 들여온 상곡 어르신, 다름아닌 자신의 노력 덕분에 마침내 그 적공누덕(積功累德)의 효험이 현실로 나타난 결과였다. 산서 최문에서 단 하나 남정도, 심지어 자기한테 딸린 반쪽짜리 머슴마저도 축내는 일 없이 거센 모집 바람 무사히 넘긴 점 때문에 최명배는 마냥 대견해하던 참이었다.

"애시당초 이 세상에 태어날 적부텀 지놈들 스사로 짊어지고 나온 팔자소관인 것을 낸들 어쩌란 말인고. 그 누구를 탓허고 마잘 것도 없는 일이여. 그게 다 지놈들 조상 잘못 만난 죄란 말이여. 못난 조상 만난 죄로 후손들이 그러코롬 뜨거운 업보를 치르는 게여."

최명배는 공연히 빈 장죽 곧추들어 놋화로가 비명 지르게끔 탕탕 연타했다. 그 사품에 화로 안에 꽂힌 부젓가락이 모로 나자빠지면서 잿더미 속에 숨어 있던 빨간 잉걸불이 옴쏙 드러났다. 관촌댁이 잽싸게 손을 써서 부젓가락을 본디대로 세운 다음 깜짝깜짝 경기 일으키는 불덩이들을 부삽으로 다독다독 잠재워놓았다.

"운수 사납게 끌려간 당자들이사 즈그 업보 땜시 그런다 칩시다. 그런디 에린것은 또 무신 죄다요? 에미 얼골도 모르고 회리밤맨치로 크던 그 에린것이 창졸간에 애비마자 잃어뿔고는 고만 혼백이 십 리는 달어나서 울음소리 한번 속시연허니 못 내는 그 정상을 보니깨 참말로 넘에 일 같들 않더라고 열 입이 한 입으로 모다들 똑같이 애통허고 있습디다요."

부엌어멈 섭섭이네가 식전부터 마을 고샅길 사통팔달로 꿰고 누비며 어미 제비처럼 연락부절로 물어 나른 소문의 벌레들이 온 집안을 구물구물 기어다녔다. 그리고 그 벌레들은 한 다리 건너 관촌댁을 통해 다시 사랑채까지 고스란히 배달되었다. 밝은 햇빛 아래 적나라하게 드러난 간밤의 참경을 영감 귀에 충실히 옮기느라 관촌댁은 내내 눈물을 질금거렸다. 특히나 홀아비 변서방네 어린것의 정상을 그림 그리듯 설명할 때는 목소리가 완연한 울먹거림으로 바뀌기도 했다.

"일판이 요로코롬 숭악시럽게 뒤집어질지 알었드라면, 그러께 봄 보릿고개 때 변서방이 만주 땅으로 돈 벌러 가겠다고 뿌득뿌득 우김질헐 적에 차라리 그냥 훌쩍 떠나게코롬 내비둘 것인디…… 나가 괘얀시 단봇짐 싸서는 안 된다고 말리고 붙들고 주저앉히는 바람에……"

"그 에린것, 임자가 왈칵 보듬을 텨?"

"금방 뭣이라 허셨소?"

"이참에 임자가 갸 에미 노릇 떠맡을 작정이냔 말이여!"

"무신 말씸이 고로콤 텀턱시럽다요?"

"고새 사랑채 영감 눈치 못 채게 변서방 그 홀애비허고 무신 끊지 못헐 정분이라도 터놨드냐 그 말이여, 내 말은!"

"애고마니, 숭칙도 혀라!"

그제야 비로소 본정신으로 퍼뜩 돌아온 관촌댁이 허둥지둥 옷고름 집어올려 눈언저리에 맺힌 눈물방울들을 똑똑 따냈다. 남우세스러운 나머지 어찌할 바 몰라 하는 늙정이 마누라를 최명배는 부릅뜬 눈초리로 사납게 째렸다. 아침나절부터 재숫머리 멀찌감치 달아나게끔 징징 쥐어짜는 늙정이 마누라 자발없는 입을 애먼 소리로 단숨에 닫아놓는 데는 일단 성공한 셈이었다. 하지만 가벼운 입 하나 단속했다 해서 몹쓸 소문 조각들 덕지덕지 덧대어 기워놓은 누더기 같은 마음이 새물내 폴폴 풍기는 정갈한 입성으로 개비되듯 개운하게 변할 리 만무했다. 최명배는 뼈대 있는 반가 격식 본떠 방구석에 얌전히 모셔놓은 타구(唾具)가 있음에도 불구하고, 몹시 불편한 심기 드러낼 경우마다 늘 하던 버릇대로, 장지문 와락 열고는 목구멍에서 가래침 칵 그러모아 대청마루 너머 마당을 향해 퉤에 상스럽게 날려버렸다.

"그나저나 올해 농사가 참말로 꺽정시럽고만!"

모집이라는, 난데없는 회오리바람으로 말미암아 생겨난 걱정거리라고는 오로지 농사 한 가지뿐이었다. 열 놈이건 스무 놈이건 간에 자기하고 사돈의 팔촌도 안 되는 남남지간 붙들려가는 일이야 최명배가 전혀 걱정할 바 아니었다. 자기 집안 농사 차질 없이 지을 수만 있다면 열 놈, 스무 놈 아니라 산서 타성바지들 깡그리 다 쓸어간다 한들 대수로울 게 조금도 없었다. 문제점은 요번 붙들려간 놈들이 그냥 단순한 타성바지가 아니라는 것이었다. 왜놈들이 쏙쏙 골라 솎아간 것은 천석꾼 광작에 마소처럼 또는 농기구처럼 요긴하게 부려먹을, 낱낱이 다 변변한 일손들이었다. 농사도 그냥 명색뿐인 농사라면 혹간 또 모르겠다. 산서 일대에서 제일가기로 자타가 인정하는, 실로 어마어마한 규모였다. 간도나 연해주로, 아니면 일본 내지(內地)로 이민이다, 고용살이다 해서 하나둘 솔래솔래 빠져나가는 통에 해가 갈수록 장정들 숫자가 줄어드는 판국이었다. 그러잖아도 쓸 만한 일손 구하기가 가뜩이나 어려워지는 바람에 농사짓기가 부쩍 더 팍팍해지고 있었다.

그런데 엎친 데 덮치듯 이제부터 변서방 조력 없이 짓는 농사가 이전보다 한층 더 고달파질 것은 정한 이치였다. 머리는 없어도 뚝심 하나만은 일인당백으로 출중한 춘풍이놈이 이번 모집 바람 무사히 넘긴 게 최명배로서는 그나마 유일한 위안거리였다. 앞으로도 그놈이 장정 서너 몫 너끈히 감당할 테지만, 그럼에도 불구하고 아무 때나 필요할 적마다 상머슴처럼 불러다 실컷 부려먹곤 하던 변서방의 유고가 못내 아쉽기는 매한가지였다. 최명배는 어련무던하고 신실한 변서방이 과연 알짜배기 일꾼이었다는, 그래서 천석꾼한테 절대로 잃어서는 안 될 눈동자 같은 귀물이었다는 사실을 바로 그 눈동자 잃어버린 다음에야 알싸하게 깨달을 수 있었었다.

"춘풍이 그놈은 시방 어디서 무신 짓을 허고 자빠졌는고?"

최명배가 마누라 얼굴 올려다보며 심드렁한 어조로 물었다. 관촌댁은 애먼 핀잔 한 바가지 들이켜고는 그만 방에서 나가려고 엉거주춤 궁둥이 들어올리던 참이었다.

"점심 끄니 걸게 잘 처먹고는 행랑 구석에 틀어백혀서 아까부텀 코나팔만 드렁드렁 불어대고 있습디다."

"펄펄 끓는 똥물에다 슥 달 열흘 푹푹 고아낼 놈 같으니라고! 지놈 그 알량난 목심 건져주겄다고 머심놈 분수를 벳겨갖고는 주인네 반열에 올려서 산중 피신까장 착실허니 시켜줬건만, 지깟 놈이 무신 거창헌 사업 도모허다 왔다고 뻴건 대낮부텀 잠만 처자는 게여?"

마치 안방마님이 시켜서 자는 잠이기나 한 듯이 최명배는 마누라한테 한바탕 또 눈방울 부라리며 역정을 냈다. 그런 다음 마누라가 미처 사랑채를 나서기도 전에 금세 어조를 바꾸며 변덕을 떨었다.

"허기사 춘풍이 그놈은 그럴 만도 허지. 하루쥉일 먹고 자고 또 먹고 자고, 불철주야 옥골선풍 활량 행세헌다 허드래도 눈깜어줄 거시기가 있는 놈이여. 임자가 그 반쪼가리 물건더러, 당분간은 손구락 하나 깐닥 말고 오매불망 행랑채만 부둥키고 있으라고 단단허니 잡도리허소."

관촌댁이 되똥거리는 씨암탉걸음으로 궁둥짝 홰홰 내저으며 사랑채를 벗어나자 최명배는 군불 듬뿍 지펴 뜨끈뜨끈 달아오른

구들장을 등짝에 척 짊어졌다. 네활개 활짝 펼친 채 만판 편안한 자세로 드러누워 생고구마도 구워질 정도로 쩔쩔 끓는 아랫목에 엉덩이를 지지기 시작했다. 너무 뜨거운 나머지 엉덩이 살에서 누린내 솔솔 풍길 지경이 되자 그는 모로 누워도 보고 엎드린 자세로 비곗살 두껍게 몰린 뱃가죽을 요 대신 방바닥에 깔아도 보면서 태풍 일과 후의 느긋한 한때를 희롱했다. 꿈자리 사납던 간밤 기억이 되살아날작시면 그는 벌떡 일어앉으며, 대관절 이 호환 같고 염병 같은 난리가 언제까지 지속될 것인지, 나름대로 곰곰 따져보는 순서도 거르지 않았다.

모집인들이 집 안팎 에워싸고 샅샅이 뒤질 당시, 감나뭇골 정철기는 모처럼 한번 걸게 먹은 저녁밥이 잘못되어 똥탈나는 바람에 밤도와 연락부절로 뒷간 출입하던 끝에 구사일생한 작자였다.

정철기는 설사병에 쫓겨 뒷간으로 뛰어들자마자 허둥지둥 고의춤을 까내렸다. 바로 그때 울바자 앞에서 개 짖는 소리가 자지러지기 시작했다. 불길한 예감 동반한 채 저벅저벅 다가오는, 매우 수상쩍은 발소리들이 언뜻 귀에 잡혔다. 서너 채쯤 건너 아무개네 집에서 빨랫줄같이 뻗는 비명 소리를 들은 것은 다음 순간이었다. 그는 창졸간에도 지난날 한차례 겪은 바 있는 그 모집 사건을 퍼뜩 상기했다. 작년에 왔던 각설이처럼 그 육시랄 잡것이 죽지도 않고 또 찾아온 모양이라고 영검하게 알아차리는 순간, 그는 앞뒤 잴 겨를 없이 똥통 속으로 후딱 투신했다. 그는 똥물에 몸을 담근 채 머리통만 빠끔히 내놓고 바깥 동정을 살폈다. 온 집안을 벌컥 뒤엎으며 마구잡이로 휘젓고 다니는 기척들이 어둠을 뚫고 극명하게 건너왔다. 곧이어 요란한 구둣발 소리가 뒷간 쪽으로 달려오는 낌새를 채기 무섭게 그는 머리통마저 끌어내려 아예 똥물 속으로 자맥질해 들어갔다.

하늘이 내린 똥탈과 남다른 자맥질 실력 덕택에 정철기는 모집 바람의 와중에서 아슬아슬하게 비켜설 수 있었다. 허탕 친 모집인들이 빈손으로 물러가는 기척을 확인한 뒤에도 그는 내내 똥물에 멱을 감다가 주위가 완전히 잠잠해진 연후에야 뒷간에서 어기적어기적 걸어나올 수 있었다. 온 집안에 똥내 진동해 도무지 코를 못 두를 지경인데도 여편네는 그저 자기가 북해도 과부 되지 않은 것에 감읍한 나머지 하늘에 감사하고 조상님들께 감사하면서 꼭 사람 크기의, 영락없이 사람 형상 빼쏜 똥자루 하나 답삭 보듬고는 온몸을 비비대기 시작했다.

동천리 사는 아무개는 유별나게 잠귀 밝은 칠십객 노모 덕분에 엄청나게 득을 본 작자였다.

노모는 잠 욕심 없는 체질 빌미하여 밤늦도록 씨아를 돌리며 목화씨를 빼내고 있었다. 잠시 피곤에 겨워 얼핏 선잠에 들었던 노모는 재앙의 발소리 같은, 그 어떤 수상쩍은 기척에 눈이 번쩍 뜨였다. 방문 열고 바깥쪽 내다보는 것으로는 성에 안 차 노구 이끌고 토방으로 내려서려는 순간, 노모는 몽둥이춤 추면서 화적같이 들이닥치는 모집인과 덜컥 맞닥뜨리고 말았다. 그 사품에 소스라치게 놀란 나머지 노모는 방문턱에 걸려 제풀에 토방으로 굴러떨어지고 말았다. 하지만 이왕지사 굴러떨어진 김에 모집인 아랫도리를 죽을힘 다해 끌어안았다. 그러고는 방을 향해, 아무개야, 아무개야, 하면서 세상모르게 곯아떨어진 아들을 목청껏 불러댔다. 모집인이 괴상한 왜말 고함과 함께 구둣발로 걷어차 찰거머리 같은 노모를 떠둥그뜨리려 했다. 그러자 노모는 잽싸게 손을 바꾸어 모집인 바짓가랑이 대신 이번에는 사타구니를 암팡지게 틀어쥐면서 연방 아들 이름을 목이 터져라 외쳐댔다. 비로소 혼곤한 잠에서 깬 아무개가 물정 모르고 앞문으로 나오려는 것을 거니챈 노모는, 뒷문으로 도망치라고 시악을 써댔다. 부아가 머리꼭지까지 차오른 모집인이 몽둥이로 인정사정없이 노모의 어깻죽지를 내리쳤다. 노모는 가물가물 멀어지는 정신머리 가까스로 가누며 끝까지 모집인 부자지 틀어쥐고 버티다가 급기야 까무러치고 말았다. 노모가 시간 벌어주는 사이, 아무개는 뒷문 박차고 뒤란으로 뛰쳐나가 담장을 훌쩍 넘었다. 이승과 저승 사이를 바장이던 끝에 모집 바람이 잦아든 후에야 혼절에서 깨어난 노모는 그새 눈앞에 돌아와 있는 아들을 후딱 알아보고는 험구로 개구일성을 삼았다.

"에라, 이 지지리도 눈치코치 없는 놈아! 내 자식새끼 살려낼 수만 있다면 왜놈 봉알을 둘 아니라 열두 쪽이라도 따먹을 거시기가 있는 에민디, 니놈은 오날니알 죽어도 꽃생여 타고 갈 늙은 에미가 뭣이 아숩고 짠허다고 고로콤 싸게싸게 도망을 못 가고는 함마트라면 이역만리 객구 신세가 될라고 혔단 말이냐, 이놈아!"

먼촌 산다는 또다른 아무개는 때마침 야심한 시각에 이불 속에서 마누라 타고 쿵덕쿵덕 떡방아 찧던 중 느닷없이 들이닥친 난리판에 그만 혼비중천할 수밖에 없었다.

아무개는 중요한 일 치르다 말고 홀랑 벗은 몸뚱이로 방문 박차고 뛰쳐나갔다. 회중전등과 정면으로 맞닥뜨리는 순간, 눈을 찌르는 강렬한 빛에 일순 장님이 되었다가 엉금엉금 기어들어간 곳이 하필이면 헛간이었다. 거기에 작두가 놓여 있었다. 저 스스로 몸뚱이 해쳐 병신 만들어버리면 그 무시무시한 모집 올가미도 벗어날 수 있겠다 싶자 아무개는 주저 없이 작두 아가리 시켜 제 왼손을 덥석 물게 했다. 전짓불로 헛간을 살피던 모집인이 사대육신 멀쩡하던 남정에서 순식간에 불구자로 돌변해 있는 아무개를 발견하고 기가 막혀했다. 모집인은 손가락 다섯 개가 한목에 잘려나간 왼손을 확인한 다음 고통으로 몸부림치는 아무개를 마당 복판까지 질질 끌고 나갔다. 모집인은 피투성이 아무개 알몸 위에 무지막지한 몽둥이찜질을 가함으로써 실컷 분풀이한 다음에야 절레절레 도리머리 흔들며 물러가버렸다.

대대로 마당골에 세거해온 집안 삼대독자 이문홍은 삼강오륜 쪽 외면하고 잠시만 더 견디었더라면 길래 무사했을, 참으로 안타까운 경우에 속했다.

인간 사냥꾼들 몰려오는 낌새를 남보다 반 뼘쯤 일찍 알아챈 이문홍은 늙은 아비가 빌려주는 부실한 어깨를 짓밟고 어찌어찌 지붕 위로 오르는 데 성공했다. 용마루 그늘에 납작 엎드려 모집인들 전짓불 수색을 피하면서 이문홍은 지붕 저 밑에서 벌어지는 아수라판을 낱낱이 지켜보고 있었다. 한동안은 그럭저럭 용케도 잘 넘어가는 듯싶었다. 샅샅이 뒤져봐도 있어야 할 장정이 안 보이자 모집인들은 속곳바람으로 떨고 있던 젊은 아낙을 붙잡아 마당으로 끌어냈다. 이놈 저놈 번차례로 젊은 아낙 젖통을 움키고 속곳을 들추면서 모집인들은, 서방 숨은 곳 불지 않으면 껍데기를 홀랑 벗겨버리겠다고 으름장을 놓았다. 사람 성깔 한껏 덧들이는 그 비통한 광경을 지붕 위에서 빤히 다 내려다보면서도 이문홍은 속절없이 이를 악물고 짐승처럼 참는 도리밖에 없었다. 여인으로서 차마 못 견딜 수모 다 겪으면서도 젊은 아낙은 반 토막짜리 신음 한마디 없이 독하게도 잘 견뎌내고 있었다.

모집인들은 남편의 도타(逃躱)를 방조했을 것임에 틀림없는 아낙이 끝내 함구하자 영감과 할멈을 마당으로 끌어냈다. 이문홍은 마누라의 봉욕이라면 끝까지 모질음 쓰며 참아낼 각오였다. 하지만 불면 날아갈 검부저기 같은 노부모가 뭇매질당하는 꼴만은 도저히 지켜볼 수 없었다. 참다못한 이문홍은 용마루 위로 윗몸 벌떡 곧추면서, 이놈들아, 하고 왜장을 쳐버렸다.

집밖으로 끌려나가는 삼대독자 외아들 뒤따르면서 노부모는 구슬피 울부짖었다. 불효막심한 자식을 두고두고 원망하기도 했다. 손이 귀한 집안에서 노부모가 삼대독자 금쪽같은 목숨 지켜주고 싶은 욕심 하나로 죽도록 매품 파는 동안 삼강오륜을 잠시 외면하면 될 것을, 그새를 못 참고는 섣불리 자복하고 나서는 바람에 조상님들께 후손봉사 도리를 스스로 끊는 대죄를 범한, 천하의 패륜자식이라는 원망이었다.

한바탕 거센 비바람 휩쓸고 지나간 과일나무 밑에 으레 나뒹굴게 마련인 낙과와도 같이 모집 바람이 남긴 별의별 야릇한 뒷이야기들이 마을마다 점점이 뿌려져 있었다. 최명배는 부엌어멈 앞세워 관촌댁이 암팡지게 물어 나르는 그따위 입방아거리에는 도통 관심이 없었다. 그것들이 제아무리 눈물겹고 가슴 미어지고 분통 터지는 내용을 담고 있을지라도 결과는 매한가지였다. 거만금 재산 쌓아올리고도 차마 아까워 벌벌 떠느라 푼돈마저 생광스레 헐지 못하던 평상시 버릇대로 감정 출납에도 한없이 인색한 위인이었다.

당초부터 동천리 아무개나 마당골 아무개 이야기는 최명배에게 그저 강 건너 불구경 푼수에 지나지 않았다. 까마아득하게 머나먼 별세계의 일일 따름이었다. 수단 방법 가리지 않고, 어느 몹쓸 짐승 짓거리 벌여서라도 끝끝내 지켜내지 않으면 안 되는 산서 최문 종중이나 천석꾼 소유 광대한 땅덩이만이 오로지 그의 관심사였다.

"에라, 이 어리바리헌 놈들 같으니라고!"

그런데, 나라가 어쩌고저쩌고 민족이 어쩌고저쩌고, 하면서 병든 하릅송아지 꼬락서니로 결핏하면 앓는 소리 해대는, 가소롭기 짝이 없는 인간들이 바로 지척지간에 있는 탓에 최명배는 오래전부터 이만저만 고민이 아니었다. 배운 것들일수록 곧 죽어도 배웠다는 유세 삼아 벌이는, 덜떨어진 수작이었다. 다름아닌 맏아들과 하나뿐인 딸이 그런 부류였다. 비싼 학자금 처들여 그것들한테 높은 공부 시킨 본심은 애오라지 산서 최문과 거만재산 지켜내려는 싸움에 방패와 엄심갑으로 써먹자는 것이었다.

"싹수대가리라고는 피천 한 잎만침도 없는 연놈들 같으니라고!"

바로 그 싹수머리 없는 맏아들과 외동딸은 천석꾼 아비 덕분에 일단 문리가 트이고 세상 보는 눈이 떠지니까 하루아침에 변심하고 나섰다. 아비는 아무리 눈 까뒤집고 찾아봐도 안 보이던 그 독립이니 뭐니 하는 허깨비들이 그것들 눈에는 마치 족보나 땅문서 같은 실물 형상으로 나타나는 모양이었다. 바로 그 허깨비들로 말미암아 최명배는 결국 자식들한테 걸었던 기대를 일찌감치 접어야만 했다.

"자식이 아니라 웬수지, 웬수!"

뿐만이 아니었다. 그것들은 아비의 원대한 꿈 망가뜨리는 데 그치지 않고 저희들 신세도 일찌감치 망쳐버렸거나 상기도 시나

브로 망쳐가는 중이었다. 한 년은 집구석에 틀어박혀 조석으로 속을 썩이고, 한 놈은 빙빙 집밖으로 나돌면서 틈만 나면 아비 가슴팍에 대못질 탕탕 하는 판이었다. 그것들 소행머리 생각할작시면 일껏 잘 내려갔던 밥알들이 밥통에서 저마다 기운껏 모두뜀하는 바람에 최명배는 시시때때로 극심한 복통에 시달리곤 했다.

"그런디, 늙다리 똘중 만나고 온다든 그놈은 왜 여적지 코쭝배기도 안 비친다냐!"

제 사촌형 편에 반 토막짜리 짧은 전갈만 쥐여 보낸 다음 내처 백상암에 머물고 있는 맏아들 떠올리면서 최명배는 잔뜩 오만상을 지었다.

"그나저나 올해는 자식농사고 곡식농사고 간에 말짱 다 대흉이 들어뿌렀고만! 참말로 꺼억정시럽네!"

최명배는 속에서 부글부글 들끓는 끌탕을 못 참고는 벌떡 일어앉았다. 그는 장지문 와락 열어젖뜨린 다음 목구멍 안쪽에서 가래 잔뜩 끄어올려 마당 향해 멀리 내뱉었다. 옛날 서당에서 구식 학문만 익힌 자신의 소견으로는 불한당 같은 신식 세상이 장차 어떻게 돌아가려는 셈판인지 당최 헤아릴 재간이 없는 까닭에 최명배는 그 갑갑증과 벌떡증을 가래침만큼이나 걸쭉한 욕지거리로 바꾸어 힘껏 내뱉고 나서 끙 소리와 함께 살진 몸뚱어리를 방바닥에 철퍼덕 부려버리고 말았다.

4

동구 밖이 별안간 시끌짝해졌다. 줄초상이라도 난 푼수로 아낙들이 한바탕 서럽게 울어대고 있었다. 이 고샅 저 고샅에서 너도나도 줄달음쳐 울음소리 마중하러 나가는 발소리들이 요란했다. 저마다 한 가닥씩 목청껏 뽑아대는 호곡성들이 한 타령으로 어우러져 무리를 짓고 세력을 이루면서 마을 안으로 어기차게 파고드는 중이었다.

진종일 행랑채 머슴방에 갇힌 몸으로 하는 일 없이 펀둥거리며 팔자에도 없는 활량 노릇 견디느라 단단히 벌을 서는 중이던 춘풍이가 주인마님 엄명 까먹은 채 고삐 끊은 황소처럼 무서운 기세로 뛰쳐나왔다. 때아닌 호곡성에 놀라 대관절 무슨 일인가 하고 대청마루에 나앉아 있던 최명배 눈에 반편이 머슴놈 수상쩍은 거동이 딱 걸려들었다.

"춘풍이 네 요노옴!"

상곡 어르신 살천스러운 호통이 춘풍이 앞길을 떡하니 가로막았다. 딴죽과도 같은 그 호통에 발부리가 걸리는 바람에 춘풍이는 순간적으로 중심을 잃고 멈칫하는 듯했다. 그러다가 어느새 깍짓동 같은 몸뚱이를 도로 바루었다.

"네 요놈."

하늘 같은 상곡 어르신 향해 함부로 놈 소리 맞놓고 나서 춘풍이는 한차례 히죽이 웃어 보였다. 그러고 나서 냅다 또 길길이 뛰며 대문간으로 돌진하기 시작했다.

"저런, 저런, 주리를 틀어뿔 놈!"

쿵쾅쿵쾅 두 발 굴러 대문턱 훌쩍 뛰어넘는 춘풍이 뒷모습을 눈으로 좇다 말고 최명배는 떡심이 쫙 풀린 목소리로 자탄했다.

"아서라, 말어라, 우리 춘풍이 괄시를 말어라! 황차 우리 춘풍이 되린님한티 무신 허물이 있을 것이냐! 일찌가니 저놈 다리몽생이 작신 뿐질러서 방구석에다 주저앉히들 못헌 권어른이 불찰이지!"

마치 전설 속에 등장하는 원귀 모습으로 머리칼 아무렇게나 풀어 헤뜨린 채 일단의 아낙들이 늦겨울 석양에 등덜미 떼밀려 고꾸라지고 자빠지면서 마을로 들어오고 있었다. 졸지에 북해도 생과부 신세 된 아낙들 목놓아 터뜨리는 호곡성이 때마침 마중나온 마을 사람들과 만나자 한층 더 기승스러워졌다. 아낙들은 불그무

레한 노을빛이 비단보처럼 내리깔린 황톳길 위에 선짓빛 붉은 호곡성을 콸콸 토해내고 있었다. 어떤 아낙은 마을 초입에 아예 퍼벌하고 주저앉은 채 고무신짝으로 앰한 땅바닥을 연방 닦달질했다. 또 어떤 아낙은 제 손으로 제 머릿가닥 마구 쥐어뜯고 옷고름 잡아채어 저고리 앞섶을 활랑 풀어헤치기도 했다.

읍내에서 이제 막 돌아온 식구와 마을에 남아 있던 식구들이 만나 한데 어우러지는 순간, 호곡성은 마침내 절정에 다다랐다. 한 발짝 뒤늦게 무리에 합류한 어린것들이 불에 덴 것처럼 터무니없이 날카로운 고성으로 어미들 호곡성에 한몫 단단히 부조하기 시작했다.

식전에 빈속으로 끌려간 남정들 위해 먹을거리와 입성 등을 챙겨 어린것들 손목 부여잡고 면소(面所) 마당으로 면회 갔던 아낙들이었다. 그곳에서 어린것들 따로 떼어 마을로 돌려보낸 다음 아낙들은 다시 모집당한 남정들 호송하는 '도라꾸' 뒤쫓아 최종 집결지인 읍내까지 먼길을 달려갔다. 그리고 읍내 정거장에서 남정들이 기차에 실려 떠나는 마지막 장면까지 죄 지켜본 연후에 차마 떨어지지 않는 발걸음 옮겨 산서로 돌아오는 참이었다.

자그마치 왕복 육십여 리 창창히 먼길을 거지반 뜀박질하다시피 갔다가 숫제 엉금엉금 기다시피 돌아오는 참인데도 호곡성 뽑을 기력만은 아직도 남아도는 모양이었다. 한 아낙이 갑자기 입에 거품 허옇게 물고는 땅바닥을 데굴데굴 구르면서 몸부림치다가 끝내 눈자위 허옇게 까뒤집으며 기함해버렸다. 밤이면 얼었다 낮에 녹기를 되풀이하는, 묽은 팥죽과도 같은 진창길로 말미암아 아낙들 흰 저고리 검정 치마는 황토물을 벌겋게 뒤집어쓰고 있었다. 서녘 하늘 덮어오는 저녁놀이 조선사람 조선옷 위로 솜털처럼 나붓나붓 내려앉고 있었다. 하늘의 것이나 땅의 것들, 그리고 그 사이에 끼여 있는 모든 것이 죄다 붉게 물드는 시간이었다. 저녁놀 아래 아낙들 울음소리조차 붉은 빛깔을 선명히 띠고 있었다. 너무나도 서럽고 몹시도 원통한 꼴들 직접 목격한 조선 하늘 조선 저녁놀이 목청 한껏 드높여 조선말로 애고대고 통곡을 일삼고 있었다.

한 아낙이 울음소리 뚝 그치더니만 갑자기 팔을 쭉 뻗으며 누군가를 손가락질했다. 그 손가락질이 달려가 멈추는 자리에 남들보다 머리통 하나 정도 높이 솟은 춘풍이가 우뚝 서 있는 게 아닌가. 구경꾼들 뒷전에서 춘풍이를 발견하는 순간, 관촌댁은 차마 봐서는 안 될 물건이라도 본 듯이 눈살을 잔뜩 찌푸렸다.

"아이고, 저 잡것이 어느 저를에 또 부룩소맨치로 도망질을 나와갖고는 저 지랄을 다 떨고 자빠졌다냐!"

모든 사람이 일제히 저를 손가락질하며 중구난방 떠들어대는 판인데도 춘풍이놈은 마치 곡마단 구경 나온 철부지처럼 천연덕스러운 낯꽃으로 헤죽헤죽 웃기만 했다.

"저놈에 웬수! 아이고, 저놈에 웬수!"

순식간에 몸이 얼어붙는 바람에 선 자리에서 꼼짝도 할 수 없었다. 그러나 관촌댁 마음은 어느새 득달같이 달려가 춘풍이놈 멱살 꺼들어 잡고는 구경꾼들 틈새에서 끌어내는 중이었다.

최가 놈들…… 최가 놈들……

수많은 구경꾼 사이에서 빠져나오는 욕지거리들이 웬만큼 거리 두고 외따로 떨어져 있는 관촌댁 귀에까지 또렷이 건너왔다.

최가 놈들…… 최가 놈들……

본성이 신가인 춘풍이 겨누어 손가락질하면서도 마을 사람들은 언필칭 최가만을 하염없이 들먹이고 있었다. 최가 성씨가 뭇사람 입길에 오르내리기 시작하면서부터 아낙들 곡소리는 급속도로 잦아들었다. 그 대신 이 구석 저 구석에서 쑥덕공론들이 난무하기 시작했다.

"알고 보니깨 산서 최가 놈들은 조선사람 아니드라!"

쑥덕공론은 곧장 비난과 원성으로 이어졌다. 구경꾼들 틈서리에 끼어 있던 몇몇이 뭔가 심상찮은 낌새를 채고 슬금슬금 뒷걸음질하기 시작했다. 최가들이랑 노상 가까이하면서 최가네 훈김으로 살림 꾸려가는 처지 아니면 원래부터 최가 성씨 마빡에 붙인 채 태어난 부류였다. 그들을 겨냥하고 북해도 과부들 피맺힌 저주가 바지게로 하나 가득 길바닥에 부려졌다.

"아주까리에 진둥개맨치로 왜놈 쪽발이들허고 찰싸닥 붙어먹음시나 천년만년 잘들 살어봐라, 이놈들아!"

"최가들 집구석, 하루가 멀다 허고 날이면 날마닥 줄초상에 소대상, 탈상 연달어서 치루게코롬 천벌을 무데기로 내려줍소사, 허고 천지신명님, 일월성신님 전에 백일기도 발원헐 작정이다, 이놈들아아!"

그들 가운데서 가장 극성스레 왜장치며 길길이 날뛰는 아낙은 놀랍게도 말수 적고 음전하기로 소문난, 감나뭇골 김영감 며느리 쌍가매네였다. 해마다 상곡 어르신 배려 덕분에 좁지 않은 옥답 부쳐 해마다 적지 않은 소출을 올리던 집안이었다. 그런 집안 며느리가 하루아침에 눈깔 홰까닥 뒤집혀 삵처럼 스라소니처럼 표독스레 날뛰고 있었다. 뒷걸음질할 생심조차 않은 채 여전히 구경꾼들 틈바귀에서 헤죽거리고 있는 춘풍이 겨냥해 쌍가매네가 갑자기 몸을 날렸다. 시아버지 김영감 만류도 아랑곳없이 쌍가매네는 춘풍이 바지춤을 덥석 거머잡았다.

"우리가 그 징헌 꼴 당헐 적에 느그 최가 놈들은 산천경개 유람 가서 무신 신선놀음을 허다가 왔는지 바른대로 싸게 이실직고허거라, 요노옴!"

외간남자 바지춤 거머잡은 채 마구 불량 떠는 젊은 아낙을 보고 춘풍이는 헤죽헤죽 웃었다. 놀이 상대 삼아 쌍가매네하고 장난질하듯 춘풍이는 연방 헤죽거리면서 가볍게 밀치락달치락했다. 상대방이 어기차게 덤벼들며 삿대질 계속하자 춘풍이는 마침내 마을 초입에 자리한 공동 우물 쪽으로 주춤주춤 물러서기 시작했다.

"산동 그 생원댁인가 정승댁인가 허는 집구석 탈상 참예가 참말인가 그짓말인가 만좌중에 싸게 실토를 못허겄냐, 요놈아!"

쌍가매네 거드느라 구경꾼 하나가 벽력같이 고함쳤다.

"으, 정승댁 탈상, 요놈아……"

아무하고나 놈 자 서로 주고받는 일에 이미 이력이 나버린 춘풍이였다. 제법 즐길 만한 놀음놀이라도 새로 찾아낸 양 춘풍이는 회삼물(灰三物)로 둥그렇게 쌓아올린 공동 우물 둘레를 뱅글뱅글 돌면서 젊은 생과부와 벌이는 덧게비 장난으로 한창 재미를 보는 중이었다.

"죄 많은 놈 옆에 섰다가 날베락 덤테기 쓰고 잪지 않다면 싸게 싸게 이실직고를 허거라, 이놈아!"

"으, 싸게싸게…… 이놈아!"

다른 아낙들까지 합세해서 우물 주위로 우르르 몰려들어 춘풍이를 겹겹으로 에워싸버렸다. 퇴로가 막혀 이제는 도망칠 데도 없는 막다른 골에 몰리자 춘풍이는 입에 거품 물고 아득바득 덤벼드는 쌍가매네 가슴팍을 엉겁결에 꽉 보듬어버렸다.

"애고마니나!"

춘풍이놈 해괴망측한 행태에 놀란 나머지 아낙들이 사방에서 비명을 터뜨렸다. 마치 저 자신이 당하는 봉욕이기나 한 듯이 아낙들은 질겁하고 잔망하면서 서너 발짝 뒤로 냉큼 물러섰다. 외간남자 품안에 꼼짝없이 안긴 꼴 되고 만 쌍가매네는 우람한 덩치로부터 놓여나고자 연방 팔다리 허비적거리며 안간힘을 썼다. 젊은 아낙 꽉 보듬은 채 춘풍이는 주위를 둘러보면서 연방 히히거리고 있었다.

"춘풍이 네 요노옴!"

바로 그때였다. 구경꾼들 뒷전에서 천둥 같은 호통이 터져나왔다. 다름아닌 상곡 그 어르신이었다. 사세 여의치 않아 그때까지 먼발치에서 방관만 하고 있던 관촌댁은 소란의 와중으로 난데없이 뛰어드는 영감을 보자 없던 용기가 갑자기 샘솟는 듯했다. 씨암탉걸음으로 살진 엉덩판 홰홰 내저으며 관촌댁은 우물로 향했다.

"자고로 남녀는 칠세가 부동석인 법이거늘, 우리 감나뭇골이 으떤 동네라고 시방 니놈이 감히 미풍양속을 해허고 자빠졌느냐!"

최명배는 삼십 리 상거인 읍내까지도 충분히 들릴 만한 목청으로 들입다 또 고함을 질렀다. 그와 동시에 허공중에 대고 긴담뱃대 사정없이 휘둘러댐으로써 감히 감나뭇골 미풍양속 해치는 저 녁놀을 마구 징치했다. 그는 산서 일대에 군림하는 자신의 위엄을 한껏 드높일 요량으로 앞길 빤히 트일 때까지 잠시 뜸을 들였다. 아니나 다르랴, 시야를 가리고 있던 사람들이 칼로 짜개듯 양쪽으로 쫙 갈라지면서 저절로 신작로가 생겨났다. 그는 뒷짐 잔

뚝 지고 금세라도 벌러덩 나자빠질 듯 윗몸을 잦바듬히 기울인 채 여덟팔자걸음 놓으며 앞으로 씨억씨억 나아갔다. 그는 공동우물 약간 못미처에서 일단 발걸음 멈춘 다음 턱을 바짝 치켜 은백의 하이칼라 머리를 뒤로 확 젖혔다.

"춘풍이 네 요놈, 아즉도 해전이고, 어둑발이 깔릴라면 시방도 한참이나 멀었는디, 니놈은 사람들 이목이 무섭지도 않드란 말이냐? 사방팔방에서 지켜보는 눈구녁이 송곳 다발맨치로 촘촘허니 백힌 난장바닥에서 이 무신 난봉질이고 이 무신 행음질이란 말이냐, 이 팔난봉에 조상 뫼를 쓴 놈아!"

최명배는 터무니없는 혐의 더빽 씌워 천하가 다 아는 숫총각 춘풍이를 깔축없는 난봉꾼으로 몰아붙였다. 천석꾼에 의해 창졸간에 음란 행실 화냥년으로 곤두박질한 쌍가매네가 무르춤한 자세로 가쁜 숨 몰아쉬는 꼬락서니 통해 드디어 훈계 효과가 나타나기 시작했음을 눈으로 확인할 수 있었다. 그것은 춘풍이 한 놈 난봉꾼으로 몰아붙임으로써 그 상대역도 덩달아 색정광으로 낙인찍는, 이를테면 양수겸장 효과였다. 워낙 산전수전 다 겪은 노련가인지라 최명배는 두메산골 농투성이들, 낫 놓고 기역자 모르는 무지렁이들을 어떤 방식으로 다뤄야 가장 속효가 나는지 뜨르르 꿰고 있었다.

"개도야지 매일반으로 사나놈이랑 지집년이랑 그러코롬 지남철맨치로 찰싹다 들러붙어 있으니께 기분이 으떻드냐, 이놈아?"

"으, 찰싸닥…… 이놈아."

"이런, 오살에 육시를 헐 잡놈을 봤나!"

하마터면 잊을 뻔했다는 듯 새잡이로 긴담뱃대 휘둘러대는 상곡 어르신을 눈앞에 두고 춘풍이는 또다시 실없는 웃음 헤벌쭉 흘렸다. 쌍가매네가 우물가 회삼물 바닥에 아무렇게나 퍽석 퍼더버리고 말았다. 춘풍이가 양손 엄지손가락들 겨끔내기로 사용해서 팽 소리도 요란하게 싯누런 콧물 탄알 두 방을 연발로 날렸다. 그 예사롭지 않은 사격 솜씨에 놀라 사람들이 예서제서 끌끌끌 혀를 찼다.

"아이고, 오날날 요로콤 북해도 구신이 될지 알었드라면 우리 쌍가매 즈그 아부지도 춘풍이놈맨치로 진즉에 최가네 집구석에 상머심으로 들어가서 목심줄이라도 부지허고 살자고 조석으로 종주먹을 댔을 것인디, 아이고 아이고, 나가 왜 고런 신통방통헌 생각을 못허고 살었든고! 애고대고, 내 팔자야!"

초장부터 사뭇 험악하게 나오는 쌍가매네 넋두리를 탓할 생각은 전혀 없었다. 그 대신 최명배는 두 눈에 쌍불 켜고 사방을 두리번거리며 그 누군가를 일삼아 찾기 시작했다. 오랏줄이나 다름없는 상곡 어르신 시선에 전신을 꽁꽁 포박당한 김영감 낯꽃이 대뜸 사색으로 변했다.

"절개로 말허자면 송죽 같고, 행실로 말허자면 명경지수 같은 저 여인네는 대관절 뉘댁 합부인(閤夫人)이신고?"

사정없이 점잖고 유식하게 들리는 질문 앞에서 김영감은 잠시 어리둥절한 기색을 감추지 못했다.

"무신 말씀이신지……"

"저 싸가지 눈꼽만침도 없는 예펜네가 뉘집 메누리냐, 그 말이여!"

최명배가 두메산골 무지렁이들도 얼른 알아들을 수 있게끔 유식 수준을 대폭 낮추어 재차 추궁했다.

"아, 예…… 그것이사 즈이 집……"

떠듬떠듬 대답하다 말고 김영감은 비루먹은 당나귀 꼬리처럼 노란 수염 가닥 성기게 늘어진 합죽한 턱을 달달 떨기 시작했다. 상대방이 결코 몰라서 묻는 소리가 아니라는 사실을 그제야 비로소 깨달은 눈치였다.

"어르신 앞에 이 늙은것이 고만 죽을죄를 졌고만이라우."

"불집은 똑똑허고 잘난 자네 메누리가 일궈놨는디, 죽을죄는 왜 거추없이 시애비가 못 떠안어서 야단인고?"

"입주뎅이가 바작으로 한 짐이라도 상곡 어르신 안전에서 지가 시방 무신 변명을 허겄습니까요. 참말로 상곡 어르신 뵈올 면목이 없습니다요."

"어허, 그 면목은 두었다가 담번 타작마당에서 타조(打租)헐 적에 내 집 마름허고 가리새타기로 험세. 그것은 그것이고, 그런디 자네 집구석은 오날날까장 잘난 메누리가 풀방구리 쥐새끼 드나들딧기 친정집 들락거림시나 물어 나르는 곡식으로 삼시 세 끄니 뱃구레를 채웠든고?"

최명배는 양쪽 빰에 각각 한 개씩 심술단지 대롱대롱 매달린 얼굴로 김영감을 계속 훌닦았다.

"그, 그럴 리가 이, 있겄습니까요! 사, 상곡 어르신 음덕이 안 뻗치셨드라면 즈, 즈이 집구석은 망조가 들어도 으, 을축년 물난리 때 퍼얼써……"

전부터 짝없이 부실하고 못생긴 김영감 노란 수염이 눈에 띌 때마다 최명배는 잘 벼린 가위로 싹둑싹둑 잘라주고 싶은 충동을 매번 느끼곤 했다.

"그게 아니라 허이면, 귀헌 자식 모집에 내보낸 공적으로 혹시 동척(東拓) 쪽에서 자네한티 무신 반가운 기별이라도 그새 당도혔드란 말인고?"

잘 벼린 가위의 필요성을 새삼스레 다시 느끼면서 최명배는 상대방 말 따위 숫제 못 들은 체하고 무작정 제 말만 앞세웠다. 상곡리를 통틀어 불과 몇 가구밖에 안 되는 자작농들 제외한다면, 나머지 백여 가구는 동양척식회사 농장 아니면 최명배 소유 전답에 목매달고 애면글면 연명하는 처지였다.

"어르신도 참 너, 너무허십니다요! 무, 무신 그런 참담허신 말씸을 허십니까요! 이, 일자무식이라도 이 늙은것이 으, 으뜷게 감히 한 마필 우에 두 안장 얹는 흐, 흑심을 품겄습니까요!"

더군다나 산서면 한군데로 국한시켜 토지 면적 비교할작시면, 최명배 소유가 동척농장보다 월등히 더 넓었다. 동척 운운하는 상곡 어르신 공박이 천부당만부당한 오해에서 비롯된 것임을 하소하느라 김영감 이마에는 어느새 식은땀이 송골송골 맺혔다.

"사정이 그렇다 허이면, 자네는 메누리 버리장머리 한번 고약시럽게 키워놨네그랴."

일가족 생계 위협하는 그 무시무시한 공갈의 효과는 비단 김영감뿐만 아니라 방금 전까지 언필칭 최가 놈들 들먹이며 험담과 저주 일삼던 마을 사람 모두의 얼굴 위로 덩두렷이 떠올랐다. 생살여탈권 한 손에 거머쥔 상곡 어르신의 위세에 납작 짓눌려 낯꽃들이 개개일자로 돌처럼 굳어져 있었다.

"그, 그저 이 늙은것이 원판 배워먹들 못혀서 세상 보는 눈구녁이 바, 발바닥 밑맨치로 깜깜허다보니께 메, 메누리 단속이 소, 솔찮이 부실혔고만이라. 상곡 어르신 지대로 섬기들 못허고 마, 망발만 몽씬 떨었으니께 이 늙은것은 참말로 주, 죽어 마땅헙니다요."

승패가 이미 결판났는지라 최명배는 지주와 소작인 간 주종 관계가 얼마나 엄중한 것인지 똑부러지게 일깨우려는 노력은 이제 그쯤에서 접어도 무방하겠다고 생각했다.

"자네 그 잘난 메누리 말마따나 우리 최가 놈들이 여적지 이웃지간한티 차마 몹쓸 무신 짓거리라도 저질른 적 있든고?"

그러나 최명배는 기왕 내친김에 그러께나 그끄러께 보릿고개 때 꾸어주고 아직 못 받은 장리쌀이라도 독촉하는 기세로 숨돌릴 겨를 안 주면서 김영감을 다그쳤다.

"그, 그럴 리가요! 참말로 이놈이 죽을죄를 졌습니다요! 이 늙은이, 유구가 무언이지만, 요번 한 번만 어르신께 요, 용서를 빌겄습니다요."

"아무개랑 아무개는 우리 눈에 미운털 백힌 놈들이니께 지발 덕덕 잡어가쇼, 허고 최가 놈들이 모집인들 길라잽이 노릇이라도 자청허고 나서든고?"

"어르신께서도 참, 무신 그런 억단에 말씸을 다……"

"우리 최가 놈들이 저승사자맨치로, 바로 요 집이요, 저놈이요, 허고 손갈쿠리로 동네 장정들 일일이 찍어주고 돌아댕기기라도 허든고?"

"어르신, 이 늙은것이 이날 평생 염치도 없이 널름널름 줏어먹은 낫살을 보셔서라도 고만 고정허시고 지발덕덕 용서를……"

감나뭇골, 아니, 산서면 일대에서 자신이 누리는 특별한 지체 감안할 때, 미물 같은 두멧것들 상대로 말품을 너무 오래 팔고 있다는 느낌이 없잖아 있었다. 하지만 최명배는 차후로 두 번 다시 앰한 최씨 가문 입길에 올리는 발칙한 짓이 벌어지지 않게끔 마을 남녀노소 전부를 단단히 잡도리하기 위해서는 그만한 수고쯤 몸소 감내할 도리밖에 없다고 생각했다. 최명배는 마치 숫돌에

썩썩 갈아 서슬 푸르게 낫날을 벼리듯 헛기침 두어 방으로 더욱더 쇳소리 카랑카랑하게 울리게끔 목청을 가다듬었다.

"대관절 왜들 요 지경으로 지랄발광들인고? 자네들 조상님네도 못 말리는 대일본제국 모집 사업을 자네들 조상 구신도 아닌 최명배더러 대관절 으쩌라고 툭허면 욕질이고 걸핏허면 삿대질인고? 자네들 처자식 굶기들 말라고 전답 마지기 몽땅 빌려주고, 그러고도 모잘라서 요참에는 나 최명배가 자네들 대신 모집까장 나가줘야만 속이 똑 후련허겄는고? 자네들 아들이나 서방허고 같이 안 붙잽혀갔다 혀서 최명배는 조선사람 아니고 왜놈 쪽발이다, 요따우 말뽄샌고? 만약에 자네들 생각이 그렇다 허이면, 나 최명배는 장차 열 번도 시무 번도 더 쪽발이가 되고 말어뿔 작정이네. 요 자리서 시방 단호허니 밝혀두지만, 나 최명배는 자네들이랑 같이 살고는 잪어도 자네들 동무 삼어서 같이 죽고 잪은 생각은 터럭끝만침도 없는 사람이라네!"

일장연설 끝에 최명배는 잠시 숨을 고르면서 우물가를 한 바퀴 휙 둘러보았다. 자칫 잘못해서 상곡 어르신하고 눈길 부딪히는 실수라도 범할까봐 마을 사람들은 하나같이 최명배 시선이 근처에 닿기도 전에 미리감치 고개를 옆으로 돌리거나 아래로 수그리기 바빴다.

"에또, 그러고 그 쪽발이는 대관절 얻다가 쓰는 물건인고? 다이닙뽕데이꼬꾸 덴노헤이까께오서 황공하옵시게 우리 조센징들한티 성은을 내리셔서 나이셍잇따이(내선일체)가 되게코롬 선처허신 사실을 자네들은 여적지 듣도 보도 못허고 깜깜속으로 살어왔드란 말인고? 일본사람 조선사람 불문허고 인자는 다 똑같은 고오꼬꾸신밍(황국신민)으로 짱짜란허니 줄을 서게 된 이 마당에 대관절 그 쪽발이는 또 무신 얼어뒤어질 잡소린고?"

요긴할 때 써먹을 요량으로 그동안 왜말 나부랭이 몇 마디 일삼아 귀동냥해두었던 게 여간 다행이 아니었다. 모처럼 오랜만에 그것들을 무지렁이 촌것들 앞에서 십분 풀어낸 자신의 솜씨가 최명배는 퍽이나 마음에 들었다. 워낙 짧은데다 때늦은 국어공부였던지라 몇 토막밖에 안 되는 그 왜말마저 임의롭게 잘 뱉어지지는 않았다. 그럼에도 불구하고 최명배는 경찰 주재소 주임이나 헌병 분견대 대장이 들으면 머리 쓰다듬어주기 딱 십상으로 좋은 말들만 쏙쏙 뽑아 늘어놓은 자신이 마냥 대견스럽기만 했다.

"이 미련퉁이 인간들아, 찬물 먹고 제발 정신들 채리소, 정신들! 고오꼬꾸신밍이라면 덴노헤이까 앞에 주기(충의)를 몽땅 바쳐서 성은에 보답허는 것이 마땅헌 도리거늘, 감히 누가 누구더러 시방 조선사람 기네, 아니네, 막되야먹은 수작질인고? 앞으로 내 앞에서 고따우 불경시런 소리 또 씨부려댔다가는 단박에 후떼이센징(불령선인)으로 몰려서 어느 구신이 채가는지도 모르게 찰카닥 쇠고랑 차고 끌려가게 될 모냥이니깨 자네들은 그리 아소!"

한바탕 열변 토하고 나서 최명배는 어안이 벙벙해 있는 마을 사람들을 본때 있게 홱 등져버렸다. 그는 네활개 치며 몇 발짝 옮기다 말고 되돌아섰다.

"춘풍이 네 요놈, 싸게 집에 가서 사랑채 아궁지에다 군불 안 집어옇고 거그서 시방 뭣허고 자빠졌냐!"

둥덩산같이 배가 나온 춘풍이를 꽁무니에 매단 채 최명배는 반편이 머슴하고 어금버금한 배불뚝이 몸뚱어리 전후좌우로 흔들며 기세 좋게 여덟팔자걸음을 놓았다. 총총걸음으로 달려온 늦겨울 어둠발이 산골마을 고샅길에 어느덧 멍석처럼 깔리기 시작했다. 낮 동안 햇볕에 녹아 부레풀처럼 검질기게 고무신 밑창에 달라붙던 황톳길이 저물녘 맞으면서 꼬들꼬들 굳어가고 있었다. 또다시 깐깐한 밤추위 준비하느라 바람은 결과 결 틈서리에 숨겨두었던 칼끝을 언뜻언뜻 꺼내 보이며 뺨따귀와 목덜미를 자꾸 해코지하려 했다.

최명배는 우물 주변에서 날아와 뒤통수에 따갑게 꽂히는 뭇 사람들 눈총 따위에 추호도 흔들리지 않았다. 그까짓 눈총이 다 뭐냐. 사람이 눈총 좀 맞았다 해서 급사하는 법은 절대로 없었다. 눈앞에 자주 헛것이 뵐 지경으로 어지럽게 돌아가는 위다안소(危多安少)의 난국을 맞아 족보와 땅문서서껀 재보들 생채기 하나 없이 길래 안전하게 건사하자면 우선 힘있는 내지 출신 관헌들한테 잘 보일 필요가 있었다. 그들 눈에 밉보이는 날이면 득볼 게 하나도 없었다. 목적 달성을 위해서라면 힘없는 한또징(반도인)들한테 웬만큼 미움을 사두는 것도 제법 괜찮은 방법들 중 하나일시 분명했다.

어느 놈이 감히 내 배 다치랴, 하고 윗몸 뒤로 잦바듬히 젖힌 채 활랑활랑 걸어가는 동안, 최명배는 저녁 바람이 자꾸만 흐트러뜨려놓는 은백의 하이칼라 머리를 연방 손가락빗으로 쓸어넘겼다.

"님은 보고 잪으지요오……"

고샅길로 들어서자 춘풍이놈 입에 붙은 풍월 버릇이 도지기 시작했다. 어슬렁어슬렁 뒤따르는 춘풍이놈 아가리를 주먹 덩이로 꽉 틀어막고 싶은 충동이 마당귀에 세워진 바지랑대처럼 하늘로 솟아올랐다. 그러나 산서 일대 통틀어 천석꾼 위엄이 도무지 먹혀들지 않는 유일무이한 인물이 바로 자기가 먹여주고 입혀주고 재워주고, 거기에 소홀찮은 새경까지 덤으로 얹어주는 그 반편이 중 반편이란 사실을 최명배는 진작부터 알고 있었다.

"빙신 육갑 떤다, 빙신 육갑 떨어!"

끝내 최명배는 피식 웃음을 흘릴 수밖에 없었다.

"괴얄띠는 안 끌러지지요오…… 노잣돈은 똑 떨어졌지요오……"

"하루죙일 지둥나무에다 꽁꽁 묶어놓자니 저놈 항우장사 같은 뚝심을 당혀낼 동아줄이 있는가. 그렇다고 또 동네 고샅에다 망아지맨치로 풀어놓자니 무신 소리든 묻는 대로 이왈저왈 대답허는 저 입주뎅이를 한 땀 한 땀 바느질혀서 꿀 먹은 버버리로 맨들어뿔 재간이 있는가. 그나저나 저 육시럴 춘풍이놈만 생각헐라치면 꺽정시럽구만. 참말로 꺼억정이여!"

"똥은 매랍지요오…… 해는 꼴딱 넘어가지요오……"

주먹으로 아가리 틀어막는 대신 최명배는 결국 춘풍이놈 풍월하고 엇비슷한 가락으로 자작자필 '꺽정 타령'을 읊어대는 수밖에 없었다.

마침내 천석꾼 부잣집 으리으리한 대문 앞에 당도했을 때, 최명배는 저만큼 뒤에서 뒤뚱뒤뚱 쫓아오는 늙정이 마누라를 발견했다. 마누라 모습 시야에 들어오기 무섭게 최명배는 벽력같은 호통부터 재빨리 장만해서 잇새에 물고는 그것을 터뜨릴 순간이 오기를 기다렸다.

먼빛으로 거동만 얼핏 보고도 관촌댁은 영감 입에서 결코 보드랍지 않은 소리가 폭포수처럼 쏟아져나올 것임을 직감했다. 하지만 그날따라 왠지 모르게 관촌댁은 입정 사납기로 산서에서 둘째가라면 애고대고 통곡할 욕쟁이 영감이 당최 밉상으로 보이지 않았다. 마치 필마단기로 적진에 뛰어들어 좌충우돌 일삼는, 신문관(新文館) 판본 육전소설 속에 등장하는 장수와도 같이 늠름해 보이는 것이었다. 말끝마다 최가 놈들 들먹이며 금세라도 한목에 들고일어날 기세로 부앗살이 머리꼭지까지 차오른 마을 사람들이었다. 그런데 그들 앞에서 눈곱만큼도 주눅드는 법 없이 달랑 삼촌설(三寸舌) 하나 무기 삼아 당당히 맞서던 영감의 그 용감무쌍한 행동이 아직도 관촌댁 눈에 삼삼했다. 그니는 영감 구린 입에서 제아무리 썩은 내 펑펑 풍기는 지청구가 쏟아진다 할지라도 요번만은 달게 받아줄 용의가 있었다.

제2장

낮마다 일식 밤마다 월식

1

먹은 나이나 높은 지체에 도무지 어울리지 않게끔 유난히 군것바치는 별난 주전부리 버릇을 지닌 최명배는 때마침 엿보는 눈길 없는 기회 틈타 문갑 서랍 안에 꼭꼭 숨겨두었던 상자를 꺼냈다. 상자 속에는 셀로판지로 귀물스럽게 포장된 선물용 마루보로 과자가 들어 있었다. 워낙 서당 학동 시절부터 누룽지나 생쌀 따위를 몰래 먹다 훈장한테 들켜 회초리로 종아리깨나 나우 맞아본 이력이었다. 산서 일대를 호령하는 상곡 어르신으로 자리를 굳힌 뒤에도 최명배는 각종 문서 아니면 문구서껀이 들어앉을 고귀한 자리에 하찮은 과자 나부랭이 모셔두고 남몰래 야금야금 군것질 즐기는 버릇을 여전히 버리지 못하고 있었다.

동그란 마루보로 한 개를 입안에 막 담으려는 순간, 대문간에서 딸딸거리는 쇠방울 소리가 울렸다. 자전거였다. 최명배는 마치 닭서리 하다 들킨 아이처럼 흠칫 놀라면서 침 묻은 마루보로를 허둥지둥 도로 상자 안에 수습했다. 그러곤 장지문 저편 마당 쪽 동정에 귀를 기울였다. 천석꾼 지주댁 대문 안으로 시건방지게 쇠방울 딸딸거리며 자전거 끌고 들어올 만한 강심장은 애당초 감나뭇골을 통틀어 단 하나도 있을 턱이 없었다. 상대가 예사 손님이 아님을 알아차리자마자 그는 누군가에게 엉덩이라도 되알지게 걷어차인 푼수로 소스라쳐 일어섰다.

"시바라꾸데시따, 사이 상!"

대청마루로 달려나오는 사이 상을 보고 마당 끝에서 국방색 국민복 차림의 사내가 큰 소리로, 오래간만이라며 먼저 알은체를 했다. 면사무소 노무계장 시라야마(白山)였다.

"이랏샤이마세, 시라야마 상!"

창황중에도 최명배는 시라야마 본받아, 어서 오시라고 '국어'로 깍듯이 인사를 닦았다. 시라야마는 자전거를 대문 안쪽 마당 귀에 세워놓은 다음 양쪽 발을 번차례로 쾅쾅 굴러 구두에 들러붙은 시뻘건 황토를 털어내면서 혓바닥에 참기름이라도 쳐놓은 듯 유창하게 잘도 굴러가는 국어로 연방 투덜거리기를 잊지 않았다. 아마도 귀하신 몸 행차를 마냥 더디고 곤욕스럽게 만든 조선 땅 형편없는 시골길을 함부로 물어뜯는 욕설인 듯싶었다. 몸서리 칠 지경으로 사람 발목 거머잡고 당최 놓아주려 하지 않는 황톳길에서 제 한 몸뚱이 운신도 버거운 판에, 가뜩이나 비싼 자전거까지 상전으로 모시고 오느라 시라야마란 놈 진땀깨나 뺐을 것이었다.

"스미마셍! 스미마셍!"

노무계장 나리 행차에 따라붙은 모든 불상사의 책임이 자기한테 있다는 듯 최명배는 연방 쩔쩔매는 시늉을 하면서 무엄한 황톳길을 대신해 시라야마에게 백배사죄했다. 하지만 그 인간 발목 붙들고 골탕 먹인 조선 황톳길이 속새로는 제 친동기간만큼이나 정겹고 살갑게 느껴지는 건 어쩔 수 없는 일이었다. 갑자기 시라야마가 양쪽 안경알 사이로 미간을 잔뜩 좁히면서 전혀 요령부득의 국어를 한 마장 길이가 넘도록 시부렁시부렁 풀어내기 시작했다. 잠꼬대마저 틀림없이 국어로 씨부렁거리고도 남을 인간이었다. 일본사람 혓바닥 위에 열 달 동안 날름 올라앉아 있다가 내려온 인간처럼 시라야마는 국어를 기막히게 잘도 했다. 뿐만이 아니었다. 차가운 안경알 저쪽 마루보로 과자 닮은 똥글똥글한 눈깔하며 생기다 만 것처럼 짧고 빠른 턱하며 작은 키하며, 왠지 모르게 일본사람을 연상케 하는 외모였다.

그러나 최명배는 누구하고 눈알 후비기 내기를 해도 이길 자신이 있었다. 만일 시라야마가 조선 종자 아니라 진짜배기 일본 종자로 밝혀질 경우 망나니 칼에 목이 뎅겅 잘려나가도 좋다고 최명배는 제풀에 하냥다짐을 주고받기까지 했다.

"나가 국어를 농번기 때 쪼깨 배우다 고만두는 바람에 시방도

농한기만 되얐다 허이면 대충 알어는 들어도 말대꾸는 영판 서툰지를 시라야마 상도 잘 아심시롱……"

남의 사정 몰라주는 시라야마가 심히 야속하다는 투로 최명배는 낯꽃을 온통 기묘하게 일그러뜨리며 아첨조 다분히 묻은 웃음을 물찌똥처럼 내깔겼다. 이미 써먹은 간단한 인사말 몇 마디로 자신의 국어 실력이 완전히 바닥을 드러낸 셈인지라 입장 더 난처해지기 전에 일찌감치 항복해버렸다.

"팽팽 잘 돌아가는 그 좋은 머리는 두었다가 뭣에 쓰려고 허구헌 날 그냥 망아지같이 놓아먹이는 거요?"

아니나 다를까, 시라야마는 상대방에게서 기어이 항복을 받아낸 다음에야 별수없는 척하고 조선말로 응대하는 심술을 부렸다. 국어 못지않게 조선말도 당연히 유창했다. 제 주둥이로 제 근본 밝힌 적 없기 때문에 시라야마의 출신 성분이나 배경에 관해 최명배는 아는 바가 거의 없는 처지였다.

"더 늙어서 총기 떨어지기 전에 사이 상도 부지런히 국어 공부를 해서 자랑스런 '고꾸고노 조오요노 이에'(국어 상용의 집) 표찰을 대문간에 척 붙여놓고 사는 모범을 보이도록 하시오."

읍내에 기거하면서 산서의 면사무소까지 매일 자전거로 통근한다는 정도만 알고 있을 뿐이었다. 시라야마라는 일본 성만 가지고는 어디서 굴러먹다 들어온 말뼈다귄지 쇠뼈다귄지 당최 짐작이 안 갔다. 그럼에도 불구하고 최명배는 껍데기 홀랑 까뒤집어 보나 거꾸로 들고 탈탈 털어 보나 그 잡놈이 본시 제 근본도 모르는 채로 본데없이 자란 후레자식인 것만은 아무 때 아무 자리에서나 장담할 수 있었다.

"사이 상 같은 면내 유력 인사가 여태까지 국어에 까막눈이란 사실은 정말 통탄을 불금할 일이오. 까막눈 사이 상을 어떤 관원이 지역 유지로 알고 괄목상대하려 하겠소?"

같잖게 생긴 풍신에 시라야마는 안경알 차갑게 번뜩이며 사뭇 엄격한 말투로 상대방 약점을 파고들었다. 최명배는 관가 위엄을 등에 업은 노무계장 앞에서 간도 쓸개도 다 방안에 빼놓고 나온 인간인 양 한바탕 또 헐렁한 웃음을 물찌똥처럼 내깔겼다.

"원판 밤에만 쪼깨 배우다 만 국어 실력이라서 해만 떴다 허이면 남새밭에 달린 이슬맨치로 서둘러서 다 널러가뿔고는 빙아리 눈물만침도 남어 있들 않어서 탈이지요. 헷헤헤헤……"

결코 국어 좋은 줄 몰라 일부러 안 배우는 건 아니었다. 방귀깨나 뀌고 산다는 면내 유지로서 '국어 상용의 집' 표찰을 대문 기둥에 떡하니 붙이고 사는 것이 관원들이나 내지인들 상대하는 데 얼마나 유리한지 최명배는 익히 알고 있었다. '조선교육령'이 개정된 후 학교나 관공서에서 조선어 사용이 금지되고 일본어가 국어 행세 시작하자 그는 늘그막에 한때 면학 욕구에 사로잡혀 금간 오지그릇 테메우듯 머리 질끈 동여맨 채 국어 공부에 매달린 적이 있었다. 하지만 워낙 팔자에 없는 짓인지라 제아무리 기를 쓰고 잡아 가두려 해도 밑 빠진 독 같은 머릿속에 날고뛰는 국어란 놈이 호락호락 갇힐 턱이 없었다. '와레라와 고오꼬꾸신민나리'(우리들은 황국신민이다)로 시작하는 황국신민서사(皇國臣民誓詞) 정도만 간신히 외우고 나서 그는 애초부터 인연이 멀었던 국어 공부를 깨끗이 작파하고 말았다.

"도오조, 오아가리구다사이(어서 올라오십시오)."

그러나 최명배는 젊은 후레자식한테 그만큼 창피당하고도 모자라 아직도 토막말 국어의 유혹에서 자유롭지 못한 상태였다.

"아따, 고놈 참 신체 한번 준수하게 잘도 갖췄다!"

대청마루에 오르기 전, 시라야마가 밑도 끝도 없이 뚱딴지같은 소리를 늘어놓았다. 토실토실 살진 씨암탉 한 마리가 무리를 이탈해 탐스러운 볼기짝 연방 좌우로 씰룩거리며 거만한 걸음걸이로 마당가를 노니는 중이었다. 시라야마 속셈을 최명배는 금세 알아차렸다. 쿵 하면 호박 떨어지는 소리고, 쩍 하면 입맛 다시는 소리였다. 쥐새끼 같은 시라야마가 남의 집 짐승하고 사돈 맺고 싶어 그처럼 칭찬이 헤펐을 리 만무했다.

"고놈 참, 요 동네 여러 수탉 상사병 앓게 생겼네."

시라야마는 어느새 씨암탉 붙잡아 깃털 와락와락 쥐어뜯는 기세로 탐욕의 눈초리를 던지고 있었다. 그 식탐에 찬 시선은 벌써 씨암탉 토막 쳐서 보글보글 스끼야끼 아니면 자작자작 닭볶음 장만하느라 바삐 나부대고 있었다.

"야, 기사마(이놈)야!"

최명배는 고함을 빽 내질렀다. 그러자 안채 쪽에서 춘풍이가 우람한 덩치를 어슬렁어슬렁 드러내기 시작했다.

"으, 기사마……"

"저런 육시럴 놈이, 얻다 대고 감히 기사마여, 기사마?"

으레 그러려니 하고 여느 때 같으면 예사로 지나칠 수도 있으련만, 최명배는 옆자리 시라야마가 아무래도 마음에 걸렸다. 그는 대뜸 낯꽃 확 붉히면서 금방 내리칠 듯이 주먹으로 을러메는 시늉을 했다. 춘풍이가 아무 눈치코치도 없이 손가락을 냉큼 콧방울에 갖다붙이면서 히죽히죽 웃기 시작했다.

"쏜다? 쏜다?"

자칫 잘못하다가는 시라야마 면전에서 반편이 머슴한테 톡톡히 망신당하기 십상이었다. 엉겁결에 최명배는 손님 등뒤로 대피했다. 그리고 어금니를 빠득빠득 갈아붙였다.

"이따가 손님만 가시고 나면, 그때 보자! 올해 새경은 다 받은지 알거라, 이 기사마야!"

주종 간에 흉허물 없이 한바탕 잘 어우러지는 그 꼬락서니를 곁에서 유심히 지켜보던 시라야마가 어리둥절한 표정을 지었다.

"저놈은 웬 놈이오?"

"웬 놈은 무신 웬 놈이겄소, 우리집 머심놈이지!"

"내 눈엔 꼭 배다른 형제끼리 짝짜꿍질하면서 노는 것마냥 재미지게 보여서 그냥 한번 물어본 거요."

"무신 그런 농담에 말씸을 다! 좌우지간 어서 방으로 드시기나 헙시다."

둘 사이를 배다른 형제쯤으로 본 시라야마 안목이 아주 터무니없이 빗나간 정도는 아니었다. 최명배와 춘풍이가 현생의 주종 관계 떠나 전생부터 아주까리와 진둥개 같은 관계로 끈끈하게 홀맺어져 있다고 마을 사람들은 이구동성으로 말하곤 했다. 이를테면 최명배에게 춘풍이는 불공대천지원수 같은 존재이자 세상에 둘도 없이 자별한 길동무인 셈이었다. 다른 한편으로 춘풍이는 쓸모 많은 연장이자 만만한 노리갯감이기도 했다. 일삼아 춘풍이 집적거리고 실랑이질하는 재미로 최명배는 하루하루 파적거리를 삼아왔다.

"아, 저 옘병헐 기사마 낯짝 백날 들여다봤자 반편이가 온편이 되는 법 없으니께 어서 요짝으로……"

지대(址臺)에서 대청마루로 먼저 오른 최명배가 아직도 섬돌 위에서 꾸물거리는 시라야마를 재촉했다. 마치 난생처음 보는 진기한 짐승이라도 구경하는 듯 시라야마는 춘풍이를 위아래로 찬찬히 칩떠보고 내립떠보는 중이었다. 그 미련한 소견 구멍으로도 낯선 사람 날 선 눈초리가 예사롭지 않게 느껴졌던지, 춘풍이는 두어 발짝 뒤로 물러서면서 적을 콧물총으로 저격할 만반의 태세를 갖추었다.

"쏜다? 쏜다?"

그제야 최명배는 방금 무슨 용무로 춘풍이를 불렀는지를 언뜻 상기했다.

"이 기사마야, 육갑은 작작 떨고 싸게 저 씨암탉을 붙잡어 오니라!"

"붙잡어, 씨암탉?"

"오냐, 이 기사마야! 신체 준수허니 잘도 갖춘 저그 저놈 말이다!"

씨암탉 향해 뒤뚱뒤뚱 다가가는 춘풍이 뒷모습을 유심히 지켜보다 말고 시라야마가 중얼거렸다.

"그놈, 힘꼴깨나 쓰게 생겼구먼."

그 말을 칭찬으로 알아듣고 최명배가 깜짝 반겼다.

"와이고, 우리 춘풍이 저놈 심쓰는 것이사 말도 마시요!"

기왕 말이 난 김에 마치 집안 세전지보(世傳之寶) 자랑하는 푼수로 가볍지도 않은 상머슴 허공중에 둥둥 띄우는 말들 주워섬기느라 최명배는 입에 혓바늘이 돋을 지경이었다.

"일도 장정 너댓 놈 폭은 너끈허니 감당허지요. 밥도 장정 너댓 놈 모가치는 눈 깜작헐 새 뚝딱 먹어치우지요. 그러고 또 뭣이냐……"

"그렇다면 새경도 힘쓰는 것만큼 많이 받겠구먼."

시라야마가 정곡을 찌르자 최명배는 아차 싶어 금세 엉너리치기 시작했다.

"똑 뿐질러서 꼭 그렇다 말허기는 쪼깨 거시기허지마는, 좌우단간 일 년에 백설 같은 백미로 자그만침…… 한 가마니가 빠지는 열 가마니를 받으니깨 누가 들어도 천석꾼 집안 머심 대접이 부실허다고는 못허겄지요."

실인즉슨 다섯 가마보다 한 가마 많은 쌀이 춘풍이가 받는 일 년 치 새경이었다. 최명배는 허둥지둥 무엇에 쫓기는 말투로 얼른 덧붙였다.

"그중에 절반은 또 선새경으로 나가지요. 넘들한티 차하지지 않게코롬 해마다 여름살이 두 벌, 겨울살이 한 벌씩 입성도 철철이 챙겨 입히지요. 넘들보담 곱절이나 큰 저놈 한 몸뗑이 멕여살리기가 참말로……"

"아무리 그렇기로서니 사이 상이 설마 저 바보 머슴 상대로 밑지는 장사를 할 리가 있겠소?"

이야기 주고받는 동안에도 시라야마는 온 마당 헤매며 암탉이랑 술래잡기중인 춘풍이를 눈으로 열심히 쫓고 있었다. 대관절 또 무슨 변덕이 죽 끓듯 해서 이 반쪽짜리 왜놈이 아까부터 내 춘풍이, 아니, 우리 춘풍이한테 저다지도 눈독 들이는 것일까. 최명배는 마치 남의 집 머슴을 천칭판 위에 올려놓고 몸무게 달듯 차갑게 번뜩이는 안경알 위아래로 끄덕이며 저울질에 여념이 없는 시라야마의 태도가 여간 못마땅한 게 아니었다.

주객 간에 오가는 수작 따위 아랑곳없이 춘풍이는 제 임무에 잔뜩 고부라져 있었다. 암탉 주위 맴도는 수탉처럼 양손을 뒤로 감춘 채 몹시 굼뜬 동작으로 어슬렁거리는 품이 영락없이, 봐라, 나는 손이 없는 사람이다, 하고 주장하는 꼬락서니였다. 녀석은 간밤에 잃어버린 어떤 물건 찾으려고 열심히 마당을 더트면서 다니는 시늉을 했다. 이따금 암탉 쪽으로 슬며시 고개 돌리며, 혹시 이러저러하게 생긴 물건 못 봤느냐고 묻는 표정을 짓기도 했다. 암탉은 상대방이 굼뜬 바보 머슴이라고 안심할 처지도 못 되고, 그렇다고 지레 의심 품고 멀찌막이 도망치기도 좀 거식하고, 아무튼 이래저래 반신반의하는 어정쩡한 태도로 춘풍이 눈치 흘끔흘끔 살피며 에멜무지로 마당가를 헤집는 척했다. 그런 물건 못 봤노라고 암탉이 대꾸하려는 순간, 춘풍이가 잽싸게 몸을 날려 암탉을 덮쳤다. 목청껏 내지르는 암탉의 비명이 온 집안을 꼬꼬댁꼬꼬댁 뒤흔들었다. 난데없는 소란에 놀란 안채 식구들이 서둘러 마당 쪽 동정을 살피는 기척이 났다.

"모가지는 절대로 비틀들 말거라."

춘풍이놈 하는 꼴 지켜보다 말고 최명배는 곧 새로운 분부를 내렸다. 그런 다음, 과연 우리 춘풍이놈 솜씨가 어떠냐고 묻는 듯 시라야마를 돌아보며 득의에 찬 표정을 지었다. 암탉 날갯죽지 훔켜잡고 몸을 일으키는 즉시 모가지부터 비틀 뻔했던 춘풍이가 뜨악한 낯꽃으로 주인을 건너다보았다.

"말거라?"

"오냐, 숨통은 끊들 말고 발목댕이만 꽁꽁 묶어서 시라야마 계장님 자장거 우에다 실어드려라."

"시라야마 우에다 실어라?"

"오냐, 이 기사마야! 그런디 저 옘병헐 잡놈이 손님 면전에서 상전 우세시킬라고 작정이라도 혔는가, 유독 오날은 웬 말대꾸가 요다지도 우심허다냐?"

암탉 문제로 주종 간에 벌이는 말씨름 따위는 아예 모르는 척 딴전 부리면서 시라야마는 새삼스레 또 감탄을 표했다.

"미련하게 생긴 허우대하고는 전연 딴판으로 몸놀림이 여간 재빠른 게 아니구먼."

춘풍이에 대한 찬탄을 최명배는 당연히 자신을 향한 찬탄으로 받아들였다. 왜냐하면 춘풍이는 자기 소유물임에 틀림없고, 좋은 물건에 대한 찬탄은 마땅히 그 주인이 차지하는 법이니까.

"재빠르다마다요. 저러콤 아둔허게 생겨먹었어도 나름대로 쇠견 구녁도 제법 빠꼼허니 뚫려 있고, 고집도 대단혀서 한번 비우가 뒤집어졌다 허이면 그 불뚝성 감당헐 장사가 아무도 없지요. 그러고 또 저래 뵈야도 세상 돌아가는 이치 정도는 눈치로 쌔려잡어서 대충은 짚을 지도 아는 놈이지요."

"그것 참, 용하구먼."

"갑오개혁 바람에 면천될 때까장 우리 최문에서 조상 대대로 종살이를 혔기 땜시 저놈 집안 내력은 내 손금 들여다보덧기 뜨르르허지요. 넘에 집 종노릇으로 늙기는 혔어도 저놈 애비만침 손재간 좋고 눈썰미 빠른 상일꾼도 흔치는 않었지요. 그러고 저 놈이 시방은 저 모냥 저 꼴이지만, 그렇다고 배냇빙신은 아니고만요. 본시는 지 애비 닮어서 모찌방도 제법 잘생기고 아다마도 똘방똘방허다고 소문났든 아그였는디, 에렸을 적에 되알지게 급경풍을 앓고 난 뒤부텀 그만 저 지경이 되고 말어뿌렀고만요."

최명배는 거추없이 춘풍이를 혀끝에 올려놓고 검불 흩날리게끔 마구 키질을 해대느라 바빴다. 자전거 짐받이에 암탉을 붙들어 매고 나서 춘풍이는 사랑채 쪽을 돌아보며 히죽이 웃었다. 시라야마도 덩달아 묘한 웃음을 흘리며 고개를 두어 번 끄덕였다.

"그렇다면 더더군다나 잘된 노릇이구먼. 기운도 장사일 뿐만 아니라 대가리도 못 쓸 정도로 고장난 게 아니라니 몸값깨나 비싸게 매겨야 되겠구먼."

"예? 무신 말씸인지……"

"사이 상네 일가친척 서너 명하고 맞바꿔도 아깝지 않을 만큼 값나가는 놈이란 뜻이오. 만약 비바이 탄광이나 가와사끼 군수공장 같은 곳으로 저놈을 보낸다면 그쪽 현장감독들 입깨나 찢어지게 생겼구먼."

그제야 비로소 최명배는 정신이 번쩍 들었다. 기가 콱 막힐 노릇이었다. 자발머리없이 주둥이 함부로 놀리다 스스로 제 무덤판 끝이었다. 애당초 씨암탉 말고 시라야마가 노렸던 표적이 무엇인지 뒤늦게 깨닫는 순간, 최명배는 그만 눈앞이 노래지고 말았다.

"시라야마 상은 농담도 영락없이 진담맨치로 허시니께 나 같은 늙은이 귓구녁에는 쪼깨 거시기허게 들립니다그랴."

"그러니까 내가 만약이라고 단서를 붙이지 않았소."

최씨네 장정들 몸값 모개흥정해서 시라야마 손에 돈냥깨나 쥐여준 것이 불과 며칠 전 일이었다.

"만약이라도 거시기허기는 마찬가지지요. 탄광이고 군수공장이고 간에 하여튼지 세상이 다 아는 저 바보천치를 갖고 대일본제국이 대관절 무신 이득을 얼매나 보겄다고 모집으로 끌고 가겄냐, 그 말이요, 내 말은."

그런데 참새 앞정강이 발라먹으리만큼 약아빠진 시라야마가 그것만으로는 아직 양에 덜 찼던지 이참에는 최씨네 겨레붙이 아닌, 한낱 머슴에 불과한 춘풍이 몸값을 가외로 흥정하려고 수작부리는 중이었다.

"방금 전에 그 날짐승 생포하던 솜씨로 석탄인들 못 캐겠소?"

"참말로 닭이 듣고 웃을 말이요. 만약에 저 바보천치 손에 꼭괭이 자루 쥐어진다면 그 탄광은 그날로 석탄 다 캤다고 봐야 옳겄지요."

"사이 상, 벌써부터 그렇게 비관적으로 생각할 일만은 아니잖소? 저 기운 좋은 바보를 탄광에 안 보내고도 무사히 넘어갈 수 있는 무슨 방법이 아마 틀림없이 있을 거요."

예끼, 이 호로상놈 같으니라고!

참으로 독종이었다. 여전히 무심한 낯짝 가장한 채 헐거운 눈빛으로 바깥쪽만 내다보는 척하는 시라야마의 교활한 태도에 최명배는 속으로 넌더리를 내고 치를 떨었다. 시라야마는 모집 정보를 사전에 귀띔해주는 대가로 이미 제놈 월급에 상당하는 거금 십오 원을 은근슬쩍 챙긴 바 있었다. 간악하기 이를 데 없는 시라야마 손아귀에 덜미 꺼들려 질질 끌려다니듯 계속 호락호락 당하고만 살 수는 없는 노릇이었다. 최명배가 누구던가. 일개 면소 계장 나부랭이 술수에 언제까지고 휘둘리며 살아갈 솔봉이던가. 받을 것은 저승사자 남의 혼백 챙기듯 득달같이 받아내고, 갚을 것은 돈에 곰이 피고 쉬가 슬 때까지 차일피일 미루다가 떼먹는 거나 진배없는 방식으로 감질나게 갚아야만 직성이 풀리는 최명배였다. 그처럼 철저한 치재(治財) 원칙에 따라 그는 만일 춘풍이 몸값을 치러야 될 경우 시라야마 몸뚱어리 칠성판 위에 얹혀 나갈 무렵이나 돼서야 건넬 요량을 미리감치 하고 있었다.

"무신 말씸인지 대충 알어는 듣겄고만요. 늙다리 무식쟁이가 시라야마 상 그 높고 짚으신 뜻을 지름종이에다 치부허딧기 명심허겄습니다요."

아랫목에 버티고 앉아 제 몸집의 곱절도 넘는 대짜배기 거드름 피우는 중인 시라야마 향해 최명배는 물찌똥 같은 아첨을 또다시 방바닥에 깔겼다.

"역시 사이 상은 눈치가 빨라서 같이 일하기가 수월하다니까!"

"관직에 기시는 시라야마 상이 언지까장 저 반편짜리도 못 되는 머심놈 땜시 골머리를 썩이셔야 쓰겄습니까요."

뭐니 뭐니 해도 코아래 진상이 제일이라고 자고로 이르지 않았던가. 욕심 두께가 땅 두께인 시라야마란 놈 시커먼 복장 달래려면 우선 목구멍 때부터 한 꺼풀 훌렁 벗겨줄 필요가 있었다.

"여봐라, 배깥에 누구 없느냐!"

천석꾼 집안 큰 어른답게 최명배는 호기 뽐내며 장지문 와락 열어젖뜨렸다. 주인 목소리가 묵장산까지 두어 고팽이 왕복하다 되돌아올 무렵에야 춘풍이는 한유한 걸음걸이로 다시 미련한 모습을 드러냈다.

"귀허신 손님께서 납셨으니깨 상다리가 와지끈 뿌러지드락 주안상 잘 채려 올리라 일르거라."

"와지끈 주안상 올려라?"

"오냐, 이 기사마야!"

"알었다, 기사마!"

"저, 저런, 단매에 요절을 낼 놈이 얻다 대고 또 가암히!"

주인어른 호통 따위 아랑곳없이 춘풍이는 또 천치 웃음 건공중에 히쭉 날리고는 나타날 당시와 똑같은 걸음걸이로 느럭느럭 사라졌다. 그때껏 가장 입에서 분부 떨어지기만 기다리고 있었던 듯 이내 지지고 볶는 냄새가 온 집안에 진동하기 시작했다. 워낙 그 방면에 남다른 눈썰미가 있는 관촌댁인지라 손님 무게를 얼른 눈저울로 달아본 다음 미리감치 부엌어멈 섭섭이네 시켜 칙사 대접을 준비한 덕분이었다.

"노느니 염불허드라고, 주안상 들어올 때까장 시라야마 상 고담준론이나 쪼깨 들어보고 잪으고만요. 요새 시국이 어느 방향으로 돌아가고 있다요?"

"나 같은 일개 관원 신분에 고담준론은 무슨……"

약간 열없어하는 표정과 함께 시라야마가 다따가 점잔빼는 시늉을 했다.

"무신 그런 겸손에 말씸을! 나맨치로 두메산골 틀어백혀서 농삿일만 알고 살어가는 촌것들이사 시국 쪽으로는 청맹과니 매일반이지요."

"사이 상 집안에 식자가 어디 한둘이라야 말이지요."

고보 졸업장 따놓고도 벼슬길 마다하고 반거들충이 신세 자청해서 하고많은 날 삼시 세끼 밥이나 덥석덥석 축내는 밥벌레 같은 아들이 천석꾼 집안에 있다는 건 산서 사람이라면 누구나 다 아는 사실이었다. 맏아들 부용을 지목하고 던지는 비아냥거림일시 분명했다. 외딸 순금 또한 뭇사람한테 손가락질당하기는 매한가지였다. 식자깨나 들었기로 산서에서 소문난 자식들에 생각이 닿기 무섭게 최명배는 속에서 천불이 훨훨 타오름을 느꼈다.

"제발 그 식자 소리 조깨 끄내들 마시요. 나한티는 자식이 아니라 웬수요, 웬수! 식자우환인지 반식자우환인지 몰라도, 그 말이 똑 그것들 욕헐 때 쓰라고 맨들어진 문자 아니겄소. 인륜이란 물건만 없었드라면 내 호적에서 그것들 이름 파내도 열두 번은 더 파내뿌렀을 것이요."

제풀에 한소끔 퍼르르 끓어올라 저 혼자 징 치고 장구 치는 최명배 꼬락서니 우두커니 지켜보던 시라야마가 야릇한 미소를 입가에 머금었다.

"기왕 호적 소리가 나왔으니까 하는 말인데, 내가 사이 상을 사이 상이라 부르는 게 어쩌면 이번이 마지막일지도 모르겠소."

자다가 봉창 두드린다더니, 이건 또 무슨 뚱딴지같은 수작인가. 최명배는 마냥 어이없어했다.

"아니, 그렇다 허이면 사이 상이 하루아침에 긴 상이나 리 상으로 둔갑허는 변고라도 생긴단 말씸이요?"

"지금 그렇게 말하는 사이 상은 소오시가이메이에 대해서 여태까지 아무 눈치도 못 채고 있었단 말이오?"

소오시…… 어쩌고저쩌고 하는 그것은 또 얼마나 맹랑한 물건인가.

"나가 소오시는 쪼깨 알겄는디, 그 꼬랑지는 들어도 당최……"

"사이 상, 비싼 월사금 내고 독선생을 집안에 들여앉혀서라도 제발 국어 공부 좀 하시오, 국어 공부!"

별의별 한심한 인간 다 보겠다는 투로 시라야마는 최명배 면상을 겨냥해 구정물 진배없는 경멸 한 동이 쫙 끼얹었다. 그 사품에 옷자락과 머리카락 온통 후줄근히 젖어버린 꼬락서니로 최명배는 단박에 풀기가 팍 죽으면서 애꿎은 뒤통수만 괜스레 긁적거렸다.

"아까도 말씀드렸다시피 농번기 때 쪼깨 배우다 만 국어라서 농한기만 되얐다 허이면 당최……"

"잘 들으시오! 창씨개명이오, 창씨개명! 낡은 성 갈고 묵은 이름 고친다, 이런 뜻이오!"

"아, 아니, 고게 시방 무신 소리다요? 성을 갈고 이름을 곤치다니요?"

최명배의 두 눈이 간장종지만큼 휘둥그레졌다. 그는 그토록 반편스럽다고 헐뜯던 춘풍이 얼굴을 급속도로 닮아가는 중이었다. 금수도 아니고 어충도 아닌 인간이 성을 갈고 이름을 고치다니, 이게 대관절 말인가 막걸리인가!

"바로 그렇소. 황공하옵시게도 천황폐하께오서 하해와 같은 성은을 내리시사 이후부터는 조센징도 나이지징하고 똑같이 일본식으로 창씨하고 개명할 수 있는 길을 신작대로같이 활짝 열어주셨단 말이오!"

언뜻 그 비슷한 이야기를 들었던 기억이 그제야 어렴풋이 되살아났다. 아마 작년 늦가을 무렵이었으리라. 조선인들 씨명(氏名)을 들먹이는 무슨 법안이 근자에 새로 만들어졌다는 말을 식자우환 큰아들한테 듣고 최명배는 별의별 해괴망측한 법안도 다 나왔다고 코웃음친 바 있었다. 마음만 먹으면 못할 짓이 없는 총독부인 줄 익히 아는 터였지만, 아무런들 설마 조선사람 성명 삼자 가진 꼴마저 못 보겠다며 저희들 입맛대로 고쳐라 말아라 시망스레 간섭하고 나설 리 있겠는가 싶었다. 그랬던 것인데, 바로 그 설마란 놈이 바야흐로 조선 백성들 잡으려 들지를 않는가.

"덴노헤이까 성은이사 백번 아니라 천번이라도 황공무지로 받들어 뫼시는 게 당연헌 도리지만, 소를 보고 말이라 칭헌다고 하룻밤 새 소란 놈이 말맨치로 히히힝 울음시나 뒷발질헐 이치가 어디 있을랍디여?"

"이보쇼, 사이 사앙!"

"예?"

"천황폐하께오서 시행하시는 대일본제국 국책사업에 무슨 말을 감히 그따위로 불공불손하게 하고 있는 거요?"

파충류처럼 차갑게 번들거리는 눈빛에 부딪히고 나서야 최명배는 아차차 하면서 자신이 저지른 치명적 실수를 깨달았다. 그러나 이미 엎질러진 물이요 일단 쏘아버린 화살이었다.

"대일본제국에서 도대체 누가 소고 누가 말이란 거요? 사이 상은 내선(內鮮)이 동조동근(同祖同根)이란 사실을 전면 부정하고 양귀(洋鬼)를 조상으로 모시기라도 하겠다는 거요, 뭐요?"

"양귀 조상은 참말로 천부당만부당허신 말씸이요!"

최명배는 앉은자리에서 한 길이나 위로 뛰어올랐다.

"내 말을 시라야마 상이 쪼깨 곡해허신 모냥인디……"

자발없는 제 주둥이 탓하면서 최명배는 서둘러 멍석 같은 변명 자락을 방바닥에 그득 깔아놓으려 했다.

"입 닥치시오! 조센징들한테는 불감청이언정 고소원이 바로 천황폐하로부터 받는 적자 대접인데, 그 고소원이 드디어 성취되는 마당에 감히 불경하기 짝이 없게스리 마소까지 들먹거리면서 소오시가이메이를 반대하고 나서는 그 이유가 도대체 나변에 있는 거요?"

일개 면소 노무계장 주제에 마치 대일본제국 통째로 짊어진 채 나팔 불고 행군하는 입장이라도 된 듯이 시라야마는 준엄한 추궁의 기세를 늦추지 않았다. 애당초 강약이 부동인 세상인 것을 어쩌랴. 최명배는 왜놈 순사나 헌병 찜쪄먹으리만큼 동족 늙은이를 강팔지게 몰아세우는 시라야마 상대로 먼젓번에 떨다 남은 아첨을 마저 다 떨어버리기로 작심했다.

"시라야마 상이 죽으라 허시면 죽는시늉도 마다 않는 이 최명배를 시방 몰라서 허시는 말씸이요? 원판 말재간 못 타고난 죄로 으쩌다가 말이 쪼깨 헛나갔을 뿐이지, 본심까장 그럴 리가 있을랍디여? 그 소오시…… 뭣인가를 반대허고 잪은 생각은 터럭끝만침도 없는 사람인지 시라야마 상도 잘 아실 티니께 인자 고만 고정허시고 노염을 죄다 풀읍시다그랴."

최명배는 웃는 낯꽃에 침 뱉지 못하게끔 시라야마 바라보며 멀건 미음 같은 웃음을 질질 흘렸다.

"어느 누구보다도 솔선수범에 나서서 소오시가이메이를 실천해야 될 사이 상 같은 관내 유지가 국가시책에 불평불만이나 늘어놓아야만 되겠소? 앞으로는 언행에 각별히 주의하시오!"

"으찌 주의허다뿐이겄습니까요."

"오는 칠월 말까지가 기한이오. 시간이 넉넉하다고 게으름 부리지 말고 한시바삐 문중 사람들이랑 잘 상의해보시오! 좋은 성씨 정한 연후에 면내에서 제일착으로 창씨 계출하는 영광을 차지하도록 하시오!"

마냥 거드름 피워가며 시라야마는 마치 급작스러운 이번 방문 목적이 다름아닌 창씨개명에 있기나 한 것처럼 한바탕 훈계에 고부라졌다.

"기사마야!"

시라야마한테 당한 수모를 애꿎은 춘풍이한테 떠둥그뜨릴 작정으로 최명배는 고함 버럭 지름과 동시에 장지문을 난폭하게 열어젖뜨렸다. 그러자 춘풍이 아닌 딸년 모습이 때마침 안채와 터알 어름에서 퍼뜩 눈에 들어왔다. 차마 들켜서는 안 될 무슨 꼴이라도 들킨 푼수로 순금이 애고머니, 하고 소스라치게 놀라는 기색이었다. 다급한 용무로 측간행 도모하던 참인 듯했다.

"주안상 싸게싸게 들여보내거라 일렀는디, 시방 뭣들 허고 자빠졌냐!"

그러잖아도 만만한 분풀이 대상을 찾던 중이었다. 최명배는 당장 한입에 집어삼킬 기세로 앰한 딸년을 사납게 노려보면서 목청껏 소래기를 내질렀다.

"아, 사이 상 따님 되신다는 바로 그 처자구먼요?"

고개 기다랗게 뽑아 활짝 열린 문틈으로 바깥쪽을 기웃이 내다보던 시라야마 눈에서 갑자기 불꽃이 반짝 튀었다. 어딘지 모르게 수상쩍은 생기가 시라야마 얼굴에 겹으로 실리기 시작했다.

"소문대로 과연……"

신음과도 같은 영탄이 시라야마 입에서 가느다랗게 새나왔다. 오래전부터 산서 바닥에 떠돌던, 최순금 처자에 얽힌 갖가지 소문이 시라야마 귓구멍에도 벌써 들어가 앉았음이 분명했다. 눈사람처럼 새하얗게 소복담장한 순금의 자태는 아닌 게 아니라 어디에 내놓아도 손색없으리만큼 출중한 미태였다. 바로 그런 점 때문에 최명배가 박행한 딸년 두고 느끼는 비애와 분노는 하루가 다르고 조석이 다르게 점점 더 북데기를 키워나가는 중이었다.

어이구, 저 웬수 같은 년……

"딸자식이 아니라 애물단지요, 애물단지!"

시라야마 것과는 전혀 다른 성질의 신음이 부지불식간에 최명배 입에서 빠져나왔다. 하지만 시라야마는 상대방 기분 따위 전혀 아랑곳없이 거지반 침을 줄줄 흘리다시피 하고 있었다.

"오시이짜나! 아, 오시이짜나!"

"예? 뭣이 짜다고요?"

도대체 남의 집안 멀쩡한 여식 어느 대목을 보고 짜다, 싱겁다 따지며 그 지랄 다 떠는지, 최명배는 당최 시라야마 속내를 짐작할 수 없었다.

"아깝다는 말이지요. 사이 상 따님 미태가 정말로 아깝구먼요."

근자 들어 산서 사람들 인구에 회자되는, 귀 따갑고 낯 뜨거운 그 소문들 다분히 염두에 둔 소리일시 분명했다. 안경알 너머로 손가락처럼 불쑥 내뻗은, 탐욕에 찬 시선이 불고염치하고 순금의 몸맨두리에 찰거머리처럼 달라붙은 채 도무지 떨어질 줄 몰랐다. 시라야마는 달빛 함초롬히 머금은 박꽃 같은 순금의 자태를 요모조모 더듬고 주물러대는 중이었다. 그물 같은 외간남자 시선에 꼼짝없이 사로잡힌 순금은 당황한 나머지 안채와 측간 사이에서 오도 가도 못하고 농익은 홍시 빛깔로 낯꽃만 새빨갛게 달구고 있었다.

"손님 면전에서 언지까장 그 모냥 그 꼴로 굿이나 잽히고 있을 작정이냐!"

아비의 불호령에 가까스로 정신 차린 순금이 허둥지둥 피난처 찾기에 급급했다. 그녀는 결국 외간남자 시선이 똥강아지처럼 졸래졸래 따라붙는 측간행을 단념한 채 뜀박질하다시피 안채 쪽으로 후딱 사라져버렸다.

"아, 오시이짜나! 아, 오시이!"

"그나저나 저 애물단지 땜시 참말로 꺼억정이고만!"

최명배는 노상 입에 붙은 걱정 타령에 잇대어 장탄식까지 뽑다가 하마터면 잊을 뻔했다는 듯 장지문을 탕 닫음으로써 아직도 순금의 향방을 게걸스레 뒤쫓고 있는 시라야마의 눈길을 아예 봉쇄했다.

"웬만하면 사이 상도 차제에 마음을 고쳐먹고 따님을 출가시키는 것이 다방면으로 이롭지 않겠소?"

아쉽다는 듯 시라야마가 입맛 쩝 다시며 넌지시 훈수를 놓았다.

"그게 어디 엿장시 맘대로 되는 일이요? 딸년도 나맨치로 영축없는 최가요, 최가. 당자가 팔자 곤치는 쪽으로 지 주장을 바꾸들 않는 이상 저짝 최고집을 요짝 최고집이 꺾을 방도가 없으니깨 탈이지요, 탈."

"내지인 사위 얻기가 어디 떡 먹듯이 쉬운 일이요? 사이 상은 지금 일생에 한 번 있을까 말까 할 정도로 기막히게 좋은 기회를 목전에 둔 거요."

동척농장 관리 책임자 기꾸찌(菊池)를 흉중에 두고 벌이는 수작일시 분명했다. 어쩌면 기꾸찌 부탁을 받고 중신아비 자격으로 행차했을지도 모를 일이었다. 아무리 신상에 한 점 흠처 생긴 딸자식이라 할지라도 죽 쒀서 개 주듯 쪽발이한테 시집보내고 싶은 생각은 추호도 없다는 말이 목젖 너머까지 치미는 걸 최명배는 가까스로 참았다. 거반 중늙은이에 가까운 놈팡이였다. 오래전부터 농장 관리인 사택에서 홀로 지내는 처지였다. 본인은 언필칭 노총각을 자처한다지만, 풍편에 묻어오는 소문에 의하면 홀아비라고도 하고, 일본에 본처 둔 기혼자라 하기도 했다. 오랫동안 눈독들이던 순금을 이를테면 첩실이나 재취 자리로 들여앉히기 위해 기꾸찌는 근자 들어 갖은 수단 다 동원하면서 천석꾼 집 대문간에 목매달고 있는 중이었다.

"때마침 총독부에서도 이번 소오시가이메이를 계기로 명실상부한 내선일체를 기하기 위하야 내지인과 조선인 간에 통혼을 적극 권장키로 방침을 정했소. 그러니 장래를 멀리 내다보고 사이상도 차제에 세력 있는 내지인을 사위로 맞아들인다면 그거야말로 꿩 먹고 알 먹고, 누이 좋고 매부 좋고, 이 얼마나 실속 있고 아름다운 인연이겠소?"

상대방 침묵을 반승낙쯤으로 지레 해석하는 말투였다. 시라야마는 혓바닥에 번지르르 기름칠한 말재간 과시하면서 최명배한테 벌써부터 내지인 사위의 장인으로 대접하려고 덤볐다.

"시집갈 당자가 딸년 아니라 나 최명배라면 여북이나 좋겠소."

실없는 농지거리 끝에 최명배는 땡감 한입 베문 듯 떫디떫은 표정을 지었다. 고무신 뒤축 찍찍 끌면서 마당을 질러오는 인기척이 들렸다. 난감한 순간에 때맞추어 잘도 나타나준 그 고무신이 무척이나 반가웠다. 최명배는 얼씨구나 하고 부대한 몸집 가볍게 일으켜 건넛마을 밭사돈 맞이하듯 부엌어멈이 들고 온 주안상을 얼른 받아들였다.

"모처럼 귀헌 발걸음을 허셨으니께 골치 쑤석거리는 문제는 인자 고만 막설허기로 허고, 술이나 마십시다그랴."

쩔쩔 끓는 아랫목 차지하고 앉아 시라야마는 엉덩이 살 짓무르도록 장시간 노닥거리며 천석꾼 부잣집 잘 익은 술과 기름진 안주를 실컷 즐겼다. 상전 떠받들듯 연방 알랑방귀 뀌어대며 권커니작커니 대작하면서도 최명배는 도무지 취흥을 느낄 겨를조차 없었다. 술맛은 쓰디쓰고 안주는 생선가시처럼 자꾸만 목구멍을 찔러대는 것이었다. 예고도 없이 불쑥 나타난 시라야마란 놈이 한목에 두세 무더기씩 늙은 등허리에 지워주는 짐짝들이 너무도 크고 무거워 허리가 작신 휘일 지경이었다.

왜놈 행세하는 몹쓸 조선 종자 시라야마는 미관말직에 불과한 제 지위를 최소한 주임관(奏任官) 정도로 턱없이 부풀려 한껏 떠세 부리기를 일삼고 있었다. 결국 시라야마는 개한테 차례 갈 것마저 안 남긴 채 걸게 차린 주안상을 말끔히 바닥낸 연후에야 겨우 자리에서 일어났다. 아직 해가 중천에 걸려 있는데도 벌써부터 어칠비칠 다리를 헛놓는 품이 아무래도 미덥지 못해서 최명배는 춘풍이를 불렀다. 부레풀처럼 신바닥에 검질기게 들러붙는 해

토머리 황톳길에 엔간히 부대끼며 돌아갈 시라야마 수고를 덜어 줄 요량으로 춘풍이한테 자전거를 맡겨 밖으로 내보냈다. 뇌물로 바친 씨암탉이 노끈에 다리 묶인 채 자전거 짐받이 위에서 연방 꼬꼬댁거렸다. 시라야마를 배웅한 다음 발길 돌리기 무섭게 최명배는 어금니를 뿌드득 갈아붙였다.

"능지처참에다 부관참시를 곱쟁이로 덧보탤 놈 같으니라고!"

한나절 좋이 시라야마 손에 붙잡혀 봉욕한 가슴으로는 그까짓 조선말 욕지거리 몇 마디가 결코 성에 찰 턱이 없었다. 뭔가 가슴속 뻥 뚫리고 뱃속 후련해질 다른 욕지거리 물색하면서 막 대문 안으로 들어서는 참이었다. 공교롭게도 그때 딸년 모습이 또다시 눈앞에 어른거렸다. 아비를 보자마자 찔끔하는 기색으로 미루어 짐작건대, 참고 참았던 재차 측간행을 그제야 도모하려는 듯했다. 아무 때고 손님 돌아갈 때까지 하대명년 용변을 참고 견딘 흔적이 그새 누렇게 뜬 낯빛에 역력히 드러나 있었다.

"요강단지는 두었다가 낭중에 된장단지로 쓸 작정이냐? 뭣 땜시 요강단지 방구석에 뫼셔놓고 신줏단지맨치로 애끼고 자빠졌냐, 이년아!"

미운털 단단히 박힌 딸년 향해 최명배는 들입다 호통부터 놓았다. 벌겋게 달아오른 낯꽃 슬그머니 외로 꼬면서 어찌할 바 몰라 하는 딸년 꼬락서니가 아비의 부아통을 한층 더 부채질했다.

"손님이 있을 적에는 속곳에다 생똥 지리는 한이 있드래도 칙간 출입을 자제허는 것이 양갓집 규수가 지켜야 헐 예의범절이거늘, 대관절 니년은 으쩌자고 손님 면전으로 쏘옥 볼가져나와서는 애비 망신, 집안 망신 도매금으로 다 시키고 지랄이냐!"

얼토당토않은 억짓손으로 한바탕 훌닦아댐으로써 얼추 반분이나마 푼 다음 최명배는 갑자기 정색하고 딸년을 노려보았다.

"옘병을 앓다가 땀도 못 내고 뒤어질 놈!"

아비 입에서 쏟아진, 그 뜻밖의 욕설에 질겁하면서 순금이 냉큼 한 발짝 뒤로 물러섰다.

"국어로 이 말을 뭣이라 읊는지 알고 있냐?"

"예?"

선뜻 대답을 못하고 뜨악한 표정만 짓는 딸년을 최명배는 살기 어린 눈초리로 사납게 다그쳤다.

"잘허는 짓이다, 참말로 잘도 허는 짓거리여! 금쪽같은 학자금 처들여서 저멀리 광주까장 유학을 보내서 여고보까장 댕기게 후원을 보냈드니만, 덜컥 퇴학을 맞고 학업을 중동무이헌 처지라고 게우 그 정도 국어 실력도 못 갖췄단 말이냐? 조선말로 옘병헐 놈이 왜말로 으떻게 되는지도 몰라?"

아비한테 핀잔 거푸 먹고서야 순금의 입술이 달막달막 움직이기 시작했다. 백지장처럼 새하얗게 질린 낯꽃으로 순금이 떠듬떠듬 중얼거렸다.

"조오지부쓰오…… 와즈라우…… 야쓰……"

"뭣이여? 조지가 붓어?"

"조오지부쓰오 와즈라우 야쓰……"

성능 나쁜 유성기판처럼 순금은 똑같은 소리를 아무런 억양도 없이 민틋한 가락으로 되풀이했다. 그것이 과연 '옘병을 앓다가 땀도 못 내고 뒤어질 놈'이라는 조선말에 합당한 왜말인지 의심이 들 정도였다. 한 마장이나 되는 조선말에 비해 한 뼘 길이로 짧게 느껴지는 왜말 때문에 최명배는 당최 딸년 실력에 신용이 가지 않았다. 하지만 아쉬운 대로 그 정도 수확을 얻은 것만도 다행이다 싶어 최명배는 고개를 두어 번 끄덕여주었다.

"파리똥만침이라도 국어를 알기는 아는갑다, 썩을 년! 돈들이고 공들여서 신학문에 눈을 틔워놨드니만, 살다보니께 요로코롬 애물단지 딸년 써먹을 날도 올지를 누가 알었겄냐!"

최명배는 얼른 발길 돌치며 다시금 대문간으로 향했다. 그사이 시라야마는 멀찌감치 가버렸으리라. 늦지 않게 시간을 대자면 서둘러야 할 판이었다.

"조오지부쓰오 와즈라우 야쓰, 조오지부쓰오 와즈라우 야쓰, 조오지……"

도랑물 건너뛰다 화초장 이름 까먹고 쩔쩔매는 놀부처럼 혹여 대문턱 넘다가 방금 새로 익힌 왜말 욕설 홀랑 까먹을세라 최명배는 매양 여의치 않게 구르는 혓바닥 일삼아 놀려 국어를 연습하면서 다리를 재게 놀렸다.

"옘병을 앓다가 땀도 못 내고 뒤어질 놈! 조오지부쓰오 와즈라우 야쓰!"

팔랑개비 돌리듯 부리나케 네활개 휘저어댄 보람이 있어 최명배는 마침내 동네 고샅길 벗어나기 직전 시라야마 뒷모습을 가까스로 포착할 수 있었다. 진구렁에 진창 이룬 황톳길에서 자전거를 통째로 뽑아 올려 가슴 높이로 불끈 들고도 성큼성큼 앞장서는 항우장사 춘풍이 뒤를 따르느라 애먹으며 시라야마는 늙은 향나무가 보초를 선 동구 밖 공동 우물 옆댕이를 허덕허덕 걸어가는 중이었다. 최명배는 우선 쿵덕쿵덕 널뛰기하는 가슴 동계부터 다독거릴 요량으로 한바탕 심호흡을 했다. 그런 다음 양손을 동글게 말아 나발대를 만들었다. 나발대를 입에 붙이고는 나발을 불어대기 시작했다.

"어어이, 시라야마 사앙! 조오지부쓰오오! 와즈라우우! 야쓰으!"

목청껏 내지른 고함이 먼거리 단숨에 건너뛰어 목표물에 닿았다는 증표로 스프(SF) 재질의 국민복 차림을 한 시라야마가 허리를 뒤틀면서 마을 쪽을 돌아다보았다. 그리고 고개를 갸우뚱했다. 최명배는 철철 넘치도록 만면에 웃음꽃 활짝 피운 채 오른쪽 팔소매를 깃발처럼 펄럭펄럭 휘날렸다.

"조오지부쓰오 와즈라우 야쓰, 시라야마 사앙!"

손바가지 만들어 귓바퀴에 갖다 대면서 시라야마 역시 뭐라뭐라 맞받아 고함질렀다. 최명배는 부지런히 손 흔들어 시라야마와의 작별을 아쉬워하는 척하는 한편 입으로는 방금 딸년한테 익힌 국어 욕설을 열심히 읊어댔다.

"어어이, 시라야마 사앙! 조오지부쓰오오 와즈라우우 야쓰으 같은 놈 같으니라고오!"

비로소 주인장 헤픈 마음씀씀이를 알아차렸다는 듯 시라야마 역시 손 마주 흔들면서 석별의 정을 아낌없이 표해왔다.

"어이구, 십 년 묵은 체증이 말짱 다 내려간 것맨치로 속이 시연타! 앓든 이빨 쏙 빠진 것맨치로 속이 후련타! 얼추 반분은 풀리는 것 같네!"

최명배는 햇솜 두둑이 놓인 공단 옷자락 휘저어 소맷바람 일으키면서 집안으로 들어서다 말고 혼잣말 몇 토막을 대문간에 분실물처럼 흘려놓았다.

"요담번에는 순금이년한티, 능지처참에다 부관참시를 곱쟁이로 덧보탤 놈을 국어로 배워갖고는 시라야마란 놈 등짝에다 꼽새짐으로 한 살림 그득 채려서 실어 보내야지!"

하지만 모처럼 만에 맛보는 그 살판나는 기분도 찰나에 그치고 말았다. 최명배로 하여금 울화통 터지도록 만드는 면면들이 대문간 안쪽에 우부룩이 모여 가장 들어서기만 기다리고 있었다.

"요게 다 뭔 야단이다요?"

관촌댁이 마냥 근심 어린 낯꽃으로 영감 눈치 살피며 쭈뼛쭈뼛

다가왔다. 늙정이 마누라 쪽은 거들떠도 안 보면서 최명배는 곧장 애물단지 딸년을 과녁으로 삼았다.

"순금이 네 이년, 차후로 또 내 눈앞에 얼씬만 혔다 봐라! 방구석에 얌전허니 처백혀 있들 않고 또 배깥으로 쌀쌀 나대는 날이면 다리몽생이 작신 뿐질러질지 알거라!"

아직도 영문을 몰라 멍청하니 서만 있는 처자와 아랫것들 본때 있게 등진 채 최명배는 씨억씨억 사랑채로 향했다. 대청마루로 오르기 전 섬돌 위에 흰 고무신 두 짝 나란히 벗어놓으면서 그는 한숨을 푸짐하게 쏟아냈다.

"그나저나 요놈에 시국이란 놈이 장차 으떤 모냥으로 으떻게 지랄발광을 칠라고 요 난리를 다 떨고 자빠졌는지, 참말로 꺼억정이고만!"

암만해도 예삿일이 아닌 듯싶었다. 자고로 천륜이나 인륜에 어긋난 큰 잘못이 거론될 때 항용 쓰는 말로, 성을 갈겠다느니, 성을 갈 놈이라느니, 하면서 언성을 높이지 않았던가. 금수어충(禽獸魚蟲) 따위와 확연히 구별되는 인간 근본을 나타내는 것이 바로 조상 대대 이어져내려온 가문의 성씨인데, 느닷없이 그 성을 갈고 부조(父祖)가 공들여 지은 이름을 자의자작으로 고친다는 게 대관절 인간 된 도리로 마땅한 짓인가. 그것은 인간이기를 포기하고 짐승의 길을 택하라고 윽박지르는 거나 매한가지 만행이었다. 더군다나 소오시, 어쩌고 하는 그것으로 짐승이 된 연후에 딸까지 왜놈 첩실 또는 재취로 보내 나이생잇따인지 뭔지를 실천해야만 히고꾸밍(비국민)이나 후떼이센징(불령선인) 혐의를 벗을 수 있다니, 참으로 기가 꽉 막힐 노릇이었다.

생각이 그 대목까지 미치자 최명배는 부앗살이 머리꼭지까지 뻗치는 바람에 참을 수 없었다. 그 모든 불미스러운 상황이 어느 한 사람 잘못에서 비롯된 사달이기나 한 듯이 그는 분노의 감정을 똘똘 뭉뚱그려 순금이한테 덥석 씌워버렸다. 애당초 걱정거리였던 춘풍이놈 몸값 지불 따위는 이미 안중에도 없었다. 뭔가 엄청난 변괴를 몰고 오는 것 같은 그 불길한 조짐들로 말미암아 그는 마침내 자제력을 잃어버렸다.

"차라리 뒤어져뿌러라! 고따우로 왼갖 망신 골고루 다 떨고 살음시나 집안 욕뵐라 말고 당장 뒤어져뿔란 말이여, 이년아!"

홧김에 최명배는 벌겋게 숨쉬는 잉걸불 담긴 놋화로를 높이 들어 마당에다 힘껏 패대기치고 말았다.

2

깜깜한 밤길 걸어 혼자서 상곡리로 돌아가는 길이었다. 착잡하기 이를 데 없는 심정이었다. 해를 보면서 집을 나설 당시에도 착잡하긴 매일반이었지만, 해가 진 다음 예배당을 나설 때는 착잡하다못해 암담하기까지 했다. 청상(靑孀)을 자초한 여인의 몸으로 너무도 감당하기 버거운 팔자의 무게를 어린애 응석 부리듯 주님 손에 떠넘기고 싶어 최순금은 살기등등해서 감시의 눈초리 번뜩이는 아버지를 속이고 밖으로 몰래 빠져나왔었다. 그렇듯 만난 무릅쓰고 찾아간 예배당에서 순금은 팔자의 짐 떠넘기기는커녕 외려 또다른 짐까지 흠씬 덤터기 쓴 꼬락서니 되어 귀가하는 중이었다.

동천리 샛내교회는 사실상 폐쇄되어 있었다. 불과 몇 주 전까지 산서 일원에서 가장 오랜 역사와 교세를 자랑하던 교회였다.

평상시 같으면 신자들이 사면팔방에서 꾸역꾸역 모여들 주일 저녁인데도 달랑 문목사 혼자 휑뎅그렁한 예배당을 지키고 있었다. 다른 신자들한테는 벌써 기별이 갔는데, 유독 순금만은 예외였다. 그동안 금족령에 발이 묶여 집안에서 두문불출하는 바람에 예배당이 끝내 문을 닫았다는 사실을 전연 모른 탓이었다.

젊은 여인 홑몸으로 걷는 밤길이라 해서 특별히 더 무섭지는 않았다. 무서움보다 훨씬 완강하고 농밀한 슬픔과 안타까움이 가슴을 묵중히 찍어누르는 바람에 어둠 속을 헤집는 발걸음이 마냥 더딜 수밖에 없었다.

애당초 갖은 핍박과 훼방 속에 아주 어렵고 또 어렵게 지켜온 신앙이었다. 아버지 주장에 따르자면, 최씨 집안에 최초로 재앙을 끌어들인 장본인이 바로 최순금이었다. 딸년이 광주 유학생활에서 받아들인 야소교 신앙이야말로 집안을 장차 송두리째 불사를 재앙의 불씨 바로 그것이었다. 기대를 저버린 채 딸이 여자고등보통학교에서 덜컥 퇴학을 맞고 집으로 돌아오자 아버지는 대뜸 야소교를 적으로 삼아버렸다. 곧이어 청상 아닌 청상 신세 된 딸년 혼삿길마저 꽉 막혀버리자 야소교에 대한 아버지의 증오심은 마침내 절정에 다다르고 말았다. 예배 도중 불시에 들이닥친 아버지 손아귀에 머리끄덩이 끄어들려 개처럼 질질 끌려나가는 봉변도 그간 여러 차례 당했다. 뿐만이 아니었다. 아버지는 문목사 얼굴에 오물 바가지 좍좍 끼얹으며, 예수를 믿느니 차라리 '여수'(여우)를 믿으라고 함부로 조롱하기까지 했다.

그처럼 사뭇 곤고한 처지에서 애면글면 지켜온 신앙인데, 이제는 그마저도 여의치 않게 돼버렸다. 최순금은 지척도 분간할 수 없는 어둠 위에다 자신의 두 발로 길을 만들어 나아가면서 줄지어 흘러내리는 눈물을 닦을 생심도 하지 못했다. 눈물범벅이 되어 흐릿해진 시야 너머로 맨 처음 저한테 기독신앙을 심어주었던 인물을 응시하려 그니는 기를 썼다.

정세권……

이미 세상을 등졌지만, 아직도 지극한 그리움 없이는 떠올리기 지난한 이름이었다. 한참 세월이 흐른 뒤까지도 순금은 사나이답게 틀진 외모와 굵직한 음성을 여전히 눈으로 보고 귀로 듣는 환각의 나날을 보내곤 했다. 신방 꾸밀 겨를조차 안 주고 급작스레 유명을 달리한 약혼자였지만, 그럼에도 불구하고 정세권은 여전히 제 신랑이고 최순금은 아직도 그의 신부였다. 하늘의 부름을 받는 그날까지 앞으로도 계속 자신의 영육 모두가 그의 소유로 남을 것임을 순금은 전연 의심하지 않았다. 죽은 약혼자 몫으로 제 순결을 끝까지 지키면서 곱다시 늙어갈 심산이었다.

인생의 반려이자 동지로서 평생을 함께하기로 맹세하고 이미 양가 부모 허락까지 받은 사이였다. 정혼한 지 석 달도 안 되었을 무렵, 정세권은 야학당과 독서회 사건이 한꺼번에 불거지는 바람에 주모자로 붙잡혀 헌병대로 끌려갔다. 그리고 같은 사건에 연루된 순금은 학교에서 퇴학 처분을 받았다. 정세권은 모진 고문 끝에 철골이 된 채로 풀려난 후 읍내 집과 병원 사이 오가며 병고에 시달리다 끝내 숨을 거두고 말았다.

정세권……

저세상으로 먼저 건너간 약혼자 발자취 더듬으며 깜깜한 밤길 걷다가 순금은 하마터면 돌부리에 걸려 길바닥에 나동그라질 뻔했다. 가까스로 중심을 잡고 자세를 바루려는 순간, 수상쩍은 신호가 언뜻 귀에 잡혔다. 일정한 간격을 두고 누군가가 살금살금 뒤를 밟는 듯한 기척이었다. 인적이 완전히 끊긴 산골 어둠 속에 달랑 저 혼자뿐이라는 고적감이 순금을 한 마리 자벌레처럼 잔뜩 움츠러뜨렸다. 급작스레 밀어닥친 무섬증으로 말미암아 새가슴 할딱이며 그니는 온 신경을 눈과 귀에 모아 뚫어져라 어둠 속을 살폈다. 하지만 어찌 된 셈판인지 더는 아무런 기척도 잡히지 않았다. 방금 전까지 조심조심 뒤밟는 것 같던 발소리는 어느새 가뭇없이 사라지고, 그 대신 콩닥콩닥 두방망이질하는 심장 고동 소리만이 요란하게 귀청을 때리고 있었다.

"내가 혹시 잘못 들었는지도 몰라."

몸안에 쌓인 무섬증을 몸 밖으로 몰아낼 요량으로 순금은 일부러 혼잣말을 시도했다. 한동안 교회를 멀리하는 사이에 신심이 많이 허약해진 탓일까. 기회 틈탄 사탄마귀가 신심을 시험하는 중일지도 모른다는 생각이 들었다.

"어쩌면 잘못 들은 것이 아닐지도 몰라."

순금은 재차 혼잣말을 시도했다. 정말 그랬다. 그것은 발소리가 분명했다. 그 발소리 임자가 다름아닌 약혼자일 거라고 믿고 싶었다. 밤길 내내 동행하던 정세권의 영혼이 헤어질 순간에 이르자 그처럼 발소리 통해 약혼녀한테 작별을 고했음에 틀림없다고 순금은 멋대로 결론지었다. 그니는 발걸음을 부쩍 더 재우치기 시작했다. 야반 출타를 아버지한테 들키지 않으려면 귀가를 몹시 서둘러야 할 시각이었다. 여느 날에 비해 예배당에 머문 시간이 너무 길었던 만큼 그니의 마음은 더욱 초조해졌다.

"지금 최선생이 보시는 사람은 문목사가 아니오."

문목사가 말했다. 잠긴 문 열어 순금을 예배당 안으로 들이면서 그는 만면에 기묘한 웃음기를 띠고 있었다.

"최선생은 지금 가룟 유다를 보고 계시는 거요."

주일 오후 텅 빈 예배당 마룻바닥에 꿇어 엎드려 장시간 기도 중이었다는 증표로 바짓가랑이가 형편없이 구겨진데다 무릎 부위는 곱사등처럼 불룩 튀어나와 있었다. 여성 신자를 맞아들이기 전까지 미처 다 수습하지 못한 눈물이 소금쩍을 이룬 채 자칭 가룟 유다 눈자위에 허옇게 말라붙어 있었다.

"지난주 마즈막 삼일예배 때 이 가룟 유다는 예수 그리스도를 은 삼십도 못 되는 돈을 받고 사탄마귀 대일본제국 손에다 팔아 넘겨버렸소."

"마즈막 삼일예배라니요?"

순금이 뜨악한 눈초리로 문목사를 쳐다보았다. 자기 손가락으로 자기 눈알 후벼파는 것과도 같은 자조적인 웃음이 문목사를 험하게 구기박질러놓았다. 무슨 영문인지 전혀 가늠할 수 없어 순금은 해답을 구하는 눈빛으로 예배당 안을 찬찬히 둘러보았다. 휑뎅그렁한 마룻바닥이 강도상(講道床)에 놓인 남포등 불빛을 받아 차디찬 윤기를 반들반들 되쏘고 있을 따름이었다.

"그렇소. 급기야 문목사는 성전을 폐쇄하기로 단안을 내리고 말았소."

순금은 저도 모르게 손가락을 입에 물고 손톱을 잘근잘근 씹기 시작했다.

"그러면 우리 교회도 결국 신사 참배를……"

"그렇소. 그렇지만 그렇지 않소. 목자가 양떼를 지켜주지는 못할망정 스사로 자기 양떼를 해칠 수야 없는 노릇 아니겠소? 그리하야 문목사는 양떼를 몰고 스사로 늑대 굴을 찾아가는 대신에 차라리 그 양떼를 뿔뿔이 흩어서 들판에다 풀어놓는 쪽을 택하게 된 거요."

무릎을 통로 삼아 온몸의 기력이 한목에 좍 빠져나가는 얄망궂은 순간을 순금은 그때 경험했다. 마치 어떤 불가항력에 의해 두 다리의 중동이 우두둑 꺾이듯 순금은 마룻바닥에 털썩 주저앉고 말았다.

"그렇소. 최선생은 이제로부터 은밀한 처소에다 별도로 새 성전을 세우도록 하시오. 믿음 있는 곳에 성전도 같이 있는 법이오. 구중심처 흉당에다 오즉 최선생만 아는 비밀한 제단을 쌓으시오. 기왕에 봉인된 성전을 다시 찾을 생각 말고 성도들 각자 각자가 자기 흉당에다 건립한 성전, 사탄마귀 눈에 안 띄는 그 성전을 끝까지 지키면서 최후 심판 날에 대비하시오. 아모리 무소불위하다는 대일본제국이라도 최선생 가삼 속에 있는 그 성전만은 도모지 허물 수도, 폐문할 수도 없을 것이오."

문목사의 손이 느릿느릿 다가오더니만 순금의 들썩이는 어깨를 슬며시 짚었다. 그 손의 떨림이 두툼한 겉옷을 뚫고 살 속까지 깊이 파고드는 바람에 순금은 온몸을 흠칫 떨었다. 그 떨리는 손이 떨리는 입 열어 떨리는 목소리로 다시 말했다.

"그렇소. 마즈막 예배 시간에 우리 모두는 예수 그리스도 우리 주님 몸을 조각조각 찢어서 만신창이로 만드는 의식을 거행했소. 그런 연후에 주님 몸 조각을 각자 한 점씩 가삼 속에 챙겨서 사방으로 뿔뿔이 흩어졌소. 그 의식에 불참하신 최선생 몫으로 작은 한 점이나마 주님 몸 조각을 남겨뒀으니까 모쪼록 소중하게 간즉하면서 열심을 다하야 믿음을 지키시오. 주님 심판 임하시는 그날, 성도들 각자 각자가 그동안 고이 간즉했던 조각들을 한자리에 모두어서 다시 맞출 경우, 만신창이가 되셨던 우리 주 예수 그리스도는 다시 온전하신 형상으로 복원되리라 믿어 의심치 않소."

최후 심판의 날 아닌, 지금 이 시간이야말로 구원의 손길이 가장 절실한 때라고 순금은 생각했다. 문목사 도움이 아니면 이 절체절명 위기에서 결코 벗어날 수 없겠다는 생각이 들었다. 순금은 꿇어앉은 자세 그대로 양손 가슴에 모은 채 문목사를 우러러보았다.

그러나 사정은 전혀 딴판이었다. 오히려 저보다 훨씬 더 구원이 필요한 사람은 다름아닌 문목사인 듯했다. 물에 빠져 허우적이며 지푸라기라도 붙잡으려는 눈초리로 문목사 쪽에서 되레 저한테 도움을 간청하고 있는 듯했다. 굳건한 반석의 믿음을 지닌 줄 알았던 평상시 문목사가 아니었다. 평상시 그답지 않게 문목사는 감상적인 비유를 헤프게 구사하는 나약한 일면을 드러내고 있었고, 몹시 흥분한 나머지 자포자기 상태에서나 보일 법한 광기마저 드러내고 있었다. 스스로 내린 마지막 결정이 과연 올바른 판단인지, 다른 누구보다 문목사 자신이 확신을 갖지 못한 기색이었다. 흑암 중에 빠져 사망의 골짜기를 헤매는 자들이나 겪을 법한 혼돈의 자취가 끌로 파고 정으로 쫀 것처럼 문목사 얼굴에 또렷이 새겨져 있었다.

"무신 뜻으로 허시는 말씀인지 알겄어요. 그런디, 즈이들 신자 쪽은 그런다 치드래도, 목사님께서는 앞으로 어떻게 허실 작정이셔요?"

그럴 수만 있다면 순금은 위기에 빠진 문목사를 감히 구해주고 싶었다. 극심한 고통에서 문목사가 놓여날 수 있게끔 도와주고 싶었다. 존경의 대상이던 문목사를 향한 측은지심이 순금으로 하여금 교회 폐문 소식에 접하는 순간 받았던 크나큰 충격에서 벗어나도록 부축해주는 구실을 했다. 뿐만 아니었다. 길래 곤고한 세월 살아갈 것이 뻔한 자신의 박행한 처지를 염두에 두고 느끼는 암담한 예감마저 잠시 잊도록 만들었다.

"그렇소. 겨우 은 삼십에 주님을 팔아넘긴 가룟 유다가 어떤 말로를 걸었는지를 최선생이 여태 모르고 계실 리가 없잖소."

한참 만에 나온 문목사 대꾸는 마치 질문자의 어리석음과 지각 모자람을 꼬집기라도 하는 듯 싸늘한 냉소를 품고 있었다.

"제발 목사님, 제 앞에서 말끝마다 그런 식으로 말씀허지 말어주셔요. 목사님이 자신을 가룟 유다에다 비유허시는 건 천부당만부당헌 말씀이어요. 신사 참배 문제를 위요허고 벌어진 요번 일이 어떻게 그 배반자가 저지른 범죄허고 같은 거라고 주장허실 수가 있어요?"

"그렇소. 문목사는 계명을 어겼소. 계명 중에서도 제일 계명하고 제이 계명을 한목에 어긴 죄인 중의 중죄인이오. 한 궁창에 두 태양이 뜰 수는 없는 법이오. 그런데도 문목사는 본시 있던 태양 외에 다른 태양이 또 있는 것처럼 거즛 증거하고 말았소. 하나님하고 동렬에다 아마데라스 오오미까미(天照大神)를 나란히 앉히는 대죄를 범했소. 어떤 신보다 질투가 많으신 창조주 하나님께서 장차 어떤 벌로 우상 숭배라는 대죄를 범한 중죄인을 심판하실 것인지 문목사는 누구보다 잘 알고 있소."

문목사 입에서 거침없이 쏟아져나오는 말들이 예배당 안에 들어찬 냉습한 공기와 접촉하기 무섭게 소금 모양의 결정체로 변해서 머리 위로 분분히 내려앉는 느낌이었다. 순금의 귀에는 그 말들이 마치 검사를 제쳐놓고 자신의 유죄를 주장하는, 그리하여 자신을 극형에 처할 것을 재판장에게 극구 강청하는, 정신 나간 피고의 최후 진술과도 같이 참으로 괴이쩍게 들렸다.

"제발 자중자애허셔요, 목사님!"

순금은 안타깝기 그지없는 심정을 몽똥그려 입 밖으로 꾸역꾸역 밀어냈다.

"그게 어디 목사님 혼자서만 짊어지실 허물인가요? 애시당초 목사님 한 분 능력으로는 막을 수가 없는 천재지변 같은 것 아니든가요? 조선 팔도 전역에서 수많은 교회, 수많은 목사님이 벌써……"

문목사가 별안간 너털웃음을 터뜨리는 바람에 순금은 그만 입을 다물고 말았다.

"그렇소. 최선생은 지금 교단 총회 결의 사항을 거론하려는 참인 것 같은데……"

문목사는 한바탕 또 요란하게 웃어대기 시작했다. 문목사가 빠져나갈 수 있는 유일한 구멍이라 믿었던 그 재료마저 당자로부터 여지없이 부정당했으니, 이제 문목사를 위무할 수단은 순금의 수중에 더 남아 있지 않았다.

맨 처음 신사 참배를 국가적 의식의 일환으로 인정하고 나선 곳은 기이하게도 조선에서 맨 처음 기독교를 받아들인데다 신앙 열기가 제일 뜨겁기로 알려진 평양이었다. 평양노회에서 신사 참배 안건이 통과되자 그것을 신호탄 삼아 신사 참배 움직임은 마침내 반도 내 기독교 전체로 확산되기에 이르렀다.

"목사님이 그동안 얼매나 용맹스럽게 선헌 싸움에 임허셨는지 산서 사람들은 죄다 알고 있어요."

결코 입에 발린 소리가 아니었다. 산간벽지 초라한 교회 이끌면서 문목사는 온갖 핍박과 배교 유혹에도 흔들림 없이 목자로서 본분을 지켜나왔다.

"인간들도 다 아는 일을 전지전능허신 하나님께서 모르실 리가 없어요."

문목사야말로 흉용한 신사 참배의 파도를 막아줄 방파제라고 샛내교회 신자들은 철석같이 믿고 있었다. 지도적 위치에 있는 교계 저명 목사들마저 일찌감치 포기해버린 방파제 역할을 일개 시골 목사한테 기대한다는 게 처음부터 무리였다. 다름아닌 문목사이기에 그동안 일제가 강요하는 신사 참배를 몸으로 가로막고 그 발걸음을 다소나마 늦출 수 있었던 것이다. 문목사 덕분에 샛내교회가 그만큼이라도 버틸 수 있었던 것을 신자들은 홍복으로 알고 오히려 감사해야 할 판이었다.

"심판받어 마땅헌 죄인은 목사님 아니라도 조선 천지에 얼매든지 쌔고쌨어요. 심판주 하나님을 앞질러서 목사님이 먼저 자신을 심판허고 정죄허지는 말어주셔요, 제발."

심판대 앞에서 떠는 사람이 저 자신이기나 한 것처럼 순금은 가슴을 옥죄는 통증을 느꼈다. 문목사 같은 충직한 종마저 일제 위세에 눌려 갈팡질팡 헤맬 지경이라면 여타 평신도들은 대관절 무슨 배포로 장차 주님 심판대 앞에 담대히 나아갈 수 있단 말인가.

"그렇소, 최선생."

먹구렁이 형상 닮은 침묵의 똬리가 서서히 풀리기 시작했다.

"주님 심판대 앞에 떳떳이 설 수 있는 자는 조선 천지에 불과 몇몇밖에 없소. 순교를 각오하고 신사 참배를 거부하다가 지금 옥고를 치르고 계신 목사님들을 제외하고는 하나같이 다 무저갱(無底坑)에 떨어질 죄인일 뿐이오."

구렁이 머리와 몸통에 이어 꼬리 부분까지 예배당을 빠져나가고 나자 문목사의 말이 점점 더 빨라지기 시작했다.

"그렇소. 무얼 더 감추고 무얼 더 숨기겠소. 고백건대, 신사 참배 바로 그것이 두려운 게 아니오. 진실로 두려운 것은 신사 참배 그다음에 찾아올 어떤 것이오. 언제부턴가 나는 말씀의 위력보다 총칼의 위력을 더 대단한 것으로 보기 시작했소. 여호와 하나님 존재가 요즈막같이 작고 멀게만 느껴진 적은 없었소. 언필칭 현인신(現人神)을 자처하는 덴노헤이까 존재는 날이 갈사록 더 크고 가깝게 느껴지는 거였소. 사랑의 본체이신 하나님이신데, 손수 택하신 당신의 백성이요 자녀들이 왜 이런 고초를 당하도록 방치하시는지 아버지 뜻을 당최 헤아릴 방도가 없었소. 신사 참배를 할 수도, 그렇다고 안 할 수도 없는 진퇴유곡에 빠진 것이 지금 우리 처지요. 초대 교회를 빛낸 믿음의 선진들도 지금 우리한테는 전연 격려가 되지 못하오. 참배를 결의한 교단 총회 덕분에 한 가닥 빠져나갈 협로가 생겼다 해서 스사로 위안을 삼을 수도 없는 처지요. 적그리스도 세력 공격으로부터 우리 믿음을 방어할 전신갑주나 엄심갑은 현재 나한테도, 최선생한테도 없다는 사실을 하나님께서는 잘 아실 거요. 그럼에도 불구하고 우리는 지금 막다른 골로 내몰려 있소."

신열에 들뜬 나머지 문목사는 자신이 지금 얼마나 겁나는 소리를 해대고 있는지조차 모르는 채 도나캐나 마구 지껄이는 것 같았다. 문목사가 큰 소리로 떠드는 동안 예배당과 목사관을 잇는, 강단 옆 통용문이 소리 없이 열렸다. 사모가 들어서는 것도 모를 만큼 문목사는 몹시 흥분해 있었다.

"성전을 폐쇄하는 길 말고 우리가 달리 선택할 수 있는 방도는 이 세상 어디에도 없다는 사실을 우리는 확인하고 또 확인했소."

평상시와는 전혀 다른 말투로 수많은 말을 토해내고 있었지만,

순금의 귀에는 그것들이 제대로 의미를 갖추어 들어오지 않았다. 예삿말 아니라 겁에 질려 질러대는 단말마 비명 같은 소리로 들렸다. 사모가 문목사에게 다가가 어깨 위에 가만히 손을 얹었다. 그러자 문목사는 임재하시는 심판의 손길이라도 접한 듯 온몸이 별안간 뻣뻣이 굳어버렸다. 그는 몹시 힘겨운 동작으로 느릿느릿 고개를 외틀었다. 그리고 얼굴이 무시무시한 형상으로 돌변했다. 어깨에 얹힌 손 거칠게 뿌리치면서 그는 사모를 사납게 노려보았다. 사랑과 신앙으로 똘똘 뭉쳐 오랫동안 가시밭길 함께 헤쳐나온 부부 사이에도 때로는 알면서 모르는 척 그냥 눈감고 넘어가야 할 은밀한 대목이 있는 모양이었다. 갑자기 적대감 드러내는 남편 향해 사모는 조용히 도리머리를 했다. 그러자 문목사는 부르르 진저리를 쳤다.

"그렇소. 내 말을 명심하시오! 이 시간 이후부터 최선생은 가삼 속 구중심처 은밀한 처소에다 어느 누구도 허물 수 없는 성전을 세우시오! 아모리 다리 긴 사탄마귀라도 넘지 못할 철옹성 제단을 쌓으시오!"

마지막 말을 마친 다음 문목사는 뒤도 안 돌아보고 예배당 밖으로 휭허케 나가버렸다. 사모와 순금의 두 시선이 딱 마주쳤다. 방금 전 남편에게 했던 것처럼 사모는 순금을 향해 천천히 도리머리를 해 보였다. 그것이 무엇을 의미하는 몸짓인지 정확히 헤아리기 어려웠다. 사모는 한마디 말도 입 밖에 내지 않았다. 그러나 목사 남편의 파격을 목격한 후의 표정치고는 너무도 태연자약했다. 태연자약하다못해 차라리 평온하게 느껴지기조차 했다. 여자 둘만 남겨진 휑뎅그렁한 예배당 안에서 안절부절못하는 쪽은 오히려 순금이었다. 한시바삐 자리를 떠야 된다고 생각했다. 피차 난처한 지경에서 다만 한순간이라도 서로 시선을 마주치지 않는 것이 사모에 대한 예의요 부조라고 생각했다. 순금은 변변한 작별 인사도 못하고 어물어물 등을 돌렸다. 마치 신자를 가장하고 들어와 연봇돈 훔쳐 달아나는 불신자 거동처럼 죄진 발걸음으로 화급히 예배당을 빠져나오고 말았다.

"어쩌면 내 귀가 헛들은 것인지도 몰라. 혹간 내 눈이 헛봤을 수도 있어."

이를테면 시커먼 털북숭이 팔뚝이랄지 봉두난발 따위로 구체적 형상 갖춘 채 시시각각 다가드는 무섬증을 멀리 쫓아버릴 심산으로 순금은 또다시 혼잣말을 시도했다. 예배당에서 실지로 보고 들었던 모든 그림과 소리도, 그리고 시방 저를 뒤밟아 끈덕지게 따라붙는 정체불명의 기척도 죄다 귓것의 조화로 말미암은 곡두 현상인 양 치부해버리고 싶었다.

이제 거지반 다 왔다. 외딴 감나뭇골의 밤을 힘겹게 파수하는, 고만고만한 크기의 잔약한 불빛 몇 점이 먼발치로 보였다. 전시체제 물동계획(物動計劃)에 따라 석유 배급이 완전히 끊기면서 마을에서는 집집마다 들기름 아니면 피마자유로 등잔불을 밝히고 있었다. 손 휘저어 후두두 훑으면 앵두알처럼 한 움큼 쥐일 듯 저만큼 앞쪽에서 앙증맞게 깜박거리는 불빛들을 보고 순금은 적이 안도했다. 이제 물방앗간 내부, 저 혼자만 아는 비밀 장소에 성경과 찬송가책만 감춰놓고 나온다면 그것으로 그만이었다.

본디 감나뭇골을 비롯한 인근 삼동네 소출 대부분을 다루던 물방앗간이었다. 집집에서 가져오는 여름보리, 가을벼 찧어대느라 사시장철 한눈팔 겨를 없이 줄곧 돌아가던 물레방아가 어느 날 갑자기 멈춰 서버렸다. 면소재지에 일본인이 경영하는 대규모 정미소가 세워진 다음부터 기운 좋은 기계방아한테 일감을 빼앗긴 탓이었다. 엎친 데 덮쳐 일본인 벌목업자가 홀머리산 일대 울창한 숲에서 베어낸 통나무들 실어 나를 산판도로를 닦으면서 물길이 망가지고 물줄기마저 졸아붙는 바람에 애면글면 명맥만 유지하던 물방앗간은 끝내 문을 닫고 말았다. 아무짝에도 쓸모없는 애물단지로 전락한 물방앗간은 돌보는 사람 아무도 없이 감나뭇골 어귀 한쪽에 덩그렇게 내박쳐졌다. 오면가면 어쩌다 눈길 보내는 사람들에게 그것은 시대의 개명바람에 밀려난 설움과 지난날 화려했던 이력을 동시에 말해주는 듯했다.

순금은 물방앗간 근처에서 잠시 발걸음 멈추고 다시 한번 주변 기척을 살폈다. 역시 환청이었을까. 어둠 속을 응시하며 두 귀 쫑긋 세워 들어봐도 수상쩍은 발소리는 더 잡히지 않았다. 순금은 한차례 심호흡 끝에 어둠 속에 파묻힌 채 괴기스러운 정적에 싸여 있는 물방앗간 안으로 조심조심 발을 들여놓았다. 아버지 말마따나 야소귀신 모신 신줏단지에 해당하는 성경과 찬송가책을 범보다 무서운 아버지 눈에 띄지 않게끔 건사하는 일이 무엇보다 급선무였다. 그런 용도에 물방앗간만큼 안성맞춤의 장소도 드물었다. 이미 폐허로 바뀐데다 몇 해 전 이웃마을 처녀가 목매달아 죽는 사건이 일어난 뒤로는 당장 산발한 원귀라도 튀어나올 듯 을씨년스러운 풍경으로 변하는 바람에 대낮에도 근처를 얼쩡거리는 사람이 아무도 없을 지경이었다.

허울뿐인 방앗간 내부는 참으로 복잡했다. 곡식 빻던 커다란 돌확이 아직도 그대로 남아 있고, 위쪽에서 물줄기 떨어지기 기다리며 언제든 삐거덕삐거덕 돌아갈 채비 갖춘 낡은 물레바퀴도 있고, 또 절구한테 동력 건네주던 우람한 굴통도 거의 원형 그대로 남아 있었다. 썩은 통나무나 삭아빠진 널빤지 따위가 지붕에서 무너져 내린 썩은새와 흙더미로 어지러이 뒤섞인 채 나머지 공간을 차지하고 있었다. 샛내교회 신자들 성경과 찬송가책 전부를 숨기고도 남으리만큼 물방앗간 내부는 참으로 요지경 속이었다.

늘 하던 대로 순금은 웅숭깊은 돌확 안에 자신의 신앙심을 꼭꼭 감추기 위해 숯검정 같은 어둠발로 켜켜이 뒤발한 흙바닥을 더듬더듬 손으로 짚으며 나아갔다. 인기척이 또렷이 귀에 잡힌 것은 바로 그때였다. 환청도 무엇도 아닌, 인간의 움직임이 여실하다고 깨닫는 순간, 그니는 짤막한 비명과 함께 겨드랑이에 끼고 있던 책들을 바닥에 떨어뜨렸다. 두꺼운 어둠의 벽을 여닫이 문처럼 좌우로 확 밀치면서 발소리가 저벅저벅 다가들고 있었다.

"누, 누구……"

저도 모르게 목구멍으로 침이 꿀꺽 넘어가는 사품에 순금의 혀는 수하(誰何) 절차를 끝까지 임의롭게 수행하지 못했다.

"놀라지 마시오, 사이 상."

주머니 속 공깃돌 다루듯 흑암 속으로 데굴데굴 굴려 보내는 말투가 여유만만하고 자신감에 차 있었다. 이제는 남들 이목 꺼려 예의 바르게 처신할 필요 없다는 듯 사내는 거침없는 발놀림으로 물방앗간 내부를 쿵쿵 울려댔다.

"당장 안 물러가면 소릴 질르겄어요!"

바투 다가서는 발소리 근처에다 순금은 떨리는 목소리 몇 마디를 가까스로 떨어뜨렸다. 그러자 웃음소리가 곧바로 건너왔다.

"어디 한번 맘대로 소리를 질러보시오. 사이 상이 믿는 에호바 가미사마께서 그 소리 듣고 자기 딸 원조하러 금방 달려올지도 모르니까."

능란한 조선말 이죽거림이 끝남과 동시에 갑자기 주위가 환해졌다. 눈높이로 들어올린 성냥불 때문에 사내 얼굴이 균형 잃은 기형의 모습으로 섬뜩하게 드러났다. 기꾸찌였다. 어둠 속에서 사내 목소리 처음 들었을 때 순금은 이미 기꾸찌 같다고, 기꾸찌란 작자임에 틀림없다고 짐작한 바 있었다.

"사이 상이 모시는 그 에호바 가미사마를 상대로 유도나 검도 시합을 하더라도 이번만큼은 내가 이길 자신 있소."

기탄없는 웃음소리가 물방앗간 안에 가득 울려퍼졌다. 상대방 정체가 밝혀졌다 해서, 그리고 그 상대방이 지난날 여러 차례 부딪힌 적 있는 인물이라 해서 순금은 득볼 게 눈곱만큼도 없는 처지였다. 득보기는커녕 오히려 잔뜩 겁에 질린 채 쥐며느리처럼 온몸이 더욱더 동글게 옴츠러들었다. 뜨거움을 전연 못 느끼는 사람처럼 기꾸찌는 손끝에서 성냥개비 하나가 끝까지 다 탈 때까지 참을성 좋게 견디었다.

"그동안 내가 얼마나 오래 참고 기다렸는지 사이 상도 잘 아시잖소. 며칠 동안 사이 상 동태를 주시하면서 기회만 노려왔소. 자아, 당장 오늘 여기서 가부간에 결판을 내기로 합시다."

성냥불 삼켜버린 어둠 속에서 기꾸찌는 서두르는 기색 없이 차근차근 입을 놀렸다. 선반 아래 까치발 받치듯 모음 밑에 붙이는 리을 발음만 약간 어색하게 들릴 뿐, 거의 흠잡을 데 없이 유창한 조선말이었다.

"내지인 신분이라고 요렇게 반도인을 얕잡어봐도 되는 건가요?"

순금은 주춤주춤 뒤로 물러서면서 날카롭게 소리쳤다.

"그 반도인을 좋아해서, 오랫동안 반도 여성을 흠모하다가 구애하는 건 얕잡아보는 것도 무엇도 아니지요. 나는 지금 내지인 신분 아니라 그냥 한 남자 자격으로 사이 상 앞에 있는 거요."

웃음기 머금은 말소리가 냉큼 다가와 순금이 물러선 만큼의 간격을 단숨에 좁혀버렸다.

"절대로 받어들일 수가 없어요! 절대로 안 된다고 여러 번 답을 보냈잖어요! 벌써 오래전에 혼인헌 유부녀라고 몇 번이나 더 밝혀야 되겄어요?"

"호적상으로는 엄연히 미혼이시지요."

"일본에 일본 풍습이 있딧기 조선에는 조선 풍습이 있어요. 약혼은 성혼이랑 똑같은 것이고, 한번 자기 배필을 정헌 여자는 절대적으로 두 남자를 섬기들 않는 것이 우리 조선 풍습이라는 것쯤 기꾸찌 씨도 잘 아시잖어요!"

"나는 그런 것 하나도 몰라. 나는 일본사람이라서 조선 풍습 따위는 하여간에 상관없어."

"자꼬만 요런 식으로 애민 사람 괴롭히면, 관에다 고발허겄어요! 기꾸찌 씨가 내지 출신이라 허드래도 반도 출신 여자를 폭력으로 위압허고 취첩헐 권리는 일본 법령에도 없어요! 만일 읍내 경찰서로 안 된다면 내가 직접 총독부를 찾어가서 진정을 허고 말겄어요!"

"어디 한번 그래보시지. 한 남자가 한 여자 좋아해서 벌어진 일은 아마 우리 총독각하께서도 적극적으로 권장하시는 국책사업일걸?"

어느 틈엔가 기꾸찌 말투가 깍듯한 존댓말에서 완연한 반말지거리로 바뀌어 있었다. 상대방 숨결이 갑자기 거칠어지기 시작했다. 코끝으로 육박하는 사내 숨결 피하기 위해 순금은 필사적인 몸짓으로 뒷걸음쳤다. 물레바퀴 주위를 뱅글뱅글 돌며 서로 쫓고 쫓기는 덧게비 장난이 지척을 분간할 수 없는 칠흑 속에서 한참이나 계속되었다. 사내 추격 따돌리지 못하고 끝내 머리끄덩이 거머잡히는 순간, 여자는 숨이 헉 멎어버렸다. 사내는 일단 제 손아귀에 들어온 여자를 갑자기 험하게 다루기 시작했다. 우선 여자 귀싸대기부터 한 대 호되게 올려붙였다. 그런 다음 곧바로 여자 허리에 유도 기술 걸어 땅바닥에 간단히 쓰러뜨렸다. 엉덩방아 찧으며 넉장거리로 나가떨어진 여자를 사내가 지체 없이 덮쳐눌렀다. 여자는 옷고름과 함께 저고리 앞섶이 북 뜯겨나가는 절망적인 소리를 들었다. 사내는 거칠기 짝이 없는 손놀림으로 여자 젖가슴을 헤치고, 여자는 그 손길 한사코 거부하면서 연방 비명을 뽑아댔다. 그러자 사내는 양손으로 목줄띠를 조르기 시작했다. 숨이 꽉 막히는 그 창황중에도 여자는 본능이 시키는 바에 따라 사내가 쉽사리 들어올 수 없게끔 문단속을 철저히 했다. 양쪽 발목이 서로 엇갈리도록 두 다리 단단히 꼬아 아랫도리에 굳게 빗장을 질렀다. 그 빗장 뽑으려고 사내는 여자 가랑이 사이에 지렛대를 넣어 이쪽저쪽 함부로 젖히기 시작했다.

"그래봤자 소용없어! 순순히 내 말을 들어!"

구리터분한 입내와 더불어 불잉걸 같은 숨결이 콧잔등 위로 답삭 쏟아졌다. 짧게 기른 코밑수염이 입술 언저리를 따갑게 찔러대는 걸 의식하는 순간, 순금은 잠시 잊고 있던 신앙심에 퍼뜩 생각이 미쳤다. 기꾸찌가 조롱조로 들먹이던 존재 에호바 가미사마였다. 지금 겪는 위난으로부터 저를 구해주실 분은 오로지 여호와 하나님밖에 없음을 깨달았다. 순금은 혼신의 기력을 모아 여호와 하나님 바짓가랑이 붙들고 늘어지기 시작했다.

"똥은 매랍지요오……"

바로 그 순간이었다. 필사적인 간구 기도가 하늘에 제대로 상달된 것일까. 구원의 손길은 뜻밖에도 엉뚱한 경로를 통해 찾아왔다. 소문난 바보 몸뚱어리 빌린 구원의 손길이 물방앗간을 향해 느럭느럭 다가오는 중이었다.

"님은 보고 잪으지요오……"

춘풍이 목소리임을 재차 확인하는 순간, 축 늘어졌던 순금의 몸에 새롭게 기운이 샘솟기 시작했다.

"사람 살려욧! 사람 살려욧!"

죽을힘 다해 사내 가슴팍 떠박지르면서 순금은 목이 터져라 소래기를 질러댔다. 오로지 잠긴 빗장 벗기는 데만 고부라져 있던 기꾸찌도 뒤늦게 무슨 낌새를 챈 모양이었다. 몸놀림을 딱 멈추면서 물방앗간 바깥쪽 동정에 잔뜩 귀를 모으는 눈치였다.

"쏘내기는 쏟아지지요오……"

춘풍이 걸음발이 한량없이 굼뜨게만 느껴졌다.

"어서요, 춘복이 아저씨!"

아닌 밤중에 물방앗간에서 뻗쳐나오는 새된 탄원 분명히 들었으련만, 춘풍이는 도무지 서두를 기미를 안 보였다. 잔칫집에 가려고 한유하게 밤마을 나온 양 느려터진 걸음발 가진 풍월 소리가 지척지척 다가오고 있었다.

"노잣돈은 뚝 떨어졌지요오…… 똥은 매랍지요오……"

마침내 풍월 소리가 물방앗간으로 들어섰다. 동시에 소리는 빛으로 바뀌었다. 한들한들 앞뒤로 그네 타는 조족등(照足燈) 불빛을 받아 춘풍이는 마치 옛이야기에 등장하는 괴수 같은 거한으로 비쳤다.

"송아지는 도망가지요오……"

"난다! 도시난다!"

상황이 다급하게 변하자 기꾸찌 입에서 비로소 일본말이 튀어나왔다. 그때까지 단단히 덮쳐누르고 있던 여자를 아무렇게나 떠박지르면서 그는 벌떡 몸을 일으켰다.

"고노야로, 난다(이 새끼, 뭐야)?"

기꾸찌 쪽은 숫제 거들떠도 안 보면서 춘풍이는 젊은 주인아씨 향해 느럭느럭 다가들었다. 불빛의 접근에 흠칫 놀라 순금은 함부로 풀어헤쳐진 젖가슴을 후딱 손바닥으로 가렸다. 주인아씨 헝클어진 머릿결과 흐트러진 옷매무새 보더니만 춘풍이는 느닷없이 헤벌쭉 웃었다.

"감나뭇골 막 소리 질러. 순금이넌 싸게 잡어와."

순금은 어칠비칠 몸을 일으켰다.

"바까야로!"

춘풍이 겨냥하고 기꾸찌가 냅다 욕지거리를 날렸다. 그러자 춘풍이는 공평하게 기꾸찌에게도 웃음 한 뭉텅이 헤벌쭉 배급했다.

"으, 바가야로."

"이얍!"

날카로운 기합과 함께 앙바틈한 기꾸찌 몸이 거구의 춘풍이한테 들러붙었다. 기꾸찌 유도 기술에 걸려 춘풍이는 하마터면 모잡이로 휘우뚱 넘어갈 뻔했다. 춘풍이는 이내 자세를 바룬 다음 아직도 제 턱밑에서 바비작거리는 상대방 머리꼭지를 소댕 같은 손바닥으로 꽉 눌러 당장 그 자리에 주저앉혀놓았다. 춘풍이는 재차 덤벼드는 기꾸찌 멱살 한 손으로 꺼들어 허공중으로 불끈 추어올리는가 싶더니만 어느새 땅바닥에 힘껏 태질을 쳐버렸다. 땅바닥을 데굴데굴 구르면서 기꾸찌가 내지르는 구슬픈 비명이 물방앗간 안을 여울물처럼 세차게 엔굽이쳐 흘러다녔다.

"순금이넌 싸게 잡어와. 감나뭇골 큰일나."

거푸 감나뭇골 들먹이는 춘풍이 거조로 미루어 아버지가 시방 얼마나 화를 내고 있는지 능히 짐작이 가고도 남았다. 순금은 달아났던 넋 가까스로 불러들여 망가지고 흐트러진 몸맨두리를 허둥지둥 수습했다. 마침내 순금은 깍짓동 같은 춘풍이 몸집 방패 삼아 물방앗간을 탈출하는 데 성공했다.

"요오씨, 두고 보자!"

뒤에서 기꾸찌가 북북 이를 가는 소리가 들렸다. 그러자 춘풍이가 빙그르르 몸을 돌리더니만 기꾸찌 겨냥하고 콧물 탄알 두 방을 팽팽 연속으로 날리는 솜씨를 선보였다.

"꼴지게는 넘어지지요오……"

무척이나 기분이 좋은 모양이었다. 앞에서 종종걸음 치는 젊은 주인아씨 어슬렁어슬렁 따르면서 춘풍이는 이른 잠자리에 든 산서 땅 산천초목들마저 깜짝 놀라 깨리만큼 기운찬 노랫가락을 뽑아대고 있었다.

"해는 꼴딱 넘어가지요오……"

"앞장서서 먼저 가셔요."

순금은 길가로 비켜서면서 춘풍이가 지나가기를 기다렸다. 춘풍이는 꿈쩍도 하지 않았다. 아무 때라도 주인아씨가 다시 움직일 때까지 그렇게 버틸 심산인 듯 그는 손에 들린 조족등만 연방 앞뒤로 한들한들 흔들며 위태롭게 그네를 태우고 있었다.

"싫다면 제가 앞장설 티니깨 아저씨는 멀찌감치 떨어져서 입 꾹 다물고 따러오셔요."

"괴얄띠는 안 끌러지지요오……"

봉욕 직전의 수치스러운 현장 목격한 춘풍이로부터 되도록 멀찌감치 떨어지고 싶어 순금은 깜깜한 밤길을 거지반 뜀박질하다시피 천방지축 걸었다. 하지만 춘풍이는 등불의 부조까지 받아가며 그다지 힘도 안 들이고 성큼성큼 뒤따라왔다. 도중에 혹 동네 사람 누구라도 마주칠 경우 처참한 제 꼬락서니 들통날세라 마음 졸이는 주인아씨 처지를 그는 털끝만큼도 헤아릴 줄 몰랐다. 동네 개들은 물론 사람들까지 한목에 다 깨워 밖으로 불러낼 작정인 듯 그는 노래 축에도 못 드는 그 노래를 입아귀에 방자하게 매단 채 순금의 뒤꽁무니를 부지런히 밟아오고 있었다.

"갈 질은 멀지요오……"

"춘복이 아저씨, 제발 조용히 조깨 허셔요!"

부득불 이름을 불러야 될 경우, 순금은 소싯적부터 춘풍이를 반드시 춘복이 아저씨라 불러 버릇했다. 소문난 바보 가리켜 세상사람들 죄다 춘풍이라 놀릴지라도 순금은 그러고 싶은 마음이 호리만큼도 없었다. 그것은 인간 된 도리에 어긋날뿐더러 성경 가르침에서도 벗어나는 짓이기 때문이었다.

"님은 보고 잪으지요오…… 똥은 매랍지요오……"

하기야 춘풍이는 당초부터 순금에게 버거운 상대이긴 했다. 범보다 무서운 아버지도 매번 속수무책으로 당하곤 하는 판인데, 그 춘풍이 입을 누가 무슨 재주로 틀어막겠는가. 결국 스스로 보속을 늦추면서 순금은 저도 모르게 미소를 흘리고 말았다. 그니는 절체절명 위기에서 호구를 벗어날 수 있게끔 때맞춰 구원의 손길을 파송하신 여호와 하나님께 감사했다. 그 구원사역에서 하나님 도구로 사용된 춘풍이에 대한 감사의 염이 그니의 마음을 따스하게 데우고 있었다. 비록 집에서 아버지라는 또다른 호구가 거대한 입 벌린 채 기다리는 상황일지라도 그니는 이제 두려울 게 없다고 생각했다.

"노잣돈은 똑 떨어졌지요오……"

갑자기 어디선가 이상한 노랫소리가 들려오기 시작했다. 저를 놀려대는 소리를 어린 순금이 듣고 있었다. 부엌어멈 섭섭이네가 목소리에 짓궂은 노랫가락 실어 어린 아씨를 한바탕 놀려대는 중이었다.

알나리깔나리, 순금이는 춘풍이 시악시라네!

부엌어멈 딸 섭섭이뿐만 아니라 또래의 다른 조무래기들까지 합세해서 순금의 주위를 뱅뱅 돌며 일제히 목청을 드높이기 시작했다.

알나리깔나리, 춘풍이가 순금이 신랑 되얐다네!

어느덧 눈앞으로 다가선 감나뭇골 바라보며 순금은 아직도 귓바퀴를 쟁쟁히 맴도는 그 노랫소리에 잠시 귀를 기울였다. '알나리깔나리'로 시작되는 그것은 세월이 불러주는 노래요 세월이 던져오는 놀림이었다. 구만리장천 훨훨 날아 어느 겨를에 감나뭇골로 되돌아온 과거 시간이 순금하고 어깨를 나란히 해 동행하는 중이었다. 오랫동안 아스랗게 잊고 지냈던, 먼먼 옛날 일화 한 도막이 하필이면 왜 그런 시간 그런 상황에서 덩두렷이 되살아나는지 당최 알다가도 모를 노릇이었다. 이미 완숙한 여인의 경지에 들어섰음에도 불구하고 순금은 댕기머리 시절 그 놀림노래 떠올리며 그 나이 때 계집애처럼 어둠 속에서 낯꽃을 홧홧이 붉혀야만 했다.

우연한 실수였다. 그 실수가 놀림의 빌미였다. 허연 이빨 드러낸 채 감사납게 으르렁거리는 맹견한테 쫓겨 집안으로 뛰어들다가 아무데나 가까운 방으로 피신한 것이 실수라면 실수였다. 겁에 질린 채 정신없이 허둥대던 나머지 천석꾼 대지주 외딸만이 신을 수 있는 꽃당혜를 그만 토방에 아무렇게나 벗어던진 것이었다.

"오매, 오매, 요게 무신 재변이다냐!"

성난 개 대문간에서 멀리 내쫓고 돌아온 부엌어멈이 다짜고짜 탄성부터 터뜨렸다. 순금 또래 딸을 둔 젊은 부엌어멈은 구구구 암비둘기 우는 소리로 괴상하게 웃어대기 시작했다.

"시상에나! 원 시상에나! 우리 순금이 아씨 요 기구망칙헌 팔자를 장차 으찌혀야 옳을꼬이!"

연방 호들갑 떨면서 섭섭이네는 질자배기 깨지는 소리로 울안에 거처하는 사람 모두를 다급히 불러모으기 시작했다. 방에 숨어 놀란 가슴 가라앉히느라 가쁜 숨만 색색거리던 순금은 부엌어멈 호들갑을 도무지 이해할 수 없었다. 방문 창호지에 뚫린 구멍으로 바깥을 빠끔히 내다보면서, 저게 웬 굿일까, 하고 고개만 갸

웃거렸다.

"워메, 워메, 참말로 우리 순금이 아씨 큰일나뿌렀네잉!"

부엌어멈 호들갑에 이끌려 널따란 울안 곳곳에서 달려나온 남녀노소 아랫것들이 행랑채 마당에 모여 웅성거리고 있었다. 그들은 하나같이 목을 기다랗게 뽑아 토방께를 기웃거리면서 터져나오는 웃음 주체하지 못하고 끼리끼리 시시덕거렸다.

"와따매, 저게 뭣이다냐? 우리 순금이 아씨 꽃당혜 영락없이 빼다박은 저것이 대관절 어느 뉘 꽃신이다냐?"

"우리 순금이 아씨 꽃당혜가 틀림없네그랴! 그러고 또 거룻배 사촌맨치로 너부데데허게 생겨먹은 저 물건은 춘풍이놈 흔털뱅이 짚새기가 틀림없고!"

"시상에나! 시상에나! 금지옥엽 우리 아씨께서 으쩌다가 그 잘난 신랑감들 죄다 내싸두고 해필이면 춘풍이 같은 벅수를 배필로 골랐을꼬!"

그제야 순금은 어마지두에 뛰어든 그 방이 하필이면 머슴들 거처임을 깨달았다. 방 가운데 큰대자로 뻗은 채 춘풍이가 늘어지게 낮잠 즐기는 중이었다. 비로소 맡아지는 머슴방 특유의 퀴퀴한 냄새가 갑자기 오장을 확 뒤집기 시작했다. 천석꾼 외딸로서 체모 잃지 않으려고 제딴은 한껏 음전 빼면서 순금은 방문을 열고 나이 많은 아랫것들 앞으로 조신하게 납시었다. 꽃신 찾느라 토방 두리번거리는 순금을 보고 마당에 모인 모든 입들이 한꺼번에 웃음보따리를 풀어놓았다. 영문도 모르는 채 졸지에 웃음가마리가 된 순금은 발갛게 홍조 띤 낯꽃으로 오로지 꽃신 찾는 일에만 고부라지는 시늉을 했다. 드디어 찾았다. 앙증스레 자그맣고 호사스러운 꽃신 한 짝이 엄청나게 큰 짚신짝 안에 옴쏙 들어앉아 있었다.

"알나리깔나리, 순금이 아씨는 춘풍이 시악시라네!"

순금이 제각각 따로 동떨어진 꽃신 두 짝 수습해서 발에 꿰는 동안, 구경꾼들 사이에서 수상쩍은 노랫가락이 슬금슬금 퍼지기 시작했다. 사람들이 왜 자꾸 춘풍이란 이름에다 제 이름 비끄러매는지, 아직도 그 까닭을 알 수 없어 순금은 가장 임의로운 상대인 부엌어멈을 찾았다. 섭섭이네가 실실 웃는 낯꽃으로 다가와 사정을 설명해주었다. 남자 신발과 여자 신발이 한데 포개질 경우, 그것은 하늘이 정한 배필을 뜻하기 때문에 신발 임자 되는 남녀는 언젠가 반드시 부부의 연을 맺을 팔자라는 이야기였다.

"알나리깔나리, 춘풍이가 순금이 아씨 신랑 되얐다네!"

때아닌 소란이 흔들어대는 바람에 잠에서 깬 춘풍이가 무슨 일인가 하고 부스스한 낯짝을 방문 밖으로 기웃이 내밀었다. 사람들이 순금 대신 이번에는 춘풍이한테 우르르 몰려가 미련하게 생긴 그 허우대 에워싸면서 놀려대기 시작했다.

"춘풍이 너 이놈, 참말로 수지맞은지 알거라! 오날서부텀 니놈은 우리 순금이 아씨 신랑이다!"

"으, 신랑……"

어찌 돌아가는 셈판인지 알아볼 것도 없이 춘풍이는 대뜸 천진스러운 반편이 낯꽃 활짝 펴면서 해맑게 웃기부터 했다.

"으떤 놈은 참말로 배 터지게 복도 많고만. 두엄자리에 앉었다가 꿩 줏덧기 공력 하나 안 들이고 선녀 같은 우리 아씨를 각시로 얻었으니께!"

"으, 각시……"

뭐가 그리도 좋은지 춘풍이는 수많은 사람들에 둘러싸여 벌쭉벌쭉 하염없이 웃어대기만 했다. 그런 꼴 멍하니 바라보던 순금은 그예 참고 참았던 울음보를 으앙 터뜨리고 말았다. 어린 순금은 자그마치 사흘 밤낮을 꼬박이 울었다. 둘이 먹다 셋이 죽어도 모를 온갖 별미 군입정거리도 다 소용없었다. 부모 나이 또래 아랫것들이 번차례로 돌아가며 업어주고 안아주고 목말 태워주는 것도 모조리 다 퇴박했다. 순간의 실수로 말미암아 등신인 줄 천하 사람들 죄 아는 춘풍이한테 꼼짝없이 시집갈 도리밖에 없게 된 제 기구망측한 팔자가 너무도 서럽고 분하고 억울해서 코흘리개 아씨는 마냥 어기찬 울음으로 세월을 삼으려 했다.

철부지 딸년 질기디질긴 울음 가닥 견디다못한 감나뭇골 어른이 결국, 어느 연놈이건 또다시 그따위 쓰잘데없는 나발 부는 날이면 보는 족족 붙잡아 낱낱이 다 헝겊 쪼가리처럼 아가리를 짝짝 찢어버리겠노라 시퍼렇게 엄포를 놓기에 이르렀다. 그럼에도 불구하고 그 놀림노래는 훗날까지 순금 뒤를 줄기차게 따라다녔다. 집 안팎에서 얼굴 마주쳤다 하면 동네 조무래기들은 시도 때도 없이 '알나리깔나리'를 제창하기 일쑤였다. 점잖은 어른들마저 짐짓 정색을 하고 아씨 장래 걱정하는 척하면서 말말끝에 넌지시 춘풍이란 이름 갖다붙이는 장난을 즐기곤 했다. 귓구멍에 딱지 앉게끔 뻔질나게 맞닥뜨리는 그 꽃신 사건은 점점 더 심각한 의미를 지닌 채 순금의 마음을 무겁게 짓눌렀다. 어린 순금의 마음속에서 앞으로 언젠가 춘풍이랑 치르게 될 혼례는 이제 회피할 수 없는 숙명 같은 것이 돼버렸다.

생각하면 생각할수록 못내 분하고 억울하고 원통해서 얼마나 자주 눈자위를 눈물로 짓물려야만 했던가. 원삼족두리에 연지곤지 찍고 혼례 치름으로써 정식으로 춘풍이 각시 되는 악몽을 꾸던 끝에 얼마나 수많은 밤을 가위눌리며 몸서리쳐야만 했던가.

굵은 줄기는 물론 세세한 잔가지에 이르기까지 당시 기억이 또렷또렷 되살아나는 바람에 순금은 새삼스레 또 낯꽃을 확 붉혔다. 여전히 꿀머슴 타령 도나캐나 마구잡이로 흥얼거리며 뒤따라오는 춘풍이를 핼끔 돌아보았다. 엉뚱깽뚱한 궁금증 하나가 순금의 뇌리에서 슬쩍 고개를 들었다. 갓 마름질한 조선옷 때깔처럼 하야말쑥한 상태일 춘복이 아저씨 머릿속에도 과연 그때 그 우스꽝스럽기 짝이 없는 기억이 실낱만큼이나마 아직까지 남아 있을까.

마당이 훤했다. 활짝 열어젖뜨린 대문을 통해 불 훤히 밝힌 집안 풍경이 빤히 들여다보였다. 춘풍이 귀띔으로 어느 정도 이미 예견했던 사태인데도 순금은 물방앗간에서 겪었던 무섬증에 얹혀 한 파수 또 새롭게 밀어닥치는 두려움 때문에 몸을 떨었다. 집안 전체에 감도는 삼엄한 분위기에 미리감치 오가리가 들었는지 천하태평 춘풍이 노랫가락마저 어느 틈에 자취를 감춰버렸다. 순금은 또다시 전능왕 하나님께 매달려, 제발 이번 한 번만 더 도와주십사고 빌면서 대문턱 안으로 무거운 발걸음을 옮겼다.

"네 이년!"

장승처럼 사랑채 마당 한복판에 버티고 서서 아버지는 범금(犯禁)한 딸 향해 들입다 대갈호령을 내질렀다. 순금은 앞으로 더 나아가지 못한 채 허전한 저고리 앞섶 여미는 동작만 일없이 되풀이했다.

"도리깨질로 마빡을 터쳐서 쥑일 년 같으니라고!"

뒷짐지고 있던 손 앞으로 불쑥 내밀어 삿대질하면서 아버지가 시악을 썼다. 아버지 손에 들린 재봉용 가위를 발견하는 순간, 순금은 그만 사색이 되고 말았다.

"용허기로 소문났다는 그 야소구신인가 여수구신인가 허는 것이 니년 머리터럭 한 모숨도 못 지켜주는 허떠깨비 구신인지를 나가 시방 정신이 번쩍 나게코롬 깨우쳐줄 작정이다!"

관촌댁이 뽀르르 달려나와 영감과 딸 사이를 몸으로 가로막고 섰다.

"넋 도망간 것맨치로 왜 우두거니 촛대만 잡고 섰냐, 이 작것아! 죽을죄를 졌다고, 다시는 안 그러겄다고, 요번 한 번만 용서혀돌라고 싸게 물팍 꿇고 싹싹 빌들 못허겄냐!"

시작할 때 기세와는 달리 딸을 두남두려는 관촌댁 엉너리에 갑자기 맥이 빠지기 시작했다. 바로 그 순간, 딸년의 수상쩍은 옷매무새에 관촌댁 시선이 팍 꽂혔다. 집을 나설 당시의 곱던 자태와는 영 딴판으로 흉물스럽게 변해서 돌아온 딸년 행색을 관촌댁은 부릅뜬 두 눈으로 골골샅샅 더듬기 시작했다.

"아이고, 영감, 이 노릇을 대처나 워찌혀야 옳단 말이요!"

과년한 딸년 둔 어미 눈은 역시 남다른 데가 있었다. 관촌댁은 딸년이 밖에서 당한 봉변이 어떤 종류인지 나름대로 대뜸 단정짓고는 영감을 돌아보며 징징 우는소리 늘어놓기 시작했다. 최명배에게도 어김없이 눈은 달려 있어 예사롭지 않은 딸년 몸가축과 옷매무시를 단번에 알아보았다. 가위를 움켜쥔 손이 부들부들 떨리고 있었다.

"이 배은을 허고도 망덕헌 놈아!"

사방을 두리번거리며 뭔가를 급히 찾던 관촌댁 시선이 대문간으로 달려가다 말고 딱 멈추어 섰다. 바로 그 자리에 춘풍이가 있었다.

"춘풍이 너 이놈, 얌전허니 잘 뫼시고 오라고 빙신 중에 상빙신을 보냈드니만, 머심놈이 으찌 감히 쥔댁 아씨를……"

차마 뒷말 잇지 못한 채 가쁜 숨만 헐떡이던 관촌댁이 갑자기 무시무시한 기세로 춘풍이한테 돌진했다. 마치 그것을 저한테 걸어오는 색다른 장난쯤으로 받아들인 듯 춘풍이는 조족등 불빛 일렁일렁 흔들어 관촌댁을 희롱하면서 연방 히죽히죽 웃었다.

"당장 저놈을 붙잡어다가 지둥나무에 꽁꽁 묶거라!"

최명배가 가위 끝을 일직선으로 뻗어 춘풍이 뱃구레 푹 쑤시는 동작을 취했다. 그때까지 불빛 뒤편 마당가에 몸을 사린 채 주인네 눈치만 살피던 장정들 네댓이 우르르 달려들어 춘풍이를 에워쌌다. 저한테 해코지하려는 의도를 뒤늦게 알아차린 춘풍이가 늘 하던 버릇대로 엄지손가락을 냉큼 콧방울에 갖다붙이면서 최명배를 위협했다.

"쏜다? 쏜다?"

"이놈들아, 뭣들 허고 자빠졌냐! 맞다가 뒤어져도 괭기찮으니께 당장 저놈을 인정사정없이 족치거라!"

아무 영문도 모르는 춘풍이한테 불측스러운 파렴치한의 혐의가 덮씌워지는 광경을 보고 순금은 적잖이 당황했다.

"다들 고만둬요!"

순금이 목청을 높였다. 하지만 이미 때는 늦었다. 벌써 머슴들 매타작이 시작되고 있었다.

"왜들 이러서요? 춘복이 아저씨는 아무 잘못도 없어요! 저를 위기에서 구출헌 사람이라고요!"

순금의 호소를 귀담아듣는 사람은 마당 안에 아무도 없었다. 충직한 머슴들이 주인 명령 받드느라 여태껏 한솥밥 먹으며 잠자리 같이해온 저희들 동무 징치하는 일에 오히려 인정사정 두지 않았다. 복날 황구 다루던 솜씨로 그들은 사방에서 주먹질과 발길질에 곁들여 몽둥이찜질까지 어지러이 날리고 있었다. 굼뜨고 미련한 춘풍이 입에서 드디어 신음 소리가 새나오기 시작했다. 졸지에 누명 뒤집어쓰고 무고하게 닦달질당하는 춘풍이를 구하기 위해 순금은 결국 뭇매질의 소용돌이 속으로 뛰어들었다. 그러자 뒤에서 손목을 홱 잡아채는 사람이 있었다. 억센 힘에 끌려 소용돌이 밖으로 나오는 순금의 흑단 빛깔 머리채 겨냥하고 서슬 푸른 가윗날이 아가리 쩍 벌린 채 빠르게 떨어져내리는 참이었다.

3

"처사님……"

비몽사몽간의 낮잠 틈서리 비집으며 많이 귀에 익은 목소리가 얼핏 끼어들었다. 꿈결인 듯 생시인 듯 흐리멍덩한 상태였다. 전혀 맥락도 이치도 안 닿는 황탄무계한 꿈에서 또다른 황탄무계한 꿈으로 계속 이어져나가는, 저주받아 마땅한 잠자리에 누워 그동안 노상 들어온 것이 온갖 이상한 소리들인지라 최부용은 방문 저쪽에서 웬 처사 찾는 소리 또한 꿈결의 소산인지 생시의 소산인지 쉬이 분별이 안 되었다.

"지무십니까요, 처사님?"

처사 찾는 목소리가 이번에는 한 뼘 정도 제 키를 더 높였다. 꿈결이 아니었다. 생시가 분명했다. 부용은 윗몸 벌떡 일으킴과 동시에 팔을 길게 뻗어 안에서 걸어 잠근 문고리를 딸까닥 벗겼다.

"애시당초 이 방에 있지도 않은 그 처사는 무신 일로 찾으시는가?"

말대접 삼아 농으로 받으면서 부용은 방문을 밀쳤다. 그러자 문 밖에 매복한 채 기습 기회만 노리던 봄볕이 막무가내로 쏟아져들어왔다. 눈부신 햇빛과 겨루느라 실눈 뜨는 부용의 시야에 까까머리 동자중이 들어왔다. 심신을 짓누르는 악몽 속에서 내내 낯익은 감나뭇골이고 익숙한 집안 풍경이던 것이 본정신으로 돌아와보니 낯선 백상암 귀퉁이였다.

"손님을 뫼셔왔고만요."

동자중은 낮잠 자는 처사 깨운 것이 자못 송구했던지 계면쩍은 표정으로 가만가만 아뢰고는 옆으로 슬쩍 비켜섰다.

"웬 손님?"

"접니다, 형님."

저벅거리는 발소리가 벽 모퉁이에서 울렸다. 부용은 반사적으로 고개를 길게 늘여빼면서 소리 나는 쪽을 돌아보았다.

"아니, 이게 누구냐!"

"그간 별고 없으셨습니까?"

동자중하고 갈마들어 부용 앞에 서면서 귀용(貴容)이 싱긋이 미소 짓는 낯꽃으로 머리통을 꾸뻑했다. 실로 오랜만에 대면하는 동생을 반길 생각은 않고 부용은 뜨악해하는 눈초리만 방문 밖으로 내보냈다.

"니가 여그는 웬일이냐? 집에는 또 언제 돌아왔고?"

"어젯밤 늦게요."

"학업은 어떻게 허고?"

"때마침 맹휴(盟休) 기간이라서 학교를 쉬고 하숙방에서 빈둥빈둥 소일하던 참인데, 집에서 화급히 내려오라는 전보가 오잖아요."

"요번 맹휴는 또 무신 슬로간으로?"

"뭐, 뻔하잖습니까. 학도지원병 시비 때문에 조선인 학생들을 목검으로 중상해한 일본군 배속장교를 엄벌에 처하라는 요구지요. 그렇지만 배속장교 문제는 구실일 뿐이고, 본질적인 문제는 군국주의 식민정책이니까 요번 맹휴는 아마 꽤 오래 지속될 것 같습니다."

그새 귀용은 몰라보리만큼 많이 변해 있었다. 용모나 체격뿐 아니라 제법 오랫동안 경성 물 먹은 티를 낸답시고 말씨마저 어느덧 반듯한 표준말로 개비해 있었다.

"암자까장 올라왔으면 그냥 막바로 형을 찾는단 말이지, 새퉁빠지게 새중간에 사람을 넣고 법식을 챙기기는…… 좌우지간 어서 안으로 들어오니라."

"아닙니다. 형님 모시고 금방 하산해야 됩니다."

"서두를 것 하나도 없다. 무신 일로 아버님이 너를 소환허셨는가 내가 훤허니 다 꿰고 있다."

부용은 양발을 사용해 방바닥에 아무렇게나 너부러진 채 마냥 게으름 부리는 이부자리를 방구석으로 밀어붙였다. 옹색하던 지대방 공간이 제법 널찍해지면서 가외로 사람 하나 더 받아들일 여유가 생겼다. 도금단추 번쩍이는 검정 교복 차림의 귀용이 훤칠한 키를 반으로 접어 비좁은 문틀을 통과해서 안으로 들어섰다. 무릎끼리 맞닿도록 마주앉은 채 형제는 한동안 말없이 서로의 이목구비를 조목조목 뜯어보았다. 밖에서 형제의 기이한 해후 장면 지켜보던 동자중이 짜박짜박 발소리와 함께 지대(址臺) 층계를 내려갔다.

"용모도 변허고, 말투도 변허고…… 우리 귀용이, 그새 어른이 다 된 것 같고나."

검실검실 코밑에 돋아났던 솜털이 어느덧 완연한 수염으로 바뀐 동생 얼굴 들여다보고 있자니 절로 웃음이 나왔다. 부용은 불과 몇 년 사이에 소년 티 훌렁 벗어던지고 헌헌장부로 나타난 동생이 마냥 대견해서 그 이름만큼이나 귀티 쫙쫙 흐르는 얼굴을 보고 또 보았다. 위로 누님 하나 두고 서너 살 터울로 내리 태어난 아들 삼형제 가운데 기중 이목구비가 번듯한데다 두뇌도 제일 영특한 아이였다. 그래서 어릴 적부터 아버지의 총애와 기대를 한몸에 받아온 자식이기도 했다. 애저녁에 눈 밖에 나버린 큰아들과 달리 귀용이라면 아버지는 언제나 물고 떨었다. 숨쉴 때마다 콧구멍에서 쉿내 물씬물씬 풍기는 것으로 소문난 천하의 노랑이 아버지도 장차 벼슬길에 크게 현달할 둘째아들 뒷바라지라면 아까운 줄 전혀 모르고 물 쓰듯 돈을 펑펑 써 버릇했다. 재물은 넉넉해도 문벌은 조상 대대 한미하기 그지없는, 자칭 반가(班家) 가부장인 아버지는 오래전부터 학문과 벼슬 쪽에 포원이 져 있었다. 그리하여 귀용이 향리에서 소학교 마치자마자 통도 크게 몽학훈도(蒙學訓導) 겸 보호자 격으로 산서에서 제일가는 천재라고 소문난 이질(姨姪) 배낙철(裵樂哲)을 비싼 학자금과 함께 묶어 경성 유학의 장도에 오르도록 했다.

그게 바로 엊그제 일 같은데, 귀용이 벌써 5학년이라니! 입학 당시는 고등보통학교였지만, 조선교육령 개정으로 연전에 학제가 변경되는 바람에 귀용은 현재 중학교 5학년 졸업반이었다.

"형님 신수가 정말 말이 아니십니다."

갈퀴 같은 시선으로 형의 얼굴 골골샅샅 훑다 말고 귀용이 한숨을 크게 토했다.

"속이 곪아터지는 판인디 어찌 겉모냥이라고 온전헐 텍이 있겄냐."

동생 얼굴에 두었던 시선을 거둬들이면서 부용은 마치 남 얘기하듯 심상한 어조로 대꾸했다. 모집 바람 피해 백상산에 올랐다가 내처 암자에 눌러앉은 후 절간 귀퉁이 지대방에 틀어박혀 지내는 동안 손바닥만한 면경 한번 들여다본 적 없었다. 하지만 제 몰골이 시방 얼마만큼 추물로 변해 있는지 부용은 알고도 남을 정도였다. 형에 대한 착잡한 심회를 고스란히 표정으로 드러내는 귀용의 얼굴이야말로 제 몰골 고스란히 비춰주는, 가장 정직하고도 가장 적확한 면경인 셈이었다.

"절간에서 그동안 형님이 어떻게 생활하셨는지는 아까 그 애기스님한테서 자세히 들었습니다마는……"

"동자중이랑 무신 말을 주고받었는지 십분 짐작이 가는고나. 혀서 시방 이 못난이 형 땜시 너 실망이 크겄다?"

"형님!"

목소리에 감정이 복받치는 듯했다. 형 무릎 위에 손 짚으며 귀용이 바싹 당겨 앉았다.

"본심은 뒷전으로 빼돌리고 일부러 모자라는 인간인 척 처신하시는 줄 제가 다 압니다. 세상 고단하게 살아갈 수밖에 없는 형님 심정도 충분히 이해합니다. 그렇긴 하지만, 형님 스스로 너무 지나칠 정도로 자조자학만 일삼고 계시는 건 혹 아닌지요?"

"못난 형 야단칠라고 단단허니 작정허고 온 것 같은디, 내가 혹 잘못 들었는지 몰라도 어쩐지 니 말투에서 배낙철이 냄새가 솔솔 풍기는 것 같으다?"

부용이 양미간을 잔뜩 찌푸렸다. 느닷없이 이종형 이름이 튀어나오자 귀용은 입을 꾹 다물어버렸다. 분위기를 일변시키는 침묵 때문에 방안이 급작스레 옹색하게 느껴지기 시작했다. 부용은 고개를 외틀어 바깥쪽을 내다보았다. 맞은편짝에 자리한 앞산 풍경이 먼거리를 단숨에 좁히면서 활짝 열린 방문 안으로 뛰어들었다.

산서팔경 중 하나인 묵장산 진달래꽃이 시방 한창이었다. 평지보다 훨씬 더디게 시작되는 산골 진달래가 마치 바느질 손끝 여문 여인이 진분홍 비단으로 지은 누비옷처럼 묵장산을 휘둘러 감고 있었다. 진달래는 왜 그늘진 산자락에서만 붉게 피는 것일까. 해마다 봄이면 활활 불사르듯 묵장산 북록을 진분홍으로 선연히 물들이는 진달래 꽃물결 바라보면서 부용이 매번 품곤 하던 의문이었다. 양지바른 남쪽 자락 외면한 채 하필이면 어째서 추위가 미처 물러가기도 전에 그늘진 바람받이 악처만 골라 그토록 눈물겹게 아름다운 꽃망울을 터뜨리는 것인지 도무지 이해할 수 없었다.

굳이 귀용의 지적이 아니더라도 부용이 그동안 백상암에서 보낸 나날들은 황막하기 이를 데 없는 세월이었다. 어쩌다 이 지경까지 곤두박질치고 말았는지, 스스로 생각해봐도 도무지 이해가 안 갈 정도였다. 병든 소 같은 부용에게 코뚜레하고 멍에 지워 이러 이러, 몰이소리도 요란하게 하루하루 끌고 가는 것은 거대한 채찍 휘두르는, 타성이란 이름의 무시무시한 괴물이었다. 끼니도 귀찮았다. 먹새가 부실한 만큼 배설 욕구 또한 시원찮았다. 사람다운 생각이 고갈되고 증발된 머릿속에 웬 잡귀들은 그리도 들끓는지, 참으로 미칠 지경이었다. 밤마다 어김없이 찾아오는 불면증에 엉덩이 차여가며 어둠에 싸인 암자 일대 숲속을 헤매느라 굶주린 스라소니처럼 핏발 선 눈으로 밤을 꼬박이 밝히곤 했다. 그러다 아침이 되면 기진해서 짐짝처럼 사대삭신 이부자리에 털썩 부리곤 했다. 또다시 자는 둥 깨는 둥 몽롱한 상태에서 가위귀신에 눌리는 하루가 저주처럼 천형처럼 되풀이되는 나날이었다.

황천객 같은 부용을 가리켜 범천스님은, 매일매일 제 목숨 덩어리 한입씩 뭉떵뭉떵 물어뜯어 질겅질겅 씹어먹는 아수라의 삶을 살고 있다고 꼬집었다. 아예 머리 깎고 중이나 돼버리라는, 아버지의 증오에 찬 전갈도 아랑곳없이 내처 암자에 머물며 부용이 영위해나온 것은 주지스님 말마따나 정녕 아수라의 삶 그것이었다.

"그동안 공부는 열심으로 혔고?"

침묵이 주는 부담을 덜어내기 위해 부용은 지나가는 말처럼 에멜무지로 물었다.

"공부야 늘 그저 그렇지요, 뭐."

귀용 또한 건성으로 대꾸했다.

"우리 가문에 불효자는 장남 하나로 충분허다. 너마저 아버님께 불효허면 못쓴다. 괘얀시리 동맹휴학에 휘말려서 학업을 등한시허다가는 어느 세월에 아버님이 학수고대허시는 고등문관 시험이나 변호사 시험에 합격허겄냐."

시험 소리 듣자마자 귀용이 피식 실소했다. 부용도 덩달아 실소하고 말았다. 형제 사이에 모종의 음모가 이루어지는 순간이었다. 아버지 상대로 모양은 달라도 색깔은 똑같은 불효 저지르고 있다는 점에서 결국 형제의 처지는 피차일반이었다. 아버지 사랑과 기대를 독차지하면서도 귀용은 영악스럽게 아버지 눈을 속이고 있었다. 학업에 몰두한답시고 방학을 맞아도 고향 쪽에 코빼기조차 비치지 않기 예사였지만, 그렇다고 아버지 숙원대로 고문(高文) 또는 변시(辯試) 합격의 웅지 품고 치열하게 대비하는 것도 아니었다. 모르긴 모르되, 아마도 학업과는 거리가 먼, 다른 엉뚱한 관심사에 고부라져 있기 십상이었다. 만일 이종사촌 배낙철과 함께 귀용이 경성 하숙방에서 날마다 도모하는 사업이 무엇인지 아는 날이면, 아버지는 아마 하루에 열두 번도 더 까무러치고 말 것이었다.

무엇을 빌미로 언제부터 그렇게 느끼기 시작했던가. 부용은 경성 유학생활 통해 동생이 점점 엉뚱한 길로 빠져들고 있다는 심증을 오래전부터 굳혀왔다. 귀용의 머릿속에서 아버지를 향한 일말의 효심 솔래솔래 끄집어내고, 그 자리에 뜨겁고도 끈끈한 일탈의 유혹 채워넣는 장본인은 보나마나 배낙철일시 분명했다. 유혹의 입김은 다름아닌 사회주의였다. 결과적으로 그것이 아버지 심장 겨누는 비수 되어 돌아올 거라는 점에서 귀용에 대한 낙철의 사회주의 세뇌는 이를테면 악마의 속삭임 다를 바 없는 것이었다.

"형님, 고향 분위기가 아주 뒤숭숭하더군요. 우리 동네뿐만 아니라 산서 전역에서 입묵(入墨) 소동이 전염병마냥 번지고 있다던데요."

공부 쪽에 머물려는 화제를 귀용이 얼른 색다른 화제로 바꿔치기했다.

"입묵이라고?"

"문신 말입니다. 지난번 모집 사태를 겪고 나서 몸에다 문신 새기는 청장년들이 부쩍 늘어나고 있다고 들었어요. 심지어 진용이 형님마저 조만간 대열에 동참할 작정이라네요."

"진용이 형님이 문신을?"

"예, 저한테 무슨 글자를 새기는 게 좋겠냐고 물으셨어요."

"아, 그 부병자자(赴兵刺字)!"

부용의 입에서 부지불식간에 가느다란 탄성이 흘러나왔다. 귀용의 눈이 동그래졌다.

"그게 무슨 말입니까?"

"옛날부터 우리 땅에 그런 풍습이 있었니라."

병정으로 뽑혀 전쟁터로 나갈 남정들이 고향 떠나기 전 신체 어느 부위에 자기 가족들이 식별할 수 있는 모종의 표지를 먹물로 새겨넣던 그 풍습에 관해 부용은 간략히 설명해주었다.

"풍습치고는 참 거지발싸개 같은 풍습이네요."

귀용이 입가에 냉소를 머금었다. 부병자자 풍습에 별로 흥미를 못 느끼는지 그 이상 더 자세히 알아보려 하지 않는 눈치였다.

"귀용아, 때가 되면 너나 나도 그 풍습을 따라야 될지 모른다."

"형님이나 따르십쇼. 그깟 미신 따위, 저는 사양하겠습니다!"

그런 식으로 대응하는 귀용의 태도가 영 마땅찮았다. 부병자자를 간단히 미신으로 치부해버리는 사고방식에 문제가 있음을 지적할까 하다가 부용은 이내 마음을 고쳐먹었다.

"아참, 점심은 어떻게 했냐?"

하마터면 중대사 까먹을 뻔했다는 투로 부용은 점심이란 말을 유난히 힘주어 발음했다.

"하루에 한끼도 변변히 못 찾아먹는 형님 같은 분이 어디 또 있겠습니까. 아무리 심각한 고민에 빠져 있더라도 저는 삼시 세끼 밥만은 꼬박꼬박 챙길 줄 아는 실속가랍니다."

그걸 끝으로 화젯거리는 다시 동나버렸다. 실로 오랜만에 해후한 형제 사이에 할말이 이다지도 궁할 수 있단 말인가. 부용은 무심한 것 같은 손놀림으로 앰한 턱 어루만지는 동작만 한참 되풀이했다. 어쩌다 생각날 경우 며칠 간격으로 한 번씩 세수하던 얼굴에서 텁수룩하게 자란 수염의 거칠거칠한 질감이 손에 움큼으로 잡혔다.

"쉬고 있거라. 잠깐 나갔다 오마."

동생을 방안에 남겨둔 채 부용은 곧장 샘으로 향했다. 동생과 함께 하산해서 오랜만에 식구들 대면하자면 이미 글러먹은 신수나마 약간 손을 봐두는 게 여러모로 신상에 이로울 듯싶었다. 부용은 바가지로 물을 가득 퍼 샘가에 내려놓고 수면의 파동이 가라앉기를 기다렸다. 바가지 안에 담긴 동그란 수면이 면경처럼 맑아지자 그는 바싹 쪼그려 앉은 자세로 얼굴을 비춰보았다. 바가지 속 면경에 맨 먼저 떼꾼한 눈자위가 비치고, 이어 못난이 수염으로 뒤발한 턱주가리가 훌쭉하게 비쳤다. 그것은 결코 자기 얼굴이 아니었다. 그처럼 추물 덩어리 몰골로 바가지 속에 들어앉은 상판대기 가리켜 굳이 제 것이라고 우길 생각은 호리만큼도 없었다. 그는 바가지 속에 두 손 담가 면경을 박살내버렸다. 산골 암자에 봄기운 완연한데 바가지 속은 여전히 겨울이었다. 그는 소름 돋으리만큼 차가운 샘물을 손바가지로 퍼올려 푸푸 세수하기 시작했다. 제 얼굴바탕에 한 꺼풀 두껍게 덧입혀진 생면부지 타인 몰골 벗겨낼 요량으로 그는 낯가죽을 빽빽 문지르고 또 문질렀다.

이만하면 대충 벗겨졌겠다 싶어 손놀림을 멈추었을 때, 부용이 바가지 안에서 문득 발견한 것은 거대한 덩저리의 자괴감이었다. 제아무리 지랄발광해봤자 이제는 본래의 제 얼굴로 영영 되돌아갈 수 없을 거라는 암울한 예감이 머릿속을 무참하게 지지르기 시작했다.

"스님."

부용은 법당에서 조심스럽게 범천스님을 찾았다. 법당 안은 고즈넉했다. 염불 소리도 목탁 소리도 안 들리는, 쇠락한 법당 앞에 주지스님 신발만이 가지런히 놓여 있었다. 불공드리는 것도 아니고, 그렇다고 묵언패 걸어놓고 수행 정진하는 것도 아니면서 속인의 부름에 일절 대꾸 안 보내는 스님을 겨냥해 부용은 괄괄한 목청으로 심통을 부렸다.

"범천율사님! 범천법사님! 범천대사님!"

그제야 비로소 법당 문이 삐거덕 열렸다.

"자고로 과공은 비례라 혔거늘, 최처사는 무신 억하심정으로 이 땡추 몸에다 치수도 안 맞는 고승 칭호를 한목에 여럿이나 둘러씌워서 곤욕을 뵈고 있는가?"

범천스님은 흰 와이셔츠를 나들잇벌로 걸치고 나타난 부용을 냉큼 붙잡아 법당 앞 돌계단으로 화급히 끌어내리면서 짐짓 나무라는 시늉을 했다. 혹여 그 과남한 칭호들이 부처님 귀에라도 들어가는 날이면 큰 낭패라는 투로 방금 빠져나온 법당 쪽을 흘금흘금 살피는 스님 거동에 부용은 절로 웃음이 비어졌다. 까짓것 들으실 테면 들으시라고 부용은 눈앞의 스님 아닌 법당 속 부처님을 상대로 목청을 한껏 높였다.

"대사나 법사, 율사가 어디 어머니 뱃속에서 나올 당시부텀 마빡에다 큼지막허니 써 붙이고 나오는 표딱지랍디까? 저 같은 속인을 처사라 부르신다면 범천스님은 당연허니 대사가 되고도 남겼지요."

"헛헛허, 과공으로 비례를 범허기는 중이나 속이나 피장파장이다, 요런 말씸이신가? 헛헛허."

웃을 때가 특히 더 그랬다. 범천스님은 도무지 나이 먹을 줄 모르는 사람 같았다. 온 세상 마구잡이로 피폐시키는 신산스러운 세월마저도 유독 스님 얼굴만은 슬쩍 비켜가는 듯싶었다. 절은 늙을 대로 늙어 이제 빈사지경에 이르렀는데도 스님은 예나 이제나 별반 달라진 게 없었다. 부용이 소싯적 어머니 치마꼬리 붙잡고 맨 처음 백상암 찾았을 때 보았던 그 얼굴이나 어엿한 어른 되어 삐딱한 시선으로 바라보는 지금의 그 얼굴이나 정갈하고 꼬장꼬장하게 느껴지기는 매일반이었다.

"아까막시 얼추 들으니께 손님이 찾어오신 모냥이든디……"

실로 오랜만에 바깥출입 채비하고 나선 부용의 행색이 그제야 눈에 띄었던지 범천스님은 의아한 낯꽃을 했다. 반들반들 배코친 스님의 여윈 머리 위로 한낮의 햇빛이 튀어 자디잘게 부서지고 있었다. 문득 연전의 극심했던 가뭄에 대한 기억이 되살아났다. 백상암이 갑작스레 쇠락하게 된 배경에는 가뭄의 여파로 근자 들어 시주가 격감한 탓도 있었다.

"몸은 법당에 계시면서 마음은 사바세계를 산보허셨고만요. 염불허시랴, 바깥 기척 살피시랴, 한참 바쁘셨겄습니다."

가뭄은 경기 이남, 특히 곡창지대인 삼남지방을 집중적으로 휩쓸었다. 지난 가뭄 피해 벌충하자면 앞으로 몇 년 계속 부처님 대자대비로 우순풍조 호시절 찾아든다 할지라도 모두들 개미허리 되도록 괴춤을 더욱더 팽팽히 졸라매야 할 판이었다. 그럼에도 불구하고 일제는 엎어진 놈 꼭뒤 걷어차는 격으로 수탈의 손길을 늦추지 않았다.

"졸다가 깼다가, 깼다가 졸다가, 그러기를 한나절 계속허든 챔이라네."

연이은 가뭄으로 말미암아 평년작 밑돌 게 뻔한데도 일제는 무모한 증산정책을 펴 미곡 생산 강요하고, 생산량 대부분을 관에 공출하도록 강제했다. 쌀뿐만이 아니었다. 농사에 빠져서는 안 될 농우마저 전쟁 수행에 필요한 군수 물자라며 공출 대상으로 삼는 지경이었다.

"졸다 깨다를 반복허는 수행 방법으로 어찌 규환지옥에 빠진 중생을 제도허실 수가 있겄습니까?"

힘없는 농민들 고혈 빨아 원성 듣기는 감나뭇골 최부자 또한 결코 일제에 못지않았다. 대흉작을 기화로 끼니마저 간 곳 없어진 기민(饑民)들에게 인정 베푸는 척하면서 실인즉슨 살인적인 장리변 놓으며 온갖 수단 방법 다 써서 재산 증식에 여념 없는 아버지 근황을 부용은 백상암에 머무는 동안에도 속속들이 접하고 있었다.

"혹시 또 누가 알겄는가, 졸아도 부처님 전에서 졸고 앉었으면 다문 한 발짝이라도 더 뽀짝 극락정토에 가차워질지? 헛헛헛허."

소작농들은 말할 나위도 없는 일이었다. 심지어 자작농들 중에도 일제에 치이고 최부자에 치이고, 이래저래 안팎곱사등이 신세되어 조상한테 물려받은 전답 마지기 하루아침에 날려버리거나 가뭄 속에 어렵사리 건진 알량한 소출마저 공출당하고는 호구지책 막막해진 나머지 봇짐 싸 야반도주 꾀하는 가구들이 속출하는 실정이었다.

"발붙이고 사는 이승이 바로 규환지옥인 판국에 죽어서나 가는 극락정토가 무신 의미가 있다는 말씸입니까?"

때로는 비아냥조로, 때로는 깐깐한 시비조로 계속 물고 늘어지는 부용의 무례를 범천스님은 조금도 탓하지 않았다. 선문답 아닌 선문답이 계속되는 동안, 스님은 내내 만면에 엷은 미소만 피워올리고 있었다.

"젊은 처사님 말씸이 하나도 그르지가 않네. 국난지재를 겪고 있는 이 마당에 과거 어느 때보담도 서산대사나 사명당 같은 호국 걸승이 절실허니 소용되는 시국인지는 이 땡추도 잘 알고 있네. 허나 허되……"

범천스님은 늙은 눈 들어 메마른 하늘 무심히 올려다보았다. 까까머리 홀랑 벗겨낼 기세로 무자비하게 내리쬐는 햇볕 때문에 실눈 뜨는 스님을 보면서 부용은 비로소 상대방이 이미 나이 먹을 만큼 먹은, 늙고 지친 일개 비구에 불과하다는 사실을 실감했다.

"서산대사나 사명당맨치로 기가 맥힌 신통력을 등에 업으신 호국 걸승들이 떼로 몰려오고 무데기로 궐기헌다 허드래도 수라계 같은 속세를 서방 정토로 바꿔놓기는 애저녁에 글러먹은 시국인지도 이 땡추는 잘 알고 있다네. 헛헛헛허."

웃음 끝자락에 들릴락 말락 가느다란 한숨이 묻어나왔다. 그 한숨 소리가 모처럼 만에 스님 낯꽃을 진지한 모양새로 개비해놓았다. 땡추 주변머리에 자기 일신 몸담고 지내는 토굴암자 하나 건사하는 일만으로도 몹시 힘이 부친다고 늘 입버릇처럼 되뇌곤 하던 스님이었다.

"실은 하직인사 올리고 잪어서 찾었습니다."

그런 범천스님을 상대로 자못 거창하게 중생제도 운운한다는 게 얼마나 사치스럽고 부질없는 노릇인가를 부용은 새삼스레 깨달았다. 하기야 반거들충이 백면서생 하는 일치고 부질없지 않은 것이 뭐가 있겠는가. 괜스레 늙고 지친 스님한테 차마 못할 짓을 했다는 자책이 들자 부용은 한시바삐 암자를 벗어나고 싶어졌다.

"손님이 오셨담시나 왜 벌써 가실라고?"

"손님이 아니고 동생입니다. 경성에서 내려온 귀용이 편에 아버님이 하산 명령을 보내오셨습니다."

부용은 고개 돌려 대중방 옆댕이에 붙은 지대방 쪽을 보았다. 벽 모퉁이에서 얼쩡거리는 귀용의 모습이 언뜻 눈에 띄었다. 잘난 동생을 범천스님한테 인사시킬 요량으로 부용은 얼른 손짓을 날렸다.

"귀용아!"

그러나 귀용은 부르는 소리 못 들은 체하면서 벽 너머로 슬그머니 자취를 감추어버렸다. 동생의 그 이해할 수 없는 행동 때문에 잠깐 스님 대하기 면구스러워하던 끝에 부용은 머리 깊이 수그리며 합장했다.

"일단 하산을 혔다가 형편 봐서 다시 찾어뵐까 헙니다."

"쉬고 잪으시다면 아무 때라도…… 허나 허되……"

범천스님 역시 합장했다.

"최처사도 절밥 오래 잡솨봐서 벌써 눈치를 채셨을 티지만, 부처님 굽어다보시는 산문이라고 혀서 이승 번뇌가 범접을 못허는 피안이 될 수는 없는 벱이네."

"산문에다 뭔가 기대를 걸었던 적도 없습니다. 죄송헙니다, 스님."

부용은 돌아섰다. 그는 방금 전에 귀용이 사라진 쪽으로 천천히 발걸음을 옮기기 시작했다.

"최처사……"

왠지 모르게 처량한 음색을 띠는 범천스님 목소리에 이끌려 부용은 그 자리에 멈추어 섰다.

"최처사, 늙은 땡추가 드리는 부탁이네. 절대로 축생을 살어서는 안 되는 벱이네."

"무신 말씸입니까?"

"이후로는 부데 인생을 살으시게. 왜놈들이 지아모리 축생을 강요헌다 허드래도 최처사는 절대로 즘생이 되야서는 안 되네."

말을 마치자마자 범천스님은 등을 돌려 법당 쪽으로 향했다.

부용은 지대방을 향해 발걸음 재우치면서 미처 스님에게 던지지 못한 질문을 안타까운 심정으로 되씹고 곱씹었다. 어떻게 사는 것이 축생을 면하는 길입니까? 또 어떻게 사는 것이 인생을 인생답게 사는 길입니까?

"귀용이 너!"

벌써 저만큼 앞장서서 하산을 서두르는 동생의 빠른 발놀림 따라잡으려고 부용은 갑자기 무리를 범했다.

"스님 앞에서 그게 무신 버르장머리냐?"

부용은 숨을 헐떡거렸다. 내리막길에서 잠깐 뛰는 시늉만 했을 따름인데도 백상암에 머무는 몇 달 사이에 완전히 망가져버린 몸뚱이로는 감당하기 버거운 운동량이 돼버렸다.

"밥버럭지 같은 그 늙다리 중 말입니까?"

똑바로 앞만 보고 걸으면서 귀용이 거침없이 내뱉었다. 부용은 온몸의 피가 거꾸로 도는 것을 느꼈다. 밥버럭지는 일찌감치 눈 밖에 나버린 맏아들에게 최대한 수치심을 자극하려는 목적으로 아버지가 항용 두고 쓰는 말이기도 했다.

"귀용이 너, 너 이 녀석……"

부용은 입안에서 뱅뱅 도는 뒷말을 끝내 내뱉지 못한 채 귀용의 팔을 홱 낚아챘다. 그는 핼쑥하게 핏기 바랜 낯꽃으로 귀용을 표독스럽게 노려보았다. 손바닥이나 다름없는, 한껏 부릅뜬 두 눈으로 그는 귀용의 뺨따귀를 사정없이 후려갈기고 있었다.

"비단 범천 한 사람만 지목해서 하는 말이 아닙니다. 종교를 빙자해서 연명하고 이득을 취하는 것들은 중이나 목사나 말짱 다 인민들한테 백해무익한 반동이란 뜻이지요."

"방금 그게 귀용이 니 소견이냐, 맑스 레닌 소견이냐?"

"누구 소견이건 간에 그게 뭐가 그리 중요합니까? 저는 다만 진실을 말했을 뿐입니다."

"그것도 아니라면, 배낙철이 소견이겄구나?"

그제야 귀용은 형의 예사롭지 않은 기세를 눈치챈 듯했다.

"그만두시지요, 형님."

귀용은 열적은 웃음으로 어색한 상황을 얼렁뚱땅 눙치려 했다. 부용은 절레절레 도리머리를 했다.

"오냐, 그만두자."

부용은 비틀거렸다. 옛날의 귀용이 아니었다. 부용이 알고 있던 그 동생이 아니었다. 둘 사이에 오래 격조했던 세월만큼이나 메울 수 없는 간극이 생겨 있음을 고통스럽게 확인하는 순간이었다. 피를 나눈 형제간임에도 진정과 성심의 소통을 가로막는 깊디깊은 단절이 끼어든 현실 앞에 마냥 서글픔을 느꼈다. 그 서글픔이 단박에 부용의 다리에서 힘을 몽땅 앗아버렸다. 경성과 시골에서 서로 떨어져 지내는 동안 형제가 제각각 너무도 동떨어진 길을 걸어왔다는 생각 때문에 부용은 암담한 기분에 사로잡히고 말았다.

"숨 조깨 돌렸다가 가자."

중얼거림과 함께 부용은 길가에 퍽석 주저앉았다. 파리한 낯빛으로 진땀 뻘뻘 흘리며 가쁜 숨 몰아쉬는 약골 형을 연민에 찬 눈초리로 내려다보던 귀용도 결국 일정한 간격을 두고 풀숲에 엉덩이를 걸쳤다.

"누님은 요새 어떻게 지내시드냐?"

가뭄에 누런 흙먼지 풀썩풀썩 날리는 황톳길만큼이나 바싹 메마른 목소리로 부용이 물었다.

"삭발 소문은 벌써 들으셨겠지요?"

부용은 맥없이 고개를 끄덕거렸다. 귀용은 입안의 침 그러모아 길바닥에 칵 내뱉었다.

"들쑥날쑥 가위가 파먹은 머리를 보자기로 가릴 생각도 않고 외려 자랑스럽게 집안에서 왔다갔다하는 것 말고는 별로 달라진 것도 없는 것 같아요. 꼼짝없이 골방에 갇혀 지내는 생활도 누님한테는 전연 고통이 안 되는 모양이지요. 우리 어렸을 적에 어머니가 쓰시던 베틀을 헛간에서 골방으로 옮겨놓고는 육장 거기 앉아서 아무 일도 없었던 것마냥 천연덕스런 표정으로 철커덕철커덕 베만 짜고 지내시더군요."

물방앗간 봉변 사건이 있던 그날 밤, 누님은 아버지 성난 가위질에 의해 휘뚜루마뚜루 삭발당한 채 골방 안에 감금되다시피 했다. 젊은 주인아씨 돕다가 앰한 누명 쓰고 집안에서 뭇매질에 초

벌 죽음 당한 춘풍이는 이튿날이 밝기 무섭게 주재소로 끌려가 재벌 죽음을 당했다. 동척농장 관리인 기꾸찌란 작자가 춘풍이한테 폭행치상 혐의 덮씌워 자그마치 불령선인의 표본쯤으로 경찰에 고발한 탓이었다. 뚫린 귓구멍 있고 벌어진 주둥이 있어 혼자 절간에 틀어박혀 지내는 동안에도 마을과 집안에서 벌어지는 갖가지 크고작은 일들이 심심찮게 부용에게 전해지곤 했다.

그 불령선인 근황은 어떻더냐고 물어보려다 부용은 말을 앞질러 쓴웃음 먼저 비어지는 바람에 그만두었다. 천하가 다 아는 바보 춘풍이는 대일본제국에 항심 품은 나머지 내지인을 위해할 목적으로 기꾸찌란 자에게 폭행을 가했다는 거창한 혐의 아래 밤낮없이 닦달질당한 끝에 사흘 만에야 가까스로 풀려났다. 그뒤부터 춘풍이는 마을 근처에 낯선 그림자만 얼씬거려도 괴상한 비명 지르며 허둥지둥 숨을 구멍부터 찾는다더라, 하는 소문이 들린 지도 벌써 한참 전이었다.

"누님은 왜 그런 식으로 살아야만 됩니까?"

덤비는 투로 귀용이 불쑥 물었다. 동생을 힐끔 곁눈질하고 나서 부용은 와이셔츠 주머니에서 궐련갑을 꺼냈다.

"소위 배웠다는 신여성이 언제까지 그런 식으로 고리타분한 인습에 얽매여서 자기 인생을 무의미하게 탕진하고 말 작정인지, 저로서는 도무지 이해할 수가 없군요."

"글쎄다, 누님이 아니라서 왜 그러는지는 나도 잘 모르겄다."

부용은 성냥을 켜 궐련에 불을 댕겼다.

"우리 누님이 어디 인물이 모자랍니까, 배움이 남들보다 짧습니까? 마음먹기 따라서는 얼마든지 쓸 만한 배필도 고를 수 있는 처지 아닙니까? 원래 약혼이란 게 문자 그대로 남녀 쌍방 간에 혼인을 약속하는 형식에 불과한 것 아닙니까? 인생 살다보면 어떤 피치 못할 사정으로 그 약속을 이행 못하는 경우도 왕왕 있는 법이잖습니까? 누님이 바로 그런 경우지요. 정세권씨가 비명에 간 것이 어디 누님 잘못인가요? 자기 허물 탓도 아닌데 왜 누님은 처녀과부를 자임하면서 평생 수절하고 지내야만 됩니까? 한번 시집가고도 숫처녀를 가장하고 감쪽같이 재혼해서 팔자 고치는 뇌모시도 드물지 않은 오늘날 개명세태에 도대체 무슨 연유로 누님은 천형이나 다름없는 그 수절과부 비극을 자청하는 겁니까?"

형을 누님으로 착각하는 말투였다. 부용은 잠자코 담배 연기만 빨아들였다. 어쩌면 수많은 폐공동이 해면처럼 숭숭 뚫려 있을지도 모르는 폐부 깊숙이 연기를 욕심껏 들이마시는 순간, 부용은 어지럼증을 느꼈다. 동시에 걷잡을 수 없는 기세로 기침이 터져나오기 시작했다.

"누님이야 원체 어려서부터 꽉 막힌 외골수 고집쟁이로 유명했으니까 그렇다 칩시다."

발작 증세와 함께 온몸으로 번지는 기침의 고통을 견디다못해 부용은 일껏 피워 물었던 궐련개비를 땅바닥에 던져버렸다. 그러고 미처 다 빠져나가지 못한 기침의 꼬리를 기도에서 몰아내느라 가슴을 잔뜩 옹송그린 채 어깨를 푸들푸들 떨며 안간힘을 썼다. 곁에서 형의 딱한 꼬락서니를 냉랭한 눈초리로 지켜보던 귀용이 잠시 끊었던 말허리를 되이었다.

"누님보다도 아버님을 더 이해할 수 없습니다. 산서 사람 전부가 주지하다시피, 우리 집안은 과거나 현재를 불문하고 양반이었던 적이 한 번도 없잖습니까? 행실이 개차반이고 맘보재기가 글러먹었는데 양반은 무슨 얼어죽을 양반입니까!"

"니 말에 쪼깨 어폐가 있구나. 본시 니들이 받들어 뫼시는 이념대로 허자면, 그러코롬 본시부터 글러먹은 개차반 집단이 바로 양반 계급 아니겄냐?"

한 파수 또 고빗사위 넘으려는 기침 발작을 가까스로 누르면서 부용은 눈물이 그렁그렁 맺힌 눈을 들어 동생을 보았다. 형의 시큰둥한 반응이 몹시 마땅찮던지 귀용이 오만상을 지었다.

"산서 최문은 본시부터 양반이 아니지요. 결단코 양반이 될 수 없지요. 제가 아는 한은 돌아가신 할아버님이나 살아 계신 아버님이나 모두 지독한 수전노에다 무쇠 덩어리도 먹어치운다는 불가사리에다 인민들 고혈 빨아먹는 흡혈귀 같은 존재들입니다. 그럼에도 불구하고 명 자 배 자 그 어르신께서는 어제도 오늘도 언필칭 양반을 들먹이면서 반가 법도를 흉내낸답시고 멀쩡한 처녀 딸을 수절과부로 늙히고, 그것으로도 성에 안 차서 이번에는 까까중 대가리로……"

"내 눈치볼 필요 없다. 니들 방식대로 아버님을 함부로 불러도 나는 상관허들 않을란다. 너, 아까부터 혹시 아버님을 악질 반동 지주라고 부르고 잪어서 입이 근질근질허든 참 아니냐?"

귀용이 몸을 벌떡 일으켜 장승처럼 해를 가리는 바람에 부용은 저절로 응달에 들게 되었다.

"왜요, 양심에 찔리는 대목이라도 있습니까? 물론 악질 반동처럼 애시당초 양심이 없는 것도 큰 문제겠지요. 그렇지만, 지식인으로서 책임을 회피하려고 자꾸만 말장난으로 진실을 왜곡하는 태도는 반동 지주보다 훨씬 더 심각한 문제라고 생각합니다!"

형제간 서열이 뒤바뀐 양 귀용은 사뭇 준열한 어조로 형을 나무람했다. 하지만 귀용의 이야기에서는 마치 해진 바지 구멍으로 얼핏얼핏 내비치는 엉덩이 살과도 같이 우스꽝스러운 구석이 드러나고 있었다. 설익은 과일의 풋내가 귀용에게서 물씬거리는 것은 아직도 제 고유 체취를 지니지 못한 까닭일 것이었다. 제 목소리 가다듬지 못하고 남의 목소리만 앵무새처럼 흉내내는 탓일 것이었다. 애당초 귀용은 짝없이 섬약한 성격의 소유자라서 선불리 남의 복장 긁는 소리는 여간해서 엄두도 못 내던 아이였다. 설령 어쩌다 한번쯤 긁었다 해도 상대방 이상으로 제 복장 훨씬 더 심하게 긁히는 바람에 오래 후유증을 앓곤 하는 체질이었다.

"귀용아, 우리는 시방 오랫동안 떨어져 지내다가 불과 수십 분

전에 반갑게 해후헌 형제지간 아니냐?"

부용은 어칠비칠 몸을 일으켜 동생이 드리운 응달의 권역에서 천천히 벗어났다.

"그런디 어쩌다가 우리가 시방 이 지경까장 와뿔고 말었다냐?"

자신은 뒷전에 꼭꼭 숨은 채 철딱서니없는 귀용의 언동을 일일이 조종하고 있을 배낙철의 존재가 손에 잡힐 듯이 느껴졌다. 경성에서 잃어버린 소년시절 동생 되찾기 위해 불원간에 낙철을 만나 담판 지을 필요가 있다는, 그러나 가급적이면 낙철의 영향권 근처에 얼씬도 하고 싶지 않다는, 두 가지 상반된 생각이 두 마리 구렁이처럼 부용의 흉중에 제각각 똬리를 틀었다.

"오냐, 니 말이 맞다. 악질 반동 지주보담도 훨낀 더 가망 없는 인간인지 나도 안다. 아무짝에도 쓸모없는 나 같은 인간 본받을라 말고 너 혼자만이라도 제발 사람 구실 본때 있이 허면서 살어가기 바란다."

범천스님 상대로 소득 없는 대화 나누던 때처럼 대지를 갈급하게 홀닦는 따가운 봄볕 아래 동생이랑 콩팔칠팔 시비나 일삼는 행위 그 자체가 구역질나리만큼 역겹게 느껴졌다. 창씨개명 문제로 소집한 문중회의에 참석하라는 아버지 호출 명령도 마냥 시답잖게만 여겨졌다. 세상만사 모조리 나른하고 시들하게끔 만들어버리는 전신권태가 부용을 머리끝부터 발끝까지 굵은 오랏줄로 꽁꽁 포박하고 있었다.

"어째 이리 늦었냐고 아버님이 또 불뚝성 터트리실라."

부용은 숲과 숲 사이로 비뚤배뚤 뚫린 오솔길 따라 허청허청 발걸음을 옮기기 시작했다.

"최명배 영감님은 태생부터가 원판 모지락스럽게 타고났을 뿐만 아니라 무식하기 때문에 그런다고 칩시다. 그 영감님보다 훨씬 더 납득이 안 가는 인물이 바로 최부용 선생이지요."

거지반 포악질에 가깝도록 성난 목소리가 총총걸음으로 따라붙었다. 허든거리는 다리가 울퉁불퉁한 길바닥 잘못 디디는 불상사 없게끔 부용은 시선을 발부리에 모은 채 잠자코 걷기만 했다.

할아버지가 작은 눈뭉치를 제법 커다란 눈덩이로 키워 힘겹게 고개턱 위에 올려놓은 사람이라면, 아버지는 그 눈덩이 언덕 아래로 힘껏 굴려 사정없이 눈사태를 일으킨 사람이었다. 선대까지 한미하고 궁색한 시골 상민에 지나지 않았던 산서 최문은 근검절약 몸에 밴 할아버지 덕분에 그럭저럭 밥술 걱정 덜고 지내리만큼 셈평이 펴이기 시작했고, 다시 그 살림 물려받은 아버지에 의해 인간으로서 차마 할 짓 못할 짓 가리지 않고 줄기차게 악행을 일삼은 결과가 오늘날 산서 제일의 갑부 집안이었다.

"한심합니다, 정말 한심해요! 명민하기로 소문이 자자하던 형님이 어쩌다가 이 지경까지 타락하셨습니까?"

"그 타락자 매타작, 언제쯤 끝나냐?"

"도대체 그 타락의 끝은 어딥니까? 대관절 어떤 인생관을 가지셨길래 허랑방탕한 생활을 고집하시는 겁니까?"

눈먼 재물, 눈뜬 재물 가리지 않고 남들 소유를 마구잡이로 걸태질하는 명 자 배 자 그 어른의 병적인 탐욕이 늘 순탄한 길만을 걸어온 것은 아니었다. 한때 그에게 몰아닥쳤던 최대 위기는 뭐니 뭐니 해도 일제의 토지조사사업이었다. 까딱 잘못하다가는 이미 소유한 자기 토지마저 강제 수용될 판이었다. 무지몰각의 소치로 말미암아 어물어물 신고 기회 놓치거나 소정 절차 제대로 못 밟는 바람에 새로운 토지대장에서 누락됨으로써 조상 전래의 전답이나 산지를 잃는 일들이 도처에서 수다하게 벌어졌다. 이를테면, 세상 물정 어두운데다 방심까지 겹친 탓에 경지 면적이 눈에 띄게 오그라들고 만 산동면 강부자네 경우가 대표적 사례였다.

"왜 대답이 없으십니까? 어째서 아무 말도 못하십니까?"

하지만 최명배 경우는 확연히 달랐다. 일찌거니 세상 문리에 빠끔히 눈뜬 그는 토지조사사업이란 명분 뒤에 숨겨진 일제의 속셈을 잽싸게 간파했다. 오히려 한술 더 떠 그 사업이 지닌 허점마저도 용케 찾아냈다. 그는 놀라운 이재 수완을 발휘함으로써 위기를 되레 전화위복의 호기로 둔갑시키는 곡예를 부렸다. 사방에 사람들 풀어 총독부와는 별개의 사사로운 토지조사작업을 벌임으로써 소유권 관계가 애매하다든지 문서상 뭔가 하자가 있는 땅들을 족집게처럼 솎아냈다. 그런 다음 그 땅들이 본시부터 제 집안 소유였던 양 그럴싸하게 서류를 꾸며 토지조사사업국에 제출했다.

뿐만이 아니었다. 순박하고 무지몽매한 농투성이들 감언이설로 꾀어내 신고 절차 대행해준답시고 땅문서 넘겨받은 다음 제 명의로 소유권을 이전해버리는 수법으로 산서 일원에서 눈먼 땅덩이들 닥치는 대로 마구 걸터들였다. 그리하여 토지조사사업이 종료되었을 때 최명배는 오히려 이전보다 훨씬 더 광대한 토지를 소유하게 되었다. 천석꾼 아니라 만석꾼 소리 듣는다 해도 별로 어색할 게 없으리만큼 거만재산을 쌓는 데 성공한 것이었다.

"말 좀 하십쇼. 앞으로 어떻게 하실 작정입니까? 요즘 우리 집구석 돌아가는 꼴 빤히 다 아시면서 형님은 계속 나 몰라라 오불관언만 하시겠습니까? 산으로 절로 다니면서 신선놀음으로 유유자적만 하실 겁니까?"

명 자 배 자 우리 아버님은 바로 그런 인간이다, 하고 부용은 속으로 부르짖었다. 그런 인간 아버지로 둔 덕택에 보릿고개 닥치면 아사자들 속출하는 처참한 상황에서도 부잣집 맏아들로서 온갖 혜택 고루 누리며 이날평생 기름지게 살아왔다. 그런 나더러 이제 와서 뭘 어쩌라는 말이냐?

"귀용이 너, 그간에 경성 쉬파리한티서 배운 게 꽤나 많은 모냥이고나. 인제 보니께 엔간히도 끈적거리고 성가신 녀석이 되야뿌렀고나. 그야말로 변명무로(辨明無路) 열패자라고, 한심허기 짝이 없는 타락자라고 몇 번이나 내 입으로 속내를 실토정혀야 날 놓아줄 작정이냐?"

"어째서 변명무로지요? 그동안 배운 지식은 얻다가 다 팔아먹고 이제 와서 꿀 먹은 벙어리 흉내만 내시는 겁니까?"

"지 몸땡이 하나 지대로 건사 못허는 열패자 주제에 무신 염치로 집안일에 왈가왈부 참섭을 허겄냐? 아버님이나 누님 면전에서 나는 당최 발언권을 주장헐 처지가 못 되는 인간이다."

"발언권 가진 장남 노릇 한번 감당해보려고 털끝만치라도 노력해본 적은 있고요?"

부용은 당장 멱살이라도 거머쥘 기세로 바득바득 대드는, 참으로 쉬파리처럼 검질기고 성가신 동생을 비로소 정면으로 마주했다.

"니가 나라면, 너는 어떻게 허겄냐?"

"뭘 말입니까?"

"누님 문제부텀 고견을 들어보자."

"어떻게 하긴요? 온 가족이 한꺼번에 왁작 나서서 더 늦기 전에 하루라도 빨리 출가하게끔 작전을 짜고 연합전선을 펴야죠."

"당자가 한사를 허고 혼담 근처에도 못 가게코롬 가로막는디도?"

"그러니까 형님이 누구보다 앞장서서 곡진하게 설득을 펼쳐 보이셔야죠!"

"니가 나라면, 너는 무신 말로 누님을 설득허겄냐?"

"무슨 말은요? 때마침 누님 좋아하는 남자 생긴 김에 그 절호의 기회를 놓치지 말고 팔자 고치라고 알아듣게 잘 타일러야죠."

"좋아하는 남자라고?"

부용은 갑자기 눈을 반짝 빛냈다.

"산서에 당도하자마자 소문을 듣고는 저도 알아볼 만큼 벌써 다 알아봤습니다. 꼼꼼하게 수판을 놓아보니, 그만하면 일방으로 기우는 혼사는 아니라는 계산이 나옵디다."

"기꾸찐가 허는 그 작자를 말허는 거냐?"

저도 모르게 목소리가 덜덜 떨려 나왔다. 떨리는 목소리에 장단 맞추어 몸뚱이 또한 부들부들 떨리기 시작했다. 그러나 귀용은 형의 기분 따위 전혀 아랑곳없이 천연덕스러운 낯꽃을 하고 있었다.

"어차어피 출가외인인데 왜놈이면 어떻고 홀애비면 또 어떻습니까? 반도로 건너와서 방귀깨나 뀌고 사는 내지인 사위 얻으면 최명배 영감님은 막대한 재산 지켜내기가 한결 수월해져서 좋고, 누님은 또 누님대로 일찌감치 불령선인 낙인찍혀서 사상 감찰에 시달리고 고단하게 사느니 차라리 이번 기회에 든든한 배경을……"

그 순간, 부용의 손바닥이 허공을 세차게 갈랐다. 아까처럼 상상이 아니라 이번에는 실제로 귀용의 뺨따귀에서 철써덕 소리가 차지게 울렸다. 팔뚝을 통해 가슴으로 전달되는 얼얼한 통증에 이어 부용은 마치 풍물꾼들 벙거지 꼭지에 매달린 열두 발 상모와도 같이 하늘자락이 느닷없이 제 머리 위에서 팽글팽글 맴돌이하는 것 같은 기묘한 현상과 맞닥뜨렸다.

"형님! 형님!"

귀용의 부르짖음이 꿈결인 양 아슴푸레했다. 몹시도 당황한 목소리로 연이어 형님을 부르며 양쪽 볼을 번갈아 토닥거리는 다급한 손놀림이 그제야 아령칙하게 느껴졌다. 부용은 힘겹게 눈을 떴다. 바투 들이댄 귀용의 얼굴이 맨 먼저 눈에 들어오고, 그 너머로 아직도 맴돌이를 완전히 멈추지 않은 채 자꾸만 한쪽으로 기울어지는 열두 발 상모의 하늘자락도 보였다.

"제가 잘못했어요, 형님!"

뒤통수 밑에 오솔길 베고 드러누운 자세로 몸뚱이가 맨땅과 풀밭 사이에 기다랗게 가로질려 있음을 깨달았다. 부용은 맥이 쫙 풀린 동작으로 한쪽 팔을 간신히 들어올렸다.

"진심이 아녔습니다! 홧김에 그냥 마구잡이로 뱉어본 소립니다, 형님!"

"나 조깨 일으켜다고."

부용은 그렁그렁 가래 끓는 목소리로 동생에게 도움을 청했다. 허깨비같이 몸무게가 별로 안 나가는 형을 일으켜 앉히는 동안에도 귀용은 어린애처럼 울먹임을 멈추지 않았다.

"형님, 참말입니다! 형님이 그 정도로 충격을 받으실 줄은 정말이지 꿈에도 상상을 못했습니다. 집에 돌아온 뒤로 가슴이 너무 답답하고 울적해서 본의 아니게 억지를 부려본 겁니다. 제가 정말 잘못했습니다, 형님!"

윗몸 일으켜 세우기 무섭게 한 파수 또 기침의 발작이 엄습했다. 기관지 내부를 막고 있던 가래 덩어리가 가슴 박박 쥐어뜯는 기침의 통로를 타고 위로 울컥 솟구쳐올랐다. 부용은 가래 덩어리를 칵 내뱉었다.

"형님, 혹시……"

비상한 관심으로 길바닥에 떨어진 가래를 눈여겨보던 귀용의 낯꽃이 별안간 핼쑥하게 바래졌다. 부용의 눈에도 누런 가래 속에 섞인 붉은 핏기가 언뜻 들어왔다.

"혹시 티비를 앓고 계시는 건 아닌지……"

그것이 무엇을 뜻하는 말인지 처음에는 바로 분별이 안 섰다. 그러나 다음 순간, 재차 무서운 기세로 도지는 기침 발작을 통해 부용은 그 말뜻을 곧이곧대로 이해할 수 있었다.

아, 티비! 투베르클 바실루스!

뿐만이 아니었다. 이제껏 상식으로 알고 있던, 같은 의미를 지닌 말들이 기침 한 번에 한 단어씩 차례차례 불거져 나왔다. 쿨룩 폐병, 쿨룩 폐결핵, 쿨룩 폐질, 쿨룩 폐허(肺虛), 쿨룩 허로, 쿨룩 노점(癆漸)……

노점! 아아, 그 뇌짐이란 것!

가래와 함께 맨 마지막으로 목구멍을 넘어온 단어를 잇새에 꽉 물면서 부용은 한바탕 진저리쳤다. 폐병과 동의어인 노점은 시골 사람들에게 뇌짐이란 사투리로 더 잘 통했다. 수많은 생령 무참히 거꾸러뜨린 그 불치의 난병 뇌짐을 부지중에 앓아왔을지도 모른다는 생각이 그를 잠시 묘한 감정 속에 빠뜨렸다. 그러고 보니 근자 들어 나타난 몇 가지 수상쩍은 조짐들이 뇌짐의 제반 증상과 얼추 맞아떨어지는 듯싶기도 했다.

"증세가 시작된 지는 얼마나 됐습니까?"

귀용은 어쩔 줄 모르고 연방 쩔쩔매는 시늉이었다. 벌겋게 상기된 낯꽃으로 애타게 답을 기다리는 동생을 멀거니 건너다보는 사이에 부용의 마음은 의외로 빨리 진정되었다. 귀용이 당황하면 할수록 그는 외려 더 침착성을 되찾고 있었다. 자신도 이해할 수 없는, 참으로 기이한 심리 상태였다. 그것은 일종의 안도감이었다. 커다란 공포감이 잠시 머물다 떠난 자리를 이번에는 온몸을 녹작지근히 가라앉히는 황홀감이 대신 차지하기 시작했다. 면죄부라도 손에 넣은 것 같은 기분이었다. 지긋지긋한 현실로부터 멀리멀리 도망칠 수 있는 구실이 드디어 수중에 확보된 셈이었다. 내가 만약 폐병쟁이란 사실이 세상에 알려지고 나면, 하고 부용은 생각했다. 그 순간부터 어느 누구도 나를 가리켜 밥버럭지라거나 우유부단한 기회주의자 또는 비열한 반동 앞잡이라고 함부로 손가락질하지 못하리라.

"물론 나도 알지. 내가 티비를 앓고 있다는 걸 진즉부텀 알고 있었다."

그렇게 말하고 보니 그 말이 깔축없는 사실인 것처럼 느껴지기 시작했다.

"안 되겠습니다, 형님. 얼른 의원한테 가보는 게 좋을 것 같습니다."

중병에 걸린 형 둘러업고 읍내 의원까지 한달음에 달려갈 듯한 기세로 귀용이 등판을 돌려댔다. 부용은 고개를 느릿느릿 옆으로 흔들었다. 그러면서 보일락 말락 미소를 지었다. 제가 웃어놓고 저도 그것이 어떤 종류 웃음인지 좀처럼 이해하기 어려웠다. 업히고 싶지 않다는 뜻도 아니고, 그렇다고 의원한테 가지 않겠다는 뜻도 아니었다. 티비가 아니라는 뜻은 더더군다나 아니었다. 그냥 실없는 웃음일 따름이었다. 아무런 의미도 없이 맹물처럼 자꾸만 실실 비어져나오는 웃음을 도무지 주체할 수 없었다. 세상사람 모두를 상대로 언제까지고 그냥 그렇게 고개 설레설레 흔들어가며 만판 미소만 지어 보이고 싶었다.

"쓰잘디없는 생각은 허들 말고 집에 당도허기 전에 제법 그럴싸헌 이름이나 하나 미리감치 지어놓거라."

"예?"

"창씨개명을 계출허자면, 우선 게다짝 소리 따각따각 울릴 법헌 두 자짜리 성씨부터 장만혀야 될 것 아니냐."

별일 없었던 것처럼 부용은 엉덩이 툭툭 털면서 제물에 일어섰다. 아직도 형 쪽으로 엇비뚜름히 등판 돌려댄 엉거주춤한 앉음새를 유지한 채 귀용이 당혹스러운 표정을 감추지 못했다.

"하나뿐인 누님을 정략결혼 제물로 삼는 것 말고도 두 눈 크게 뜨고 잘만 찾어본다면 니들 혁명 수행에 도움이 되는 수단은 얼매든지 많이 있을 게다. 창씨개명으로 내선일체 정책에 적극 협조허는 척 속임수 쓰는 것도 제법 괭기찮은 전술전략이 될 성싶고나."

장마 도깨비 여울 건너가는 소리처럼 연방 구시렁거리면서 부용은 따가운 봄볕 내리쬐는 가뭄 바다 속을 지친 물고기처럼 흐느적흐느적 헤엄쳤다.

"제발 용서하시라니깐요, 형님!"

귀용이 앞질러 와서 길을 막으며 소리쳤다.

"진심이 아니라고, 홧김에 그런 거라고 몇 번이나 말해야 됩니까? 정말 죄송하게 됐다고 제가 백배사죄하지 않았습니까?"

4

이를테면, 상곡 어르신이 놓은 헛기침 두어 방에 의해 긴급 소집된 문중회의는 정식으로 개회가 선포된 셈이었다. 하지만 사랑채 그득 메운 수많은 최성바지 면면들 중 어느 누구도 선불리 입을 열 엄두를 못 내고 있었다. 침묵이 꽤 길어지는데도 너나없이 시선을 방바닥에 얌전히 부려놓은 채 쭈뼛쭈뼛 상곡 어르신 심기만 살필 뿐 제일착으로 개구일성을 맡고 나서는 용사가 아무도 없었다. 하기야 감히 어느 안전이라고 앉았다 하면 쏙 볼가지는 수캐 거시기처럼 만좌중에 불쑥 나서서 똑똑한 체를 할 것인가.

좌중을 둘러보며 귀용은 쓴웃음 한입 그득 베물었다. 화문석 깔린 아랫목 자리 그들먹하니 차지한 채 아버지는 당초부터 문중회의 따위하고는 전연 무관한 처지인 양 눈을 거슴츠레하게 뜨고 장죽만 빼끔빼끔 빨아대는 중이었다. 혼자만 있을 때는 상아 빨

부리에 궐련을, 사람들 앞에 천석꾼 대지주 위엄 과시할 필요가 있을 때는 장죽에 각초(刻草) 애용하는 아버지의 끽연 습관을 귀용은 익히 알고 있었다. 오로지 자신의 장죽만 상대해 은밀한 대화를 나누는 듯한 상곡 어르신의 무심한 태도가 오히려 더 위력을 발휘해서 문중 사람 전체를 옴짝달싹 못하게끔 겁을 먹이고 기를 꺾는 구실을 했다.

사실 법식으로 따진다면, 아무리 권장 자격이라도 그 자리는 아버지 차지가 아니어야 옳았다. 항렬로 따지나 연치로 따지나 아버지보다 웃어른 대접받아 마땅한 노인들이 좌중에 여럿 끼어 있었다. 아랫목 상석은 아버지 아닌 그 노인들 차지하는 것이 당연한 도리였다. 그럼에도 아버지는 널따란 화문석을 거지반 독차지하고 좌정함으로써 천석꾼 갑부로서의 자신과 여타 그렇고 그런 겨레붙이들 사이에 존재하는 신분상 차이를 과시하려는 듯했다. 좌중 또한 그 같은 잘못을 버르집어 바로잡으려는 움직임은 털끝만큼도 없이 으레 그래야만 된다는 듯 자연스럽게 받아들이는 기색이었다.

겨레붙이들 위에 부족장처럼 군림하는 갑부 떠세가 더욱더 중증으로 악화해서 이젠 거의 고황에 들었음을 귀용은 오랜만의 귀성을 통해 절감하고 있었다. 정말 그랬다. 아버지는 산서 일원에서 절대군주나 다름없는 존재였다. 비록 왜놈들 앞에서는 생쥐 푼수에 지나지 않는 몰캉한 존재일지라도 힘없는 조선 백성한테는 생살지권마저 임의로 행사하는, 범보다 무서운 존재일시 분명했다. 이를테면, 명 자 배 자 어르신이야말로 조센징들 다스리는 산서제국의 덴노헤이까인 셈이었다.

“저어, 거 뭣이냐…… 집안 어르신들 낯가림허니라고 젊은 축들이 시방 입이 붙어서 안 떨어지는 모냥인디, 그러니깨 시방 맨 먼첨 새터 할아부지부텀 시방 한말씸 운을 띠여보시는 게 좋겄고만요.”

산서 최문을 통틀어 가장 오지랖 넓은 최진용이 일단 말 꺼내기 전 미리감치 상곡 어른 눈치부터 살피고 나서, 말을 끝마친 다음 상곡 어른 눈치를 또다시 핼끔 살폈다.

“나사 뭐얼…… 나 같은 노망탕구가 운은 무신 운을……”

졸지에 이글거리는 잉걸덩이 덥석 넘겨받은 푼수로 새터 어른이 그 뜨거운 부담감 떠넘길 새로운 대상 물색하느라 좌중을 두리번거리며 홰홰 손사래를 쳤다. 새터 어른 역시 상석의 족질 눈치 살피는 일을 게을리하지 않았다. 일흔을 훨씬 넘긴 연장자인데다 항렬마저 가장 높은 노인이었다.

“저엉 그렇다 허면, 따른 누구보담도 위선……”

발언 재촉하는 움직임이 사방에서 일자 새터 어른은 어험어험 헛기침으로 목청을 가다듬었다. 젊은 축들 틈에 섞여 대청마루 한구석에 조용히 앉아 있던 귀용하고 얼핏 눈길 마주치는 순간, 새터 어른의 우묵 꺼진 눈자위에 반짝 정기가 살아났다.

“경성 물 먹고 온 우리 귀용이 종손자 주장 한번 들어보기로 험세. 나이는 에려도 대처에서 학문 닦고 있는 문중 큰 재목이니깨 평생 땅구뎅이나 꼬작꼬작 파먹고 살어온 농투산이들허고는 뭣이 달러도 한참 달를 것이고만. 세상 돌아가는 기맥도 뜨르르 다 꿰고 있을 것이고.”

좌중의 시선이 한꺼번에 귀용에게 몰려들었다. 새터 어른 손을 거쳐 시뻘건 잉걸덩이가 꼼짝없이 저한테 넘어왔음을 깨닫자 귀용은 바로 옆자리의 형을 슬쩍 돌아다보았다. 그러나 동생 입장 따위는 전혀 아랑곳없다는 투로 부용은 반질반질 윤기 흐르는 대청마루 나뭇결만 일삼아 들여다보는 중이었다. 아버지는 시선을 거슴츠레하게 내리깐 채 여전히 장죽만 빠끔빠끔 빨아대고 있었다.

“경성 물 좀 먹어봤다고 어린놈이 알면 뭘 얼마나 알겠습니까마는……”

에라 모르겠다, 하고 귀용은 마침내 입을 열었다. 집안 어른들 앞에서 이번 기회에 할말은 당당히 해야겠다는 배짱이 슬그머니 고개를 들었다.

“창씨개명 문제를 위요하고 조선팔도가 온통 벌집을 쑤셔놓은 것처럼 야단법석인 줄은 모두들 잘 알고 계실 겁니다. 여간 심각한 상황이 아닙니다. 그런데 오래간만에 고향에 돌아와서 산서면내 실정을 접하고는 깜짝 놀랐습니다. 이 중차대한 시국에 우리 고향 어른들은 왜 이렇게 천하태평으로 한유하게 지내시는지 모르겠더군요."

조는 듯 거슴츠레 내리뜨고 있던 상곡 어른 눈이 갑자기 치켜지면서 순간적으로 불꽃이 번쩍 튀는 듯했다. 상곡 어른은 풍롯불에 빨갛게 달궈진 부젓가락 같은 눈초리로 작은아들 면상을 사정없이 찔러대기 시작했다. 그 위세에 짓눌려 귀용은 단박에 찔끔 옴츠러들고 말았다. 하지만 장차 나라와 겨레 위해 큰일 도모코자 하는 패기의 젊은이라면 단순히 육친이라는 이유 하나만으로 상대방을 지나치게 두려워해서는 안 되는 법이었다. 귀용은 마음을 모질게 다잡아 먹었다.

"창씨개명에 선뜻 응하는 부류는 현재 부일 세력밖에 없는 실정입니다. 총독부에서는 칠월 말까지 기한을 정해놓고 독려하는 중이지만, 최근까지도 창씨를 계출한 숫자는 백 가호 중에 칠, 팔 가호에 불과합니다. 조선인으로 창씨를 반대하고 거부하는 일에는 반상 구분도 없고 학식 유무도 따질 것이 없습니다. 조상 성씨 갈아 개자식 되는 불효는 결단코 범하지 않겠다고 오히려 이름 없는 백성들이 더 분개하고 난리를 치고 있습니다. 하루가 다르게 우심해지는 관공리들 강압에 시달리다못해 결국 목을 매거나 칼을 물고 자진하는 인사들이 도처에서 속출하는 판국입니다."

귀용은 그동안 경성에서 신문기사로 접하고 소문으로 들었던 이야기들을 구체적 사례까지 곁들여가며 좌중에 소상히 소개했다. 그러자 최부잣집 사랑채는 갑자기 숙연한 분위기에 휩싸였다. 상곡 어른 부릅뜬 눈초리 앞임에도 불구하고 끼리끼리 주고받는 쑤군덕거림이 예서제서 일렁이기 시작했다.

"저 뭣이냐, 거년에 있었든 그 단발령 소동에다 비헌다면 요번 창씨개명은 어느 정도 소동인고?"

새터 어른이 남다른 관심을 표하면서 귀용을 향해 앉은뱅이걸음으로 바싹 다가드는 몸짓을 취했다.

"단발령 말씀입니까?"

제가 태어나기 훨씬 전에 벌어졌던 옛날 사건이 느닷없이 비어지는 바람에 귀용은 잠시 어리둥절했다. 하지만 그 시절을 몸소 겪기라도 했던 듯 귀용은 이내 득의연한 낯꽃을 되찾았다.

"아무리 신체발부는 수지부모라 말한다지만, 설마하니 단발령이 창씨개명보다 더 심각할 리가 있겠습니까? 물론 상투 헐고 머리터럭 잘라내는 것도 큰 불효겠지요. 하지만 짚새기 신던 조상을 하루아침에 게다짝 끄는 조상으로 갈아치우는 불효하고는 감히 비교할 수도 없지요. 성을 갈아서 짐승으로 사느니 차라리 사람으로 죽는 길을 택하겠다고 낫으로 배를 가르거나, 일제 등쌀에 어쩔 도리 없이 창씨를 계출하고는 죄책감을 못 이겨서 발목에다 돌덩이 매달고 우물 속으로 뛰어들어서 조상님께 죽음으로 사죄하는 의혈지사들이 한둘이 아니랍니다. 어떤 집안에서는 창씨 문제로 고심에 고심을 거듭하던 끝에 결국 이누꼬라고 작명했다는, 정말 웃지 못할 소문마저 나돌고 있는 실정입니다."

"이누끄가 대관절 무신 뜻인고?"

"견자, 그러니까 개자식이란 뜻이지요. 말하자면 제 목숨하고 맞바꿔서 조상님들을 남의 나라에다 팔아먹은, 짐승만도 못한 놈이라는 자조자학이 담긴 창씨인 셈이지요."

잠시 잠잠하던 쑤군덕거림이 다시 사방에서 일기 시작했다. 귀용은 벌겋게 상기한 낯꽃으로 아버지의 사나운 눈초리에 당당히 맞섰다. 자신의 충동질로 말미암아 고개 들기 시작한 반역의 물결을 아버지 앞에 전리품처럼 들이대고 싶었다. 자아, 이래도 저를 여전히 어린애라고 얕잡아보실 작정입니까?

끄응, 하고 용쓰는 소리가 사랑채 들보를 울렸다. 오만방자한 자세로 아랫목 벽면에 엇비뚜름히 기대고 있던 윗몸을 갑자기 곧추면서 상곡 어른은 아무나 닥치는 대로 잡아먹을 듯이 노려보기 시작했다.

"미친놈들!"

노기 서린 고함에 이어 상곡 어른은 손에 들린 장죽으로 방바닥에 놓인 놋재떨이를 기운껏 내리쳤다. 그 사품에 설대의 중동이 딱 부러지면서 장죽은 단박에 두 동강이 나버렸고, 애꿎게 매질당한 놋재떨이는 제가 꽹과리인 줄 착각하는 듯 요란한 쇳소리로 비명을 뽑았다. 긴 여운 끌면서 놋재떨이 비명이 사라질 때까지 사랑채 안 최성바지들은 그 징그러운 쇳소리에 진저리치느라 숨조차 제대로 못 쉬었다.

"미치고 설친 잡배들 같으니라고!"

다시 한번 손찌검 같은 고함을 집어던지고 나서 상곡 어른은 눈에 띄는 족족 모조리 장죽과 재떨이가 방금 당한 것과 똑같은 수난을 안겨줄 작정인 듯 무시무시한 눈초리로 좌중을 짯짯이 째려보았다.

"뒤어지기는 무단시 왜 뒤어지고 지랄들이여? 사정이 여의허들 못헐시락 어느 놈 부자지 틀어쥐는 한이 있드래도 악착같이 더 살어보겄다고 모질음 쓰는 게 마땅헌 도리거늘, 뭣 땜시 달랑 한 개뿐인 지 목심줄 지 손모갱이로 끊어뿔고 지랄발광들이냔 말여!"

상곡 어른은 부러진 장죽 동강이 집어들고 매우 신경질적인 손놀림으로 놋재떨이 가장자리를 또다시 탕탕탕 난타했다.

"깰꼬닥 뒤어지는 것만이 장땡인지 아냐? 앞뒤 안 재고 무작정 뒤어만 지면 조상님들 영전에 제절로 효행이 된단 말이냐? 무단시 지 배때기 지가 갈르고 지 모가지 지가 대롱대롱 매달어서 생목심 끊는 놈만 손해여, 손해! 거년에 그 단발령만 허드래도 그렇지. 고때 동곳 뽑히고 상투 짤리면 무신 큰 재변이나 일어날 것맨치로 모다들 난리치고 야단법석 안 떨었냐? 허지만, 지내놓고 보니께 으떻드냐? 나맨치로 대그빡을 하이깔라 머리로 개비헌 종자들이 부지기수로 많은 세상인디, 어디 우리 조상 구신들 작당허고 몰려와서 불효막심헌 후손이라고 상투 없는 대그빡에다 날베락이라도 쌔리드냐? 뒤어질라고 궁리허는 그 대그빡으로 좌우지간 안 죽고 살어남을 지혜 쥐어짜는 것이 장땡 선영봉사고 장땡 효행인지나 알어, 이것들아! 헹, 미치고 설친 잡살뱅이들 같으니라고!"

양쪽 입아귀에 북적북적 허연 게거품 거느린 채 상곡 어른은 제법 선비 집안 사랑채 본떠 꾸민 미닫이문의 맹장지가 파들파들 떨게끔 고래고래 목청을 드높였다. 감히 고개 바루어 상곡 어른 위세에 흠집 내려는 사람은 아무도 없었다. 다만, 가느다란 기침 한 가닥이 얼어붙은 분위기 속을 비집으며 꼬물꼬물 기어나올 뿐이었다. 귀용은 수상쩍은 조짐을 보이기 시작한 형이 걱정되어 흘끔흘끔 곁눈질로 살폈다.

"소오시가이메이라고 중뿔난 것 하나도 없다. 단발령이나 매일반인 것이여. 옛날 옛적부텀 틀어내려온 상투 조께 짤러내는 일이나 조상한티 물려받은 흔털뱅이 성씨 조께 새것으로 개비허는 일이나 그게 다 오십보백보여. 요참에도 무신 큰 재변이나 날 것맨치로 지각없는 종자들이 왼갖 지랄발광들 다 떨어쌓는 모냥인디, 앞으로 두고 보면 나 말이 맞는가 틀리는가 알게 되겄지만, 날겨란으로 바웃돌 치기나 매일반인 짓거리여. 자고로 강약이 부동이라 혔는디, 인정사정 모르는 대일본제국 상대로 시방 죽네 사네 지랄허는 놈들만 필경 북망산천 유람 떠나고 마는 거여. 지각머리라고는 눈을 씻고 찾어봐도 한 톨도 없는 철부지들 같으니라고!"

그새 형의 기침 소리가 좀더 커져 있었다. 그리고 기침과 기침의 간격이 더욱 밭아지고 있었다.

"최씨 가문 후손으로 태어나서 조상신위 앞에다 우리가 바칠 수 있는, 기중 실팍허고도 생색나는 효도가 달리 또 있는 게 아니란 말이여. 후제까장 두고두고 우리 최씨 가문에 대가 끊치는 일 없게코롬 악착같이 살어남는 일, 바로 고것이 일등 효도고 우듬지 후손 도리여. 살어남어도 그냥저냥 알탕갈탕 살어남는 푼수가 아니라 오날날맨치로 세월 험준허고 인심 숭악헌 세상일시락 외려 과거보담 훨낀 더 우리 최씨 종자를 많이 퍼치는 거여. 산서는 말헐 것도 없고 조선천지를 왼통 우리 최씨 종자로 깝북 채우는 거여. 따른 집안들 죄다 망조가 들어도 우리 최씨 집안만은 절대로 꺼울러지들 않게코롬 왜놈 붕알 뙤놈 붕알 개릴 것 없이 그저 아무 붕알이나 닥치는 대로 틀어잡고 늘어지는 거여. 그것보담도 더 기특헌 효행은 세상에 없는지 알란 말여, 이 열 질 똥통에다 장아찌 박어뿔 인간들아!"

"그렇지만요, 아버님!"

"네 요노옴, 마빡에 아직 쇠똥도 덜 벳겨진 풋것이 고새 학문을 배왔으면 얼매나 배왔다고 가암히 애비 면전에서 따따부따 말대꾸냐!"

형의 기침은 바야흐로 완연한 발작 단계에 접어들고 있었다.

"그렇지만 아버님, 나이가 어리다고 생각마저 어리란 법은 없잖습니까? 마찬가지 이치로, 나이 지긋하신 어른들이라 해서 매사에 다 진리만 말씀하실 수도 없는 노릇 아니겠습니까? 제가 듣기로는 아버님 말씀 가운데도 선뜻 따르기 거시기한 대목이 있는 것 같습니다. 아버님께서 혹시 근본하고 지엽말단을 바꿔서 생각하시는 건 아닌지 걱정되는군요. 사람이 살면서 경우에 따라서 어쩌다 지엽말단을 바꿀 수는 있어도 근본만은 절대로 바꿔서는 안 된다고 저는 배웠습니다."

"요런 발칙헌 놈을 봤는가!"

상곡 어른이 불같이 화를 내면서 한 길 높이나 펄쩍 솟구쳐올랐다.

"늙은 애비가 빼빠지게 벌어 모은 재산 학자금으로 나수 축냈다는 유세 떠니라고 시방 유식헌 소리는 니놈 혼차 도맡어서 씨부렁대는고나! 이치가 정 그렇다 허이면, 한 가지만 물어보자. 니놈 그 유식헌 쇠견 구녁으로는 뭣이 근본이고 뭣이 지엽말단이냐?"

"인간 된 도리로 제 핏줄을 부정해서는 절대 안 된다고 봅니다. 조상 대대로 수수백년을 이어져내려온 우리 성씨야말로 핏줄을 확인하고 그 핏줄을 지켜나가는 근본 아니겠습니까."

"사정이 조깨 여의허들 못혀서 소오시가이메이 조깨 허기로서니 인피가 돈피나 우피로 바뀌기라도 헌다드냐? 새칠로 개비헌 성씨가 이누꼬면 으뜧고, 조오지부쓰면 또 으뜧단 말이냐? 육자배기 희롱허든 목청으로 잠시잠깐 나니와부시 한 곡조 뽑는다고 목젖이 덜컥 무너앉기라도 헌단 말이냐?"

"비유 대상이 약간 적절치 못한 것 같습니다, 아버님. 창씨개명 문제는 다른 어떤 문제들하고도 비교할 성질이 못 됩니다. 이것이야말로 전무후무할 정도로 대단히 심각하고도 중차대한 사건입니다."

"정 그렇다 허이면, 니놈 그 잘난 대그빡 속에는 소오시가이메이를 허들 않고도 왜놈들 등쌀을 끝까장 배겨낼 수 있는 묘방비책이 철철 흘러넘치는 모냥이고나? 대관절 그 방법이 뭣인지 이 무식헌 애비는 고등과 댕기는 유식쟁이 자식놈 접장으로 뫼시고 한번 깨우침을 받고 잪으고나!"

"관공리들한테 약간 불이익을 당하고 어느 정도 손해를 보는 한이 있더라도 마지막 순간까지, 버틸 수 있는 데까지 기를 쓰고 버텨야죠."

"게우 고것이 묘방비책이란 말이냐? 오냐, 버틸 만침 버텼다고 치자. 그런 연후에는?"

"남들보다 한참 앞서서 우리 집안이 일제 민족말살정책에 적극적으로 찬동하고 자발적으로 협조할 필요까지는 없다는 얘기지요."

"시방 저놈들이 내세우는 대의명분은 소오시가이메이가 어디까장이나 우리 한또징들한티 나이지징들이랑 똑같은 덴노헤이까 적자 대접을 혀서 나이셍잇따이를 실현허겄다는 것이고, 소오시가이메이는 그러니깨 자진 계출을 원칙으로 허는 사업이라고 주장헌다만, 실지로는 멱통에다 비수 들이대고 우리 성씨 강탈허기로 작정헌 사업인 것만은 분명허다. 말끝마다 히고꾸밍에 후떼이센징을 들먹거림시나 소오시를 빨리 계출허들 않는 집구석은 배급도 안 준다느니, 아그들 핵교도 못 댕기게코롬 헌다느니 으쩌느니, 자고 새면 베라벨 끔찍시런 협박이 망나니 칼춤 추딧기 난무허는 통에 하루해 넹기기가 죽는 일만침이나 심든 판국인 것도 분명허다. 귀때기 두 개는 달렸으니깨 니놈도 들어서 그런 실정을 펄써 다 알고 있겄지야?"

"물론입니다. 그렇지만 아버님, 최선을 다해서 인간 된 도리를 마친 연후에 만부득이한 사정으로 어쩔 도리 없이 창씨개명에 응하는 경우하고, 법정 기한이 지나기도 전에 일찌감치 자진해서 응하는 경우하고는 근본적으로 차이가 있다고 생각합니다."

"예끼놈!"

바로 그 순간이었다. 쌩 하는 바람 가르는 소리와 함께 뭔가 번쩍이는 물건이 휙 날아들었다. 귀용은 본능적으로 잽싸게 머리를 숙여 가까스로 그 물건을 피했다. 순식간에 벌어진 일이었다. 상곡 어른 손을 떠난 놋재떨이가 스칠 듯 귀용의 머리통을 아슬아슬하게 지나 바로 뒤편 누군가의 입에서 기어코 어쿠, 하는 비명을 끌어내고야 말았다.

"장차 제갈공명을 한 두름 엮어서 허리춤에 꿰여차고 만고에도 없는 무신 벼슬자리 올라앉어서 호풍환우에 천기누설을 여반장으로 헐지 알었드니만, 게우게우 고따우 씨알도 안 멕힐 소리로 애비를 욕뵐 작정이었냐, 이 꼬추장 단지에다 슥 달 열흘 대그빡을 처박어놔도 시연찮을 놈아!"

어느새 부대한 몸집 벌떡 일으킨 상곡 어른이 눈앞을 그들먹이 가리며 다가서는 중이었다. 귀용은 이마에서 피 철철 흘리며 신음하던 팔촌형이 옆자리 푸네기들 부축받으며 허둥지둥 대청마루 빠져나가는 광경을 망연히 바라보았다. 문중 일원이면서 문중 회의에서 발언권 행사할 엄두조차 내지 못한 채 상곡 어른 부자 사이에 벌어진 말다툼을 내내 조마조마하게 지켜보던 좌중에 웅성웅성 동요가 일기 시작했다. 귀용은 그 소용돌이 속에서 그예 터져버린 형의 기침 발작에 더욱 가슴을 졸일 수밖에 없었다.

"니놈이 저엉 허기 싫다 허이면 별수없는 것이여! 지아모리 부자지간이라 허드래도 황천행까장 질동무헐 수는 없는 벱이여! 니놈 소원대로 내 호적에서 니놈 그 잘난 이름 확 파내뿔 작정이니깨 니놈이 성을 안 갈고도 살어남을 재간 있거들랑 어디 한번 수단껏 살어봐라! 조오지부쓰오 와즈라우 야쓰 같은 놈 같으니라고!"

"귀용이 동상, 자네가 시방 크게 실언을 헌 것 같으네. 싸게 잘못혔다고 시방 싹싹 빌어서, 죽을죄를 졌다고 시방 사죄를 혀서 춘부장 어르신 노함을 풀어디리게."

사촌형 진용이 넌지시, 그러나 사랑채 안 모든 귀에 다 들리게끔 또렷한 목소리로 훈수를 보내왔다. 기다렸다는 듯 새터 어른 또한 가벼운 헛기침으로 목청을 가다듬었다.

"신학문 배왔다는 에린 쇠견으로 귀용이 종손자가 쪼깨 과도혔지. 암먼, 과도혔고말고!"

욱 하는 토악질 소리와 함께 부용이 얼른 손바닥으로 입을 틀어막았다. 아무리 억누르려 해도 위로 솟구치는 가래 덩이를 부용은 별수없이 제 손바닥에다 뱉고 말았다.

"괜찮으세요, 형님?"

연달아 기침을 터뜨리며 부용이 어칠비칠 일어섰다. 대청마루를 촘촘히 메운 겨레붙이들 틈새 비집고 부용은 툇마루 쪽으로 천천히 걷기 시작했다.

"부용이 네 요놈, 문중회의 끝날라면 한참 더 멀었는디 누구 맴대로 자리를 뜨고 자빠졌냐!"

상곡 어른의 감사나운 호통도 아랑곳없이 부용은 비늘 없는 물고기처럼 흐느적거리는 걸음걸이로 섬돌 위에 내려섰다.

"당장 들어오들 못헐까!"

한바탕 자지러지는 기침 끝에 형은 또 싯누런 가래 덩이를 마당에 뱉었다.

"저 웬수 같은 놈이 뜬금없이 웬 해수쟁이 숭내는 내고 지랄이여, 시방?"

부용은 매우 힘겨운 동작으로 윗몸을 뒤틀며 느릿느릿 돌아섰다. 벌레처럼 꼬물꼬물 기어오듯 맥 좍 풀린 시선이 먼길 떠나 툇마루와 대청마루를 차례로 거쳐 상곡 어른 만나러 오는 중이었다.

"야마요시……"

상곡 어른과 시선이 마주치는 순간, 부용의 얼굴에는 희미한 웃음기가 감돌았다. 주검의 얼굴처럼 창백한 낯꽃에 어리는 싸늘한 웃음이 더욱더 참혹한 분위기를 자아내고 있었다.

"야마…… 요시……"

"저놈이 뭣이라 씨월거리는 거여, 시방?"

"하산허는 도중에…… 귀용이랑 잠깐 상의를 혔습니다."

"저런 단매에 쌔려죽일 놈이 백줘 무신 구신 씻나락 까먹는 소리를 씨월거리고 자빠졌는 거여?"

"우리 가문은…… 야마요시로 창씨 허는 것이 기중 무난허겄다고…… 형제간에 일찌감치 합의를 봐뒀습니다."

바로 그 순간, 치신머리도 없이 상곡 어른 입이 갑자기 함지박만하게 쩍 벌어졌다. 귀용은 고개를 외틀어 상곡 어른 시선을 슬그머니 피해버렸다. 백상암에서 내려오는 길에 창씨개명 문제에 관해 형제는 일언반사도 상의한 적이 없었다. 상곡 어른 입에서 나지막한 중얼거림이 흘러나왔다.

"소오시를 두고 두 성제간에 미리감치 말을 맞촤놨다, 요 말이지? 뭣이여? 야마요시라고? 그것참, 야마요시라……"

"일본식 새 성씨허고 관련혀서 자세헌 내용은…… 아마 귀용이가 낭중에 설명을 드릴 겁니다."

말을 마치기 무섭게 부용은 하마터면 잊을 뻔했다는 듯이 또 쿨룩쿨룩 기침을 시작했다. 마당 위에 유혈처럼 낭자하게 깔리는 제 기침 소리 지척지척 밟으며 부용은 한 발짝 한 발짝 천천히 멀어져갔다. 허깨비를 연상케 하는 그 섬뜩한 뒷모습을 잠시 지켜보다 말고 상곡 어른은 끌끌끌 요란하게 혀를 찼다.

"저따우 불출이도 자식놈이라고…… 어구, 내 팔자야! 질래 사람 노릇 글러먹을작시면 애비 애간장 지지리 녹이들 말고 차라리 어디 가서 일찌가니 칵 뒤어지기라도 헌단 말이지! 부모한티 달래 효도냐, 하루라도 빨리 뒤어져주는 것이 효도지!"

눈에서 이미 멀어진 맏아들 상대로 한바탕 역정 부리고 나서 상곡 어른은 아랫목 상석으로 되돌아가 거의 모잡이로 눕다시피 질펀하게 자리를 잡았다. 장침(長枕) 위에 팔꿈치 괴고 손바닥으로 턱을 받친 거만스러운 앉음새로 상곡 어른은 천장을 올려다보며 혼잣말했다.

"야마는 쪼깨 알어먹겄는디, 요시는 대관절 무신 뜻이다냐……"

역시 형이 옳았다. 결과적으로 동생 말이 틀렸음이 판명되었다. 어림 반 푼어치도 없는 생각이라고, 감히 시도해볼 생심조차 하지 않는 게 신상에 이로울 거라고 형은 숲속 오솔길에서 충고를 되풀이했다. 일가친척이 연대로 몰려온들 무슨 소용이냐고,

연대 아니라 사단 병력이 사랑채에 집결해도 어차어피 문중회의는 아버지 독단으로 결론이 나게끔 처음부터 정해져 있는 거라고 형은 극구 주장했다. 애당초 넘지 못할 벽이라면 일찌감치 체념하고 그 철벽 앞에 고분고분 몸을 낮추는 척하는 편이 차라리 득책일 거라고 형은 거듭 타일렀다.

"비싼 학자금 처발러서 고꾸고(국어)깨나 나수 배운 성제찌리 상의혔다는 게 대관절 무신 내용이다냐?"

귀용은 순전히 상곡 어른 한 사람 권위를 휘황하게 장식하는 들러리 자격으로 회의에 참석한 겨레붙이들을 한 바퀴 둘러보았다. 늙거나 젊은 그들은 중요한 안건에 자기 의견 한마디 보태는 법 없이 시종일관 그저 입을 꾹 함봉하고 있었다. 이종형 배낙철한테서 귓구멍에 딱지가 앉도록 무수히 들어온 말을 귀용은 새삼스레 마음속으로 되새김질했다. 정말 그랬다. 낙철 형 말마따나 상곡 어른의 존재야말로 혁명의 앞길을 가로막는 가장 고약한 거침새임에 틀림없었다. 다른 무엇보다 그 거침새부터 우선적으로 타넘지 않고는 어떤 혁명의 열매도 따먹을 수 없다는 사실이 이젠 더욱 분명해졌다.

"최라는 한자를 파자해보면 묏 산하고 새 추, 두 글자로 쪼개집니다. 일본어 발음으로 묏 산은 야마가 되고 새 추는 요시가 되지요. 그런 식으로 창씨명을 짓자면, 아버님 새 함자는 야마요시 메이바이가 되는 셈입니다."

"뭣이라? 야마요시 메이바이라고?"

상곡 어른은 장침에 괴었던 팔꿈치를 용수철처럼 튀기며 앉은키를 순식간에 서너 뼘이나 키워놓았다.

"그렇습니다. 아버님께서 그동안 자식들 때문에 부담하신 그 비싼 학자금 덕택으로 저는 그렇게 배웠습니다."

실제로 형제끼리 그러기로 합의한 적 있었던 양 귀용은 천연덕스럽게 대꾸했다. 그것으로써 형이 동생 몫으로 어질러놓고 떠난 자리 뒷설거지는 대충 마친 셈이었다.

"야, 마, 요, 시, 메, 이, 바, 이…… 허어, 그것참, 자다가 얻은 떡맨치로 생각지도 않게 새칠로 굴러들어온 이름이 야마요시 메이바이라니……"

상곡 어른은 어린애처럼 양쪽 손을 동원해 일일이 손가락까지 꼽아가며 글자 수를 세어보았다.

"거참, 베라벨 희한헌 노릇도 다 있네. 뜻은 변동 없이 아까참이나 똑같은 이름인디, 시 글자가 갑째기 야달 글자로 새끼 까고 가지 치다니, 참말로 요것이 뭔 조홧속인가 몰르겄네!"

마치 섣달그믐밤에 설빔으로 마련된 새 꼬까옷을 부모 몰래 미리 입어보는 어린애와도 같았다. 아주 적은 밑천 들여 별로 수고도 하지 않고 삽시에 곱절 이상 폭리를 취한 장사치의 표정 같기도 했다. 상곡 어른 얼굴에 흐무진 미소가 연방 일렁거렸다.

"아자씨는 으떻소?"

상곡 어른이 불시에 고개를 옆으로 홱 돌렸다.

"어이, 최명배, 허고 불르는 것보담은 야마요시 메이바이, 요로코롬 불르는 편이 훠낀 더 입에도 보드랍고 귀에도 착착 갬기는 것 같들 않으요? 그러고 또 뭣이냐, 인자는 한또징 훨훨 벗어던져 뿔고 나이지징으로 우화등선허는 것맨치로 제법 근사허게 생긴 것 같들 않으요?"

새터 어른은 불시에 손찌검이라도 당한 푼수로 몸을 한번 움찔하고 나서 어마지두에 고개를 서너 차례 주억거렸다.

"여부가 있겄는가! 암먼, 그렇고말고! 우리 족질님으로 말헐 것 같으면, 옛날 옛적에 펄써 내지인이 되고도 자 가웃은 남어돌 만침 큰 인물 아니든가!"

"우리 아자씨 의중이 정 그렇다 허이면, 콩팔칠팔 더 따지고 마잘 것도 없이 오날 시방 당장부텀 나는 최명배가 아니고 야마요시 메이바이요, 자그만침 야마요시허고도 메이바이란 말이요!"

야마요시 메이바이 영감의 내지인 진입 선언이 끝나기를 기다려 귀용은 조용히 자리에서 일어섰다. 방금 얻은 새 창씨명을 사랑채 한가운데 신줏단지처럼 모셔놓고 너도나도 손길 뻗어 그 튼실한 뼈대와 잘생긴 살집 쓰다듬고 어루만지고 보듬어보느라 모두들 몹시 분주하고 소란스러운 판인지라 회의장을 소리 없이 빠져나가는 귀용에게 시비 거는 사람 아무도 없었다.

제3장

화적패가 들다

1

근처 숲에서 참매미가 서녘으로 기우는 해를 아쉬워하며 아까부터 서글픈 가락으로 마냥 울어대고 있었다. 해질녘에 이르렀건만 낮 동안 한증막같이 후끈 달아올랐던 산골 분지에는 좀처럼 물러갈 줄 모르는 더위가 아직도 상머슴 고봉밥처럼 수북이 담겨 있었다. 더위란 놈이 그러잖아도 지칠 대로 지친 최부용의 행보를 더한층 더디게 만들었다. 웬만한 더위쯤 곧잘 식혀주곤 하던 매미 울음도 가슴속에 들끓는 신열을 가라앉히기엔 역부족이었다. 땀방울이 줄지어 흘러내렸다. 부스럼에서 흐르는 진물처럼 끈적끈적한 땀으로 뒤발한 가슴팍에 거풍을 하려고 부용은 하얀 와이셔츠 단추를 풀었다. 손끝에 앙상궂은 가슴살이 만져졌다. 헛간 지붕 안쪽에 드러난 보꾹 모양으로 명치 좌우에 볼썽사납게 대칭을 이룬 갈비뼈들을 내려다보며 부용은 연방 가쁜 숨을 헐

떡였다. 길가 숲 그늘에서 잠시 누린 휴식이 도리어 부용의 변변찮은 의지력을 산산조각 내고 말았다. 상곡리까지 가자면 아직도 한참 더 죽살이쳐야 할 대근한 행보였다. 그토록 기를 쓰고 집을 향하느니 차라리 앉은자리에서 그대로 잠들고 싶었다. 그럴 수만 있다면 영원히 잠들어버리고 싶다는 절박한 원망(願望)이 그를 한동안 무섭게 사로잡았다.

결국 최종 진단이 내려졌다. 사형선고 진배없는 고질병의 확인 절차였다. 재판장처럼 선고 내릴 의사의 입이 두려워 읍내 의원 찾기를 차일피일 미뤄왔다. 적군이 맹렬한 공성을 멈추고 갑자기 퇴각하듯 어느 날 몹쓸 증세가 영문도 모르게 몸에서 뚝 떨어져 나가는 기적을 때로는 허황하게 꿈꾸기도 했다. 하지만 여름철로 접어들면서 몸뚱이가 급속도로 망가지기 시작했다. 더 방치했다가는 아무래도 변고를 당할 것 같은 위기감에 내몰린 나머지 부용은 부랴사랴 대책을 서둘렀다. 가까운 읍내 잘 아는 의사를 두고 일부러 원거리 전주부(全州府)의 큰 병원을 택했다. 뢴트겐 시설 안 갖춘 시골 의원을 당최 신뢰할 수 없다는 것이 표면적인 이유였다. 그러나 진짜 이유는 마른 덤불 타고 번지는 산불의 기세로 읍내에 떨어뜨린 소문의 작은 불씨가 삽시에 산서 일대에 종횡무진 방화하고 다닐 앞날에 대한 두려움이었다.

티비, 투베르클 바실루스, 폐결핵, 폐병, 폐질, 폐허, 허로, 노점……

야소병원 젊은 의사가 최종 진단 결과를 말하는 순간, 부용은 마치 머릿속에 줄지어 떠오르는 다수의 병명이 제각각 다른 질환의 명칭이고, 제 허약한 몸뚱어리 하나 일거에 요절낼 작정으로 제각기 한 가락씩 솜씨 뽐내는 각양각색 악성 질환들이 작당해서 한목에 떼거리로 덤벼드는 것 같은 기묘한 착각에 빠지고 말았다. 식자우환이었다. 으레 그러려니, 바로 그것이려니, 하고 내심 단단히 대비했음에도 불구하고 막상 선고가 떨어지자 눈앞이 캄캄하리만큼 엄청난 충격에 휩싸였다. '한심한 타락자'라고 몰아세우던 귀용 앞에서 악질 반동 혐의 벗기 위한 구실 삼아 폐결핵을 외려 값비싼 습득물인 양 횡재로 여겼던 몇 개월 전 여유는 이미 부지거처가 돼버렸다.

바스락거리는 기척에 놀라 눈을 번쩍 떴다. 깊숙이 눌러쓴 맥고모자로 얼굴을 반나마 가린 웬 사내를 발견하고 부용은 소스라쳐 일어났다.

"뉘시요?"

어디서 그처럼 소리 없이 나타나 언제부터 그렇게 이쪽 거동을 기웃이 넘어다보고 있었던 것일까.

다 해진 베잠방이에 때꼽재기 배꼽노리조차 못다 가린 베적삼 깡똥하게 걸친, 헙수룩한 농투성이 차림의 사내가 잽싼 동작으로 사방을 휘휘 둘러 살폈다. 읍내와 면소재지 양쪽을 이어주는 범티(寅峙) 고개 신작로에 피아 단둘밖에 없음을 재삼 확인한 후에야 사내는 부용을 향해 바투 다가왔다.

"접니다, 형님."

한여름 햇볕에 구릿빛으로 잘 구워진 사내의 팔이 낡고 해져 너덜거리는 맥고모자 향해 위로 들렸다. 맥고모자에 가려 있던 안면이 고스란히 드러나는 순간, 부용이 느꼈던 놀라움은 어느새 괴상한 탄성으로 바뀌었다.

"니가 여그는 또 무신 일로……"

누더기 차림으로 변복한 채 그지없이 꾀죄죄한 행색으로 숲속에서 불쑥 불거져 나온 인물이 다름아닌 귀용이란 사실로 말미암은 놀라움은 사실 나중 순서였다. 맹휴도 끝나 창씨개명 바람에 얻은 새 이름 한 짐 무겁게 짊어지고 경성으로 우울하게 돌아갔던 동생이었다. 지금쯤 어김없이 경성에 머물러 있어야 할 동생이 사전에 아무 기별 없이, 귓것처럼 소리소문 없이 산서 땅에 잠입했다는 사실에 다른 무엇보다 우선적으로 놀랄 수밖에 없었다.

"시간이 없습니다. 자세한 내막은 가면서 차차 얘기하기로 하지요. 그냥 제 뒤만 따라오십시오."

빠른 말로 주워섬기고 나서 귀용은 포식동물 경계하는 초식동물의 표정으로 다시 한번 주위를 찬찬히 살폈다. 부용은 어안이 벙벙한 눈빛으로 초장부터 계속 유난만 떨어대는 동생을 한참이나 멀뚱히 바라보았다.

"학생이 학업은 중동무이헌 채 벌써부텀 빠르찌산 숭내를 내는 거냐?"

귀용은 입을 꾹 함봉한 채 길도 없는 잡목숲에다 제 몸뚱이로 길을 만들어가며 쑥재(艾嶺) 쪽으로 북상했다. 부용은 고갯길 중간에 자리한 공동묘지 근처에 다다라서야 겨우 귀용과의 간격을 좁힐 수 있었다. 벌건 대낮인데도 인적이 전혀 없는 귀신들 동네에 먼저 가서 기다리던 동생을 가까스로 따라잡기 무섭게 부용은 벌컥 분통부터 터뜨렸다.

"갑째기 귀라도 먹었냐? 왜 묻는 말에 대답이 없냐?"

"야소병원에선 뭐라고 그러던가요?"

"내가 병원 댕겨오는 길인지는 어떻게 알었냐? 어린애들 탐정놀음 같은 이 유치헌 장난질이나 어서 해명허거라!"

"형님이 전주로 떠나셨다는 귀띔을 받고는 어제 점심때부터 내동 읍내 정거장 길목을 지켰습니다."

덕용(德容)을 통해 집안 사정을 대강 염탐했으리라. 읍내에서 하숙하며 중학교에 다니던 덕용이 때마침 여름방학을 맞아 집에 돌아와 있었다.

"나한티 볼일이 있으면 집에서 지달릴 일이지, 길목은 무단시 왜 지키냐?"

불시에 맞닥뜨린 형제 사이 대화치고 어쩐지 처음부터 톱니가 어긋물려 돌아가느라 삐거덕거리는 소리가 숲속에 요란했다. 귀용은 갈수록 더욱 아리송한 소리로 복판을 피하고 변죽만 살살

울려댔다. 동생을 잔뜩 노려보며 부용은 바람 새는 풀무같이 요란한 소리로 숨을 헐떡거렸다.

"실은 낙철이 형님 심부름으로 형님을 모시러 왔습니다."

"뭣이여?"

동생 입에서 튀어나온 천만뜻밖의 실토가 그럭저럭 마구리 단속해놓은 부용의 기침 주머니를 확 풀어헤치는 구실을 했다. 물머리 허옇게 세운 채 뭍 기스락 물어뜯을 기세로 달려오는 성난 파도 같았다. 가슴을 마구 할퀴고 후비는 통증 동반한 채 맹수처럼 엄습하는 기침의 파도를 타넘기 위해 부용은 땅바닥에 양손 짚고 머리통 양어깨 사이에 파묻으며 곱사등이 자세를 취했다. 심하게 들썩이는 형의 등덜미를 귀용이 가만가만 다독거리기 시작했다. 기침 기세가 웬만큼 가라앉기 기다려 귀용이 다시 말했다.

"낙철이 형님이 어저께부터 쑥재에서 형님을 기다리고 계십니다."

부용은 형편없이 흐트러진 몸맨두리 얼른 바루고 나서 매우 엄격한 표정으로 동생을 대했다.

"너뿐만 아니라 낙철이한티도 나는 손윗사람이 분명허다. 헐 말이 있다면 낙철이 쪽에서 나를 찾어오는 것이 온당헌 처사 아니겄냐!"

"사람들 이목 때문에……"

"사람들 이목을 꺼릴 만침 무신 기구헌 사정이 생겼는지 몰라도, 그것이사 당최 내가 상관헐 배 아니다. 그러고 또 나는 시방 병자다, 병자. 쑥재까장 당도허기도 전에 내 숨이 꼴까닥 넘어갈지도 모른다."

귀용은 시간을 절약하기 위함인지 낙철이 사람들 이목 피해 숨어 있을 어딘가를 향해 휭허케 달려갔다. 쑥재는 낙철의 본가가 있는 오암리에서 그리 멀지 않은, 험준한 고개였다. 무인지경 다름없는 외진 산중으로 몰래 숨어든 낙철이 장차 도모하려는 일이 무엇인지 부용은 도무지 짐작조차 할 수 없었다. 이종사촌끼리 손발 척척 맞춰 유난히 중뿔나게 구는 그 거조로 미루어 짐작건대, 뭔가 예사롭지 않은 일임에 틀림없었다. 어차어피 피할 수 없는 상대라면 하여튼지 만나나보자고 마음을 다부지게 먹었다. 직접 만나 얼굴 맞대고 단단히 따질 심산이었다. 어리고 여린 하릅소 같은 철부지 귀용을 코뚜레해서 시대의 멍에를 지워 비극을 경작하는 논밭으로 마구 몰아넣는 만행을 당장 집어치우라고 들입다 요구할 작정이었다.

부용은 묘표(墓標)조차 없는 어느 초라한 무덤 하나 등지고 앉은 채 멀뚱멀뚱 하늘을 올려다보았다. 하늘에서는 어느덧 저녁놀이 세력권을 넓히고 있었다. 벌겋게 단 인두에 단근질이라도 당하듯 높이 뜬 구름 덩이 끝자락부터 차츰 노을빛에 물들어가는 모습이 왠지 눈물겹도록 측은하게 느껴졌다. 한바탕 기침이 휩쓸고 지나간 자리에 으레 남게 마련인, 녹작지근한 무력감과 나

큰한 권태감이 공동묘지 적막한 풍경과 어우러져 부용으로 하여금 초라한 무덤들한테 묘한 친화감을 느끼게끔 만들었다. 문득 무덤들 동무 삼아 슬픔이나 아픔도, 분노나 억울함도 없는 피안계로 훌쩍 떠나버리고 싶은 생각이 들었다. 밤의 어둠 직전에 꽃으로 피어나는 노을처럼 생의 막바지에서 무덤들 안내받아 들어설 피안 풍경은 어쩐지 아늑하고 화사할 것만 같았다. 이른바 자결이란 수단이 그토록 강렬하게 부용을 사로잡은 적은 과거에 한 번도 없었다. 투병이고 나발이고 다 팽개쳐버린 채 오직 친밀감으로만 다가오는 공동묘지 풍경 속의 작은 한 부분으로 녹아들고 싶을 따름이었다.

나는 무기력하고 무능력한 존재다. 애당초 변화무쌍하고 복잡다단한 세상을 어찌할 방도가 나한테는 없다. 하지만 내 일신 파괴할 힘만은 아직 내 수중에 남아 있다. 만약 내 손으로 나를 무찌를 수만 있다면, 세상은 나를 더는 어쩌지 못할 것 아닌가. 내가 없어지고 난 자리에 남은 세상이란 실상 나한테 아무런 위협도 못 될뿐더러 아무런 의미도 없는 것 아니겠는가. 내가 죽음으로써 나하고 순번 바꾸어 이번에는 세상이란 놈이 무기력하고 무능력한 존재로 전락할 차례가 되는 것이다. 내 의지로 의기양양한 세상 골탕 먹이고, 내 힘으로 건방지고 되바라진 세상에 치명타 가하고, 그럼으로써 견고하고 완악한 세상 응징할 수 있는 유일한 방법은 우선 나 자신부터 미련 없이 결딴내버리는 바로 그것이다.

괴상야릇한 등식 하나가 머릿속에서 급조되는 순간이었다. 그 놀라운 깨달음을 한시바삐 낙철과 귀용 두 천둥벌거숭이에게 전하고 싶어 부쩍 안달이 날 지경이었다. 물론 자신의 세상 응징 방법에 낙철이 어떤 반응을 보일지는 짐작 못하는 바 아니었다. 보나마나 뻔했다. 낙철은 정나미 뚝 떨어지게 싸느란 미소 지으며 그 엉뚱깽뚱한 등식이 지닌 모순점들을 족집게로 뽑듯 조목조목 집어낼 것이다. 틀렸다고, 그건 터무니없는 망상에 불과하다고, 어리석게 태어난 죄로 죽은 놈한테는 그따위 망상이 혹 통할지 몰라도 살아 있는 사람들 입장에서 본다면 그렇게 해서 파괴된 것은 단지 한 바보의 비참한 생애일 뿐, 세상은 끄떡도 없이 여전히 잘만 굴러가는 한편 또다른 수많은 바보들 목숨을 계속 제물로 바칠 것을 요구할 것임에 틀림없다면서 여지없이 낯박살을 줄 것이다.

잠시 후 낙철의 입에서 쏟아질 비난과 모멸을 상상 속에서 미리감치 접하자 부용은 갑자기 심란해졌다. 저녁놀에 물든 서녘 하늘이 마치 폐결핵 앓는 여인처럼 애처롭게 느껴졌다. 그러나 부용은 잘난 이종동생한테 조롱받는 한이 있더라도 이번만은 결단코 자기 고유 등식을 거둬들이지 않기로 결심했다. 죽을 놈이 마지막 죽어가는 순간까지 어째서 계속 살아남을 놈 입맛에 맞게 세상을 진단하고 해석할 필요가 있단 말인가. 어쨌든 나 하나 없어지면 빌어먹을 세상도 덩달아 와그르르 무너져버릴 것은 자명한 이치 아닌가.

"여그 있었구만. 그런지도 모르고 한참 엉뚱헌 자리만 찾어 헤맸네."

배낙철이었다. 전령으로 부리던 귀용은 어디로 빼돌렸는지, 낙철은 홑몸으로 나타났다. 귀용의 도움 없이도 낙철은 연방 쿨룩쿨룩 신호하는 기침 소리 길라잡이 삼아 이종형이 등지고 있는 무덤까지 혼자서 잘도 찾아왔다.

"오래간만이여, 형."

덥석 부둥켜안고 입이라도 쪽 맞출 기세로 낙철이 날개처럼 양팔 활짝 펼친 채 과장스러운 몸짓을 보였다. 악수 청하는 손 외면하면서 부용은 상대방하고 일정한 거리를 유지하기 위해 짐짓 덤덤한 낯꽃을 가장했다. 그렇다고 속에 따로 챙겨둔 본심마저 덤덤할 수는 없었다. 실로 오랜만에 이종동생 대하는 순간, 지난 시절 묵은 생채기가 아프디 아프게 되살아났다. 귀용의 꾀죄죄한 행색과 어금버금하게 낙철은 남루로 위장한 농투성이 모습이었다. 하지만 남루만으로는 말짱 다 가릴 수 없는, 준수한 미장부 자태가 약여할뿐더러 짙은 눈썹과 오뚝한 콧마루와 번뜩이는 눈빛 등이 깔축없는 지식계층 신분임을 만천하에 고자질하고 있었다. 어린 시절 부용으로 하여금 노상 열패감에 시달리도록 만들던 자신감에 찬 표정 또한 여전했다. 학교에서 받은 통신표를 확인할 적마다 아버지 입에서 으레 떨어지곤 하던, 어린 이종동생 낙철이란 놈 본받으라는 불호령이 십여 성상이나 흐른 그때까지도 부용의 귓바퀴에 아직 쟁쟁히 감겨 있었다.

부용보다 두 살 어린 낙철은 월반에 월반 거듭한 끝에 결국 보통학교를 이종형의 동기로 마쳤다. 그냥 단순한 동기가 아니라 복잡하고도 특이한 동기 관계로 부용을 마냥 곤욕 속에 처박지르며 수석 졸업을 했다. 낙철하고 동급이 되기 전까지 반에서 맡아놓고 늘 차지하던 수석 자리를 면내에서 신동으로 소문난 이종동생에게 빼앗긴 채 부용은 번번이 차석에 머물러야만 했다. 그것이 부용에게는 생애 최초로 맛본 좌절의 경험이었다. 당시 부용이 가장 견디기 힘들었던 것은 석차로 구별되는 둘 사이의 우열이 아니었다. 번번이 저한테 씻을 수 없는 열패감 안겨주곤 하는, 두 살 아래 이종동생이 언제부턴가 영락없는 형처럼, 또는 손윗사람처럼 느껴지는 바로 그것이야말로 다른 무엇보다 견디기 힘든 고통이었다.

"나는 병자여."

첫마디가 그런 식으로 시작되었다. 시작 단계부터 자청해서 한 수 접히고 들어가는 싸움이었다. 언제나 잘나고 당당한 낙철 쪽이 동생 아닌 형인 듯 느껴지기는 과거나 현재나 매한가지였다.

"나, 시방 불치병을 중증으로 앓고 있는 중이여."

마치 손윗사람 상대로 응석 부리듯 부용은 잔기침 몇 방 가볍게 선보임으로써 자신이 실제로 중환자임을 증명하고자 했다. 낙철을 만나면 면전에 들이대겠다고 벼르고 별렀던 말들은 어느새 부지거처가 돼버렸다. 그 대신 전혀 생각지도 않은 엉뚱깽뚱한 말들이 부지불식간에 흘러나오고 말았다.

"알고 있어, 형."

연장자같이 의젓한 가락으로 낙철이 대꾸했다. 귀용을 불행하게 만들 경우 결단코 용서하지 않겠노라고 낙철에게 엄중 경고할 기회가 끝내 흐지부지 꼬리를 감추는 중이었다.

"메뚜기떼가 농작물 망쳐놓딧기 시방 먹성 좋은 뇌짐 버럭지들이 내 폐부를 와삭와삭 갉어먹고 있어. 식탐 많은 버럭지들이 폐부뿐만 아니라 결국에는 내 영혼까장도 아구아구 죄다 먹어치우고 말 거여."

"형 소식, 귀용이한티서 대충 들었지."

땅거미가 서서히 내려앉기 시작하는 공동묘지 배경 삼고 우뚝 서서 낙철은 가지런한 치열을 하얗게 드러내며 웃었다.

"그 버럭지들이 시방 너한티로 이사를 갈지도 몰라."

"그따우 버럭지 문제로 겁먹을 내가 아니지."

동생 같은 형의 경고 가볍게 무시하면서 형 같은 동생이 바투 다가들어 손을 덥석 움켜쥐었다.

"나는 벌써 알고 있어. 형이 지금 겉으로는 절망적인 척 엄살을 떨지만, 속새로는 사춘기 소녀 취향으로 그 폐결핵을 애지중지허면서 적당히 즐기고 있다는 사실도 나는 다 알고 있지."

부용은 예리한 연장에 명치끝 섬뻑 베이는 듯한 통증을 느꼈다. 남의 오장육부 속사정 직접 둘러보고 나온 것처럼 제 심중을 뜨르르 다 꿰고 있는 낙철의 지적에 갑자기 소름이 좍 끼쳤다.

"어떤 식으로 생각허든지 그것이사 낙철이 니 자유여."

부용은 낙철의 손을 홱 뿌리쳤다.

"상대가 누가 되얏건 간에 함부로 조롱 퍼붓고 집적집적 괴롭히는 것이 소싯적부텀 니 취미고 장기였으니깨."

"형, 나한티 그렇게 화내지 말어. 병든 영혼 구원받을 절호의 기회를 제공허겄다고 불원천리 달려온 동생이여."

"헛소리 말고 무신 용건인지나 말허거라!"

"그럼 잘 들어, 형. 오늘 자정에서 내일 새벽 사이에 반쪽바리 악덕 모리배 야마니시 아끼라 영감 사랑채에 강도단이 들 예정이여."

그 순간, 부용은 하마터면 심장이 딱 멎을 뻔했다. 쿵 하고 심장 떨어지는 소리를 실제로 들은 것 같기도 했다. 야마니시 아끼라는 다름아닌 최명배의 새로운 일본식 씨명이었다. 본디는 문중회의 결정에 따라 야마요시 메이바이(山佳明培)로 창씨를 계출했었다. 그러나 당국자로부터, 조센징으로서의 근본을 온존하기 위한 속임수 작명인고로 접수를 거부한다는 통고를 받음에 따라 부득불 아들딸과 함께 머리 맞대고 상의한 결과 창씨 문제는 마침내 야마니시 아끼라(山西明)로 낙착되기에 이르렀던 것이다.

"낙철이 너…… 그걸 시방 말이라고……"

하려던 말 못다 마친 채 부용은 부르르 진저리쳤다. 상상을 뛰어넘는, 그 해괴망측한 이야기가 장난기 어린 웃음으로 포장된 채 낙철의 입에서 예사로이 뱉어진 뒤부터 부용은 숨조차 임의롭게 쉴 수 없었다.

"강도단이 목적을 달성헐 수 있도록 야마니시 영감 맏아드님이 집안에서 내응을 보내준다면 고맙겄어."

"낙철이 너, 시방 날 으뜷게 보고 그따우 수작질이냐? 지아모리 반쪽바리 악덕 모리배라 헐지라도 그 냥반은 엄연허니 내 아버지고 느그 이모부다! 그런디 너는 시방 그 냥반 아들한티 느그 이모부 털러 나선 강도단 끄나풀 노룻을 떠맽길 작정이냐?"

부용은 요란한 소리로 두근 반 서근 반 방망이질하는 심장 동계를 애써 억누르며 목청 드높여 힐문했다.

"이 세상 어떤 거사든 간에 반다시 거사에는 활동자금이 필요헌 법이지."

"철부지들 헤이떼이고꼬(병정놀이)에도 진짜배기 빠르찌산맨치로 군자금이 필요허단 말이냐?"

"조선팔도 못난이들이 죄다 비웃어도 형만은 우리를 비웃을 자격이 없지. 물론 반동지주를 인민의 이름으로 징치헌다는 목적하나만으로도 명분은 충분허지. 그런디 우리가 당면헌 위기국면을 돌파허자면 야마니시 영감 재물이 반다시 필요허다, 그런 말이지."

"니가 시방 뭣인가를 잘못 아는 것 같은디, 나는 철부지들 헤이떼이고꼬 따우는 도통 관심이 없는 어른이다. 어엿헌 성년이란 말이다!"

"야마니시 영감 목숨만은 절대로 해허지 않겄다고 약조허지. 그러니깨 형은 염려 말고 우리한티 협조허란 말이여. 형이 잠깐만 수고를 보태면 뒷감당은 우리가 다 알어서 탈나지 않게끔 헐 모냥이니깨."

"싫다! 이질 녀석이 이모부 터는 짓도 싫고, 자식놈이 지 애비 배반허고 강도단이랑 한통으로 놀아나는 짓은 더더군다나 싫다! 이종지간에 작당허고 작은아들이 패륜망동 도모허는 마당에 큰아들까장 합세헌다면 그 집안 꼴이 뭣이 되겄냐!"

"흠, 자살 따우나 도모허는 헛노릇에다 기력 탕진허느니 차라리 요번참에 우리 혁명과업에 일조허는 편이 형한티는 훨낀 덜 비참허고 훨낀 더 보람도 크지 않을까?"

"뭣이여? 자살?"

부용은 또다시 명치끝을 비수로 썸뻑 베이는 통증 앞에 무방비로 노출되고 말았다. 정말 귀신이 애고대고 곡할 노릇이었다.

"시방 그게 무신 소리냐?"

"자살이 아무나 허는 것인지 알었어? 자살을 결행허자면 무지막지헌 용기가 필요헌 법이지. 애시당초 최부용이란 인간한티 그런 일을 도모헐 만침 용기가 있을 텍이 없지."

자신이 공동묘지에 당도하기 전까지 무녀리 같은 이종형이 무덤 등지고 앉아 무슨 생각 뒹굴리고 있었는지 속속들이 다 알고 있다는 말투였다. 자살 문제와 관련된 그 괴상야릇한 등식과 해괴망측한 논리마저 낙철에게 이미 다 들통나버린 듯싶었다.

"누구보담도 형을 잘 아는 사람은 바로 나지. 그날이 언제가 될지는 몰라도 형은 불원간에 폐결핵으로 죽게 되고 말지. 죽는 날까장 형은 수도 없이 자살을 생각허고 자살을 기도허면서, 또 그럴 적마다 번번이 실패만 반복허면서 남은 평생 자기 영혼, 자기 육신 철천지원수맨치로 학대허다가 종당에는 비참헌 최후를 맞고 말지. 말허자면 버럭지만도 못헌 인생으로 징 치고 막 내리는 거지. 어뗘, 내 말이 틀렸어?"

낙철이 모포 같은 비웃음 자락으로 자신의 주장을 두툼하게 포장했다. 부용은 혀끝에 날름 올라앉는 항변의 말들이 순전히 억짓손임을 자인하면서도 입 밖으로 꾸역꾸역 밀어내기 시작했다.

"그러콤 날 잘 안다면서 왜 날 가만 내비두지 않는 거냐? 그러콤 불쌍헌 날 왜 자꼬만 집적거리는 거냐? 너는 대관절 누구냐? 대관절 누가 너라는 인간을 내 운명에 붙여서 내 인생을 요 모냥 요 지경으로 희롱허는 거냐?"

"형, 저승사자 대허딧기 날 요상스럽게 쳐다볼 필요 없어. 말허자면 이종지간에 우애의 표시지. 하루에도 열두 번씩 자살을 꿈꾸는 형을 살려낼 묘약을 처방허고 잪은 것뿐이여."

"그 처방, 나는 사절헐란다!"

"마음먹기에 달렸어. 형은 시한부 인생을 대의에 복무허는 희생적 역할로 보람 있게 장식헐 수도 있고, 끝끝내 버럭지 같은 인생 고집허면서 세상에 쌔고쌘 장삼이사로 살다가 선산 한구석에 묏자리 하나 게우 차지허는 것으로 초로 인생 마감헐 수도 있지."

"아버지를 터는 강도단 하수인 노릇으로 대의에 복무허느니 차라리 그 기상으로 일본 천황을 저격허는 게 낫겄다!"

"물론 그것도 괜찮은 생각이긴 허지. 허지만 병약자 형한티 그러콤 어마어마헌 활약까장 기대허지는 않어. 우리는 단지 수면제를 멕여서 개를 잠재우는 정도 역할만 기대헐 뿐이여. 그러고 이왕지사 수고허는 김에 한 가지만 더 우릴 도와줘야 쓰겄어. 잠들기 전에 미리 대문 빗장을 살짝 뽑아두라고 형한티 부탁허고 잪어."

"니가 신줏단지맨치로 받들어 뫼시는 그 이념 말인디……"

부용은 마른침을 어렵사리 삼키고 나서 말을 이었다.

"어쩐지 초장서부텀 나허고는 궁합이 안 맞드라. 더군다나 불치병으로 시난고난 죽어가는 내가 뭣 땜시 천륜허고 맞바꿀 만침 막중허지도 않은 그 신줏단지에다 충성 복무를 맹세헌단 말이냐?"

"사회주의를 사팔눈으로만 보아 버릇허는 어리석음 때문에 그러잖어도 진즉부터 형한티 유감이 많었지. 허지만 걱정 마, 요번 일은 사회주의허고 상관없는 것이니께. 사상이나 이념에 우선혀서 독립운동에 미력이나마 보탬이 되자는 취지여. 어째피 천수를 못다 누릴 팔자라면, 소심허고 우유부단헌 겁쟁이로 태어났다 헐지래도 죽기 전에 한 번쯤 마지막으로 용기를 빨끈 쥐어짜는 것도 좋지 않을까?"

"인간이란 게 어떤 동물인지 니가 아즉도 잘 몰라서 그런다. 금방 죽게 생긴 놈이 미주알 가릴 필요가 뭣이 있냐, 그런 뜻 같은디, 저승사자 목전에서도 더 살고 잪어 몸부림치는 것이 바로 인간이니라. 본성적으로 탐욕을 타고난 인간을 이념이라는 망치로 개조허고 교화허는 작업이 실지로 가능허리라 믿는다면, 천상 그게 유심론이지 어디 유물론이냐? 모순당착에서 출발헌 이념은 결국 목적지에 당도허지 못허고 정처 없이 헤매기 십상이니라."

"형이 마테리알리슴을 알면 얼매나 안다고 함부로 찧고 까불어? 나는 시방 형허고 사상 문제로 입씨름헐 형편이 아니여. 지금 같은 비상시국에 과정이 결과보다 상위 개념 대접을 받어 마땅허다 주장허는 건 탁상공론이고 어불성설일 뿐이여. 결과를 위하야 과정을 희생헐 것을 시대가 요구허고 있단 말이여. 형, 날이 벌써 어두워졌어. 자, 어서 이것이나 받어둬. 천석꾼 집안 개한티 줄 선물이여."

여태껏 안간힘하며 버텨오던 부용의 의지력이 어느 한순간에 바닥을 드러내고 말았다. 지겨운 입씨름에 알량한 기력 깡그리 탕진한 탓이었다. 처음부터 비세(非勢)로 시작된 불리한 싸움을 통해 부용이 다시금 섬뜩하게 확인한 것은 강고하기 이를 데 없는 낙철의 신념과 그 신념에서 비롯되는 광포한 열정이었다.

"너도 아다시피 나는 시방……"

엄살 효과를 극대화하기 위해 부용은 하던 말을 일단 멈추는 대신 비장의 무기를 꺼내들었다.

"환자다, 그것도 아주 중병 환자!"

폐결핵이 의심될 무렵부터 생긴 버릇이었다. 부용은 제 병세가 심각한 중증임을 낙철에게 각인시킬 요량으로 또다시 기침을 터뜨리기 시작했다. 엄살 또는 죽은 척하는 의태(擬態)야말로 맹수들이 각축하는 약육강식 생태계에서 피식자(被食者) 같은 자신을 지켜줄 보호색이었다. 쥐어짜듯 고통스럽게 토해내는 기침이 저한테 도피처를 제공함은 물론 언젠가는 열리고 말 양심의 법정에서 피고인의 무죄를 밝혀줄 일종의 부재 증명으로 작용하기를 기대하고 있었다. 섬약한 마음이 내리는 지시를 병든 육신은 지체하지 않고 충실히 이행했다. 처지와 환경에 맞게끔 육신은 기침의 분량으로 병세의 심도를 표출했다. 마음이 주문하는 대로 때로는 적당하게, 때로는 약간 과도하게, 또 때로는 격심하고도 극렬하게……

"틀렸어, 형."

"뭣이라고?"

낙철이 냉랭한 어조로 지적하는 바람에 부용은 금방 숨넘어갈 듯 자지러지던 기침을 갑자기 멈추면서 뜨악한 낯꽃을 지었다.

"방금 그 기침은 폐결핵보담도 기관지 천식에 더 가차워. 대개 결핵성 해수는 잔기침이나 밭은기침 쪽을 정통 증상으로 쳐주는 법이지."

"결핵성 해수라고 말짱 다 똑같으란 법은 없다! 증상에 따러서, 그리고 환자에 따러서 얼매든지 차이가……"

"형, 무리헐 필요 없어. 엄살 혐의를 벗고 잪으거든 의학 상식 조깨 더 공부허고 나서 연극을 허셔야 쓰겄어."

낙철이 웃는 낯꽃으로 조곤조곤 자백을 압박했다. 부용은 기침 대신 휘파람 닮은 한숨 길게 토하면서 퍼더버리다시피 무덤 옆에 주저앉고 말았다. 영락없는 손윗사람인 양 낙철이 위무의 손길을 부용의 가냘픈 어깨 위에 가만히 얹었다.

"니가 무신 억단을 허드래도 나는 중병 환자가 틀림없다."

"나도 알고 있다니깨."

"해필이면 왜 느그 이모부냐? 경성 바닥에 지천으로 깔린 거부들 다 놔두고 해필이면 왜 두메산골 잔챙이 부자를 표적으로 골랐냐?"

"야마니시 영감님한티 갱생 기회를 주자는 것이지. 무고헌 인민들 피 묻은 재물일시락 가장 선미헌 용처에다 투자혀야만 그 재물 임자도 구제받을 가망이 눈꼽만침이나마 생길 것 아닌가."

"그 소리 듣고 널러가든 새가 웃겄다. 그것도 시방 말이라고 허고 있냐?"

가까운 곳에서 실제로 새들 웃음소리가 들렸다. 낡은 맥고모자 눌러쓴 사내 말이 도무지 말 같지 않은 소리라고 새들이 판정 내리는, 우짖음 아닌 웃음소리였다. 이미 날 저물어 사위는 벌써 어스레해져 있었다. 평지보다 몇 걸음 먼저 찾아들어 산중에 묵중히 똬리 틀기 시작한 어둠이 낮 동안 들판에 흩어져 살림하던 새들을 검은 품안으로 불러들이고 있었다. 공동묘지 주변 숲에서는 재재거리고 구구거리는 온갖 새들 웃음소리로 떠들썩한 초저녁 한때를 맞이하고 있었다.

"왜 해필 그 영감님인지는 누구보담도 형이 더 잘 알고 있지. 그럼 형만 꽉 믿고 나는 이만 가봐야 쓰겄어."

"한 가지 조건이 있다!"

조금의 미련도 안 두고 야멸치게 돌아서려는 낙철을 다급한 목소리가 붙들었다.

"무신 조건?"

"패륜자식 맨드는 불상사만은 무신 수로든지 피허고 잪으다. 요번 일에 귀용이를 가담시키지 않는다는 조건이다."

"귀용이가 가담허고 않고는 전적으로 당자 의사에 달린 문제지."

"약속허거라!"

"형 뜻이 정 그렇다면, 약속허지. 만에 일이라도 끙짜를 놓을 경우 요번 거사에서 귀용이 짐을 벳겨주기로 허지."

"귀용이랑 단둘이서만 잠깐 만나고 잪으다."

"알었어. 금방 내려보내지."

낙철은 헤어지는 절차 따위로 시간 낭비하는 법 없이 순식간에 어둠 속으로 투신했다. 혁명 투사가 우격다짐으로 떠안긴 수면제란 놈이 제 약기운에 제풀로 취해 부용의 손바닥에서 초저녁잠에 들어 있었다. 수면제를 싼 포장지의 까끌까끌한 질감을 손끝으로 매만지다가 부용은 문득 그걸 한입에 탁 털어넣고 싶은 충동에 사로잡혔다. 그걸 먹여 깊이 잠재워야 할 대상은 사납고 충직한 개가 아니라 비루하고 용렬한 인간, 아무짝에도 쓸모없는 병골 사내, 다름아닌 최부용이라는 생각을 좀처럼 떨쳐낼 수 없었다.

내내 지근거리에서 대기하고 있었던 듯 귀용이 예상보다 훨씬 빨리 모습을 드러냈다. 밤의 공동묘지 풍경에 걸맞게끔 녀석은 귀신처럼 혹은 유령처럼 기척 없이 다가와 소리 없이 몸뚱어리를 내려놓았다.

"귀용아, 못났어도 나는 니 형이다. 혹시 형한티 허고 잪은 말은 없냐?"

"괴롭혀서 미안하다고, 몸조리나 잘하라고 형님한테 전하래요."

"그건 낙철이 말 아니냐? 내가 듣고 잪은 건 사랑허는 내 동생 말이란다."

멀리 가지 않고 방금 전까지 귀용이 대기했던 자리에 아직 머물러 있을 낙철이랑 같이 들으라고 부용은 턱없이 목청을 높였다. 귀용은 아무 말도 하지 않았다. 그렇게 입 꾹 다문 채 밤새도록이라도 버틸 심산인 듯했다.

"요 지경까장 왔는디도 형한티 허고 잪은 말이 없다면 허는 수 없지. 그건 그렇고, 느그들 문자로 그 군자금인지 거사자금인지가 확보되고 나면, 그다음 계획은 뭣이냐?"

"모르겠어요."

"조직 비밀이라서 그러냐? 형이 못 미더워서 그러냐?"

한참 머뭇거린 다음에야 귀용은 목구멍 안쪽으로 뒷걸음치는 듯한 목소리로 간신히 대답했다.

"당분간은 멀리 떠나가 있을 계획인 것 같아요."

"어디로? 서간도나 북간도? 아니면 상해?"

"더 묻지 말아주세요. 낙철이 형님 말고는 아무도 몰라요."

"지금 처지가 너는 행복허냐? 지금 도모허는 일이 니가 두고두고 후회허들 않을 만침 보람 있는 과업이라고 확신허냐?"

형제간 대화는 다시 끊겼다. 숲속 어느 구석지에서 여러 마리 때까치가 몹시 수선을 떨며 형제 사이에 끼인 침묵의 덩저리를 날카로운 우짖음으로 사납게 쪼아대기 시작했다.

"귀용이 너, 시방 떨고 있냐?"

부용은 어둠 속으로 넌지시 손을 뻗어 동생 얼굴을 더듬었다.

"귀용이 너, 시방 울고 있고나?"

"겁이 나요. 겁이 나서 죽겄어요, 성님."

귀용의 형상 닮은 어둠의 덩저리가 경성 말씨를 갑자기 고향 사투리로 바꾸어 웅얼거리기 시작했다.

"낙철이 성님이 무서워서 죽을 것만 같어요."

어둠이 또다시 입을 열어 떨리는 목소리로 뜻밖의 고백을 들이밀면서 부용의 손을 꽉 움켜잡았다.

"그 지경으로 무섭다면 더 늦기 전에 빨리 그자허고 갈러서야 되는 것 아니냐! 그런 연후에 니가 갈 길 가뿔면 고만 아니냐!"

붙잡힌 손을 통해 붙잡은 손의 떨림이 부용에게 곧이곧대로 전해졌다. 간을 졸아붙게 만드는 공포심 때문인지 귀용의 손은 소름 끼치리만큼 차디차게 느껴졌다.

"그럴 수는 없어요. 그렇게는 못혀요. 낙철이 성님이 옳으니께요. 옳은 일이라고 믿고 있기 땜시 인자 와서 낙철이 성님 배반허는 짓은 죽어도 저지를 수가 없어요."

"거참, 모순당착이 이율배반을 등에 업은 형국이로구나. 옳다고 믿으면 무서워허들 말든가, 무섭다 생각되면 옳다고 믿들 않든가, 둘 중에 하나여야 맞을 것 같은디, 거참, 딱헌 노릇이로구

나. 무서워도 옳은 사람 틀림없으니께 별수없이 혁명가 이종형이랑 동사동업 허는 것이 최귀용이 숙명이다, 그러니께 아버님을 겁박허는 강도질에 친자식도 동참을 허겄다, 이런 말이냐?"

"경성을 출발헐 때까장 낙철이 성님은, 악덕 지주를 그 아들이 직접 털어야 된다고 귀에 못이 백이게코롬 경을 읽었어요. 노서아혁명 당시에도 반동 아버지를 직접 고발헌 소년 영웅이 있었다면서 자꼬만 저더러 아버님 목에 비수 들이대는 주역을 맡으라고요."

말소리에서 찬기가 느껴졌다. 얼음장 같은 냉혈의 소리가 맨살에 닿는 순간, 부용은 부르르 진저리쳤다. 그 진저리가 고스란히 귀용에게 전달되었는지, 그 또한 한바탕 몸을 떨었다.

"한사허고 거절을 혔지요. 혁명도 좋지만, 그런 일로 영웅이 되고 잪지는 않다고요. 낙철이 성님은 결국 웃고 말데요. 제 의지를 시험헐라고 괘얀시 한번 떠본 소리였대요. 매사를 그런 식으로 강팔지게 몰아붙이는 낙철이 성님이 무서워서 악몽도 많이 꿨어요."

"주역을 거부허다니, 퍽도 장헌 일이로구나. 만약에 최귀용이 같은 효자를 안 두셨드라면 악덕 지주 아버님은 어찌되실 뻔혔냐. 아버님이 낭중에라도 그런 내막을 아신다면, 애비 목에 비수 들이대는 패륜만행을 죽음을 불사허고 거부헌 둘째아들한티 얼매나 큰 상을 내리실지, 참말로 궁금허다."

미운 정 울컥 치받치는 바람에 부용은 입정을 사납게 놀렸다.

그러자 귀용이 부쩍 더 힘주어 형의 손을 바스러지게 움켰다. 손등으로 굵은 눈물방울이 후드득 떨어졌다. 귀용은 아직도 깔축없는 어린애에 불과했다. 입으로는 연방 희떠운 소리 팡팡 내지르며 어른인 척 혹은 투사인 척 행동하지만, 속내평은 여전히 어린애에 머물러 있었다. 아직 철부지 주제에 버거운 시대의 짐 잔뜩 걸머메고 그 무게에 깔려 끵끵거리며 험준한 고갯마루 허위허위 넘는 동생이 너무 짠하고 안타까운 나머지 부용은 가슴이 미어지는 듯했다.

"죄송합니다, 형님."

한바탕 푸지게 쏟아낸 눈물이 귀용의 내면에 괴어 있던 철부지의 잔재를 말끔히 씻어낸 모양이었다. 어느 틈에 말씨마저 어수룩한 고향 사투리에서 경성 말씨로 매우 경오지게 개비되어 있었다.

"아버님을 직접 대적허는 행동에는 절대로 가담시키지 않기로 낙철이한티서 단단허니 약조를 받어냈다."

가까운 숲에서 성질 사나운 때까치가 다까 다까 다까 하고 쇠꼬챙이 같은 울음 끝으로 귀청을 마구 쪼아대기 시작했다. 그 소리 군호 삼아 별안간 귀용이 몹시 서두르는 기색을 나타냈다. 녀석은 붙잡고 있던 형의 손을 허망하게도 탁 놓아버렸다.

"저는 이만 가봐야 합니다. 시간이 없어서요."

홍수 같던 그 눈물 내가 언제 쏟았더냐, 하고 시치미 떼듯 귀용은 결기에 찬 음성으로 작별을 고했다. 자신이 사나이임을 과시하듯 녀석은 발소리 뚜벅뚜벅 울리며 무덤들 사이를 지나 어둠 속으로 파묻히려 했다.

"귀용아."

귀청으로는 귀용의 발소리 면밀히 추적하면서 입으로는 어둠 저편을 향해 은밀하게 귀띔을 했다.

"사랑채에 현찰은 별로 없을 게다. 괘얀시 헛수고 말어라."

그러자 씩씩하게 앞으로 내닫던 발소리가 갑자기 뚝 멎었다.

"헛걸음허고 잪지 않으면, 족자로 가려진 대청마루 쪽 벽면을 찬찬히 살펴볼 필요가 있을 게다."

"고맙습니다, 형님!"

어둠이란 놈이 아궁이 속같이 시커먼 아가리 한껏 벌려 감정이 듬뿍 실린 반응을 보내왔다. 빌어먹을 기침 발작이 도지려 했다. 이번에는 진짜였다. 결코 의태로 보호색 띠기 위한 엄살이나 죽는시늉이 아니었다. 긴장감에 짓눌려 가슴 밑바닥에 잠잠히 머물던 기침이 그새 만만찮은 세력을 이룬 끝에 또다시 활화산 같은 분출을 채비하고 있었다. 부용은 안간힘 다해 기침 통로를 차단하려 했다. 만에 하나, 주변 어딘가에 있을지 모르는 누군가의 이목을 꺼려야 하는 상황이었다. 어둠을 도와 어둠의 음모에 한몫 거들기로 약속한 이상, 부용 또한 이제는 어둠의 일부로 편입된 셈이었다. 신중히 처신해야 된다 생각하면서 부용은 터져나오려는 기침을 단속하기 위해 어금니를 꽉 사리문 채 짐승처럼 모질음을 쓰기 시작했다.

미처 잠자리에 들지 못한 날짐승들이 숲속에서 수상쩍은 인기척의 동선을 따라 차례로 우짖으며 날갯죽지를 퍼덕여댔다. 편안한 잠 훼방당한 날짐승들 항변에도 일리는 있다 생각하며 부용은 새들 동요가 진정되기를 기다렸다. 본디 모습으로 숲이 다시 고요히 잠들면서 공동묘지에 어울리게끔 괴이쩍은 분위기가 자리를 잡자 한동안 머츰한 듯싶던 무더위가 다시 엄습했다. 새삼스레 기승 부리는 여름저녁 열기로 말미암아 부용의 부실한 폐장은 또다시 곤욕의 한때를 맞이했다. 손바닥에 날름 올라앉은 수면제 봉지가 눈에 띄었다. 부용은 그것이 막다른 골로 통하는 지름길 노릇을 맡아주기를 간절히 바랐다. 당장 그것을 입안에 홀랑 털어넣고 싶어 안달복달할 지경이었다. 간헐적으로 시작된 기침이 급기야 발작 단계로 진행되기 전에 어서 그 지름길로 들어서고 싶어 부용은 수면제가 들린 손을 부들부들 떨었다.

바로 그 순간이었다. '막다른 골'이란 말의 꼬리를 물면서 느닷없이 '부활'이란 단어가 물미작대기처럼 날아들어 부용의 뒤통수를 강타했다. 눈알이 튀어나올 지경으로 그는 크나큰 충격을 느꼈다. 살상용 흉기 진배없는 그 단어는 곧바로 수염 텁수룩한 똘스또이 영감을 끌어냈다. 오래전 노서아문학전집을 통해 초대면한 바 있던 똘스또이 영감 얼굴은 부용의 뇌리에서 어느새 다른 얼굴로 바뀌었다.

젊고 어여쁜 얼굴이었다. 하얗고 갸름한 얼굴이었다. 기억의 땅바닥에서 아예 뿌리째 뽑아 까마아득한 망각 속으로 동댕이친 다음 오랫동안 철두철미 외면해왔던 여자였다. 바로 그 여자가 발소리 또박또박 울리며 과거 속에서 오롯이 걸어나오는 것이었다. 똘스또이 영감 주선으로 오랜만에 여자와 해후하는 순간, 부용은 감당하기 어려운 회한으로 말미암아 얼굴이 온통 흉측하게 일그러지고 말았다. 그는 가슴속을 종횡무진 치달리며 마구 기승부리는 동통으로 말미암아 연거푸 신음을 토했다. 그는 견고한 망각의 벽을 넘어 홀연히 나타난 여자를 멀찌감치 도로 쫓아버리기 위한 방편으로 황급히 기침 발작을 불러들였다.

2

“뭣이 워찌고 워쩌? 뇌짐이 틀림없다고?”

자칭 내지인 야마니시 아끼라는 대뜸 소래기부터 버럭 내질렀다.

“기차 화통을 푹푹 고아서 장복을 허셨소? 무신 목청이 고로콤 겁나게 무지막지허다요?”

영감 면전에서 쫄쫄 눈물주머니 짜다 말고 화르르 놀라 자빠지면서 관촌댁은 째지게 눈을 흘겨댔다. 그러나 늙정이 마누라 지청구도 일단 발동 걸려버린 야마니시 험구를 잠재울 수는 없었다.

“그 육시럴 놈이 배깥에서 뇌짐 짊어지고 집안으로 들어왔다고? 어허, 우리 최씨 집안에 경사 났구나, 경사 났어! 지화자 좋구나! 좋다, 좋아! 칠년대한에 억수장마 만난 것맨치로 그 뇌짐 기별 참말로 시연허기도 허다!”

"부용이 갸가 듣겄소. 지발덕덕 그 목소리 조께 바닥에다 내려 놓으시요!"

"지깟 놈이 들을 티면 열두 번이라도 들으라지! 나가 시방 그 놈 귓구녁 뺑 뚫어지라고 역부러 목청 키우는 거여!"

"보자보자 허고 듣자듣자 허니께 참말로 혀도 너무나 허요. 의붓자식이라면 몰라도 이녁 속으로 낳은 친자식인디, 무신 사람이 친자식한티 요다지도 무심허고 무정헐 수가 있다요?"

혹 떼러 왔다가 혹 하나 더 덤터기쓰고 돌아갈 판세였다. 관촌댁은 죽어가는 맏아들 살려내기 위해 앞세웠던 눈물바람을 싹 거두고 말았다. 그 대신 평상시 그토록 어려워하며 하늘같이 받들던 영감 상대로 바락바락 악을 쓰며 대들기 시작했다.

"옛말에도 부자지간은 천륜이라 안 그럽디여? 그런디 시방 천륜까장 범허고도 이녁이 질래 무사헐 성불르요? 뇌짐이 어디 여름 고뿔이요? 그러고 흔혀빠진 고뿔이나 몸살이라 쳐도 그렇지, 자식이 시방 아푸다는디 의붓애비도 아닌 진짜배기 애비 처지로 홀라당 빨개벗고 어깨춤이라도 덩실덩실 출 것맨치로 이녁 입에서, 얼씨구 좋네, 지화자 좋구나, 소리가 똑 쏟아져야만 쓰겄소? 그러고도 이녁은 청천하늘에 뇌성벽력이 무섭들 않으요?"

"하루가제야!"

야마니시는 가볍지도 않은 사랑채 추녀가 들썩거리도록 냅다 고함을 날렸다. 아쉬울 적마다 수족처럼 부려먹기 아니면 원수지간처럼 티격태격 다투기 일쑤인 춘풍이 찾는 소리였다. 떡 삶은 물에 중의 데치듯 기왕지사 최성바지 창씨개명 단행하는 김에 당자하고 일언반구 상의도 없이 '봄 춘'에 '바람 풍' 두 글자 왜말로 풀어 '하루가제'라 제멋대로 작명한 다음 엎어놓고 보나 뒤집어놓고 보나 갈데없는 토종 조선사람 춘풍이를 툭하면 그런 이름으로 불러 버릇했다. 집 안팎 탈탈 털어 그처럼 해괴망측한 이름으로 춘풍이를 부르는 사람은 달랑 야마니시뿐이었다. 주인 외에 다른 모든 사람에게 춘풍이는 그저 비가 와도 춘풍이요 눈이 와도 춘풍이, 똥통에 빠뜨려도 춘풍이요 불구덩이에 던져 넣어도 춘풍이로 여전히 머물러 있었다.

야마니시는 마치 햇볕 다냥한 앞마당에 쳐놓은 빨랫줄에서 잘 말린 옷가지처럼 새물내 폴폴 풍기는 자신의 일본식 이름에 크나큰 만족감과 자긍심을 느끼고 있었다. 비록 먼젓번 것 여덟 자에서 요번 것 일곱 자로 줄아드는 바람에 약간 아쉬움이 없잖아 있었지만, 그럼에도 불구하고 야마요시 메이바이보다는 야마니시 아끼라 쪽이 최소한 한 뼘 이상 윗길로 느껴지는 것이었다. 산서를 뜻하는 야마니시로 창씨명을 정함으로써 마치 짓고땡 노름에서 산서면 땅덩이가 몽땅 걸린 어마어마한 판을 통쾌하게 이긴 끝에 마침내 한 고을 전부를 통째로 따먹은 기분이었다. 온갖 잡상스러운 주둥이들이 부일입네 친일입네 하고 함부로 떠들어대며 별의별 입방아들 다 찧고 까불었지만, 이미 단단히 작정한 바

있어 기어코 황우고집으로 끝마친 창씨개명이었다. 그토록 무리해서 얻은 이름인데, 감히 천황폐하 성은을 면사무소 호적부 속에 가둬둔 채 거들떠도 안 보는 배은망덕 행위로 좋고 또 좋은 소오시가이메이에 허옇게 곰이 피고 쉬가 슬게끔 방치한다는 건 후떼이센징 아니면 히고꾸밍들이나 저지를 어리석은 짓거리임에 틀림없었다. 사람들이 춘풍이를 조선 이름으로 부르든 되놈 이름으로 부르든 당최 야마니시가 괘념할 바 아니었다. 자기 혼자만이라도 하루가제라는 새 이름으로 춘풍이를 힘차게 불러줌으로써 반편짜리 머슴에게도 천황폐하 성은을 십시일반으로 적선하는 일이야말로 지각 있는 주인으로서 마땅한 도리라고 생각했다.

"하루가제, 이 기사마야!"

춘풍이 본인은 돌절구가 쇠절구로 변하듯 하루아침에 엉뚱하게 바뀌어버린 이름 때문에 주인한테 끙짜놓거나 시비 거는 법 없이 그저 남의 일인 양 데면데면하게 받아들였다. 다만, 조카 옷 아자비한테 입혀놓은 듯 그런 이름으로 불릴 적마다 잠깐씩 어리둥절한 낯꽃을 지을 따름이었다.

"으, 하루가제……"

몹시 굼뜬 반응이 마당을 건너왔다. 놈의 느리광이 걸음이 사랑채 지대 위로 올라서는 그새를 못 참고 야마니시는 대청마루로 쭈르르 마중을 나갔다.

"큰되린님인가 큰지랄님인가 허는 그놈 방문 앞에다 당장 굵은 왕소곰 한 박적 쫘악 찌클고 나서 철통같이 금줄을 쳐놓거라!"

"으, 금줄……"

심지 한껏 돋운 장명등의 노르께한 불빛을 금가루처럼 흠뻑 뒤집어쓴 채 천치 웃음 히죽이 흘리는 춘풍이놈 너부데데한 낯짝이 얼핏 야마니시 눈에 들어왔다.

"저, 저런 단매에 물고를 내뽈 놈이 훨훨 널러댕기는 참새 붕알이라도 봤는가! 뭣 땜시 자꼬만 실떡벌떡 웃고 자빠졌냐? 하루가 제 이 기사마야, 싸게 가서 팔뚝만침 굵은 산내끼(새끼줄) 배배 꽈서 큰되린님 방문 앞에다 뼁뼁 둘러감시나 금줄을 쳐놓거라!"

"으, 산내끼……"

춘풍이는 재차 미음같이 희멀건 웃음을 흘리다가 장지문 틈새로 빠끔히 얼굴 내미는 관촌댁 살쾡이 같은 눈초리에 부딪히자 뒷걸음질로 슬금슬금 꽁무니를 빼기 시작했다.

"니알 새복서부텀 뇌짐 구신은 금줄 너머로 한 발짝도 얼씬 못허는지 알거라! 사랑채 근처에 그놈 그림자 끝자락이라도 빛감허는 날이면 이놈에 집구석 지둥뿌리 한 개도 못 남어날지 알거라!"

야마니시는 안채 건넌방에 산송장으로 뻐드러져 있을 노점병자 귓구멍에 정통으로 꽂히라고 우조풍(羽調風) 고함을 짐승떼처럼 마구 풀어놓았다. 아무래도 심상찮아 뵈던 작금의 거조로 미루어 큰아들이 앓는 질환에 대해 웬만큼 짐작은 하고 있었다. 그런데도 막상 늙정이 마누라 통해 노점질환으로 판명되었다는 소식 들으니 덜컥 무섬증부터 앞서는 것이었다. 땅 위에서 사람 씨를 말린다는 호열자 버금가리만큼 무섭고 장질부사보다 훨씬 더 고약한 돌림병이 다름아닌 노점인 줄 전부터 익히 알고 있었다. 큰아들놈 서패(허파)를 아귀아귀 다 파먹은 연후에 노점 구더기들이 그놈 한 몸뚱이로는 간에 기별도 안 간다며 사랑채 향해 떼지어 몰려올 것만 같았다. 수챗구멍 개숫물에 몸집 잔뜩 부풀린 밥알처럼 오동통 살이 오른 노점 구더기들이 당장이라도 안채를 출발해서 마당을 구물구물 기어 사랑채로 들이닥칠 성만 싶었다.

"고슴도치도 즈그 새끼 터럭은 비단결이라고 벅벅 우긴다든디, 황차 인피 뒤집어쓴 인간이 으찌 그리 참혹헌 언사를 입초시에 올릴 수가 있다요? 이녁은 참말로 하늘 밑에 둘도 없을 독종이요, 독종!"

관촌댁은 두 눈에 쌍불 켠 채 이판사판 끝장을 낼 작정으로 물불 안 가리고 영감한테 검질기게 들러붙었다.

"잘났어도 내 새끼, 못났어도 내 새끼 아니요? 미운 자식 떡 한 쪼가리 더 준다는 옛말도 있는디, 으찌 부모 맴이 그 지경으로 모지락시럽게 자식허고 외어앉을 수가 있다요? 참말로 징상시럽소, 징상시러! 오날 죽을지 니알 죽을지 몰르는 병골 자식한티 빈말이라도 따땃헌 소리 한마디 근네면 한 재산 뚝 떨어져 도망이라도 가뿔 성불르요? 몇 마디 말품 조깨 파는 디도 억만금이 든다요? 말 한마디로 천 냥 빚도 갚는다는 세상인디, 이녁은 세상천지 그 쌔고쌘 보들보들헌 소리 죄다 두고 해필이면 왜 뿔 달리고 까시 돋친 소리만 쏙쏙 골라서 내뱉소? 사위시런 소리로 부용이 가심팍에 꽝꽝 대못을 박어야만 이녁 속이 똑 후련허겄소?"

하지만 야마니시에게는 어림 반 푼어치도 없는 소리였다. 늙은 마누라가 당장 추녀 끝에 목을 매단들 윈눈 하나 깜빡하지 않을 위인이었다.

"나가 그놈 가심팍에 대못을 박었다고? 이 나이 줏어먹드락 하루가 멀다 허고 허구헌 날 이내 앙가심에 쿵덕쿵덕 말목을 박어댄 놈이 누구간디?"

야마니시는 대청마루 한가운데 책상다리하고 앉아 끌 같은 눈초리 연장으로 사용해서 마누라 얼굴에 옴폭옴폭 확을 파기 시작했다.

"이날입때까장 지지리도 이내 애간장 말린 그놈 소행머리 생각헐라치면 시방도 턱살이 덜덜 떨리고 어금니가 뽀뽀 갈리는 사람이여! 동양 구신이든 서양 구신이든 상관없으니께 아무 구신이나 나타나서 그놈 목심 달칵 채가라고 하루에도 열두 번씩 고사지내는 사람이란 말이여! 자고로 불감청이언정 고소원이라 혔는디, 뇌짐 소식 반가운 짐에 나가 빨개벗고 덩실덩실 어깨춤인들 못 추겄냐? 어째피 환갑진갑 전에 사람 되기 글러먹은 말자들은 떡잎 시절에 우듬지 확 뿐질르고 뿌렁구 불끈 잡어뽑아서 말짱 다 씨를 말려뿌러야 되는 법이여, 이 할망구야!"

너무도 기가 막힌 나머지 한동안 벌어진 입 다물지 못하던 관촌댁은 최후 수단으로 어기찬 통곡을 앞세우기 시작했다. 하지만 그것 역시 젊어 한때 물색 곱던 녹의홍상(綠衣紅裳) 시절 얘기지, 이미 쪼그랑박 다 된 할망구 주제에 찔러도 피 한 방울 안 비칠, 천하 노랑이 영감 상대로 새퉁빠지게 그따위 녹슨 무기 들이댄들 별무신통이었다.

재물이 흔전만전 넘쳐난들 그게 무슨 소용이냐고, 그렇게 안 쓰고 안 헐고 아껴만 두었다가 저승까지 걸머지고 갈 작정이냐고, 자식이 원수 아니라 재물이 곧 원수요 그 원수 노상 껴안고 뒹구는 영감이 바로 원수 중의 원수라고, 활인(活人)에다 써야 재물도 생색나는 법인데 그 재물 쌓아두고 살인 저지른다면 장차 그 업화를 무슨 수로 감당하려고 그러느냐고, 요런 때 산더미 같은 재물 한 귀퉁이 눈 질끈 감고 살짝 헐어서 죽어가는 자식 살려낸다면 이녁 극락왕생은 떼놓은 당상 매일반 아니겠느냐고, 끈끈한 소리로 읍소하며 매달리는 늙정이 마누라를 야마니시는 끝내 야멸치게 뿌리쳐버렸다.

"헹, 어림 반 푼어치도 없는 소리! 차라리 이내몸이 쎗바닥 작신 깨물고 칵 죽어뻘고 말지, 그 빌어먹을 뇌짐 곤치는 용도로는 노린전 한 닢도 축낼 수가 없지. 애비랑 상의도 없이 지놈 자량으로 업고 들어온 뇌짐이니깨 산신령 전에 축수허고 옥황상제 전에 백일치성 드려서 천 년 묵은 동자삼 뿌렁구 읃어먹고 낫든가 말든가 자량껏 알어서 몸보신허게 그냥 내싸둬!"

밤이 꽤 이슥한 시각이었다. 울며불며 야료 부리는 마누라를 앞으로 두번 다시 상종하지 않을 작정인 듯 마치 상추밭에 똥 싼 강아지 잡도리하는 본새로 호되게 윽박질러 안채로 쫓아버리고 나서 야마니시는 그들먹한 몸뚱이를 모기장 속 이부자리 위에 질편히 뉘었다. 몹시 불편한 심기 달래느라 그는 석쇠 위 자반고등어 뒤집듯 연방 제 몸뚱이 좌로 뒤치락거리고 우로 뒤치락거리면서 오랫동안 잠을 이루지 못했다.

"이 옘병헐 놈에 세상이 장차 어느 대목까장 폭삭 망조가 들어뻘라고 요 모냥 요 지경으로 뒤숭숭허고 어지러운지, 참말로 심란헌 노릇이고만! 그나저나 참말로 꺼억정이네그랴!"

입으로 세차게 내뿜는 바람에 놀란 모기장베가 출렁출렁 경기 일으키리만큼 야마니시는 대짜배기 장탄식을 뽑았다. 꿈에도 생각지 않았던 거금 암만이 해진 삼베바지에 방귀 새듯 노점 고치는 용처로 빠져나갈 우려를 틀어막는 데는 일단 성공한 셈이었다. 질겁이야, 하고 허둥지둥 물러갔으니 늙정이 마누라는 한동안 사랑채 신방돌 근처에 돈타령 올려놓을 엄두도 못 낼 것이었다. 하지만, 그렇다고 길래 안심할 처지도 못 되었다. 언젠가는 마누라 자발없는 입에서 그놈의 돈타령이 또다시 흘러나올 게 뻔했다. 뿐만이 아니었다. 다른 또하나 심각한 골칫거리는 장차 집안에 등장할 것이 분명한 인쥐의 존재였다. 잘난 자식 퍼질러낸 어미랍시고 그 늙은 인쥐가 보나마나 자식 살리려는 일편단심으로 풀방구리에 생쥐 드나들듯 영감 몰래 고방 출입 일삼으면서 솔래솔래 적잖은 재물 밖으로 물어낼 것임에 틀림없었다.

“어림도 없다, 어림 반 푼어치도 없어!”

화등잔같이 더욱더 눈에 불 훤히 켜고 자잘한 바늘쌈, 커다란 쌀가마서껀 들며나는 재물들 동태를 철저히 감찰하지 않으면 장차 큰일나겠다 생각하며 야마니시는 연방 각오를 새롭게 다졌다.

굶주린 늑대처럼 먹성 좋게 타고나 닥치는 대로 돈 잡아먹는, 무시무시한 고질병이었다. 밑 빠진 가마에 물 담기요 돌팔매질로 한강 메우기였다. 막대한 재산 우적우적 씹어 삼키고도 차도를 보이기는커녕 시난고난 병세 깊어지다가 막판에 으레 대꼬챙이같이 살 마르고 검부나무처럼 몸 밭아 결국 숨 꼴까닥 넘어가고 마는, 천하 몹쓸 병이 바로 노점이었다. 장차 치료비 몽땅 떠안을 아비한테 양해도 구하지 않은 채 그 무시무시한 재앙을 무단히 집안으로 끌어들임으로써 제 한 목숨뿐 아니라 식구들 목숨까지 모개흥정 붙여 위태롭게 만든 장본인인데, 그놈 어느 구석 예쁘고 기특한 대목 있다고 생살 진배없고 생피 진배없는 재물 뭉떵뭉떵 떼어 약값으로 꼬라박는단 말인가.

“요게 다 으떻게 갈쿠고 무신 수로 불려놓은 재산인지 알기나 허고 요 잡것들이 시방 요런 뜨더귀판을……"

정말 그랬다. 이게 다 어떻게 갈퀴고 불려놓은 재산이던가. 위험 앞에 목숨 내걸고 독립운동마저 마다하지 않으면서 그야말로 피눈물 나리만큼 힘들고 고통스럽게 그러모은 재산이었다. 야마니시는 깜깜한 모기장 안에서 쥘부채 촥 소리 나게 펼쳐 신경질적으로 활랑활랑 부쳐대기 시작했다. 부채질에 맞추어 된풀 듬뿍 먹인 모시적삼이 동남풍 앞에 선 갈잎처럼 서걱거렸다.

물론 그런 사실 입 밖에 내어 누구한테 토설하거나 주장한 적은 여태껏 한 번도 없었다. 하지만 야마니시는 독립운동에 암냥해서 치부 활동까지 일거양득 도모했던 지난날 행적에 대해 상당한 자부심마저 알뜰히 챙겨 복장 안에 담고 있었다. 다름아닌 총독부 토지조사사업 얘기였다. 하마터면 게도 놓치고 구럭마저 잃을 뻔했던 그 위중한 시기에 야마니시 아끼라, 아니, 당시 최명배였던 그는 체면이고 나발이고 돌볼 겨를 없이 이 논, 저 밭, 그 산 가리지 않고 닥치는 대로 더금더금 걸터들였다. 남달리 약삭빠르게 타고난데다 일찍이 세상물정에 눈뜬 인물이 있어 그 무렵 산서 일대 땅들을 확실하게 챙겨놓았기 망정이지, 안 그랬더라면 시방 산서 사람들 거개가 동척농장 머슴 신세로 전락해 애면글면 목숨 겨우 부지하고 지냈을 게 아닌가. 독립운동이란 게 뭐 별것이더냐. 크든 작든, 많든 적든 대일본제국에 손해 끼치는 일이라면 좌우지간 뭐든지 다 독립운동이 틀림없지 않은가.

어차피 토지조사사업으로 말미암아 왜놈들 아가리에 고스란히 진상할 수밖에 없게 된 조선 산야의 전답들이었다. 다행히도 조선인들 가운데 왜놈들 이상으로 영민하고 용감한 인물 하나 있었다. 그가 분연히 떨치고 일어나 원소유주와 총독부 새중간을 발싸심하고 다니며 눈치껏 가로채고 수단껏 빼돌린 끝에 나우 전답 마지기깨나 수중에 챙김으로써 천년만년 길이길이 조선 백성 소유로 남게끔 맹활약을 벌였다. 그토록 만주 벌판 풍찬노숙 못지않은 고행 감수하며 쥐도 새도 모르게 해치웠던 그 거사 가리켜 독립운동이 아니라면 달리 무슨 이름으로 불러야 옳단 말인가.

뿐만이 아니었다. 야마니시가 느끼는 자부심 한 벌이 더 있었다. 말 타면 경마 잡히고 싶은 것이 인지상정임에도 불구하고 거만갑부 신분으로 시종일관 주색잡기와 아예 담 쌓고 지내는 근검절약의 생활신조가 바로 그것이었다. 부르기 쉬우라고 그냥 천석꾼일 따름이지, 실인즉슨 천 석 고개 서너 번은 족히 뛰어넘어 자그마치 반만석꾼 칭호마저 넘볼 처지였다. 그만한 갑부치고 젊고 아리따운 첩년 한둘쯤 머릿속으로 그리지 않을 도덕군자가 이 세상에 몇이나 있겠는가. 만일 있다면, 그놈은 십상팔구 고자 아니면 남녀추니임에 틀림없으리라. 장년 사내로 아직도 수컷 구실 제대로 수행하는 야마니시가 여태껏 추문은커녕 뜬소문 한 토막 생산한 적 없이 그저 물색없고 태깔 수더분한 조강지처 하나로 견뎌나오기까지는 사실 말로 못다 할 고충 또한 없잖아 있었다. 동서남북 사면팔방에 여러 첩살림 차린들 묽은 죽 떠먹은 자리처럼 아무런 흔적도 남지 않으리만큼 엄청난 가산 일군 연후에도 계집 쪽으로 엇나가지 않게끔 자신의 눈과 손 단속하는 일에 부단한 노력을 기울여야 했다. 그에게는 다른 무엇보다 첩살림에 들어갈 비용이 문제였다. 밑천이 아까운 것이었다. 한때 재미 좀 보겠다고 생피 같고 생살 같은 재물 헐어 젊은 계집 치마폭 안에 찔러넣는 순간부터 먹어도 도무지 살로 가지 않고 잠을 자도 내내 꿈자리 온전할 성싶지 않은 것이었다. 이따금 읍내 아니면 전주부 쪽으로 원행 나들이할지라도 단발성 오입질마저 해웃값 아깝기 때문에 되도록 홍등가 색줏집 근처를 마치 성난 여울물처럼 멀찌감치 엔굽이쳐 돌아서 가곤 하는 위인이 바로 야마니시 아끼라였다.

"지깟 놈 병구완에다 돈 쏟아붓느니 차라리 그 돈으로 젊고 이쁜 애첩이나 한 마리 믇어설랑 자식 노릇 지대로 헐지 아는 아들이나 두서너 마리 새칠로 까놓는 쪽이 훠낀 더 이문이지!"

몇 점이나 되었을까. 머릿속을 연락부절로 오가며 숨가삐 말달리는 이런 상념 저런 궁리로 말미암아 야마니시는 밤이 이슥하도록 좀처럼 잠을 이루지 못했다. 시간을 알아보기 위해 문갑 서랍 안에 고이 보관중인 회중시계를 꺼내려다 이내 그만두었다. 그걸 꺼내 손으로 매만지고 눈으로 훑을 경우 틀거지에 입힌 금도 닳을뿐더러 남포등 기름 또한 닳아 없어질 게 뻔한데 내가 왜 그따위 바보짓을 할까보냐, 하는 경제관념 때문이었다. 몇 년 전에 큰 맘 먹고 자그마치 백미 열 가마에 상당하는 거금 이백 원 투자해서 모처럼 장만한 서서(瑞西)제 금장시계였다. 달랑 배꼽시계만 달고도 때 되면 시장기 느껴 삼시 세끼 먹거리 챙기는 데 아무 지장 없는 생활인지라 개발바닥에 주석편자 매일반인 금장시계가 무슨 소용에 닿을까만, 그래도 뭔가 천석꾼 지체 상징할 만한 장중지물 한 가지쯤 있는 편이 좋을 성싶기도 했다. 그래서 눈알 튀어나오리만큼 엄청난 값 치르고 그 시계를 구입한 것이었다. 때문에 고의춤에 차고 다니는 것도 아까워 평상시 그 귀물을 마루보로 과자와 함께 문갑 안에 상전처럼 모셔두다가 생각날 적마다 한 번씩 꺼내 잠시잠간 눈으로 어루만지고 손으로 쓰다듬으며 괄목상대해왔다.

바깥에서 방금 무슨 소리가 들린 듯싶었다. 마당 쪽에서 뭐가 살금살금 움직이는 것 같은, 매우 수상쩍은 기척이 얼핏 잡혔다. 나이에 비해 눈귀가 유난히 밝은 야마니시는 갑작스레 불길한 예감에 휩싸이면서 용수철처럼 펄쩍 튀겨 이부자리 박차며 일어났다. 나발 주둥이처럼 활짝 열린 귓구멍 속으로 어렴풋이나마 예사롭지 않은 기척이 스멀스멀 기어들었다.

"누구냐!"

아무 대꾸가 없는데 움직이는 기척은 계속되었다.

"이 야심헌 시각에 대관절 으떤 놈이냐!"

날카롭게 수하(誰何)를 날림과 동시에 야마니시는 서둘러 모기장 속을 빠져나와 댓바람에 대청마루 건너 지대까지 내달았다. 먹통 속같이 어둠이 만작을 이룬 사랑채 마당 귀퉁이에서 두 개의 파란 불덩이가 눈에 띄었다. 거번 읍내 투견대회에 나가 자그마치 일등 먹은 이력 자랑하는 복구란 놈이었다. 쇠줄에 매인 채 안채 뒤란 응달에서 늘어지게 낮잠만 처자다가 밤이면 두 눈에 퍼렇게 쌍불 매달고 널따란 울안 어슬렁어슬렁 배회하면서 열성으로 순검 도는, 충직하기 이를 데 없는 파수꾼이자 야경꾼이었다.

"오냐, 거참 잘허는 짓이다. 복구란 놈이 우리 집안 그 아무개보담도 훼낀 더 낫고나."

놀란 가슴 쓸어내리며 야마니시는 개보다 못한 큰아들 이름 호적에서 파내고 그 대신 복구를 양자로 입적이라도 시킬 듯 큰 소리로 추어주었다. 개보다 한층 더 사납고 승냥이보다 훨씬 더 음충맞은 주인 입에서 칭찬 엇비슷한 물건이 툭 떨어지기 무섭게 복구란 놈은 마치 사정없이 휘둘러대는 부지깽이 피해 멀찌감치 꽁무니 빼듯 낑낑 앓는 소리 흘리며 어둠 속으로 비실비실 모습을 감춰버렸다. 휑뎅그렁하게 넓은 울안 전체가 묵중한 적요에 싸여 밤의 밑바닥으로 칙칙이 가라앉아 있었다. 큰도련님 노점비보에 접한 집안답게 식솔들이고 남녀노소 아랫것들이고 간에 내남없이 모두 침통한 분위기에 잠겨 있었다. 섣불리 뭔가를 내색하고 함부로 언행하기를 꺼리고 삼가는 기색이 완연했다. 밤마다 눈 따갑고 목구멍 매움하게 마당 가운데 모깃불 피우던 행사를 그날따라 거른 것도 보나마나 부용이놈 결딴나버린 폐장에 매캐한 연기가 맹독으로 작용할 것을 염려한 마누라쟁이가 금지 명령을 내린 탓일 것이었다.

"그 웬수 같은 놈이 애편쟁이 끝물맨치로 산송장 다 되야갖고 기신기신 집안으로 기어들어서는 저러콤 안채에 하루죙일 쭈그대고 자빠져서 중병 환자 유세를 톡톡허니 시작혔으니, 장차 이 폭폭헌 노릇을 대체나 으찌헌다? 그나저나 심란시럽고만! 참말로 꺼억정이네그랴!"

매복중인 저격부대처럼 어둠 저편에 납작 엎드린 안채 쪽 겨냥하고 한바탕 찢어지게 눈을 흘긴 다음 야마니시는 도로 모기장 안으로 기어들었다. 애물단지가 따로 있는 게 아니었다. 자식놈이 바로 애물단지였다. 원수가 따로 있는 게 아니었다. 큰아들놈이 바로 원수였다. 한때나마 그런 놈한테 과남한 기대 걸고 장차 칙임관 아니면 최소한 주임관 벼슬자리 오를 것임에 틀림없는, 군계일학 같은 대짜배기 인재를 슬하에 둔, 위풍당당한 아비 노릇을 꿈꾸면서 살았다니……

야마니시는 문득 경성부내 하숙방에다 둘째아들 몽학훈도 삼아 독선생으로 들여앉힌 배낙철을 머리에 떠올렸다. 어렸을 적부터 산서 안팎에 신동 소문 벌쭉하던 그 이질만 생각할작시면 급성 복통이 도지곤 했다. 만일 최부용과 배낙철이 서로 팔자 뒤바꿔어 각각 반대편 집안에 태어났더라면 오늘날 아비 마음이 얼마나 흐무질 뻔했는가. 이런저런 얼토당토않은 망상들을 공깃돌 삼아 천장으로 휙 던지고 허공에서 냉큼 받아 이부자리 위에 나란히 진설하고, 그러기를 줄곧 되풀이하던 끝에 야마니시는 거지반 첫닭이 홰를 칠 무렵에야 가까스로 잠들 수 있었다.

몹시도 사나운 꿈자리였다. 잠결에도 야마니시는 왠지 모르게 가슴을 무겁게 지지름당하는 듯 갑갑한 느낌을 떨칠 수 없었다. 이쪽 꿈과 저쪽 꿈이 엎치락뒤치락 서로 겹치고 덧게비치는 변화무쌍한 꿈을 꾸던 중, 잠시 막간을 이용해서 명월관 기생 간드러지는 웃음소리와 잘잘 흐르는 교태가 기방 안에 가득해졌다. 금방 간이라도 빼줄 듯 금비녀 뽑아 트레머리 풀어헤치며 아양 떨던 기생 얼굴이 순식간에 산발한 원귀 형상으로 끔찍하게 돌변했다. 그 처녀귀신이 마구잡이로 금비녀 휘둘러 자신을 위협하기 시작했다. 알고 보니 그것은 비녀가 아니라 비수였다. 처녀귀신은 야마니시 멱통에 비수 바싹 들이댄 채, 저승길에 쓸 노잣돈 받으러 왔노라고, 목숨이 아깝거든 돈을 바치고 돈이 아깝거든 목숨을 내놓으라고, 영락없는 떠꺼머리총각 목청 굵직하게 흉내내면서 협박을 늘어놓았다. 그 사품에 대경실색한 야마니시는 악몽 속에서 허둥지둥 발을 뽑아 현실 속으로 허위단심 도망쳐왔다.

눈 번쩍 뜨는 순간, 바로 코앞에 파란 인광이 번쩍거렸다. 도깨비불이었다. 깔축없는 도깨비불 한 덩이가 눈앞에서 오르락내리락 그네 타는 중이었다. 저도 모르게 비명이 비어져나오려는 찰나, 똘똘 뭉친 헝겊 덩이가 입안으로 불쑥 쳐들어왔다. 야마니시는 어떡하든 일어앉기 위해 한바탕 용을 쓰다 말고 옴나위없이 손발 모두 꽁꽁 묶인 현실을 그제야 퍼뜩 깨달았다. 비로소 시커먼 보자기로 복면한 괴한이 눈에 들어왔다. 야마니시는 괴한의 손에 들린 비녀 아닌 비수를 보고서야 집안에 화적이 들었음을 마치 백상암 범종 소리에 머릿골 데엥 울리듯 얼얼하게 실감할 수 있었다.

"춘풍아!"

사정이 워낙 다급한지라 품 들여 일껏 사귀었던 하루가제란 이름은 갑자기 부지거처가 되어 어디론지 가뭇없이 사라져버렸다. 대신 오랜 세월 수족처럼 또는 연장처럼 임의롭게 부려먹던 헌털뱅이 이름 춘풍이만 머릿속에 덩그러니 남아 제 주인을 되우 애태우게 만들고 있었다. 야마니시의 연이은 고함질은 번번이 입안을 그득 메운 헝겊 뭉치 훼방을 받아 도무지 소리 구실을 하지 못했다. 화적놈이 절레절레 도리머리하면서 서슬 푸른 비수 휘둘러 천석꾼 영감 멱통 단칼에 싹둑 따버리는 몸짓을 취했다. 복면 틈새로 눈구멍 두 개만 빠끔히 드러낸 채 화적놈이 파란 도깨비불을 연방 위아래로 꺼떡꺼떡 희롱하면서 싸느랗게 웃고 있었다. 야마니시는 그만 혼비중천한 나머지 하마터면 새로 지어 입은 모시바지에 산똥을 지릴 뻔했다. 위아래로 춤추는 도깨비불 움직임

좇아 자기 시선도 덩달아 그네 태우면서 그는 엉겁결에 끄덕끄덕 고갯짓을 했다. 이를테면 그것은, 항우장사 춘풍이 불러들이는 고함 소리와 비수에 의해 뎅겅 잘려나갈 자기 멱통을 맞바꾸자는 흥정의 제안인 셈이었다. 화적패 두목쯤으로 보이는 그 괴한이 또다시 빠끔한 눈구멍으로 싸느란 웃음 날리며 야마니시 뺨을 손바닥으로 가볍게 토닥거렸다. 밤이슬 맞아가며 남의 집 월장(越牆)을 업으로 삼는 화적치고는 손모가지가 의외로 작고 부드럽다는 품평이 언뜻 들었다.

화적패는 모두 세 놈인 듯했다. 방안에 들어온 놈 둘에다, 밖에서 망보는 놈 하나가 더 있는 눈치였다. 두 놈 몸동작에 맞추어 도깨비불도 건듯건듯 춤추고, 그때마다 어둠에 갇힌 방안 풍경 일부가 희끄무레하게 드러나곤 했다. 알고 보니 그것은 도깨비불도 유령불도 아니었다. 영악스럽기 짝이 없게도 놈들은 얇실한 미농지 봉지 안에 산서 땅 서식하는 개똥벌레란 개똥벌레는 모조리 붙잡아 집어넣은 듯 인광을 잔뜩 그러모음으로써 은밀한 화적질 용도에 어울리게끔 등불 대용을 삼고 있었다. 놈들 행티로 미루어 짐작건대 깜냥대로 사전에 치밀하게 준비한 눈치였지만, 그다지 화적질이 몸에 배고 그 방면에 이골 난 솜씨는 아닌 듯했다. 시키는 대로 고분고분 따르는 척한다면 아무짝에도 쓸모없는, 짜장 엿 한 가락하고 바꿔 먹을 수도 없는 늙은이 애꿎은 목숨까지 알뜰히 챙겨갈 것 같지는 않았다. 파리 때려잡듯 여반장으로 인명을 해하리만큼 잔악무도한 종자들은 아닌 듯싶다는 판단이 서자 야마니시는 잠시 콩알 크기로 오그라들었던 배포를 원래 크기로 빳빳이 세우는 한편 잃었던 자신감도 웬만큼 되찾을 수 있었다. 멀찌감치 달아났던 혼백도 도로 불러들여 마음에 여유를 가지면서 그는 퍼렇게 귀기 서린 개똥벌레 등불 움직임에 비상한 관심을 기울이기 시작했다.

'오냐, 좋다! 나가 시방 일진 사납고 운수 불길혀서 잠시잠간 화적패 손에 꽁꽁 포박을 당허고 곤욕을 치루는 신세가 되얐다만, 자고 새면 밝는 날에 어디 한번 두고 보자! 음지가 양지 되고 양지가 음지 되는 세상 이치를 확 깨우쳐줄 것이다, 요놈들아!'

야마니시는 화적패 일거수일투족을 눈으로 낱낱이 뒤쫓으며 피 토하는 심정으로 부르짖었다. 물론 그런 말들이 실제 소리로 바뀌어 입 밖으로 터져나오지는 못했다. 놈들이 방안 네 귀퉁이에 매놓은 끈을 잘라 모기장을 통째로 주저앉히는 바람에 그는 흡사 그물에 걸린 채 뭍으로 끌어올려진 초대형 돗돔과도 같이 모기장에 칭칭 감긴 꼬락서니로 사뭇 버둥질치고 있었다.

'이내 몸이 오랏줄 풀고 입에 물린 재갈 뱉어내는 그날이 바로 느그 화적놈들 지삿날인지나 알거라, 이놈들아! 나 최명배, 나 야마니시 아끼라가 지옥 아랫목까장이라도 악착같이 느그 놈들 뒤밟어서 내려갈란다, 이놈들아! 화적놈들 기연시 붙잡어서 쇠고랑 찰카닥 채와갖고는 늙어 뒤어지드락 가막소 콩밥을 신물이 벌

컥벌컥 넘어오게코롬 처먹게 헐 모냥이니깨, 그런지나 알고 있거라, 이 화적놈들아!'

물론 그런 발언 역시 소리로 변해 입 밖으로 토해지지 않았다. 놈들 솜씨는 뜻밖에도 몹시 어수룩한 수준이었다. 제딴은 꽤 열심히 뒤진다는 풍신일 테지만, 놈들은 처음부터 자꾸 헛다리짚고 있었다. 문갑에서 건진 서서제 금장시계가 그때까지 놈들이 취한 소득의 전부인 셈이었다. 아끼던 금장시계 내주는 대신 단 하나뿐인 목숨 건질 수만 있다면 별로 억울할 것도 없겠다는 셈평이셨다. 제대로 급소를 찾지 못한 채 장님 문고리 더듬듯 엉뚱한 자리만 골라 뒨장질하는 화적패 꼬락서니를 한참 지켜보고 있노라니 깨소금만큼이나 고소한 기분이 드는 것이었다. 겨우 저 정도 실력이라면 경험 삼아 한 번쯤 화적패를 겪어보는 것도 무방하겠다 생각될 정도였다.

'고따우로 백날 뒤져봐라, 이놈들아! 고따우 솜씨로 날 훤허니 밝을 때까장 달챙이숟갈 한 개, 몽당빗자리 한 개라도 줏어들고 나간다면 천만다행인지 알거라, 이놈들아!'

최근에 방안 윗목 방바닥을 돋우어 일본식 실내 장식으로 개조한 도꼬노마(床間) 쪽으로 한 놈이 슬금슬금 접근하는 걸 보면서 야마니시는 더욱더 쾌재를 불렀다. 이른바 가미따나(神棚)를 모신 자리였다. 이미 창씨개명 끝마친 야마니시 입장에서 기왕지사 대일본제국하고 촌수나 항렬을 더욱 당기기로 작심한 마당에

욱일승천기 휘날리는 동쪽 향해 한 발짝 더 가까이 다가감으로써 본격 내지인 행세에 매진할 필요성을 느꼈다. 방안에 가미따나 꾸며 일본 신도(神道)의 대장귀신 아마데라스 오오미까미(天照大神)를 척 들여앉힌 다음 진짜배기 내지인처럼 그 앞에 조석으로 경배까지는 하지 않더라도 지성으로 섬기는 척 열심히 의뭉 떨 필요는 있었다. 하루가 멀다 하고 이런 지시 저런 명령 등에 업고 뻔질나게 천석꾼 집 대문턱 넘나드는 관공서 벼슬아치들이나 구실아치들 앞에서 꽤나 충성스러운 신민인 척 처신하는 데 필요한 장치가 바로 가미따나였다.

'눈깔 빠지게 들여다봐라, 이놈아! 도꼬노마에는 큼지막헌 양물 하나만 달랑 들어 있을 것이다, 이놈아!'

장조카 진용을 시켜 나무토막 깎아 만든 남자 성기 모형이었다. 도꼬노마에서 그 물건 발견하고 적잖이 당황할 화적놈 심중 미리감치 헤아리면서 야마니시는 재갈 물린 입으로 한바탕 기분 좋게 낄낄거렸다. 하지만 화적놈도 그 방면에 무식바탕은 아니었던지, 도꼬노마 용도와 가미따나 의미를 곧바로 알아채는 눈치였다. 그물에 갇혀 버둥거리는 돗돔 형상 닮은 영감 쪽을 핼끔 돌아다보며 놈은 복면 틈새로 또다시 차가운 비웃음을 내뿜었다. 행랑채 한쪽 벽면에 매달린 닭둥우리에서 마침내 첫닭이 힘차게 홰를 치는 소리가 푸드덕푸드덕 울렸다. 곧이어 첫 울음 뽑는 수탉 목청이 비좁은 둥우리 벗어나 동네 고샅길로 새벽 산보를 떠나기 시작했다.

그때 밖에서 망보던 놈이 툇마루 쪽으로 난 뙤창문을 똑똑똑 두드렸다. 그 신호 접하자마자 방안에 있던 놈들 움직임이 갑작스레 기민해졌다. 야마니시 마음도 덩달아 초조해지기 시작했다. 울안에 기거하는 그 많은 가권과 식솔 가운데 똥탈 나서 밤새 측간 출입 뻔질나게 하는 인간 하나 없이 모두 한통속으로 세상모르게 곯아떨어져 꿀잠만 처자고 있다 생각하니 야마시니는 가슴에서 천불이 끓어올랐다. 밤을 낮 삼아 순검 돌면서 주인네 재산 철통같이 지켜야 마땅한 복구란 놈 소행머리 또한 여간 괘씸한 게 아니었다. 화적패가 들이닥쳐 한바탕 분탕질하는데도 번견으로서 제 본분 잊은 채 목청 닳을까봐 소리 아끼는, 아무짝에도 쓸모없는 그 진돗개를 해뜨기 무섭게 복달임 보신용으로 말목에 매달겠다고 야마니시는 속으로 잔뜩 별러댔다.

'안 된다, 이놈들아! 고것만은 절대로 안 된단 말이다, 이놈들아!'

기절초풍한 나머지 야마니시는 목젖 덜컥 내려앉으리만큼 죽을힘 다해 고함지르기 시작했다. 하지만 입에 물린 재갈이 그 고함을 곧바로 요령부득의 낑낑거림과 웅웅거림으로 바꿔놓았다. 방과 대청 사이 벽이었다. 그 벽면 한곳에 허술하게 걸린 매화 족자 한 폭이 바야흐로 화적놈 손에 의해 옆으로 치워지려는 찰나였다. 놈들이 야밤중에 남의 집 월장 기념으로 문갑에서 서서제 금장시계 한 점 챙기는 정도는, 물론 그 역시 몹시 속 쓰린 노릇이긴 하지만, 그럭저럭 눈 질끈 감고 참을 수도 있었다. 하지만, 족자 뒤쪽 사정은 문갑 쪽 사정하고 감히 비교가 안 되었다. 단박에 눈알이 홰까닥 뒤집힌 야마니시는 모기장으로 칭칭 휘감은 몸뚱어리를 질항아리처럼 데굴데굴 뒹굴려 족자 근처로 다가가고자 죽살이치기 시작했다. 야마니시는 화적놈 터럭손으로부터 애지중지하는 매화 족자 지키기 위해 한바탕 악착 떨고 모질음 쓰다가 인정사정없이 내지르고 뻗지르는 화적놈들 주먹질과 발길질을 허구리와 가슴 부위에 무수히 받는 바람에 하마터면 숨통이 끊어질 뻔했다.

'내 눈깔을 후비거라. 차라리 내 눈깔을 뽑아서 먹장 세상을 맨들어뿔란 말이다, 이놈들아.'

놈들이 도깨비불 닮은 개똥벌레 등불로 벽면을 파르스름하게 밝히면서 칼끝으로 벽지 뜯어내고 벽면 망가뜨리는 장면 목도하는 순간, 낙심천만한 야마니시는 천석꾼 체통도 잊은 채 어린애처럼 울먹이기 시작했다. 결국 벽 속에 꽁꽁 숨어 있던 비밀 상자가 멱살잡이로 끌려나오자 야마니시는 마침내 절망의 끝을 보고야 말았다. 비밀 상자 내부는 빳빳한 고액권 지폐 뭉치와 더불어 진귀한 금은보패로 빼곡히 채워져 있었다. 순전한 24금짜리, 그것도 돈쭝 아니라 냥쭝으로 헤아리는 금송아지에 금거북이, 금지환에 옥지환, 흑진주에 백진주, 금강석에 녹주석, 단백석에 강옥

석, 산호에 호박, 자수정에 연수정, 황수정에 홍수정서껀 갖가지 금은보패가 상자 안에 흔전만전 넘쳐날 지경이었다. 그 물건들이 낱낱이 다 야마니시가 목숨 걸고 독립운동에 매달려 왜놈들한테 막대한 손실 끼쳐가며 조선 산야 전답들 지켜낸 덕분에 수중에 넣었던 소득이요 보상임은 두말할 나위도 없는 일이었다. 가문을 위해, 조선 백성 위해 먼 장래 내다보면서 오랜 세월에 걸쳐 그것들을 극비리에 한 점씩 사 모으는 재미가 그 얼마나 쏠쏠했던가. 결국 야마니시는 대짜배기 울음보를 터뜨리고 말았다. 참극의 현장, 그 비통한 광경을 차마 더 지켜볼 수 없어 그는 아예 두 눈을 질끈 감아붙인 채 재갈 물려 불편한 입으로 한바탕 서럽게 울어댔다.

챙길 만한 재물 웬만큼 챙기고 나서 화적패는 옷가지야 뭐야 온갖 잡동사니로 천근 무게 이룬 커다란 장롱에다 암냥해서 모기장 뒤집어쓴 야마니시 몸뚱이를 밧줄로 꽁꽁 묶어버렸다. 그런 다음 뙤창문 세 번 두드리는 신호에 맞추어 바람처럼 종적을 감춰버렸다. 그때부터 야마니시는 애오라지 화적패 추격하고 싶은 일념으로 손발 결박과 입안 재갈과 등에 업힌 장롱의 속박에서 벗어나기 위해 사투를 벌이기 시작했다. 온몸을 상하로 바비작거리고 좌우로 버르적거리며 거듭거듭 죽살이쳐보았다. 그래봐야 소용없는 짓이었다. 살가죽 벗겨지고 뼈마디 어긋물리도록 한사코 모질음 써봤자 말짱 헛수고일 뿐이었다. 야마니시는 제풀에 지쳐 송장처럼 축 빼드러지고 말았다.

'가만있자……'

결박 풀려는 노력도, 고함 질러 사람들 부르려는 노력도 일단 단념하고 나니까 몸뚱어리는 엉망진창일지언정 정신머리 하나는 유리대롱같이 투명해지고 남포등만큼 환해졌다.

'가만있자, 가마안있어! 나가 그 눈구녁을 은제 으디서 봤드라?'

천석꾼 대지주 체면에 화적패한테 당한 봉욕과 수치를 운수 소관으로 돌리며 체념과 포기를 앞세우고 나니까 그때까지 수심 깊은 곳에 잠수해 있던 기억의 편린들이 은빛 숭어떼처럼 수면 위로 팔딱팔딱 솟구쳐오르기 시작했다. 어마지두에 잃었던 총기 되찾기 무섭게 야마니시는 하마터면 망각 속에 묻힐 뻔했던 중대 사실 한 가지를 퍼뜩 뇌리에 떠올렸다.

'가마안있거라, 가마안있어! 나가 전에 그 눈깔허고 마주친 적이 있는 것 같은디…… 나가 으디선가 그 화적놈을 만난 적이 있는 것 같은디…… 가만있자, 그놈이 누구드라?'

독사처럼 차갑게 번뜩이는 눈초리였다. 상대가 누구든 마구 얕잡고 함부로 업신여기는 듯한 비웃음이었다. 워낙 황황겁겁한 상황인지라 그때는 미처 화적패 두목 정체에 관해 이성적으로 판단할 여유가 없었는데, 이제 와 생각하니 어쩐지 많이 낯익은 듯싶은 인상이었다. 기억을 되살려 야마니시는 시종일관 말 한마디

없이 손짓과 눈짓만으로 제 짝패 지휘하던 그놈의 초상과 용모파기(容貌疤記)를 머릿속에 멍석만하게 펼쳐진 화선지 위에다 싸리비만한 대필로 복사하기 시작했다. 복면 틈새로 옹색스럽게 드러난 그 얼굴은 이미 인생살이 어느 한 고팽이에서 마주쳤거나 엇갈린 적 있는 얼굴임에 틀림없었다. 야마니시는 조금 전 마음속 치부책에 적어두었던, 화적놈 손결에 관한 느낌을 다시 끄집어냈다. 화적질에 이력이 붙은 손모가지로 봐줄 수 없는, 작고 희고 부드러운 그 손결에 대한 기억 덕분에 한번 발동이 걸려버린 야마니시의 의구심은 갈수록 더욱 몸피가 부대해지고 있었다.

'가마안있자, 생각이 시방 거지반 날 똥 말 똥 허는 판인디…… 기억이 신방돌 근처까장 왔으니께 쪼깨만 더 용을 쓴다면 그놈을 대청마루로 닁큼 붙잡어 올릴 수도 있을 것 같은디…… 가마안있거라, 가마안있어……'

눈구멍과 손모가지 단서 내세워 되우 잡도리할 경우 화적패 일망타진은 물론 강탈당한 재물도 고스란히 되찾을 수 있겠다는 희망에 부풀어 야마니시는 기억을 팔모로 튕굴려보았다. 네 요놈, 하는 호통과 함께 금세라도 어떤 놈 멱살 덥석 거머잡을 것만 같았다. 네 요놈, 네 죄를 네가 알렷다!

그러나 정작 누구라고 특정해 범인을 지목할라치면 마치 벼룩이 뛰어간 자리, 바늘로 뜬 자리처럼 번번이 흔적이 묘연해지곤 했다. 엎어지면 코방아 찧을 신방돌 근처까지 왔다가 어느새 대문 밖으로 멀찍이 물러나곤 하는 기억 붙잡기 위한 몸부림이 오히려 등짝에 달라붙은 장롱과 헤어지려는 몸부림보다 훨씬 더 고약하게 생사람을 잡고 있었다. 방귀 한 방 살짝 뀌어도 뽕 소리와 함께 머릿속에서 쑥 빠져나올 듯싶은 그 기억이 용용 죽겠지, 하고 자꾸 약올리며 장난치는 바람에 짜장 미치고 환장할 지경이었다. 야마니시는 제 성깔 못 이겨 짐승 소리로 으르렁거리기 시작했다. 하지만 헝겊 뭉치 재갈 흥건히 적시고 남아도는 걸쭉한 타액이 양쪽 입아귀 주름고랑 타고 줄줄이 흘러내리는 탓에 변변찮은 그 으르렁거림마저 매번 임의롭지 못했다.

목청 좋은 수탉이 세차게 홰를 치며 우는 소리가 재차 들렸다. 그에 뒤질세라 먼 동네 다른 수탉들도 득의의 목청 자랑하면서 연이어 답장을 보내왔다. 온 동네 수탉들이 집 안팎에서 소란 떠는 바람에 잠시 대문간 근처를 서성이던 야마니시 기억은 일껏 왔던 길 되짚어 빠른 걸음으로 샛내를 폴짝 건너뛰고 묵장산 봉우리 훌쩍 타넘어 바람처럼 어디론가 사라져버렸다. 어느새 방문 창호지에 희붐한 여명이 배어나기 시작했다. 마침내 지긋지긋했던 악몽의 밤은 물러가고, 도끼로 통나무 패듯 새날이 먼동을 쪼개며 빠른 걸음발로 달려오는 중이었다. 야마니시는 결박에서 풀려 치욕을 마감하는 것도 이젠 시간문제라고 자신을 위로하고 격려했다. 구원의 손길 하마하마 기다리다 지친 그는 온몸을 자꾸만 구들장 밑으로 끌어내리는 잠의 수렁에 빠진 채 집채만큼 크고 무거운 장롱 등에 업은 해괴망측한 모습으로 곯아떨어지고 말았다.

얼마나 더 시간이 지났을까. 대빗자루로 앞마당 싸락싸락 쓸어대는 소리에 야마니시는 퍼뜩 잠이 깨었다. 마당 쓰는 소리에 곁들여 늘어지게 하품하는 소리까지 또렷이 들렸다. 다름아닌 춘풍이였다. 하루가제, 바로 그놈이었다. 미련스럽게 타고난 그 허우대에 걸맞게끔 춘풍이는 초저녁잠이 유난히 많은 편이었다. 그리고 미련스러운 그 허우대하고 영 딴판으로 새벽잠은 또 유난히 없는 체질이었다. 놈은 잠에서 깨어나는 즉시 눈곱재기 쥐어뜯으며 맨 먼저 사랑채로 달려와서는 마당에 흘린 밥풀 그냥 주워 먹어도 무방하리만큼 정갈하게 비질하는 것으로 언제나 하루 일과를 개시하곤 했다.

'춘풍아아!'

야마니시는 저승길 중간에서 관세음보살이라도 만난 푼수로 춘풍이 기척을 깜짝 반겼다.

'춘풍아아! 하루가제, 이 기사마야아!'

그러나 밤새도록 물고 있어 침감태기 돼버린 재갈은 성급한 입놀림으로도 당장 어찌할 방도가 없었다. 온몸 기력 한목에 뭉뚱그려 어떡하든 목소리를 생산해보려고 그는 또다시 용을 쓰기 시작했다. 새날의 참신한 햇살 욕심껏 끌어들인 사랑채 안방에 상서로운 아침 기운이 태풍 일과 후 고요처럼 안온하게 깔리기 시작했다. 멀쩡한 발성기관 갖추고도 소리 한마디 못 내는 천석꾼 영감을 눈치 없이 야유하는 듯한 정경이었다. 아침 햇살이 걸어오는 무심한 장난 때문에 야마니시는 더욱더 울화통이 치밀었다.

"해는 꼴딱 넘어가지요오……"

자그마치 십여 성상에 걸쳐 장구하게 불러왔음에도 불구하고 당최 물릴 줄도 모르고 지치지도 않는 그 유명짜한 꼴머슴 타령이 식전부터 한바탕 또 자지러지려 하고 있었다. 어눌하기 짝이 없고 맹랑하기 그지없는 그 노랫가락이 도나캐나 마구 순서 뒤바뀐 채 몇 바퀴 허공을 맴돌고 나면 마당 소제도 대충 끝날 터이고, 그러면 춘풍이는 뒤도 안 돌아보고 행랑채로 직행할 터이고, 그러고 나면 느지감치 천석꾼 어르신 진짓상 들여올 때까지 사랑채 근처엔 개미새끼 한 마리 얼씬하지 않을 터였다. 무슨 수를 써서든지 춘풍이란 놈 발모가지 반드시 붙들지 않으면 안 되는 절체절명의 순간이었다. 춘풍이를 절대 놓치지 않을 요량으로 야마니시는 젖 빨던 힘까지 한목에 그러모아 끙 소리도 요란하게 기합을 넣었다. 사람이 막다른 골 만나 죽을힘 다해 모질음 쓰기로 작정하면 못할 짓이 없는 모양이었다. 요지부동으로 야마니시 등짝에 들러붙어 이신동체 이루고 있던 장롱 아랫도리가 처음으로 되똑되똑 움직임을 보이는, 참으로 놀라운 사태가 벌어졌다. 용기백배한 야마니시는 한바탕 더 혼신의 기력 발끈 쥐어짜 어여차 어기여차 억척을 떨어대면서 똥 안 싸고 죽은 황소처럼 크고 무거운 농짝 등에 업은 채 앉은뱅이걸음에 궁둥잇짓 곁들여 문칫문칫 방문 쪽으로 나아가기 시작했다.

"님은 보고 잡으……"

하대명년 하고 끝없이 되풀이될 성싶던 꼴머슴 타령에 급격히 제동이 걸리는 순간이었다. 앞만 바라보고 거침없이 나아가던 노랫가락이 별안간 뚝 멎었다. 미련스럽기 짝이 없는 춘풍이놈 귓구멍에도 비로소 뭔가 심상찮은 기척이 제대로 날아가 꽂힌 모양이었다. 대빗자루 질질 끄는 소리가 대청마루 향해 느럭느럭 다가오고 있었다.

"기사마……"

반편이 머슴 주제에 아침 문안 드린답시고 하늘 같은 제 상전 부르는 풍신이 그 지경으로 막돼먹은 호칭이었다. 야마니시는 눈알 두 개가 방바닥으로 땍대구루루 굴러떨어지리만큼 끄응끙 사투 벌인 끝에 드디어 방문 근처까지 진출하는 데 어찌어찌 성공했다. 집채만한 농짝 이끌고 앞으로 나아가는 수고보다 그걸 옆으로 쓰러뜨리는 수고가 훨씬 수월하겠다는 생각이 얼핏 들었다. 상전 몸뚱이가 장롱과 짝지어 한목에 모잡이로 쓰러지면서 장지문 와지끈 박살내는 것과 그 장지문 우당탕 열어젖히기 위해 머슴의 흙감태기 짚신발이 대청마루로 펄쩍 뛰어오른 것은 거의 동시였다.

"으, 기사마!"

하룻밤 떨어져 지낸 주종 간에 첫 대면 이루어지는 순간, 춘풍이는 제가 느낀 놀라움의 크기를 표현하느라 입을 함지박만하게 벌린 다음 한번 벌어진 입을 좀처럼 다물 줄 몰랐다. 모기장을 통째로 온몸에 칭칭 휘감은 것도 모자라 가볍지도 않은 농짝까지 되똑 등짐한 채 모로 나가떨어져 낑낑 앓는 소리 연발하는 야마니시의 해괴망측한 거조를 춘풍이로서는 도무지 이해할 수 없는 모양이었다. 마치 이 세상 것 아닌, 다른 세상에서 온 무슨 진기한 생물이라도 구경하는 투로 춘풍이는 주인과 농짝을 번갈아 한참씩 들여다보았다. 그 결과, 나름대로 어떤 결론에 도달했다는 듯 춘풍이는 히힛 소리와 함께 만면에 웃음을 실었다. 야마니시는 당장 한입에 집어삼킬 기세로 춘풍이 웃는 낯짝 겨냥하고 험악하게 눈알을 부라렸다. 배곯는 여느 소작인에 비해 두 곱은 실히 될 부대한 신체 통틀어 임의대로 움직일 수 있는 부위라곤 달랑 살구씨만한 눈알 두 개밖에 없었다. 만만한 춘풍이한테 부라려댈 불량한 목자가 아직 살아 있는 것이 그나마 천만다행이었다. 야마니시는 자기 혼자만 아는 입속말 꿍얼꿍얼 되새김질하면서 연방 턱을 길게 뽑아 앞으로 불쑥 내밀었다. 춘풍이가 그 의미를 용케도 알아차리고 그제야 야마니시 입안에 손가락 깊숙이 넣어 침감태기 헝겊 뭉치를 끄집어냈다.

"이 썩어 문드러질 잡놈아, 무신 귀경거리라도 난지 아냐?"

밤새도록 꽉 틀어막혀 있던 입안에 갑자기 구멍이 뻥 뚫리면서 개운한 바람이 통하자 야마니시는 뱃속까지 후련해질 만큼 시원시원한 욕지거리로 개구일성을 삼았다. 오래 참고 참았던 사나운 입정 사정없이 놀려 그는 게을러빠진 춘풍이를 숨쉴 겨를 없이 마구 다그치기 시작했다.

"그러콤 우두머니로 서 있들 말고 싸게싸게 요 밧줄부텀 벳겨줘야지, 이 옘병헐 기사마야!"

"으, 벳겨줘, 기사마."

뭐가 그리도 재미지고 흥이 솟는지 춘풍이는 연방 히쭉히쭉 웃어대는 한편 한유한 손놀림으로 주인 몸뚱이 겹겹으로 포박한 밧줄 첫번째 매듭을 더듬어 찾기 시작했다. 반편이 머슴 구조 덕분에 맨 먼저 농짝이 등에서 떨어져나갔다. 다음 모기장이 몸에서 훌렁 벗겨졌다. 마지막으로 손발 묶은 매듭에 손댈 참인 머슴을 보고 야마니시는 숨넘어가는 소리로 분부했다.

"요 팔목만 풀어주고 나서 니놈은 득달같이 안채로 달려가서 사람 비슷헌 종자는 몽주리 다 마당으로 불러내거라! 내 말 알어들었냐, 이 기사마야?"

"들었다, 기사마."

"이런, 십 년 묵은 똥독에다 삼 년 장아찌 박어도 시연찮을 잡놈이 얻다 대고 감히!"

욕먹을수록 더욱더 신바람 난 춘풍이가 덩치에 어울리지 않게끔 거추없이 촐랑거리며 분부 거행하러 횡허케 내달았다. 그러나 춘풍이 발걸음이 사랑채 마당 벗어나는 그새를 못 참고 야마니시는 성마르게 선손을 썼다. 이미 자유로워진 손목 사용해서 발목 결박을 풀어버리자마자 떽데구루루 대청마루 밑으로 굴러떨어지면서 목이 터져라 왜장치기 시작했다.

"불이여, 불! 불이여어, 부울!"

널따란 울안 곳곳에 박혀 각자 맡은 식전 일감에 고부라져 있던 식솔들이 천석꾼 어르신 난데없는 왜장질에 서늘해진 간담 부여안은 채 사랑채로 우르르 몰려들었다. 큰 머슴에 작은 머슴, 선새경 받는 상머슴에 먹이고 입히고 재워만 주는 꼴머슴, 고지 먹은 상일꾼에 그냥고지 품꾼, 온품 허드레꾼에 반품 잔심부름꾼이 앞서거니 뒤서거니 들이닥치고, 부엌에서 아침밥 짓느라 바삐 나부대던 부녀자들까지 행주치마 차림으로 한꺼번에 달려왔다. 저마다 양동이 아니면 빗자루, 하다못해 부지깽이 한 개씩이라도 깜냥대로 손에 지니고 있었다.

"싹수대가리라고는 먹고 죽을라 혀도 파리똥만침도 없는 연놈들아!"

감나뭇골 최부잣집 아침은 대청마루 앞 지대 위에 장승처럼 우뚝 서서 목놓아 질러대는 천석꾼 영감 대갈호령으로 말미암아 유례없이 시끌벅적한 출발을 보이고 있었다.

"누가 뭣이라 혀도 나가 요 집구석 주인장 어르신이 분명헌디, 한 집안 대주 되시는 이 내 몸이 밤새드락 화적패한티 주리 틀리고 봉욕당허는 그동안에 느그 연놈들은 방구석에 처백혀서 대관절 무신 지랄들을 허고 자빠졌드란 말이냐, 이 씨아 입에다 열 손구락 물려놓고 하루 반나절 씨아손 들들 돌려서 햇솜으로 뽑아낼 연놈들아!"

"에잉? 밤새 화적패가 들었다고요?"

뒤늦게 허둥지둥 불난 자리 찾아 달려온 관촌댁이 불 아닌, 진짜배기 불보다 훨씬 더 불땀 세게 타오르는 영감을 보더니만 얼굴이 단박에 사색으로 변했다. 야마니시는 방금 전 춘풍이가 마당에 떨어뜨린 대빗자루 냉큼 집어들어 가장 가까이 있는 아무 아랫것이나 닥치는 대로 어깻죽지든 허구리든 가리지 않고 후려치는 동작으로 마누라 물음에 답을 대신했다.

"핑허니 뛰어가서 싸게 진용이란 놈 불러오들 못혈까!"

어깻죽지 맞은 놈이 대문간으로 달려가자 야마니시는 또다시 대빗자루 휘둘러 이번에는 다른 놈 등짝을 오달지게 내리쳤다.

"니놈은 싸게 복구란 놈 며가지에다 올개미 씌워서 당장 끌고 오니라!"

관촌댁이 연방 두 발 동동거리며 부리나케 지대 위로 올라섰다. 마당에 모인 아랫것들은 이곳저곳에 끼리끼리 모여 상곡 어르신 눈치 살피며 두런두런 쑥덕공론 벌이느라 아무 정신이 없었다. 씨근벌떡 가쁜 숨 몰아쉬던 야마니시 핏발선 눈에 때마침 여름방학 맞아 집에 돌아와 있던 중학생 아들이 얼핏 비쳤다.

"덕용이 니놈은 지체 말고 소재지로 달려가서 주재소 순사들 몽땅 다 델꼬 오니라!"

그새 방안 기웃거려 화적패가 벌여놓은 분탕질 현장을 직접 눈으로 확인하자마자 관촌댁이 내지르는 비명 소리가 온 집안을 새삼스럽게 울렸다.

"덕용아, 잠깐만 지달리거라."

셋째아들 주재소행을 감히 가로막고 나서는 자가 있었다. 다름 아닌 노점 귀신이었다. 언제 어디서 보나 한결같이 눈엣가시로만 느껴지는, 주는 것 별로 없으면서 한없이 미운 생각만 치미는 맏아들 부용이란 놈이었다.

"아버님, 요런 때일시락 신중허니 처신허셔야만 됩니다."

바지춤 추스르는 시늉 하면서 그제야 안채에서 어슬렁어슬렁 모습 드러낸 부용이 감히 아비한테 이래라저래라 훈수하기 시작했다. 아편쟁이 몰골을 한 맏아들이 본격적으로 참견하고 나서는 꼴 보자마자 야마니시는 대뜸 오장이 확 뒤집어졌다.

"네 이놈, 불난 집에다 대고 활랑활랑 키질이나 허는 니놈은 대관절 뉘 집 자식이란 말이냐?"

"당장 주재소로 달려가서 신고허는 것이 반다시 아버님 신상에 이로울 거라는 보장도 없지 않겠습니까?"

고로롱팔십 해소병자같이 그렁그렁 가래 끓는 소리로 번지수도 모르고 뚱딴지같은 훈수 건네오는 큰아들이 야마니시는 불밤

송이로 낯바닥 싹싹 문대주고 쇠갈퀴로 등허리 빡빡 훑어주고 싶으리만큼 예뻐 죽을 지경이었다.

"하따, 뉘 집 자식인지 몰라도 그놈 말뽄새 한번 싸가지 있이 잘도 생겨먹었고나! 이놈아, 화적패가 들이닥쳐서 밤새드락 노략질허다가 물러간 요 마당에 시방 한유허니 뭣이 이롭고 뭣이 해롭네, 허고 콩팔칠팔 이치나 따지고 자빠졌을 때란 말이냐?"

갑자기 뒤란 대숲에서 떠들썩한 소리가 넘어왔다. 곧이어 머슴 하나가 물먹은 핫옷같이 축 늘어진 복구를 품에 안고 달려왔다. 대숲 바닥에 죽은 듯이 엎드려 간신히 숨만 깔딱거리는 걸 용케 찾아냈다는 보고였다. 그만하면 대강 다 알조였다. 충분히 짐작이 가고도 남는 내력이었다. 아직도 주둥이에 허연 거품 그득 문 채 바들바들 경기하는 점으로 미루어 화적패가 복구한테 약을 먹였을 것임에 틀림없었다. 부용이 복구한테 다가가 가만가만 머리를 쓰다듬기 시작했다. 불현듯 뇌리를 스쳐 지나가는 그림이 있어 야마니시는 큰아들 손 겨냥하고 뾰쪽한 눈길을 보냈다. 아니나 다르랴, 천생 막일이라곤 전혀 모르고 살아온 안방샌님의 작고 희고 보드라운 손결이었다. 뿐만이 아니었다. 세상만사 모두 시답잖고 인생만사 모두 시들하다는 듯 항상 쓴웃음 대롱대롱 매달고 사는 그 노점귀신 눈매가 어쩐지 싸느랗게 비웃음 일삼던 그 화적패 두목 눈매하고 기맥이 상통하는 성싶었다.

"부용이 네 요노옴, 니놈이 지은 죄를 니놈이 알렷다!"

야마니시는 전후좌우 분간할 겨를 없이 들입다 뇌성벽력 때리는 것으로 죄인 잡도리를 시작했다.

"아버님, 무신 말씸을 그러콤……"

놈의 얼굴바탕을 당혹감이란 이름의 벌레가 꼬물꼬물 가로질러 지나가는 모습이 야마니시 눈에 확연히 잡혔다.

"화적패가 으떤 놈들이고 누구누군지 니놈이 몰르고 있을 텍이 없다!"

"보는 눈들이 송곳다발 같고 듣는 귀들이 벌집맨치로 들어찬 사랑채 마당에서 아버님이 자식한티 허시는 말씸치고는 쪼깨 지나친 말씸이신 것 같습니다, 아버님."

결코 화내는 기색 없이, 그렇다고 서두르는 기색도 없이 싸느랗게 웃는 낯꽃으로 꼬박꼬박 말대꾸하는 그 시건방진 태도 또한 화적패 두목과 어딘지 모르게 닮아 보이는 바람에 야마니시는 한층 더 분통이 터졌다. 당장 화적패 이름 낱낱이 다 불지 않으면 결단코 가만두지 않겠노라고 야마니시는 길길이 뛰며 고래고래 목을 놓았다. 망연자실한 나머지 그때까지 방안에 틀어박혀 무섬증 달래는 중이던 관촌댁이 뒤늦게 기급하면서 달려나왔다.

"이녁이 화적을 만나드니만 기연시 실성을 혔는갑소! 고게 시방 맑은 정신에다 본심으로 허는 소리다요?"

관촌댁이 영감 모시옷 붙잡고 징징 우는소리 늘어놓기 시작했다.

"화적을 맞은 것만도 분허고 웬통혀서 못살겄는디, 거그다가 시방 자기 자식까장 화적패 한통으로 취직을 시켜야만 똑 이녁 속이 후련허겄소? 그러코롬 실성헌 티를 내서 애민 자식 홍두깨 같은 말몽치로 쌔려잡고 나면 멀리 도망갔던 재물이 지 발로 걸어서 돌아오고 땅에 떨어진 체통이 도로 뽈딱 살어날 성불르요? 밤새드락 번열이 들끓는 통에 끙끙 앓는 소리 허니라고 잠 한 소곰 지대로 못 자고 시름허다가 아부지 천둥치는 소리 듣고 게우 기어나온 자식이 이녁은 불쌍치도 않으요?"

관촌댁은 불쌍한 큰아들한테 얼토당토않게 덮씌워진 화적 혐의 벗겨주기 위해 순금아, 덕용아, 하고 증인들 차례로 불러댔다. 옆방에서 온 밤을 뜬눈으로 꼬박이 밝혀가며 쿨룩쿨룩 터뜨리는 기침 소리 때문에 잠을 온전히 설치고 말았다는, 안채 거주 가솔들 한결진 증언이 잇따랐다. 아비가 휘두르는 가윗날에 머리칼 싹둑싹둑 잘린 이래 좀처럼 남들 눈앞에 얼씬거리지 않던 순금이었다. 그런데 그년마저 선머슴처럼 볼썽사나운 머리통 수건 따위로 가리는 최소한의 예절마저 잊은 채 맨머릿바람으로 앞에 나서며 도무지 본정신 아닌 아비 맹비난하는 눈총을 쏘아대는 데야 아마니시로서는 달리 어쩔 도리가 없었다.

"그렇다 허이면, 거참, 별수없지만, 그럴시락 됩데 더 요상헌 일 아니냐? 안채에서 그러콤 여러 식구가 뜬눈으로 밤을 샘시나 화적패가 밤새드락 사랑채를 노략질허고 분탕질허는 낌새를 그러콤 깜깜절벽으로 몰르고들 있었다는 게 대관절 말이냐, 막걸리냐?"

"아, 아니, 안채허고 사랑채가 어디 벽 하나 상거요? 그러고 또, 우리가 시방 천석꾼 묶어놓고 화적질 나섰소, 허고 동네방네 왜장치고 댕기는 화적패라도 봤소? 바로 옆방이라면 혹간 몰라도 자그만칩 한 마장 상거나 되는 사랑채에서 쥐도 새도 모르게 벌어진 화적질인디, 처자식들이 어찌 그런 거니도 못 채고 가만히 있었냐고 식전 새복바람으로 생사람 잡음시나 이 난리 법석을 다 떨고 있다요?"

"누가 임자를 화적이라 그러든가? 밤새드락 오랏줄에 묶인 몸으로 본 게 있고 들은 게 있으니께 대관절 으떤 놈들인가 알어나 볼까 허고……"

"아, 아니, 그러니께 영감 말대로 허자면, 부용이랑 똑같이 뜬 눈으로 밤을 꼴딱 샜으니께 이 늙다리 예펜네도 똑같은 화적패다, 요런 소리잖소! 순금이랑 덕용이도 똑같은 화적패다, 요따우 말뽄새 아니요?"

"그러니께 참말로 구신이 애고대고 곡허다가 기함헐 노릇 아니겄냐, 그런 뜻이여, 나 말은!"

"문턱이 닳게 부용이 방 들락날락허면서 저도 밤새드락 환자 머리맡을 지키고 있었고만요!"

오금 콱 박듯 순금이 똑 부러지는 어조로 입장을 밝혔다. 듣고 보니 하룻밤 새 딸년 눈자위가 눈에 띄게 떼꾼해진 것 같기도 했다. 밤새 병구완에 매달렸다는 딸년이나 번열에 시달렸다는 폐병쟁이 아들뿐만 아니라 가솔들 모두의 얼굴에 하룻밤 잠을 설친 흔적들이 주름살이나 검버섯 모양으로 깊이 새겨져 있었다. 결국 사세부득이함을 깨닫고 야마니시는 제풀에 슬며시 숙지근해질 수밖에 없었다. 한바탕 술렁거리던 마당 분위기가 웬만큼 가라앉기 기다려 부용이 한 발짝 앞으로 나섰다.

"밤새 험악무쌍 재변을 겪으시고도 신체 손상은 별로 안 입으신 것 같어서 천만다행입니다, 아버님."

"나가 시방 손상을 입었는가 벗었는가, 니놈 눈구녁으로 이 내 몸 골골샅샅 뒤져보기라도 혔단 말이냐?"

"강탈 피해는 얼마나 큽니까?"

"피해가 크다면 이놈아, 잃은 재물 니놈이 화적패 대신 돌려주고 잪어서 물어보고 자빠졌냐? 읍내 본정통 요긴목에다 여러 첩살림 채리고도 남을 만침 거금이다, 거금이여, 이놈아!"

"그 정도로 피해액이 크다면, 역시 순사를 부르지 않는 것이 아버님 신상에 이로울 것 같습니다만……"

"그건 또 무신 엉뚱깽뚱헌 훈수고 괴상망칙헌 수작질이냐?"

"아버님은 그동안 자진헌납이란 명목으로 여러 차례 걸쳐서 일제 관헌들한티 솔찮이 많은 재물을 강탈당허셨습니다."

"그놈 참, 칠월 귀뚜리맨치로 기특허니 잘도 아는고나!"

"농우도 공출당허시고, 미곡도 공출당허시고, 금비녀랑 금팔찌도 나수 헌납을 허셨습니다."

"헌납을 허셨는디?"

도대체 무슨 꿍꿍이로 또 수작 부리려고 자꾸만 그런 식으로 나오는지, 부용이놈 그 두억시니같이 시커먼 속내를 당최 측량할 길 없어 답답하기만 했다. 야마니시는 한층 더 짙어진 의구심을 눈에 담아 천하 불출이 아들 면상을 겨냥하고 돌팔매처럼 휙 날렸다.

"그러실 적마다 아버님은, 요번이 마지막 헌납이라고, 인자는 더 바치고 잪어도 값나가는 재물이 내 수중에 남어 있는 게 없다고 말씀허시면서 관헌들 앞에서 만판 엄살을 떨고는 허셨습니다."

"그게 왜 엄살이란 말이냐, 이놈아? 말짱 다 사실이고 진심이다, 이놈아!"

"다시 한번 잘 생각허시지요, 아버님. 집에 숨겨뒀던 이 모냥 저 모냥 금은보패를 인제 와서 강도단한티 몽땅 털렸다고 주재소에 신고허신다면 그 꼴이 뭣이 되겄습니까? 아버님이 그동안 관헌들한티 말씀허신 게 엄살이고 거짓말이라고 실토정허시는 거나 마찬가지 아닙니까? 장차 아버님이 관공서 상대허실 적에 운신허기 불편허지 않을 거라고 장담허실 수 있습니까? 감나뭇골 대지주 야마니시 아끼라 상은 족치면 족치는 대로 각종 공출물에 헌납품들을 울컥울컥 게워내는, 말허자면 화수분 같은 부자라고 일제 관헌들이 쾌재를 부르고 반가워헐지도 모르지요."

야마니시 입이 저절로 다물어졌다. 그는 병증이 이미 고황에 들어버린 아들 얼굴을 무심한 듯 잠자코 바라보았다. 금방 다 죽어가는 시늉이면서도 할말은 조목조목 암팡지게 잘도 주워섬기는 병든 자식 되바라진 면이 시나브로 아비의 미움을 더 벌어들이고 있었다. 하지만, 다른 한편으로 그놈 말이 제법 일리 있게 들리기도 했다. 곰곰이 따져보니 그놈 말에 그른 구석 별로 없는 듯했다. 저놈이 시방 옳은 방귀만 뀌어대고 있다고 생각할수록 야마니시는 노점귀신 큰아들이 더욱더 얄망궂게 느껴졌다. 그는 이미 강탈당한 재물 규모와 장차 더 강탈당할지 모르는 재물 규모의 틈바귀에 끼여 한바탕 주판알 튀기기에 바빴다. 번민하던 끝에 마침내 어떤 처신이 신상에 유리할 것인지 셈속이 정해졌다. 야마니시는 변비증 환자처럼 끄응 소리 요란하게 신음 소리를 배설하고 말았다.

"덕용이는 고만 방에 들어가서 공부나 열성으로 허거라!"

야마니시는 아직도 마당 곳곳에 웅기중기 모여 서서 지엄하신 상곡 어르신 눈치만 살피는 아랫것들에게 냅다 불호령을 내렸다.

"곡마단 귀경 나왔냐? 지각각 지 일감 찾어서 싸게싸게 밥값들 허들 않고 우두머니로 서서 시방 뭣들 허고 자빠졌냐?"

어마뜨거라 하고 아랫것들이 산지사방하면서 허둥지둥 내빼기 시작했다. 하마터면 잊을 뻔했다는 듯 야마니시는 그것들 향해 재차 불호령을 날렸다.

"복구를 당장 말목에 매달고는 가마솥에다 물 펄펄 끓이거라!"

그러자 부용이 잽싸게 아비와 개 새중간으로 끼어들면서 시야를 가려버렸다. 또 네놈이냐고 힐난하는 투로 야마니시는 노점귀신을 잔뜩 노려보았다.

"아버님, 복구한티 무신 잘못이 있겄습니까. 말 못허는 저 짐승한티 약을 멕인 강도단이 천하에 몹쓸 놈들이지요."

부용이 마치 제 혈육 감싸듯 목숨이 경각에 달린 복구를 극구 변호하고 나섰다. 그 말을 야마니시는 못 들은 척 숫제 무시해버렸다. 그는 병든 아들 몸에서 구물구물 기어나온 노점 벌레들이 천석꾼 옥체 범접하기 전에 얼른 뒤돌아서 사랑채 안으로 피신했다.

"복구 문제는 제가 알어서 처리헐 모냥이니깨 그냥들 물러가시지요."

천석꾼 명령 따라야 할지 말지 단안을 못 내린 채 복구 주변에서 어정거리는 것들한테 넌지시 이르는 소리가 들렸다. 그 말이 사랑채 안까지 따라 들어오자 야마니시는 한바탕 또 치를 떨며 몸서리칠 수밖에 없었다.

나는 괭기찮다. 나사 뭐 암시랑토 않다. 저따우 고삭부리 빙신을 아들이랍시고 퍼질러놓고 미역국깨나 나수 퍼먹은 즈그 에미만 불쌍헐 뿐이다. 그나저나 저 육시럴 놈이 사사건건 애비한티 시비를 걸고 뎀비기로 작정헌 모냥인디, 장차 이 노릇을 으쩐다? 그나저나 꺽정시럽네. 참말로 꺼억정이고만!

3

힘꼴깨나 쓸 만한 일손들은 피사리에 동원되어 모조리 논으로 몰려가고, 농사에 눈곱재기만큼도 보탬이 안 될 반거충이들만 집 안에 오보록이 남아 있었다. 최명배, 아니, 야마니시 아끼라 표현대로 하자면 아무짝에도 소용 안 닿는 밥버럭지 같은 연놈들만 주변에 우글거리는 형국이었다.

완악하기 그지없는 가뭄 때문에 끽해야 뿌린 볍씨만큼의 소출도 못 건질 흉작임이 불 보듯 뻔하다고, 그래서 밤마다 '꺼억정'으로 잠이 안 올 지경이라고 야마니시는 노상 죽는소리 입에 달고 지냈다. 그러면서 눈뚜껑 벌어지기 무섭게 마구 호통을 쳐 안팎 일손들을 감나뭇골 문전옥답으로 가축처럼 내몰았다. 그러고는 일손들 뒤밟아 자신도 일찌감치 감농(監農) 행차에 나섰다. 열장정 몫 목청 지닌 상곡 어른의 부재 덕분에 최부잣집 드넓은 울안은 들며나는 기척들로 벅적거리던 여느 때 분위기와 딴판으로 괴이쩍은 적막감마저 감돌았다.

감때사납기로 천하가 알아주는 상곡 어른이 집을 비운 틈을 용케도 노려 방물장수가 찾아왔다. 부엌에서 손끝 여문 섭섭이네 거들어 논둑으로 내갈 새참거리 장만하던 순금은 대문간에서 오가는 말소리를 그냥 에멜무지로 들어 넘겼다. 별로 사고 싶은 물건이 없다는 섭섭이네 퇴박도 아랑곳없이 방물장수는 계속 검질기게 달라붙는 기색이었다. 대문간에서 돌아온 섭섭이네가 굳이 이 댁 젊은 아씨 뵙고 싶다는 방물장수 고집을 전달했다.

"무신 일로……"

순금은 물에 젖은 손을 행주치마에 닦으며 부엌을 나서다 말고 소스라치게 놀랐다.

"아니, 이게 누구셔요?"

방물장수 손 덥석 부여잡으며 순금은 어쩔 줄 몰라 했다. 쉿, 하면서 방물장수가 입술 위에 손가락 하나를 오뚝 세워 보였다.

"요런 핑계라도 대지 않고는 최선상을 당최 볼 수가 없어서……"

그리 많지 않은 교우들 가운데 하나였다. 신앙 이력은 얼마 되지 않아도 교회 안에서 신심 깊기로 소문난 아낙이었다. 남들 이목 꺼리는 듯 아낙은 불안정한 눈빛으로 주위를 두리번거리느라 오랜만에 만난 반가움을 나눌 엄두도 못 내고 있었다.

"어서 안으로 드시지요."

예배당 근처 동천리에 집을 둔 아낙이 느닷없이 방물장수 행색으로 나타났을 때는 필시 물건 팔 목적 아닌 다른 곡절이 있을 거라는 지레짐작 때문에 순금도 덩달아 사방을 두리번두리번 살피지 않을 수 없었다.

"아녀라우. 최선상한티 전헐 것만 전허고는 핑허니 또 저짝편 점촌까장 댕겨와야 되야라우."

잘 드는 가위 아가리에 숭덩숭덩 먹힌 순금의 볼썽사나운 머리칼 위에 고정된 아낙의 시선이 지극한 놀라움을 감추지 못했다. 아버지에 의해 삭발당한 뒤로 처음 만나는 교우였다.

"그러면 잠깐 이쪽으로……"

뭔가 은밀한 사명 띠고 방물장수 변장으로 나타났음을 암시하는 아낙을 안채 뒤꼍으로 안내하고자 했다. 그러자 아낙이 고개를 쌀쌀 내저었다. 그니는 치마끈으로 꼭꼭 여민 젖둔덕 사이에서 쪽지 한 장을 끄집어내 순금의 손에 얼른 쥐여주었다.

"쉰네는 이만 물러갈라요. 요담에 또 찾어올 적에는 쉰네 물건도 쪼깨 갈어주시요잉?"

근처 어딘가에 있을 부엌어멈 염두에 둔 허튼수작이었다. 어설프게 장사꾼 티를 내고 나서 아낙은 마치 남의 집 부엌에서 은수저라도 훔쳐 달아나듯 뒤도 안 돌아보고 횡허케 대문간을 빠져나갔다. 교우 아낙 배웅하는 절차도 생략한 채 순금은 급한 손놀림으로 꼬깃꼬깃 접힌 쪽지를 펼쳤다.

요한복음 十六장 三二절로 三三절 말슴

볼지어다 ᄯᆡ가 니를 거시니 곳 지금이라 너희가 다 흣허져 각각 제 곳으로 도라가고 나를 혼자 두나 내가 혼자 잇ᄂᆞᆫ 거시 아니라 아바지ᄭᅴ셔 나와 ᄒᆞᆷᄭᅴ 계실 터이니라 이거슬 너희게 닐ᄋᆞᆷ은 나를 힘닙어 평안ᄒᆞᆷ을 엇게 ᄒᆞᆷ이라 셰상에 잇슬제 너희가 환란을 밧으나 안심ᄒᆞ라 내가 셰상을 이긔엿노라 ᄒᆞ시더라 아멘

쪽지는 전에도 더러 접한 적 있는 성경 구절로 서두를 삼고 있었다. 순금은 저도 모르게 아멘, 하고 소리친 다음 쪽지 위에서 살아 꿈틀거리는 낯익은 글씨들에 시선을 비끄러매었다. 달필이면서도 또박또박 연필로 꼼꼼하게 눌러쓴 문목사 사모의 정갈한 필체였다.

내용은 짧고 간단했다. 주님 은총과 성도들 중보기도 덕택으로 문목사가 사십 일간 금식기도 잘 끝마치고 독두산에서 무사히 돌아왔다는 것, 그날이 언제일지는 오직 전지전능하신 하나님만이 아시겠지만 어느 날 예배당 종소리가 울려퍼지면 성도들 모두 기도하는 마음으로 그 종소리에 조용히 귀를 기울여달라는 것……

언문 해독이 가능한 소수 교우에게만 보내는 쪽지일 테지만, 그래도 여러 장 쪽지 문면을 혼자서 작성하느라 수고가 이만저

만 아니었을 사모의 진정이 눈에 밟히는 듯했다. 무슨 음모에 끌어들이려는 암호문 같아 순금은 쪽지 안에 감춰진 의도를 제대로 읽어내기가 힘들었다. 단순히 문목사 근황을 알리기 위한 전갈이 아닌 것만은 분명했다. 뭔지는 몰라도 예사롭지 않은 변화가 문목사 주변에서 곧 일어날 것임을, 특히 긴 여운 거느린 끝 구절이 넌지시 암시하는 듯싶었다. 교인들 스스로 폐문해버린 예배당에서 어느 날 뜬금없이 울려댈 종소리는 대관절 무슨 신호일까. 그 종소리가 제각각 뿔뿔이 흩어져 두려움에 떠는 양들에게 전하려는 소식은 대관절 어떤 내용일까.

"언짓적부텀 우리 아씨가 방물장시 예펜네를 동무로 두었다요?"

바투 뒤에서 느닷없이 울리는 섭섭이네 목소리에 혼겁하면서 순금은 손에 든 쪽지를 허둥지둥 감추려 했다. 하지만 섭섭이네 눈길로부터 쪽지를 빼돌리기엔 이미 때가 늦었다.

"오매, 섬섬옥수 우리 아씨 손에 묻은 저 흐연 얼룩은 뭣이다요?"

"암것도 아니라니께요."

"오매오매, 이 늙은 눈에는 암것으로 뵈는 것 같은디? 암것도 아니람시나 워째 그러콤 잉걸뎅이라도 손에 쥔 것맨치로 쇤네 앞에서 짤짤맨다요?"

부엌어멈이 무척이나 짓궂게 나왔다. 어느덧 할멈 티가 쪽쪽

나는 주름진 낯꽃에 장난기가 연지곤지처럼 농밀하게 찍혀 있었다. 산동면으로 시집간 섭섭이하고 순금은 동년배였다. 순금에게 어머니뻘인 셈인데, 조혼으로 얻은 첫딸이 섭섭이니까 부엌어멈 실제 나이는 그리 많지 않은 편이었다. 코흘리개 시절부터 순금을 끔찍이 귀애했던 부엌어멈은 여태껏 딸 같은 순금에게 깍듯한 아씨 대접을 한시도 잊은 적이 없었다.

"섭섭이 어머님은 몰라도 되야요!"

결국 쪽지 빼돌리기를 단념하면서 순금은 담장 쪽으로 눈길을 돌렸다. 담장 위에 되똑 올라선 수탉이 눈에 띄었다. 다냥하게 내리쬐는 초가을 햇살 온몸에 함빡 받아 마치 무지개를 잘게 부서뜨려 흩뿌려놓은 듯 수탉의 털빛이 유난히 눈부시게 반짝거렸다. 호사스러운 차림으로 붉은 볏 빳빳이 세운 수탉이 몹시 거들먹거리는 걸음걸이로 담장 위를 천천히 거닐고 있었다. 젊은 아씨 눈길 따라 담장께를 건성으로 올려다보던 섭섭이네가 갑자기 칠색팔색을 하면서 꽥꽥 소리쳤다.

"저, 저런 잡상맞은 달구새끼 조깨 보소이! 거그가 시방 으디라고 낼름 올라서서 천석꾼 집안 천복 달어나라고 지랄 떨고 자빠졌다냐!"

섭섭이네가 손뼉 치며 달려가자 수탉은 담장 밑 땅바닥으로 살포시 뛰어내렸다. 호들갑 떠는 섭섭이네 곁눈질로 견제하면서 수탉은 위엄 가득한 걸음걸이로 느럭느럭 뒤란 쪽을 향했다.

"쉰네는 그냥 웃음엣소리로 농담 한 토막 근네본 것인디……"

갑작스레 침묵에 잠긴 순금이 아무래도 명치끝에 걸리는 모양이었다. 순금을 향해 주뼛주뼛 다가서면서 섭섭이네가 조심스레 말을 붙였다.

"요 자발머리없는 입주뎅이가 혹간 속창아리 빠진 소리로 아씨 맴을 조깨 헝클어놨드래도 너그러이 눈깜어주시요잉? 우리 순금이 아씨 생각허는 쉰네 본심이사 신불님들도 다 아시는디……"

인근 삼동네에 소문 벌쭉하게 난 음식 솜씨만큼이나 심성 곱기로도 정평이 나 있었다. 본디 듣고 배운 바가 짧아 때로 언행이 헐겁고 주제넘은 대목 불쑥 비어지는 흠처가 없잖아 있지만, 그것 때문에 사람들한테 미움 사는 일은 없었다. 주인네 식구들 중에서도 특히 순금을 자기 딸처럼 아껴 예나 이제나 늘 주변을 싸고돌며 세심하게 보살피곤 했다.

"제가 화가 난 것처럼 보여요?"

아버지 분부 어기고 야밤에 몰래 예배당 다녀오다 물방앗간에서 하마터면 횡액당할 뻔했던 그 사건 이후, 집안에서 더욱더 궁지에 몰린 순금의 처지를 누구보다 안타까이 여기는 사람도 섭섭이네였다. 몰풍정한 가위질에 의해 비단결 같은 머리칼이 싹둑싹둑 잘려나가는 무시무시한 징벌을 당하면서도 눈물 한 방울 안 비치며 독하게 버틴 순금을 대신해 몇 날 며칠 서럽게 울어준 사람도 바로 그니였다.

"섭섭이 어머님 입 무거운지는 누구보담도 제가 잘 알지요."

그때 무지막지하게 잘린 머리채는 여름철 넘기는 동안 제법 자라 이제는 손으로 쥐면 움큼으로 잡힐 정도가 되었다. 기름기 반지르르 흐르던 지난날 그 머리 맵시 되찾으려면 앞으로 얼마나 더 긴 세월을 기다려야 할까.

"암먼이라, 그렇고말고라. 쇤네는 참말로 암것도 못 보고 암 소리도 못 들었고만요. 아까막시 누구 왔다 간 사람 있었다요?"

열 손가락 모조리 동원해 눈과 귀 가리는 시늉 하는 섭섭이네 과장된 몸짓에 순금은 절로 웃음이 나왔다. 마침내 주종 간에 일종의 묵계가 이루어지는 순간이었다.

"이구, 우리 어르신께서는 무신 놀부 심청으로 젊은 아씨한티 노상 행짜만 부리시는지, 참말로 알다가도 몰르겄네. 맴씨로 보나 태깔로 보나 금강산 선녀 같은 우리 아씨가 그러코롬 지성으로 섬기신다면 야소구신도 그리 숭악헌 사당은 아닐 성불른디, 워쩌자고 우리 어르신은 월하에 박꽃맨치로 곱디곱든 당신 딸자식을 저 모냥 저 지경으로 처참허니 맨들어뿔고 말었을꼬!"

논에 나간 일손들 새참거리 챙기러 부엌으로 되돌아가면서 섭섭이네는 노상 입에 붙은 탄식을 늘어놓았다.

"때가 이를 것이니 곧 지금이라."

순금은 쪽빛으로 물든 청정한 초가을 하늘을 높이 우러렀다.

"너희가 다 흩어져 각각 제 곳으로 돌아가고 나를 혼자 두나 내가 혼자 있는 것이 아니라. 아바지께서 나와 함께 계실 터이니라."

입으로 암송하는 것만으로는 성에 차지 않아 눈도 성경 구절 봉독하는 울력에 함께 내보내려고 순금은 쪽지를 다시금 펼쳤다.

'너희가 다 흩어져 각각 제 곳으로 돌아가고 최순금이를 혼자 두나 최순금이가 혼자 있는 것이 아니라. 아바지께서 최순금이와 함께 계실 터이니라.'

문목사 사모 필체로 쪽지에 틀림없이 그렇게 적혀 있는 성싶었다. 아니, 정녕 그렇게 적혀 있었다. 순금은 쪽지에 적힌 성경 구절을 보고 또 보았다.

'세상에 있을 제 너희가 환란을 받으나 안심하라. 내가 세상을 이기었노라……'

세상에 있을 제 너희가 환란을 받으나…… 최순금이가 환란을 받으나…… 안심하라…… 최순금이는 안심하라…… 내가 세상을 이기었노라…… 우리 주 예수 그리스도께서 세상을 이기었노라…… 덩달아서 최순금이도 세상을 이기었노라……

필체 주인 사모 얼굴이 쪽지에 사진으로 박혀 있는 듯했다. 궁벽한 산골 교회에서 애옥살림 꾸려가면서도 찌든 내색 없이 언제나 온화한 미소로써 교인들 대하던 얼굴이었다. 문목사 근황이 무척 궁금했다. 성신님께 이끌려 광야에서 마귀의 시험 이겨내신 예수 그리스도의 행적 좇아 사십 일간 금식기도를 마치고 독두산에서 내려온 문목사가 폐문된 예배당 종소리를 신호 삼아 장차 성도들한테 전하고자 하는 소식은 대관절 어떤 내용일까.

"너희가 환란을 받으나, 안심하라! 내가 세상을 이기었노라!"

순금은 쪽지에 적힌 성경 구절 끝부분을 다시 한번 입술로 옮겨놓았다. 그러자 하얀 물마루 앞세운 환희의 파도가 세차게 밀려와 가슴을 그들먹이 휘덮기 시작했다. 아직은 그것이 무엇인지 알 도리가 없었다. 하지만 여호와 하나님 영화롭게 할 놀라운 역사가 불원간에 샛내교회에서 이루어질 것임에 틀림없다는 확신이 들었다. 언제일지 모르는 그날, 종탑에 달린 놋종이 오랜 침묵 깨고 입 크게 열어 산서 고을 전체를 향해 우렁찬 목소리로 외칠 때, 산지사처로 뿔뿔이 흩어졌던 성도들은 승전가 높이 부르며 오랜만에 예배당으로 환희의 발걸음 재촉하게 될 터이었다.

제4장

알나리깔나리

1

해가 중천에 매달려 있는데도 구석방에서는 아무런 기척도 새나오지 않았다. 몸 뒤척이는 부스럭거림은 고사하고 숨기척조차 안 나는 것 같았다. 사람이 들지 않은 빈방 같았다. 더운 피 흐르는 생령 아니라 뻣뻣한 시신 뉘어놓은 장소처럼 괴이쩍은 적막감마저 감돌고 있었다. 아무렇게나 방바닥에 너부러진 채 부용은 끝내 미동조차 하지 않을 작정인 듯했다. 산더미같이 쌓인 기름진 음식 곁에 두고 빽빽 굶어 받아 죽기로 작심한 것 같았다. 간밤에 늦은 저녁 겸 밤참 삼아 흰죽 두어 숟갈 마지못해 뜨는 둥 마는 둥 깨지락거리는 것으로 끼니 때운 뒤로 부용은 아침도 거른 채 점심참에 이르도록 내처 잠든 시늉으로 일관하는 중이었다.

"부용아."

명주 실오리 같은 명줄이나마 간댕간댕 부지하도록 하려면 우격다짐해서라도 깨워 약 먹이고 곡기도 입에 넣어줘야 할 때였다.

"여태 자고 있냐?"

순금은 근심 한 자락 조심조심 방안으로 욱여넣었다. 역시 아무런 반응도 흘러나오지 않았다. 저도 모르게 문고리 향해 다가가려던 손을 순금은 황급히 거둬들였다. 바싹바싹 타들어가는 애간장이 대짜배기 한숨으로 바뀌어 입 밖으로 비어져나왔다. 병골 동생 끔찍이 아끼고 위하면서도 정작 그 우애를 당자에게 전달할 길은 막막하기만 했다. 순금은 안타까움과 무력감을 도무지 어쩌지 못한 채 발소리를 치마폭 안에 감추며 살금살금 물러서고 말았다.

"이구, 이 밥통 같은 놈아!"

결코 작다고 할 수 없는 소란이 부엌에서 벌어지고 있었다.

"니가 넘들보담 키가 쪼깐허기를 허냐, 넘들 먹는 삼시 시끄니 밥을 너만 못 읃어먹기를 허냐. 열 달 꼽빡 채워서 사대육신 멀쩡허니 갖추고 나온 놈이 허구헌 날 글월 읽는 대신 밥투정에 주전부리 타령이나 입에 달고 살드니만, 참말로 그 꼴 한번 조오타! 즈그 애비는 에렸을 적에 하나를 갈쳐주면 둘을 깨칠 정도로 똑똑허고 야무졌는디, 저놈은 으쩌자고 허라는 친탁은 안 허고 허지 말라는 외탁만 혀갖고 맨날 공부 속이 그 지경으로 젬병인지, 원!"

섭섭이네가 북채로 북통 때리듯 자기 주먹으로 자기 앙가슴 두들겨 꽉 막힌 숨길을 간신히 틔웠다.

"대처나 이 노릇을 으쩌면 좋단 말이냐, 이 밥통아! 비싼 월사금 처앵겨서 핵교를 보냈드니만, 허라는 공부는 않고, 툭허면 교실서 쫓겨나서 중도에 집으로 돌아오기나 허고, 깔씬허면 늙은 할미 오너라 가너라, 핵교 문턱 닳어빠지드락 선상님한티 불려나댕기게 맨드니, 나가 참말이지 날이날마닥 오장이 훌러덩 뒤집어져서 못 살겄다, 이놈아!"

조손간에 네댓 사람 몫 북새는 너끈히 떨고 있었다. 집안에 요양 환자 있다는 사실마저 잊은 채 섭섭이네는 분을 삭이지 못해 길길이 뛰었다. 하얀 실연기 솔솔 피워올리는 부지깽이를 금방 내리칠 듯 손자 머리 위로 치켜들기도 했다. 등허리에 엇비뚜름히 책보 둘러맨 덕기가 호되게 닦달질당하는 중이었다. 녀석은 할머니가 휘두르는 부지깽이를 요리조리 재주껏 피했다.

"공부 땜시 쫓겨난 게 아니란 말이여!"

한 발이나 튀어나온 주둥이 나불거리며 덕기가 볼멘소리 툭툭 뱉었다.

"뭣이라고? 공부 탓이 아니고 월사금 탓이란 말이냐?"

"누가 월사금 탓이랴? 와따꾸시다찌를 못 왼다고……"

덕기는 윗입술 가까이 푸짐하게 흘러내린, 조청만큼 끈적끈적해 뵈는, 누런 콧물을 훌짝 소리와 함께 콧구멍 안으로 불러들였다. 섭섭이네 얼굴에 몹시 난감해하는 기색이 떠올랐다.

"왔다 굿이…… 뭣이라고? 고것은 또 으떤 각설이가 먹다가 내뻰진 보리개떡 같은 물건이다냐?"

"그봐, 할머니도 몰릅시나!"

"이놈아, 왔다 굿이가 공부 아니라면 염불이란 말이냐?"

"에헤이, 할머니도 참! 염불은 백상암 중들이나 허는 것이지, 핵교서 무신 염불을 갈친다고……"

무식한 할머니한테 여지없이 핀잔 먹이고 나서 덕기는 또다시 푸짐하게 비어져나온 콧물을 이번에는 팔소매 끝동으로 손빠르게 훔쳐냈다.

"아니, 이놈이 적빵화장도 유분수지, 맨날 핵교 공부 중도폐지 허는 놈이 시방 누구한티 감히 훈도여, 훈도는? 느그 할미를 똥허고 된장도 분간 못허는 버꾸로 알고 있냐, 이놈아?"

머리꼭지까지 부앗살 뻗쳐오른 섭섭이네가 하마터면 잊을 뻔했다는 듯 잠시 쉬고 있던 부지깽이 춤을 얼른 다시 추기 시작했다. 집채를 가운데 두고 그 둘레를 뱅글뱅글 맴돌며 조손간에 의초롭게 앞서거니 뒤서거니 선두 다퉈가며 서로 쫓고 쫓기는 덧게비놀음에 고부라지는 바람에 울안 전체가 한바탕 또 시끌벅적해졌다. 읍내에 따로나 살면서 남의 가게 고용살이하는 아들 며느리 대신 섭섭이네가 일찍부터 손자를 거두어왔다. 천방지축 종잡을 수 없는 그 행동거지하며 더펄머리 아무렇게나 얹고 다니는 그 때꼽재기 얼굴하며 사시장철 코밑에 줄줄이 매달고 사는 그

싯누런 콧물하며, 덕기 녀석 꼬락서니는 춘복이 아저씨랑 늘 어금버금한 형세였다. 하라는 일은 죽어라 하지 않고, 하지 말라는 짓거리만 날날이 골라서 저지르는 말썽꾸러기 아이한테 순금은 일찍부터 웬지 모르게 남다른 정을 느끼고 있었다.

"그만허면 인제 되얐어요. 대충 끝내셔요, 섭섭이 어머님."

이제는 덕기 할머니라고 고쳐 부를 법도 하련만, 순금의 의식 속에서 섭섭이네에 대한 호칭은 예나 지금이나 그저 섭섭이 어머니로 구어박혀 있었다.

"아녀라. 싹수가 노랗고 사람 되기 애저녁에 글러먹은 놈은 부지땡이 잡은 짐에 다리몽생이를 작신작신 뿐질러뿌러야 되야라!"

주인댁 젊은 아씨와 객소리 몇 마디 주고받느라 한참 더 벌어진 손자와의 간격을 좁힐 욕심으로 섭섭이네는 또다시 씨근벌떡 뜀박질할 태세였다. 순금이 섭섭이네와 덕기 새중간에 들어 양팔 활짝 벌리며 길을 막아섰다.

"우리 부용이 놀래겄어요."

"옴맴매, 이 늙은것 정신머리 조깨 보소이!"

그제야 비로소 노점 진단받고 집에 돌아오자마자 구석방에 자리보전하고 지내는 큰도련님 근처에 생각이 닿은 모양이었다. 구석방 쪽 핼끔핼끔 돌아다보며 섭섭이네는 민망해서 어쩔 줄 모르는 표정이었다.

"할머니는 나만 보면 무단시 못 잡어먹어서 지랄이랑께!"

덕기 녀석은 어른들 관심권에서 잠시 벗어난 기회 틈타 한 소래기 빽 내지르기 바쁘게 줄행랑을 놓기 시작했다.

"덕기 너, 할머님한티 그게 무신 말버릇이냐!"

순금의 꾸지람이 날아들자 녀석은 도롱태처럼 굴리던 발걸음을 갑자기 멈추었다. 놀랍게도 반 뼘은 실히 됨직한 혓바닥이 녀석의 입에서 삐져나왔다. 녀석은 상전 아씨 어려운 줄 도통 모르고 뱀처럼 혓바닥 날름날름 내두름으로써 순금의 꾸지람에 암팡지게 대거리했다.

"저, 저런 단매에 쌔려 쥑일 놈이 버리장머리도 없이 감히 누구 안전에 대고 쎗바닥을 닐름닐름 내밀고 자빠졌다냐!"

상곡 어르신 출중한 욕설 솜씨를 조석으로 듣고 보고 배운 바가 많아 섭섭이네도 입이 어지간히 건 편이었다. 일단 작심하고 욕하기로 들면 섭섭이네 실력 또한 상곡 어르신 못지않았다. 할머니 험구가 더욱 무성히 자라나기 전에 덕기 녀석은 잽싸게 대문 밖으로 모습을 감춰버렸다.

"괜찮어요. 원래 애들은 다 저러면서 크는 것이 정상이니께요."

"그렁깨 옛말에도 안 있습디여, 에린것 너무 귀애허면 할애비 나룻에 꼬꼬마 달어맨다고."

"덕기만 탓헐 수도 없는 노릇이지요. 내 나랏말 옳게 배워서 지대로 써먹는 것도 힘든 공분디, 황차 넘에 나랏말은 오죽허겄어요? 애시당초 학교에서 어린것들한티 일본말만 가르치고 조선말은 쓰지도 못허게코롬 강제허는 것부텀 크게 잘못된 일이지요."

순금은 대충 그 정도만 말했다. 평생 부엌일밖에 모르고 살아온 까막눈이 아낙에게 민족말살정책이 어떻고 국어상용화정책이 어떻다고 거창하게 떠벌리는 게 얼마나 부질없는 짓이겠는가.

"쇤네도 대충 짐작은 허고 있었는디, 아씨 말씸 들으니께 참말로 잘못되야도 겁나게 잘못된 공부고만요. 허기사 아씨랑 큰되린님이랑 사정없이 유식헌 문자로 높은 말씸들 나누실 적에는 조선말 영축 없는디도 못 배와먹은 요 귓구녁에는 왜말이나 매일반으로 당최 한마디도 안 들어오드만요."

섭섭이네는 그때까지 손자가 도망친 대문간 쪽으로 겨누고 있던 부지깽이를 그제야 맥없이 내려뜨렸다.

"그런디 아까막시 우리 덕기란 놈이 씨부렁거리든 그 뭣이냐, 왔다 굿이, 어쩌고 허는 게 대관절 무신 소리다요?"

"곡마단 굿이 찾어왔다는 소리가 아니라 와따꾸시다찌라는 일본말인디, 그것은 또 별명일 뿐이고 본명은 따로 있지요. 섭섭이 어머님이 조석으로 조왕님 전에 싹싹 빌딧기 조선 백성들 누구나 다 일본 천황 전에 축수허라고 총독부에서 강제로 외우게 허는 황국신민……"

"아, 그 황국신민스사 말씸이고만요?"

그 정도 상식쯤 이미 알고 있다는 투로 섭섭이네가 손사래 쳐 젊은 아씨 말밑을 싹 깎아버렸다. 순금이 알기로 섭섭이네는 황국신민서사 전문은 고사하고 반 구절도 욀 줄 모르는 사람이었다. 먹고살기 위해 읍내나 면소재지 뻔질나게 출입하면서 관공서 신세 진다거나 먼 여행 떠나기 위해 기차표나 버스표 살 일도 전연 없는 방안풍수 팔자였다. 때문에 그동안 관헌들 앞에서 서사 암송 여부를 검증받아야 되는 통과의례 치를 일 또한 없었고, 그래서 그 서슬 푸른 서사 소동도 섭섭이네에게는 그저 강 건너 불일 따름이었다.

"제가 덕기한티 일본말 조깨 가르쳐볼까 허는디, 괭기찮겄어요?"

다른 무엇보다 황국신민서사부터 암기시킴으로써 덕기로 하여금 수업 도중 교실에서 쫓겨나는 설움만이라도 면하게 해주고 싶었다.

"아이고매, 아씨!"

그러고 나서 이른바 '국어독본'도 틈틈이 가르쳐 덕기의 일본어 실력을 한층 더 높여줄 심산이었다.

"시방 그 말씸, 빈말이 아니고 진담으로 허시는 말씸이다요?"

젊은 아씨 호의를 일종의 횡재로 여기는 눈치였다. 섭섭이네는 몹시 흥분해 있었다.

"당장 오날서부텀 시작을 허지요."

그리하여 학교 안에서 금지된 조선말 사용한 죄로 당하는 벌칙의 고통과 수모와 불이익으로부터 어린것을 풀어주고 싶었다.

"우리 순금이 아씨께서 고로코롬만 심을 써주신다면 그 은공이 참말로 뼛골난망이겄습니다요!"

감격이 지나친 나머지 섭섭이네는 도나캐나 제멋대로 문자 만들어 쓰는 고질병이 도졌다.

"쇤네한티 적선허시는 폭 잡고 이왕지사 회차리 드시는 짐에 지발덕덕 그 왔다굿이스사만 갈쳐줄 게 아니라 그 못되야먹은 버리장머리도 한목에 싸잡어서 뽄때 있게 곤쳐주시기라!"

그 무렵, 소학교에서는 학생들한테 일정량의 벌칙 딱지 미리 나눠준 다음 조선말 사용이 적발될 때마다 한 장씩 압수하는 제도를 시행하고 있었다. 정해진 숫자만큼 벌칙 딱지 압수당한 학생은 학점을 깎고 교실 복도에 꿇어앉혀 벌을 세우거나 학교 밖으로 아예 내쫓는 방법으로 조선인 학생들 조선말 사용을 시망스럽게 단속하는 중이었다.

섭섭이네 조손끼리 부엌 안팎 넘나들며 떨어댄 북새통이라면 죽은 사람도 벌떡 일어앉을 것 같았다. 짐짓 잠든 척하며 의뭉 떨던 동생도 더 버티지 못하고 방문을 열어줄 거라 생각했다. 순금은 솥단지 안에서 알맞추 중탕된 약사발을 꺼냈다. 아버지 몰래 어머니가 면소재지 한약방에서 지은 보중익기탕(補中益氣湯)이었다. 황기(黃耆)와 인삼, 시호(柴胡)서껀 좋은 약재들 고루 사용한 처방으로, 특히 폐질환에 탁효라고 알려져 있었다. 좌우지간 무슨 수를 써서든 동생을 살려내고 말겠다는 일념으로 순금은 어머니와 합력해서 한방뿐만 아니라 민방 쪽도 눈 크게 뜨고 살피기를 게을리하지 않았다. 사광이풀이라 불리기도 하는 며느리배꼽이 노점 기침에 탁효라는 단방문에 접하자 일꾼들을 몽땅 들판에 풀기도 했다. 말린 며느리배꼽을 광 속에 쟁여놓고 단방약 만들어 보중익기탕과 번차례로 부용에게 장복시키는 중이었다.

약을 조달하는 일 자체는 별로 문제될 게 없었다. 정작 문제는 한방이든 민방이든 가릴 것 없이 제 입안에 들어오는 모든 약제한테 드러내는 부용의 막무가내 적대감이었다. 아무 이유 없이 무조건 고개부터 쌀쌀 내젓는 병자한테 건강에 유익한 탕제 먹이는 일은 맹독성 극약 먹이는 일보다 몇 곱절 더 어렵고 힘든 과제였다. 그나마 순금이 매번 혀가 닳도록 어르고 달래며 말품 파는 노력 끝에 겨우 병아리 눈물만큼씩 복용시키는 형편이었다. 그 덕분인지 부용의 병세는 알게 모르게 조금씩 차도를 보이기 시작하면서 그토록 극성스럽던 기침과 가래의 기세도 이즈막 들어 한풀 꺾인 상태였다. 순금은 당장 서양인 선교사가 운영하는 전주 야소병원이나 경성 같은 대처 큰 병원에 동생을 입원시켜 비용이야 고하간에 발달한 의술 혜택을 입도록 주선하고 싶었다. 경이로운 항생 효과 지닌 신물질 의약품이 근자 서양에서 발명됨으로써 이제는 폐결핵도 불치난병이란 오명 벗어나는 시대가 도래했다고 신문지상에 떠들썩하게 보도되지 않았던가.

그러나 부용의 객지 입원 치료는 아버지가 두 눈 시퍼렇게 뜨고 집안 대소사 휘어잡아 호령하는 한 꿈조차 꾸지 못할 사치였다. 한약방에서 몰래 지어다 먹이는 보중익기탕도 여간 눈치가 보이는 게 아니었다. 시집올 당시 어머니가 혼수로 가져온 패물 한 가지씩 처분해서 마련한 탕제마저 길가나 산야에 지천으로 널린 사광이풀 삶은 물이라고 아버지에게 거짓으로 고할 정도였다. 조석으로 한약 달이는 냄새가 울안에 진동하는 판인데 제대로 뚫린 콧구멍 지닌 인간이 어찌 본격 탕제와 하잘것없는 단방약의 차이를 구분하지 못하겠는가. 그럼에도 불구하고 아버지는 그냥 모르는 척 눈감고 지내기로 작정했는지 약탕관 발로 걷어차 뒤엎거나 약사발 빼앗아 패대기치는 만행까지는 아직 실천하지 않았다. 제아무리 오리(五厘) 이문 보고 십리(十里) 간다는 수전노 아비일지라도 한 생령 살리고자 불철주야 병구완에 매달리는 모녀의 지극정성만은 차마 모지락스레 가로막을 수 없는 모양이었다.

"일어났냐, 부용아?"

약사발 얹힌 쟁반 받쳐 들고 순금은 구석방 앞에 섰다. 여전히 아무도 들지 않은 빈방인 듯 꼼지락거리는 세미한 기척조차 들리지 않았다.

"아즉도 자고 있냐?"

"자요."

자는 사람이 비로소 음산한 목소리로 첫 반응을 나타냈다.

"일어났으면 나 들어간다?"

"홀랑 뫼벗고 있어요."

그따위 소리 개의치 않고 문고리를 세게 잡아당겼다. 문고리가 걸려 있을 줄 알았던 방문이 의외로 쉽게 열렸다. 부용은 평상시 옷차림 그대로 방바닥에 네활개 펴고 벌러덩 드러누워 멀뚱멀뚱 천장을 올려다보고 있었다.

"들어오지 말어요!"

이미 방안에 좌정한 누님 상대로 부용은 때늦은 거부 의사를 툽상스럽게 밝혔다. 요 며칠 사이 부용은 한층 더 껑더리되어 있었다. 유난히 두드러져 보이는 광대뼈와 고랑이 진 턱자가미, 홀쭉한 볼따구니에 드리워진 짙은 음영을 순금은 한참이나 눈여겨보았다. 말로만 듣던 야차의 형상이 바로 저런 얼굴이리라. 퀭한 눈자위에 번뜩이는 광기가 방안에 섬뜩한 기운을 흩뿌리고 있었다. 그토록 흉측하게 일그러진 얼굴이 불과 반년 전까지 미장부 자태 자랑하던 그 얼굴하고 같은 틀이라는 사실이 순금은 도무지 믿기지 않았다.

"노점 버럭지들이 접때 사랑채 분탕질헌 화적패맨치로 시방 누님 폐부를 침노허고 있어요."

순금은 쟁반을 부용의 머리맡에 조심스레 내려놓았다.

"괘얀시 노점 옮겼다고 낭중에 나 원망헐라 말고 싸게 물러나

요!"

"그만 일어나거라. 등허리에 곰팽이꽃 만발허겄다."

뒷목 밑에 팔뚝 밀어넣어 순금은 우격다짐으로 부용을 일으켜 앉혔다.

"제발 날 조깨 가만 내비둬요!"

겨우 그 정도 몸동작을 했을 뿐인데도 부용은 핫저고리 섶 사이로 앙당그러지게 드러난 가슴을 참새처럼 할딱거리며 되우 숨가빠하고 있었다.

"내비두면 금방 죽을 것 같어서 그런다."

"살고 잪은 생각 없어요!"

"아서라, 아서, 그 버르장머리없는 소리. 손윗사람 앞에서 그따우 못된 소리 함부로 허는 법 아니다, 부용아."

"하루에도 열두 번씩은 죽고만 잪어요!"

"잔소리 고만허고, 어서 약이나 먹자."

"살어 있는 게 나한티는 치욕이 되고 넘들한티는 짐이 되는디, 그따우 효과도 없는 물건은 뭣 땜시 또 먹어야 되지요?"

"나는 넘이 아니라 느이 누님이다. 너는 짐이 아니라 내 동생이고."

순금은 쟁반 위에 놓인 약사발을 두 손으로 들어올렸다.

"치욕이 될시락, 짐이 된다고 생각헐시락 외려 더 기를 쓰고 꼬박꼬박 챙겨먹어야 되는 것이 약이니라. 내가 주는 대로 딸콕딸 콱 받어 먹고 너는 끝까장, 무신 수를 쓰드래도 마즈막까장 악착같이 살어남어야 쓴다."

"어쩐지 야마니시 아끼라 영감 지론허고 엇비슷허게 들리네요. 수단방법 안 개리고 험악헌 세상 악착같이 살어남어서, 자손들 최대한 많이많이 까놓고 사방에다 퍼쳐서, 온 세상을 몽땅 우리 최성바지들로 새까맣게 도배허는 것이 바로 조상님 전에 자손들이 바치는 제일급 효행이니라!"

"내가 강제로 퍼멕여줄까? 아니면 니가 자진혀서 먹을래? 콧사배기 틀어쥐고 목구녁에다 들어붓기 전에 자작자음허는 것이 신상에 이로울 게다."

순금이 약사발을 부용의 코앞에 들이밀었다. 부용은 그 약사발 거들떠도 안 보면서 순금에게 계속 시비를 걸어왔다.

"나 같은 뇌짐쟁이 산송장이 악착같이 살어남어야 될 이유가 대관절 어디 있지요? 나는 또 그렇다 칩시다. 누님은 뭣 땜시 일찌감치 안 죽고 여적지 살어남어서 악착같이 버티는 겁니까? 늙어 죽드락 욕된 한평생 살어가느니 차라리 말 나온 짐에 우리 두 남매 한목에 같이 죽어뿌립시다."

광기 어린 웃음이 부용의 얼굴에 흉터처럼 칼자국처럼 새겨졌다.

"지가 태어나고 잪어서 태어난 사람 없다. 마찬가지 이치로, 살기 싫다고 맘대로 죽을 권리도 우리네 인간한티는 없는지 안다."

순금이 옹골지게 도리머리하는 사품에 하얀 사기그릇 속의 시커먼 탕제가 질름질름 운두 밖으로 흘러넘치려 했다. 그러자 부용은 일 원어치 도리머리한 누님에 맞서 당장 십 원어치 도리머리를 해 보였다.

"창조주 하나님께서 인간 육신에 생령을 불어넣으신 것은 그 인간을 도구로 사용허셔서 반다시 이루고자 허시는 깊은 뜻이 계셨기 때문인지 알고 있다. 생명을 허락허신 분도 창조주 하나님이시고, 때가 되야서 그 생명 도로 거둬가시는 분 역시 창조주 하나님이신지 알고 있다."

"그놈에 빌어잡수실 하나님!"

"부용아!"

새되게 소리치는 사품에 손에 들린 약사발이 심하게 흔들리면서 또다시 내용물이 운두를 타넘으려 했다.

"일제총독부가 하루아침에 동아, 조선 숨통을 끊어놓는 것 같은 솜씨로 누님이 신봉허는 그 절대권력 하나님께서 최부용이 존재를 강제로 폐간시키고 잪어서 시방 창조 실력을 발휘허시는 중이지요."

날로 가중되는 검열과 감시 속에서도 근근이 버텨오던 동아일보와 조선일보가 마침내 자진 폐간 형식으로 문을 닫은 시기와 부용의 병세가 급격히 악화하기 시작한 시기가 공교롭게 지난 팔월로 맞물려 있는 건 사실이었다. 하지만, 아무리 그렇기로서니 조선총독과 창조주 하나님을 같은 반열에 나란히 세워 감히 비교

대상을 삼다니!

"부용이 너, 귀담어서 잘 듣거라! 니가 나를 모욕허는 소리는 얼매든지 참고 들어줄 수 있다. 허지만 나 듣는 자리서 괘얀시 여호와 하나님 욕허고 주먹총 질러대는 짓만은 절대로 용납헐 수 없다. 인간세상에서 인간들 허물이나 잘못으로 벌어진 사달을 언턱거리 삼어서 일절 무오무류허신 하나님 욕뵈고 패역무도 일삼을 자격은 세상 어느 누구한티도 없다는 사실을 너는 반다시 명심허거라!"

평상시와 달리 순금은 여학교 기숙사 사감같이 엄격한 표정과 차가운 말씨로 동생을 꾸지람했다.

"미안헙니다, 누님. 죄 많은 동생 구원허시겄다고 누님이 밤이면 밤마다 골방바닥에 물팍 꿇고 엎드려서 하나님 바짓자락 붙잡고 울고불고 매달리시는 것, 저도 잘 압니다."

부용의 얼굴에서 웃음으로 포장된 광기가 어느 겨를에 싹 치워져 있었다.

"물론 눈물이 날 만침 고마운 일이지요. 허지만 눈꼽만침도 가망이 없는 동생 살리겄다고 괘얀시 헛수고허지 마십쇼. 애시당초 그분은 누님네 하나님이지 최부용이 하나님은 아니니깨요."

"방금 그 말, 무신론자 최부용이가 전지전능허신 하나님께 청허는 악수로 받어들이마."

"천만에요, 제 화해 대상은 누님뿐입니다. 요지부동이고 확고헌 증거를 만나기 전까장 절대로 누님네 하나님허고는 악수허지 않을 겁니다. 당신이 전지전능허신 존재라는 증거를 당신 딸인 누님한티 반다시 뵈야줄 의무가 있습니다. 누님이 받고 있는 천부당만부당헌 대접을 당장 거두고 다른 여염가 여자들이 통상적으로 누리는 대접을 누님도 같이 누리고 살게코롬 그분께서 방침을 바꾸신다면 저도 누님맨치로 그분을 신봉헐 용의가 있습니다."

"우리가 어쩌다가 여그까장 멀리 와뿌렀다냐? 맞다, 바로 요 약이 아까부텀 말썽이었지. 다 식었겄다. 자아!"

순금이 약사발을 부용의 입에 바투 들이댔다.

"알었어요, 알었어. 내 손으로 마실 티니깨 제발 그런 식으로 절 소학생 취급허지 말어요!"

부용이 마지못해 약사발을 받아들었다. 마치 그 시커먼 탕제의 웅덩이 안에 도사린 죽음의 그림자라도 응시하듯 무척이나 마뜩찮은 눈초리로 사발 속을 물끄러미 들여다보았다. 그런 다음 고개 들어 방금 제 손에 사약 건넨 금부도사 대하듯 순금을 향해 체념 어린 표정을 지었다.

"누님, 제발 저만침 떨어져 앉어요. 참말이지 누님한티 몹쓸 뇌짐 옮기는 걸 원치 않는단 말입니다."

"나로 말헐 것 같으면, 여학교 시절에 간호 강습을 갑과로 수료헌 실력이다. 내가 어련허니 다 알어서 조심헐 모냥이니깨 너는 그런 자잘헌 걱정거리에 당최 괘념헐 필요 없다."

"누님, 제가 방금 무신 생각을 혔는지 아시겄어요?"

"모르겄다. 허지만 그게 꼭 토설허고 잪은 생각이라면, 토설혀도 좋다."

말하기 전에 부용은 일단 웃음부터 앞세웠다. 위악적인 구석이 담긴, 매우 심술궂은 웃음이었다.

"우리 누님 머리 우에 옛날 정경부인맨치로 짚둥우리만침 큰 가환을 얹어주고 잪어요."

동생이 뻗치는 위악의 손길이 머리에 닿기라도 한 것처럼 순금은 얼른 방어 자세를 취했다. 무자비한 가위질에 의해 삭발당한 머리를 놀림거리로 삼으려는 수작일시 분명했다.

"쪽 찌고 비녀 꽂을 본머리가 있어야만 얹을 수 있는 것이 그 가환이란 물건 아니냐?"

"본머리 조깨 없는 게 무신 상관입니까? 물 없는 골짝에다 회삼물 다리도 얹어주고, 나라 잃은 백성한티 이웃동네서 꿔다가 나라님도 새것으로 얹어주는 세상 아닙니까?"

"그 문제로 너허고 다투지 않을란다."

"아버님 가새질 흔적을 볼 적마다 하도 가슴이 아퍼서 그럽니다. 사람들 입초시에 오르내리느니 차라리 보재기로 덮는 게 낫지 않을까요?"

"백줴 무죄헌 인간이 징벌 표적을 감추고 댕긴다면 스사로 죄인이라 자복허는 꼴이 되고 만다."

다정다감하고 사려 깊던 지난날 부용은 가뭇없이 사라져 부지거처가 돼버린 대신 웬 생면부지 인간이 최부용을 자처하면서 집안으로 들어와 똬리를 틀어버린 꼴이었다. 병고에 시달리는 사이 부용은 철부지 나이로 곤두박질친 듯 제멋대로 억지 쓰고 까탈부리는 심술통이로 돌변해 있었다. 어떤 때는 제 이로 제 살점 뭉떵뭉떵 물어뜯고, 또 어떤 때는 아무나 닥치는 대로 남의 살점 물어뜯으려 덤비는 식이었다. 너 죽고 나 죽자며 싸움 청하기요 시비 걸기였다. 피아쌍방 진을 빼는, 동생과의 끝없는 소모전 회피하는 방법은 눈 감고 귀 막고 입 닫는 것밖에 없었다.

부용이 약사발을 천천히 입으로 옮기기 시작했다. 절반은 쏟고 나머지 절반만 마시는 식으로 쓰디쓴 탕제를 벌컥벌컥 들이켰다. 빈 약사발 패대기치듯 아무렇게나 방바닥에 던진 다음 부용은 이부자리에 벌러덩 드러누웠다. 죽은피 같은 새카만 약물이 양쪽 입아귀 타고 턱밑으로 줄줄이 흘러내렸다. 순금은 광목수건으로 부용의 입언저리를 닦아주고 나서 흥건히 젖은 방바닥도 말끔히 훔쳤다.

"요새도 세권이 형님 생각 자주 허십니까?"

물러갈 채비 하느라 약사발 수습하다 말고 순금은 급소라도 찔린 듯 움찔했다. 참으로 이상한 노릇이 아닐 수 없었다. 가슴 복판에 묻어둔 채 행여 누가 눈치챌세라 은밀히 다룰 때는 사무치는 그리움의 대상이던 이름이 남의 입놀림에 버르집혀 가슴 밖으로 끌려나오는 순간부터는 비수처럼 예리하게 가슴 후벼대는 통증으로 번번이 둔갑하는 것이었다.

"왜 당황허십니까? 혹시 제가 뱉어서는 안 될 말이라도 뱉은 겁니까?"

"나 듣는 자리서 그 이름 다시 끄집어내는 날이면 손톱으로 안면 빡빡 할퀴고 이빨로 귓불 꽉꽉 물어뿔 것이다!"

"불철주야 동생 병구완에 매달리는 누님 그 심정 십분 이해허기 땜시 고맙다는 인사는 허지 않을랍니다."

"인사 받고 잪어서 허는 병구완 아니다!"

"기왕지사 말 나온 짐에 솔직허니 다 털어놓고 얘기헙시다. 꿩 대신 닭 잡는 격이겄지요. 안 그렇습니까? 누님은 시방 비명에 가뿌린 약혼자를 그리면서 병든 동생 간호허는 것 아닙니까?"

"그게 무신 말이냐?"

"뇌짐으로 죽어가는 동생은 말허자면 죽은 약혼자 대용품이란 뜻이지요. 누님은 시방 저한티서 고문 후유증으로 시난고난 앓다가 죽은 약혼자를 보고 있는 겁니다. 손수 약 한 첩 못 달여 멕이고 비명에 떠나보낸 세권이 형님 땜시 누님은 노상 가슴 아퍼허셨습니다. 그러던 차에 동생이 덜컥 죽을병에 걸렸으니 얼매나 다행헌 일입니까. 죽은 약혼자를 두고 느끼든 회한, 죄책감 따우를 동생 병구완에 쏟아붓는 정성으로 해소헐 수 있게 되얐지요. 말허자면 하늘이 도와준 기회지요."

입 하나 가까스로 살아 있었다. 까라진 육신 밑바닥에 알량하게나마 남아 있던 기력이 온통 주둥이로만 몰리는 듯했다.

"그따우 말장난으로 기분이 좋아진다면, 얼매든지 다 받어주마."

순금은 저도 모르게 한숨을 폭 내쉬었다.

"그러콤 천사를 가장헌 낯꽃으로 저를 측은허게 대허지 마십쇼. 누님이나 저나 인제는 각자 덮어쓴 가면들 벗어던집시다. 민짜 낯짝으로 사람 냄새 풍기면서 살어갈 때가 되았다고 생각헙니다."

방만한 자세로 벌러덩 드러누운 채 부용이 한입 그득 냉소를 빼물었다. 저만 혼자 고통 속에 내박쳐진 걸 몹시 분하고 억울하게 여기는 것 같았다. 그래서 가족들 모두가 저랑 똑같이 고통에 시달리기를 바라는 것 같기도 했다.

"부용아, 니가 악마가 아니듯기 나도 천사가 아니란다."

순금은 허리 굽혀 부용의 이마에 손을 짚었다. 마치 해면이 물기 빨아들이듯 부용의 몸에 들끓는 신열과 흉통과 온갖 간난신고의 절반 분량이 그 손끝을 통해 저한테 옮아오기를 순금은 바랐다.

"누님이 잘못 알고 있어요. 실인즉슨 저도 악마고 누님도 악마지요."

성가시다는 몸짓으로 부용이 머리를 절레절레 흔들어 이마에 내려앉은 순금의 손길을 털어버렸다.

"여러 마리 악마들이 모여서 우리 최가네 집구석을 구성허고 있지요. 최명배라는, 야마니시 아끼라라는 거대 악마 슬하에 군소 악마들이 우그르르 딸려 있는 형국이지요. 악마들은 과연 악마답게 각자 제 밥값들 허니라고 날이면 날마다 난리법석을 떨어대지요. 서로가 서로를 못 잡어먹어서 밤낮없이 으르렁거리고, 물어뜯고, 쌈질허고, 노상 서로서로 상처를 주고받고, 배신허고, 호시탐탐 해코지헐 기회만 노리면서 살어가지요."

"부용아, 인제 제발 고만……"

순금은 두 손 모아 가슴에 갖다붙였다. 부용은 불똥이 뚝뚝 떨어지는 무시무시한 눈초리로 순금을 노려보았다.

"거대 악마는 군소 악마들 고혈 빨어먹고, 군소 악마들은 떼거리로 뎀벼들어서 거대 악마 살점을 욕심껏 뜯어먹지요. 요게 바로 산서 최가네 집구석 실상이고 진면목입니다. 지옥이 따로 있는 게 아닙니다. 우리 집구석이 바로 지옥이고, 지옥 중에서도 제일 뜨끈뜨끈헌 아랫목 상등석 지옥이란 말입니다. 앞으로 얼매 안 가서 산서 최문은 필연적으로 망허도록 되야 있습니다. 망조란 놈이 오래전부텀 담장 뛰어넘고 중방 밑 뚫고 우리 집안에 들어와서 활동을 개시혔단 말입니다. 악마들만 우글부글 들끓는 요따우 집구석에 망조가 안 든다면 이 세상 어느 집안에 망조가 들겄습니까!"

"나쁜 놈!"

부용의 귀싸대기에서 철써덕 소리가 차지게 울렸다. 눈 깜빡할 사이에 벌어진 일이었다. 그러잖아도 발그레하게 상기돼 있던 뺨에 대뜸 손도장 벌겋게 찍히는 걸 보자 순금은 손회목에 감겨오는 얼얼한 통증을 느꼈다.

"방금 그 손찌검, 고맙습니다. 누님 역시 여러 군소 악마 중에 하나라는 증거를 행동으로 뵈야주셔서 참말로 다행입니다."

연방 음험하게 낄낄대는 부용의 웃음소리가 순금의 머리끝을 쭈뼛 곤두서게 만들었다.

"우리 집안에서 제일착으로 아버님을 배반헌 인물이 바로 누님이잖습니까. 인색한으로 소문난 아버님이 산서 같은 두메산골에서 감히 꿈도 꾸지 못헐 고등교육 혜택을 딸한티 척허니 앵겨준 것은 벼슬허는 사위 하나 잘 후려서 장차 사대부 집안맨치로 떵떵 울리면서 살고 잪으다는 욕심 하나 때문이었지요. 그럼에도 불구허고 누님은 아버님 기대를 본때 있이 배반허고 객지 유학생활에서 자유연애에 고부라졌지요. 그것만 허드래도 벌써 아버님한티는 절대로 용서 못헐 불효였는디, 누님은 한술 더 떠서 야소쟁이까장 되얐지요. 그것도 모잘라서 담번에는 야학이다, 독서회다, 허고 이런저런 구락부 가입혀서 애인이랑 어울려 댕김시나 계몽운동에 매달리다가 필경 불령선인 낙인까장 콱 찍히고 말었지요. 그 바람에 약혼자 잃은 생과부 신세에다 일제 감찰 대상이 된 몸으로 집에 돌아오는 바람에 아버님 애시당초 계획은 엉망진창이 되고 말었지요."

"나쁜 놈!"

얼떨결에 따귀 후려갈기는 것으로 최후 수단을 너무 일찍 써먹어버렸기 때문에 순금은 동생의 험구에 속수무책이었다.

"아마니시 아끼라 영감님이 어디 불효막심 딸년을 그냥 곱게 보아넘길 위인입니까? 첫째로 딸한티 쏟아붓은 학자금이 치가 떨리게코롬 아깝고, 둘째로 불령선인 딱지 붙은 딸 덕분에 앞으로 두고두고 당신 신상에 닥칠 불이익만 생각헐작시면 원통허고 절통혀서 참을 수가 없었지요. 그리하야 아마니시 영감님은 청상 아닌 청상으로 돌아온 딸한티 무시무시헌 징벌을 내리는 것으로 철저허게 보복을 단행혔지요. 당신이 기왕에 입은 손해는 물론이고 장차 입을 손해까장 합산헌 금액에다 살인적인 복변리, 장변리를 덤으로 붙여서 딸년 장래를 볼모로 잡어뿔고 만 겁니다."

"나쁜 놈!"

"기대를 저바리고 애비 얼골에다 똥칠헌 딸을 만년 처녀로 딱 고정시켜서 집안에다 감금허고는 늙을 때까장 생으로 꼬장꼬장 말려 쥑이기로 작정허신 것이지요. 그런 아버님을 대적혀서 누님은 또 누님대로 고약헌 보복 수단을 고안허고는 즉각 반격을 감행혔지요. 맘보재기 살짝 고쳐먹으면 얼매든지 다른 혼처 물색혀서 팔자를 곤칠 수도 있었는디, 차디차게 식은 피 빨어먹고 모기란 놈 배탈이나 나뿔라고 역부러 꾀벗고 한뎃잠 자는, 어리석은 오기로 누님은 사사건건 아버님한티 어긋장을 놓기 시작혔지요. 수절과부 자임험시나 평생 아버님 발목 붙잡고 늘어지기로 작심헌 겁니다. 어느 한쪽이 지쳐서 나자빠질 때까장 부녀지간에 서로 가해자도 되고 피해자도 되는 그 복수극은 죽는 날까장 줄기차게 계속될 거라고 본인은 단언허는 바입니다."

"부용이 네 이 나쁜 놈아!"

마치 소리꾼 곁에서 추임새 넣듯 순금은 연방 똑같은 소리만 새중간에 끼워넣을 따름이었다.

"서로 못 잡어먹어서 한이기는 부녀지간뿐만이 아니지요. 누님은 거번에 야마니시 영감님을 털어먹은 그 강도단을 어떻게 생각허십니까?"

퍼렇게 날 선 험구 휘둘러 상대방 급소를 찔러서 치명상 입히는 행위가 떡 먹듯 수월한 노릇만은 아닌 듯했다. 시체처럼 드러누워 입만 벙긋거리는데도 부용은 바윗돌 땅띔에 견줄 만한 중노동이라도 마친 푼수로 온 얼굴에 구슬땀을 흠씬 뒤집어쓰고 있었다. 가쁜 숨 몰아쉬느라 헐렁한 핫저고리 앞섶을 풍선처럼 연방 부풀렸다 꺼뜨리기를 되풀이하는 중이었다.

"야마니시 영감님은 강도단이 아니라 화적패라고 주장헙디다만, 야밤중에 제 패거리 끌고 나타나서 천석꾼 영감 되알지게 혼겁을 멕이고 간 장본인이 누군지 누님은 전연 짐작이 안 갑니까?"

"배! 낙! 철!"

마치 악의에 찬 동생 가슴에 힘껏 돌팔매 날리는 심정이었다. 순금은 한 이름을 세 토막으로 나누어 한 음절씩 아금받게 발음했다.

"허어, 누님께서 그 은밀헌 속내를 무신 수로 정확허게 알어냈을까요?"

놀라 자빠지는 시늉으로 부용이 요란하게 감탄했다.

"고등계 형사나 헌병대 오장 아니라도 그런 추리는 얼매든지 가능허다!"

어디까지나 그것은 막연한 추측에 불과했다. 그 추측마저 최순금 고유의 것이 아니었다. 거액의 재물 강탈당한 끝에 정신이 해뜩 뒤집어진 아버지가 분노의 절정에서 도나캐나 추켜잡은 억측일 뿐이었다. 어떤 근거에 따라 그랬는지 모르지만, 아버지는 놀랍게도 배낙철에게, 다른 누구 아닌 당신 이질에게 화적패 수괴 혐의를 두기 시작했다. 때문에 심히 난감한 지경에 몰려 전전긍긍하는 사람은 관촌댁 자매, 바로 어머니와 이모였다. 자매는 천륜에 인륜을 곱빼기로 범한 천하 패덕한을 각각 이질과 아들로 두었다는, 그야말로 얼토당토않은 죄목 뒤집어쓴 채 각각 남편과 형부로부터 소홀찮이 시달리면서 호소무처 상태로 폭폭한 나날을 보내고 있었다.

"여학교 시절에 일찌가니 고등계 취조를 겪어본 솜씨라서 우리 누님은 역시 안목이 범상치가 않으십니다그려."

그러나 순금은 아버지의 의심을 당초부터 억측으로 치부하면서 아예 치지도외해버렸다. 제아무리 막돼먹었기로서니 설마 한들 제 이모부 멱에 비수 들이대는 극한 폭력까지 저지를까 싶어서였다.

"그렇다면 공범이 누구누군지도 뜨르르 다 꿰고 계시겄네요?"

그럼에도 불구하고 순금이 강도질 장본인으로 배낙철을 명토박아 대거리한 것은 순전히 부용의 퇴행적 언동에 대한 반발심 때문이었다. 그런데, 아무렇게나 툭 내뱉은 그 대거리가 전혀 엉뚱한 논두렁에 물꼬를 트면서 점점 수상한 방향으로 물을 흘려보낼 조짐을 보이기 시작하는 게 아닌가.

"최부용이 바로 니놈이다, 이 나쁜 놈아!"

"핫핫하, 틀렸어요. 저는 아닙니다. 저는 강도단 일원으로 낙철이 패거리에 직접 가담헌 사실이 결단코 없습니다. 다만, 한 다리 슬쩍 건너서 낙철이 범행을 약간 방조만 혔을 뿐이지요. 핫핫핫하."

상대방 돌라먹기에 성공한 것을 자축하듯 부용은 요란한 웃음으로 커다란 즐거움을 표출했다. 그때부터 순금은 극심한 혼란 속에 빠져들기 시작했다.

"아니, 그렇다면……"

저도 모르게 꿀꺽 침이 삼켜졌다.

"그 말이 사실이란 말이냐?"

갑자기 온몸이 후들후들 떨리기 시작했다. 사뭇 추위 타는 낮꽃으로 순금은 동생에게 바싹 다가앉았다.

"낙철이가 실지로 강도단을 끌고 들어와서 우리 사랑채를, 아니, 즈그 이모부를 털었단 말이냐?"

그러자 부용이 벌컥 소가지를 부렸다.

"그러면 제 말을 여태까장 농담으로 알어들었단 말이요?"

"그렇다면 니가 낙철이 강도 행각을 방조혔다는 말도 사실이란 말이냐?"

"몇 번이나 말혀야 알어듣겄소? 배낙철 두목께서 소인한티 주신 사명은 복구한티 수면제를 멕여서 밤새드락 얌전허니 재워놓는 임무였지요."

"오, 주여!"

감당하기 버거운 시련 만날 적마다 늘 하던 버릇대로 순금은 얼른 두 손을 가슴에 모았다.

"게우 그 정도 갖고서 뭘 그리 놀래 자빠지십니까? 만약에 야마니시 영감님 둘째아들도 강도단 일원으로 복면을 허고 나타난 걸 아신다면, 그러고 또 야마니시 영감님이 포박당헌 채로 만판 곤욕을 치르든 시간에 최귀용이가 지척지간에서 망을 보고 있었다는 사실까장 아시는 날이면 누님은 필경 까무러치고 말겄습니다그려."

아닌 게 아니라 순금은 거의 까무러치기 직전이었다. 시야를 하얗게 표백하면서 현기증이 엄습하는 바람에 별안간 어찔어찔해졌다. 이마에 손 짚으려는 순간 윗몸이 앞으로 기우뚱 쏠렸다. 순금은 방바닥과 몸뚱이 사이에 양팔로 버팀대를 질러 가까스로 자세를 바루었다.

"제발, 부용아!"

순금은 무릎걸음으로 문칫문칫 다가들어 동생과의 간격을 없애버렸다. 그녀는 뼈마디들이 울툭불툭 튀어나온 부용의 앙당그러진 손을 잡고 마구 흔들어대기 시작했다.

"말짱 다 거짓말이라고, 장난으로 그냥 되나 못 되나 늘어놓은 소리라고, 시방 당장 분명허니 밝히거라!"

그러나 부용은 세차게 도리머리를 했다.

"여태 제 말을 못 믿으시는 모냥인디, 그렇다면 자초지종을 소상허니 밝히지요. 낙철이 지시를 받고 귀용이가 저를 찾어온 것은……"

"되았다, 그만두거라! 더 듣고 잪지 않다!"

순금은 손바닥으로 부용의 입술을 덮쳐눌렀다. 정말 더 듣고 싶지 않았다. 자초지종에 접하기 전에 불분명한 상태 그대로 영원 속에 묻어버리고 싶은 이야기였다. 전대미문의 패륜 만행에 두 동생이 깊숙이 관련됐음이 부동의 사실로 굳어질 경우, 곧바로 들이닥칠 무시무시한 결과를 예측하면서 순금은 미리감치 몸서리쳤다. 입을 틀어막은 손바닥이 치워지기 무섭게 부용은 끊겼던 말허리를 다시 잇기 시작했다.

"야소병원에서 최종 진단을 받고 집으로 돌아오는 도중이었지요. 범티 고갯마루에 앉어서 잠깐 숨을 돌리는 참인디……"

"제발 그만두라니깨!"

"느닷없이 귀용이란 놈이 제 앞에 턱 나타나는 겁니다. 경성에서 한참 학업에 몰두허고 있을 때 아니냐, 그런 니가 여그는 웬일로 나타났냐, 무신 일로 요로콤 급작시럽게……"

순금은 마개로 틀어막듯 양쪽 귓구멍에 손가락 깊이 꽂아 소리가 출입하는 모든 통로를 차단해버렸다. 급경사 내리막을 제멋대로 굴러가는 거대한 눈뭉치 같은 이야기에 급히 제동 거는 방법은 그것밖에 없었다. 부용의 앙상궂은 가슴에 얼굴을 묻으면서 순금은 마침내 울음보를 터뜨렸다.

"울 만침 실컷 다 울으셨습니까? 자아, 인제는 나머지 야그를 끝까장 들어보실 차례지요."

얼마나 울었을까. 그리고 얼마나 시간이 지났을까. 부용의 말소리가 귓전을 다시 울리기 시작했다.

"부용아, 대관절 왜 이러는 거냐? 내가 너한티 무신 잘못을 저질렀다고 날 이러콤 고문허는 거냐?"

"누님이야말로 집안 전체를 탈탈 털어서 저랑 대화가 통허는 유일헌 혈육 아닙니까. 누님이기 이전에 우선 진실을 함께 나눌

동지라고 생각허니께 그럽니다. 혼자만 아는 비밀을 솔직허니 털어놓고 잖었습니다."

부용은 그새 한결 차분해진 말투로 귓전에 대고 속삭이듯 말했다.

"악질 반동지주 야마니시 아끼라를 단죄허는 소극적 행동이 아니라 차제에 아예 끝장을 내뿌리는 적극적 행동을 실천허는 것이 애당초 낙철이 계획이었지요. 그런디 귀용이가 그 계획을 끝까장 반대혔고, 저 역시 극구 말렸지요. 차라리 낙철이 계획대로 그냥 모르는 척 내비뒀드라면 얼매나 좋을 뻔혔는가, 허는 생각이 요즈막에 저를 괴롭히고 있습니다."

예사로이 내뱉는 부용의 말 한마디 한마디가 날날이 서슬 퍼런 흉기로 둔갑해서 순금의 가슴을 조각조각 자디잘게 저미고 있었다.

"결과적으로 낙철이 계획이 옳았다는 게 증명된 셈이지요. 물실호기, 그야말로 다시없이 좋은 기회를 그때 우리 형제 반대로 놓치고 말었지요. 허지만 영영 놓쳐뿌린 건 아닙니다. 지금이라도 누님허고 제가 힘을 합친다면, 낙철이가 못다 끝낸 일을 우리 남매가 감쪽같이 해치울 수 있다, 이겁니다."

윗몸 수그린 채 순금은 부릅뜬 눈으로 동생을 내려다보았다. 부용의 뺨 위로 눈물방울이 또르르 굴러떨어졌다. 놀랍게도 부용은 소리 없이 우는 중이었다. 눈물 줄기가 홀쭉히 파인 볼 고랑 타고 연달아 흘러내렸다.

"제 말 잘 들으십쇼, 누님. 우리가 끝장낼라고 허는 인간은 아버지가 아닙니다. 최명배도 아닙니다. 야마니시 아끼라란 이름 가진 괴물이란 말입니다. 그 인간은 벼멸구나 메뚜기맨치로 이 세계, 이 시대가 짓는 농사에 백해무익헌 존재지요. 수많은 약자들 들들 볶아먹고 고혈 빨어먹는 그 흡혈마를 하루속히 끝장 내야만 우리 모두가 사람답게 살 수가 있습니다. 우리가 기필코 그 일을 결행혀야만 산서 사람들 전체가 숨을 쉬고 살어갈 수 있게 됩니다."

동생 이야기에 순금은 계속 도리머리해 보였다.

"그러들 마십쇼, 누님. 어차어피 우리 남매는 거대 악마 소생으로 군소 악마잖습니까."

순금은 또다시 세찬 도리머리와 함께 동생을 뚫어져라 쏘아보았다.

"절대로 안 된다, 부용아. 상상으로 도모허는 것만으로도 벌써 그것은 치명적인 죄가 되는 법이다, 부용아."

그러자 부용의 얼굴이 맥없이 옆으로 돌아갔다. 새롭게 비어져 나오는 굵은 눈물방울들이 후두두 떨어지면서 베갯잇을 적시기 시작했다.

"야마니시 아끼라란 괴물을 우리 손으로 차마 어쩌지 못헌다면, 그 괴물 대신 속죄허는 의미에서 다른 누가 죽어주는 것도 한 방법이겠지요. 모양새가 쪼깨 의젓잖고 쾨죄죄허긴 허지만, 그러는 것도 야마니시 영감한티 형벌을 내리는 한 방법이 되지 않을까요?"

하고많은 날들을 먹지도 못하고 자지도 못하면서 동생이 음침한 구석방에 틀어박혀 병든 육신 혹사해가며 기껏 짜냈다는 궁리가 결국 저토록 음험하고 참담한 것이었나, 생각하니 순금은 가슴이 미어지는 듯했다.

"함지야!"

순금의 입에서 느닷없이 엉뚱깽뚱한 소리가 흘러나왔다. 함지란 이름으로 동생을 부르는 순간, 그니 자신이 먼저 놀라고 말았다. 부지불식간에 튀어나온 부용의 아명이었다. 어머니가 함지박이 철철 넘치도록 밭에서 굵은 가지들 따서 담는 태몽 꾼 연후에 들어선 아들이라 해서 그런 아명이 붙여졌다. 애들이 자꾸 놀린다며 부용이 몹시 싫어하는 바람에 소학교에 입학한 뒤로는 불러본 기억이 전혀 없는 이름이기도 했다. 새퉁스러운 그 이름이 오랜 세월 어느 심연에 가라앉아 숨죽인 채 기다리다가, 바로 요때다, 하고 그처럼 불쑥 뛰쳐나오는지, 참으로 알다가도 모를 노릇이었다. 부용 아닌 함지를 순금은 두 팔로 와락 끌어안았다.

"함지야, 우리 함지 어쩔꺼나! 불쌍허고 또 불쌍혀서 우리 함지 어쩔꺼나!"

양쪽 끝에서 팽팽히 잡아당기던 고무줄을 어느 한쪽이 탁 놓아버린 꼴이었다. 고무줄 끝에 매달려 있던, 녹슬고 먼지 덮인 이름 하나가 갑자기 튀겨져 나오면서 이십 년 상거 세월을 단숨에 좁혀놓았다.

"우리끼리 약속허자, 함지야."

어린 동생 함지의 볼에 제 볼을 마구 비비대면서 순금은 애타게 말했다.

"여태까장 우리끼리 주고받은 말들이 절대로 따른 사람 귀에 들어가서는 안 된다. 내 말 알어들었지야?"

오뉘 간에 볼과 볼 맞닿으면서 제각각 흘리는 두 가닥 눈물이 한데 엇섞였다. 서로 끌어안은 채 오뉘는 소리 마주쳐 울었다. 식민통치도 모르고 독립운동이나 혁명운동도, 화적패나 강도단도 모르던 시절로 멀리 되돌아갔다. 한참을 함께 울고 나니까 신통방통하게도 들썩이던 마음이 웬만큼 진정되었다. 비에 젖은 채 으슬으슬 떨리는 몸으로 집에 돌아와 뜨끈뜨끈한 아랫목에 궁둥이 지지며 한잠 늘어지게 자고 난 뒤끝인 양 개운한 기분마저 들었다.

"우리 둘이서만 아는 비밀이다. 내 말 알어들었지야?"

마침내 함지가 고개 끄떡이는 순간이 왔다. 뭔가 크게 잘못을 저지를 적마다 감당키 어려운 책임을 항용 손위한테 떠넘김으로써 저 대신 순금이 부모한테 야단맞도록 만들던 옛날 모습처럼 함지는 겁에 질려 있는 낯꽃이었다.

"아이고, 우리 함지 착허기도 허지. 누님은 너만 꽉 믿는다."

순금은 오동포동 살이 올라 있는 함지에서 어느 틈에 온몸이 철골되고 껑더리된 부용으로 되돌아온 동생을 다시 한번 으스러지게 껴안아주었다. 참새처럼 할딱거리는 부용의 숨기척이 순금의 젖가슴에 고스란히 전달되었다. 도무지 믿기지 않으리만큼 무시무시한 광기에 사로잡혀 있던 동생은 어느새 다소곳하고 고분고분한 동생으로 변해 있었다.

"한숨 푹 자거라. 자고 나서 보자."

순금은 마른 짚단처럼 가붓하게 느껴지는 부용의 수척한 몸을 요 위에 뉘었다. 이불자락 끌어올려 턱밑까지 덮어준 다음 자장가 부르듯 부용의 가슴을 가만가만 다독거렸다. 스스로 목숨 던져 버릴 작정으로 끊임없이 음모와 반역 획책하는 동생을 위해 누이로서 감당해야 할 역할이 무엇인지 순금은 익히 알고 있었다. 동생을 절체절명 위기에서 건질 수만 있다면 여생을 온통 다 건, 제 아무리 길고 험난한 싸움일지라도 결코 마다하지 않겠노라고 속다짐을 거듭했다. 부용의 눈꺼풀이 무겁게 감긴 걸 확인하고 나서 순금은 쟁반을 챙겨 그림자처럼 소리 없이 구석방을 벗어났다.

들릴락 말락 인기척이 잡혔다. 벽 모퉁이 돌아 잽싸게 모습 감추는 섭섭이네 치마꼬리가 얼핏 눈에 들어왔다. 곧바로 섭섭이네 뒤를 밟기 시작했다. 하마터면 간 떨어질 뻔했다는 듯 섭섭이네는 뒤란에서 연방 가슴을 쓸어내리고 있었다. 불시에 젊은 아씨와 맞닥뜨리자 섭섭이네는 마치 술래잡기 놀이에서 술래 역할 맡은 아이처럼 양손바닥으로 안면을 황급히 가려버렸다.

"쉰네는 으떤 소리도 못 들었고만요! 참말이어라!"

약사발 얹힌 쟁반 손에 든 채 순금은 그 사발만큼이나 새하얗게 실색한 낯꽃으로 섭섭이네 자발없는 거동을 잠자코 바라보았다. 얼굴 가린 손바닥 틈새로 젊은 아씨 빠끔히 내다보면서 섭섭이네는 몸둘 바 몰라 했다.

"쉰네를 꽉 믿으시기라! 참말이지 쉰네는 요 시간부텀 귀먹당수에다 당달봉사에다 버버리가 되기로 작심허고 말어뿌렀고만요!"

"언제부텀 엿듣고 계셨어요?"

"야? 쉰네는 참말로 무신 소리도……"

"되얐어요. 들어가서 함지 되린님 미음이나 끓이셔요."

"누, 누구라고라?"

"부용이 되린님 미음 준비허시라니깨요!"

"암먼이라, 끓이다마다요! 열두 번이라도 끓이라 허시면 끓여야지라! 미음죽 아니라 불로초 뜯어다 장생죽이라도 끓여서 큰되린님 상에 올려야지라!"

섭섭이네는 젊은 아씨 서슬 퍼런 눈초리 애써 외면하면서 간단없이 중얼거렸다. 순금은 검정 광목 치맛자락 펄럭이며 부엌문 향해 부랴사랴 달려가는, 부대한 몸피의 섭섭이네 뒷모습을 일삼아 한참 지켜보았다.

'볼지어다 때가 이를 것이니 곧 지금이라 너희가 다 흩어져 각각 제 곳으로 돌아가고 나를 혼자 두나 내가 혼자 있는 것이 아니라 아바지께서 나와 함께 계실 터이니라'

또다시 문목사 사모의 쪽지에 적힌 성경 구절이 머릿속에 퍼뜩 떠올랐다. 사모가 쪽지에 언급했던 예배당 종소리란 주물로 만들어진 진짜배기 놋종 소리가 아니라 뭔가 상징적 의미의 다른 종을 가리키는 말인 듯싶었다. 어쩌면 핍박받고 시험당하는 뭇 성도 태워 하늘로 두둥실 띄워올리는 비행선 같은 운송 수단을 의미하는 말인지도 모른다는, 엉뚱깽뚱한 생각이 뇌리를 스치기도 했다. 막연히 예고된 종소리가 그 어느 때보다 부쩍 더 기다려지는 순간이었다. 지칠 대로 지친 나머지 누가 입으로 훅 불라치면 흔적도 없이 스러질 것처럼 온몸이 자꾸만 땅바닥으로 까라지려 했다. 그러나 마음만은 그렇게 가뜬할 수가 없었다. 마음만 먹을 작시면 언제든 지친 육신을 작은 새로 둔갑시켜 바람 타고 파란 하늘 향해 포르르 날아오를 것만 같았다.

'이것을 너희에게 이름은 나를 힘입어 평안함을 얻게 함이라 세상에 있을 제 너희가 환란을 받으나 안심하라 내가 세상을 이기었노라'

때마침 부엌문을 나서는 덕기 녀석이 눈에 띄었다.

"덕기야."

난데없는 호명에 흠칫 놀라 덕기가 걸음을 우뚝 멈추었다. 순금하고 눈이 마주치자 녀석은 한 움큼 손에 쥔 누룽지부터 얼른 등뒤로 빼돌리려 했다.

"이리 오니라. 아짐씨가 덕기한티 쪼깨 헐말이 있다."

순금은 집 안팎 사람들로부터 이미 혼인 경력 있는 여인으로 대접받기 원했다. 어린 덕기 상대하면서도 순금은 내심 그 철부지 입에서 기혼녀 가리키는 아짐씨란 호칭이 자연스럽게 나오기를 기대했다. 녀석은 아짐씨 말에 고분고분 따를 뜻이 전연 없음을, 자신이 그렇게 호락호락한 상대가 아니라는 사실을 행동으로 보여주고 있었다.

"걱정 말거라. 덕기 군입정거리 뺏어먹을 아짐씨 아니다."

녀석은 여간해서 의심을 거두려 하지 않았다. 손에 남은 누룽지를 한꺼번에 모조리 입안으로 욱여넣고 볼때기가 미어지도록 어적어적 씹으면서 여차하면 대문간으로 휭허케 내뺄 태세를 취했다.

"까막깐치가 성님, 성님, 험시나 덕기 되린님 뒤꽁댕이 졸래졸래 따러댕기게 생겼네. 아짐씨랑 같이 가서 그 손발부텀 깨깟허니 씻기로 허자."

대답도 안 들어보고 순금은 앞장서서 우물이 있는 뒤란 바라보고 사부작사부작 걷기 시작했다. 처음 자리에 붙박인 채 꼼짝도 하지 않으면서 덕기는 계속 의심에 찬 눈빛만 번뜩거렸다.

"먼저 손발이 말짱혀야 공부도 머릿속에 쏙쏙 잘 들어가는 법이다."

"공부라고라?"

"오냐, 아짐씨가 오날서부텀 덕기한티 와따꾸시다찌를 가르쳐주기로 할머니허고 약조를 혔다."

"아까막시 아짐씨 보고 쎗바닥 낼름낼름 내둘러서 나 혼내줄라고 그러는 게 아니고라?"

"그깟 낼름낼름쯤이사 아짐씨도 똑같은 것으로 갚어주면 될 것 아니냐."

녀석한테서 받았던 것을 돌려주기 위해 순금은 혀의 뿌리부터 끌어올려 혓바닥을 최대한 길게 빼문 다음 혀끝을 잽싸게 날름거리는 솜씨를 선보였다. 그 꼴 보더니만 녀석이 히힛 하고 웃었다. 녀석은 흘러내리는 싯누런 콧물 줄기를 소맷부리로 익숙하게 훔쳤다. 녀석은 여전히 이럴까 저럴까 망설이는 기색이었다. 의심 많은 아이를 안심시켜 우물까지 데려가는 데는 황소를 쥐구멍 안으로 몰아넣는 만큼 품이 들었다.

누룽지처럼 덕지덕지 눌어붙은 손등의 쇠딱지를 뜨거운 물에 오래 불린 다음 반들반들한 조약돌로 박박 문질러 말끔히 벗겨내고 나니까 방금 전 까막까치이던 것이 백로로 변했다. 내친김에 순금은 말라붙은 콧물이 더께로 앉은 얼굴마저 깨끗이 씻긴 다음 머리를 검사했다. 때에 절고 북수세미처럼 헝클어진 더펄머리 내부 사정은 허옇게 실린 서캐들로 도무지 말씀이 아니었다. 순금은 참빗으로 머리를 빡빡 빗겨 머릿니와 서캐를 자그마치 한 숟갈 분량이나 훑어냈다. 그처럼 온갖 정성 다 쏟고 나니 그제야 제법 어연번듯한 본래 낯꽃이 되살아났다. 여태껏 제 할미한테 전혀 기대할 수 없었던 후대에 기분이 느끼해지자 녀석은 비로소 상전에 대한 경계심을 푸는 눈치였다.

"꼭 나무주걱이 놋주걱으로 변헌 것 같네. 똘방똘방허고 이쁘장허니 참 잘도 생겼다."

어린것 돌보고 가꾸는 게 그토록 기껍고 행복한 작업인 줄 순금은 처음 깨달았다. 못 알아보리만큼 몰골이 확 달라진 덕기를 보고 있노라니 퍼뜩 정세권이 떠올랐다. 결혼해서 일찌감치 신접살림 차렸더라면, 하고 상상하면서 정세권을 그대로 빼쏘아놓은 제 소생을 머릿속에 잠시 그려보았다. 그것이 얼마나 귀꿈맞은 상상인가를 알아차리기 무섭게 순금은 귀뺨 후려갈기는 부끄러움으로 말미암아 낯꽃을 온통 홧홧이 붉히고 말았다.

"자, 까막깐치가 백로맨치로 변신혔으니깨 덕기는 인제 아짐씨랑 공부를 시작허는 거다?"

덕기와 함께 순금은 가을 햇살 당양하게 내리쬐는 마당가에 자리를 잡았다. 몽근 흙가루로 덮인 땅바닥을 판판하게 골라 널따란 칠판 삼고 나뭇개비로 백묵을 대신했다.

"덕기야, 아짐씨가 쓰는 글씨 잘 봐두거라."

순금은 황국신민서사 첫 구절을 히라가나로 또박또박 땅바닥에 적어나가기 시작했다. 가볍게 놀아나는 나뭇개비 끝을 비상한 관심으로 지켜보던 덕기 입에서 별안간 야릇한 웃음소리가 새나왔다.

"왜 웃냐?"

"헤헤, 아짐씨가 틀렸고만이라."

"뭣이라고?"

"다이닙뽕데이꼬꾸노 신밍데아리마쓰(대일본제국의 신민입니다)가 맞는디, 아짐씨는 시방 고오꼬꾸신밍나리(황국신민이다)라고 적었고만이라."

순금은 하마터면 기겁해서 뒤로 넉장거리할 뻔했다.

"아니, 덕기 너, 히라가나 읽을지 아는고나?"

마치 상수리 들어 있는 줄 알고 무심코 망태기 안에 손을 넣었다가 덜컥 불밤송이 만진 기분이었다. 문장 표현과 내용에 약간 차이가 있는, 소학생용과 일반인용 두 종류 서사가 있다는 사실을 그만 깜빡 잊은 데서 비롯된 실수였다. 워낙 일반인용만 익힌 탓에 무심코 저지른 실수를 일본어 문맹이라 철석같이 여겼던 녀석한테 암팡지게 지적당했으니 당연히 놀라 자빠질 수밖에. '왔다굿이'를 놓고 조손간에 말다툼 벌일 당시 눈치챈 덕분에 일반인용 서사 맨 앞대가리 '와레라와'(우리는)를 소학생용 '와따꾸시다찌와'(저희는)로 슬쩍 바꿔치기한 것만도 다행으로 여겨야 할 판이었다.

"그깟녀르 히라가나도 읽을지 모르는 것들은 죄다 똥멍청이 아니겄어라?"

덕기는 힘 하나 안 들이고 시원시원히 대꾸했다.

"덕기 너, 그렇다면 서사 전문도 암송헐 수 있겄네?"

"그깟녀르 암송 따우는 일도 아녀라!"

의기양양하게 대답하는 것 보고 너무 어이가 없어 순금은 말문이 꽉 막힐 지경이었다. 소스라치게 놀랄 일이 주변에 흔전만전 널려 있는, 참으로 이상한 날이었다. 여러 날 걸려 치를 많은 분량의 일들을 단 하루 속에 뭉뚱그려놓은 것처럼 특별한 날이라는 생각이 들었다.

"어디 한번 아짐씨 앞에서 암송혀볼래?"

"와따꾸시다찌와 다이닙뽕데이꼬꾸노 신밍데아리마쓰. 와따꾸시다찌와 지까라오 아와세떼 덴노오헤이까니……"

아짐씨 주문 떨어지기 무섭게 녀석은 고개 발랑 뒤로 잦히고 눈 질끈 감아붙인 채 앙바틈한 윗몸을 시계추처럼 좌우로 흔들어 대면서 제비 새끼처럼 주둥이 짝짝 벌려 또랑또랑하고 유창하게 서사 전문을 암송하기 시작했다. 성미 급하게 타고난 값 하느라고 녀석은 어쩌다 낱말의 앞뒤 순서를 바꾸는 정도 실수 말고는 처음부터 끝까지 거의 정확하게 서사를 암송했다.

"이 아짐씨는 참말로 알다가도 모를 일이고나. 그러콤 청산유

수로 잘허는 암송을 왜 학교서는 못허고 껄핏허면 집으로 쫓겨오냐?"

"공부가 싫어서지라."

"뭣이라고?"

"공부도 싫고 핵교 댕기는 것도 말짱 다 싫으니깨 나가 역부러 빙신 숭내를 내고 쫓겨나는 것이지라."

순금이 혀를 끌끌 찼다. 당돌하고 엉뚱한 구석 많은 녀석인 줄 짐작은 하고 있었지만, 그토록 영악스러울 줄은 상상도 못했던 터였다. 연방 놀라 자빠지는 아짐씨 반응을 일종의 칭찬으로 받아들였던지, 녀석은 거추없이 또 신바람이 나서 묻지 않은 이야기를 조랑조랑 털어놓기 시작했다.

"똥멍청이들은 와따꾸시다찌를 달달 외야대는 재주가 없응깨 회차리로 피멍 들게 종아리 맞고, 변소간 소제허고, 교실서 쫓겨난다고 울고 짜고 지랄들인디, 나는 암시랑토 않어라. 따른 놈들은 방과 후에도 교실에 남어서 대그빡 터지게 복습허니라고 생똥 싸는디, 나는 허기 싫은 공부 빼먹고는 일찌가니 집으로 쫓겨오는 재미가 참말로 깨소곰 같어라. 그런디 할머니는 나가 역부러 그러는지도 몰르고 껄핏허면……"

기명 부시느라 연방 달그락달그락 시끄러운 부엌을 핼끔 돌아다보며 녀석은 길기도 한 혀를 다시 한번 날름 내밀어 보였다.

"덕기야, 공부가 그러콤 허기 싫으냐?"

"공부허고 잖어서 핵교 댕기는 놈이 누가 있겄어라? 으런들이 하도 야단을 칭깨 그냥 공부허는 치끼 숭내만 내는 것이지라."

녀석이 옹골차게 대꾸했다. 그토록 제 주장 야무지게 내세우는 녀석 상대로 설득을 벌인다는 게 얼마나 어렵고 힘든 일인지를 순금은 한숨이 쏟아지도록 절감하고 있었다.

"아니다, 덕기야. 사람이 사람답게 살어가자면 무엇보담도 우선 배워야 된다. 배울 수만 있다면 많이 배울시락 좋은 법이다."

"아짐씨요!"

마냥 길게 늘어지려는 순금의 말허리를 녀석이 톡 자르고 나섰다.

"그런디 으째서 귀용이 되린님은 그깟녀르 핵교 따우, 공부 따우 일찌가니 확 엎어뿌러야 장차 우리 조선이 잘되고 우리 인민들이 잘살게 된다고 말씸허신다요?"

그 순간, 순금은 가슴이 철렁 내려앉았다.

"귀용이 되린님이 너한티 그런 소리를 허드냐?"

"예, 접때 집에 오셨을 적에 되린님이 내 대그빡을 콱 쥐어박음시나 말허도만요. 왜놈들이 시키는 공부는 말짱 다 헛것이라고라. 아모짝에도 쓸모없는 물건이니깨 무단시 왜말 왜글 공부헐라고 사서 고생헐 필요 없다고라."

전혀 생각지도 않은 대목에서 귀용의 독한 입김을 맡는 순간, 순금은 마치 도마질하다 잘 벼린 칼날에 손가락 섬뻑 베였을 때처럼 날카로운 통증을 느꼈다. 결국 한 어린애가 다른 한 어린애 상대로 철없는 장난을 친 꼴이었다. 경성 유학길에 올라 명문 학교에 적을 둔 귀용이 모처럼 고향에 내려와서 고작 벌인다는 수작질이 철부지 소학생 의식 속에 그따위 덜떨어진 생각이나 심어놓는 짓이었다니!

"덕기야, 되린님 말이라고 낱낱이 다 옳은 소리는 아니란다. 아짐씨가 보는 바로는 되린님 생각이 잘못된 것이다. 가령 덕기보담도 키가 크고 힘도 훨씬 센 동무가 있다고 치자. 그 동무가 잘못도 없는 덕기를 괘얀시 때리고 괴롭힌다고 치자."

"괘얀시 나 때리는 놈은 학급에 한 놈도 없어라!"

몹시 자존심 상했다는 듯, 나를 뭘로 보고 그런 말 함부로 하느냐고 항변하는 듯 덕기가 볼멘소리를 했다.

"나보담 덜썩 큰 상급생들도 나가 다 이겨먹어라!"

"그러니깨 아짐씨가 가령이라고 토를 달지 않드냐? 가령 말이다. 인제는 행패를 더 참을 수 없게 되야서 덕기가 그 동무랑 싸우기로 결심을 혔다고 치자. 싸움판에서 이기자면 덕기는 어떻게 혀야 될까? 그 동무가 얼매나 기운이 좋은지, 싸움 기술은 어떠어떠헌 것들을 갖고 있는지 빠삭허니 다 알어두는 것이 좋지 않겄냐? 그러고 또 상대방 약점은 어디 있는지 뜨르르 다 꿰고 있어야 자기 기술도 잘 써먹을 게 아니냐? 요로코롬 사람을 함부로 때리고 못살게 구는 못된 동무랑 관련된 지식들을 공부허고 연구를 계속혀야만 덕기는 장차 적을 물리치고 승리자가 될 수 있는 법이란다."

다음번에 귀용을 다시 만날 경우, 이종형과 한통속으로 어우러져 제 아버지 상대로 강도 행각 벌인 그 몹쓸 소행머리에다 철부지 덕기를 엉뚱깽뚱한 길로 오도한 그 어리석음과 주제넘음까지 한목에 싸잡아 추궁하기로 순금은 마음속 치부책에 단단히 기록해 두었다.

"쏘내기는 쏟아지지요오……"

그때였다. 오랜 세월에 걸쳐 귓구멍에 부스럼딱지 앉도록 숱하게 들어온 노랫가락이 갑자기 집안으로 들이닥쳤다.

"괘알띠는 안 끌러지지요오……"

스스로 반편이임을 온 세상에 두루 선전하는, 가사 순서도 뒤죽박죽 엉망인 꼴머슴 타령이 먼저 담장 넘고 곧이어 텃밭 지난 다음 마지막으로 마당 위에 질펀히 깔리기 시작했다. 선발대로 내세운 노랫소리가 그런 절차들 모두 밟은 연후에야 우람한 덩치 위에 되똑 얹힌 큼지막한 머리통이 담장 위로 불쑥 드러났다. 마을 여느 집들에 비해 훨씬 높다랗게 쌓아올린 천석꾼 대저택 담장인데도 춘복이 아저씨는 그걸 내려다보리만큼 키가 더럭 컸다.

"똥은 매랍지요오……"

엉겁결에 순금하고 시선이 얽혀들자 춘복이 아저씨는 담장 하나 새중간에 넣은 채 까닭 없이 헤벌쭉 웃어 보였다. 순금 또한 그를 보는 순간 까닭 없이 낯꽃을 확 붉혔다. 물방앗간 사건 이후 순금에게 새로 생겨난 버릇이었다. 겁탈 직전 상황까지 내몰렸던 그 치욕의 현장 목격자인 그를 대할작시면 으레 귓불까지 새빨갛게 물들곤 하는 것이었다. 더구나 절체절명 위기에서 젊은 아씨 구출하는 공을 세웠음에도 불구하고 그가 집안에서 받았던 모욕만 생각할라치면 순금은 정말 몸둘 바를 모를 지경이었다. 그날 눈부신 활약 끝에 그는 파렴치한 누명 뒤집어쓰고 집안 장정들한테 뭇매를 맞았다. 그가 겪은 수난은 그것으로 끝이 아니었다. 엎친 데 덮쳐 기꾸찌란 작자의 고발로 말미암아 앰하게 주재소까지 끌려가 내지인을 폭행한 혐의로 초주검 되도록 실컷 얻어맞고 돌아왔다. 그 무렵부터 집 안팎에서 조석으로 그와 얼굴 마주치는 족족 순금은 복잡다단한 감정에 휩싸이곤 했다. 결국 주재소에서 얻은 장독(杖毒) 다스리기 위해 팔자에 없는 똥국마저 들이켜야 했던 그를 두고 순금은 마치 살인적 장릿벼 꾸어다 먹은 소작인 심정 같은 부채감에 사로잡히곤 했다. 그를 대할 적마다 그니는 묵은 빚 빨리 갚으라고 밤낮으로 독촉하는 악덕 지주 대하듯 불편한 심기를 좀처럼 떨쳐버릴 수가 없었다.

"노잣돈은 똑 떨어졌지요오……"

춘복이 아저씨가 그들먹한 몸통으로 대문간을 비좁게 메우며 마침내 안으로 들어섰다. 등뒤로 삐쭉삐쭉 솟은 지게뿔 두 개가 들썩들썩 위아래로 춤을 추는 한유한 걸음걸이였다. 논틀밭틀에서 일꾼들 허기진 뱃구레 채워줄 새참거리 져 나르고 빈 지게로 돌아오는 길이었다. 부엌문 앞에 지게 받쳐놓고 돌아서자마자 춘풍이는 마당귀 그늘에 앉은 순금과 덕기를 돌아다보면서 까닭 없이 또 웃음 한 자락 헤벌쭉 깔았다.

"얼레, 춘풍이가 뭣 땜시 또 아짐씨 보고 실실 웃어쌓는다냐?"

나이 같은 것 따지지 않고 피차 너나들이하며 지내기로 쌍방간에 이미 합의한 막역지간이나 되는 듯 덕기가 춘복이 아저씨한테 얀정없이 핀잔 한 바가지 콱 끼얹었다.

"으, 아짐씨……"

춘복이 아저씨는 양쪽 콧방울을 양손 엄지손가락으로 번갈아 눌러가며 싯누런 콧물을 팽팽 풀고 나서 뒤란 우물로 향했다. 되도록 아저씨 근처에 얼씬도 못하게끔 제 시선을 엄하게 단속했음에도 불구하고 순금의 시야에는 아저씨 일거수 일투족이 환히 다 잡혔다.

"빙신 육갑 떨고 자빠졌네!"

어린애답지 않게 걸쭉한 덕기 녀석 욕지거리 또한 상곡 어른한테서 배운 솜씨임에 틀림없었다. 순금은 엄격한 낯꽃으로 덕기를 대했다.

"덕기야, 그러면 못쓰는 법이다. 어른한테 버릇없이 사나운 입정 함부로 놀리다간 큰코다치기 십상이니라."

알나리깔나리, 순금이는 오날서부텀 춘풍이 각시라네……

꿈결인 양, 아니면 바람결인 양 어디선가 조무래기들 놀려대는 소리가 어렴풋이 들려오는 듯싶었다.

알나리깔나리, 춘풍이가 순금이 신랑 되얐다네……

어느 방향에선가 입들 모아 새되게 내지르는 조무래기들 제창 소리가 떼거리로 몰려오는 중이었다. 응달 속에 웃자란 남새처럼 가냘프고 창백한 순금의 얼굴에 저녁놀 닮은 꽃물이 발갛게 번지기 시작했다. 댕기머리 땋고 다니던 시절, 거룻배만한 춘복이 아저씨 짚신짝 속에 실수로 빠뜨린 천석꾼 고명딸 꽃당혜 한 짝은 자그마치 이십 년 세월이 흐르도록 여전히 순금의 의식 내부에 처음 그 모양 그대로 다빡 포개진 채 머무르고 있었다. 거룻배만한 헌털뱅이 짚신짝 속에 꼼짝없이 갇힌 채 그 황막한 감옥 안에서 종신징역을 살지 않으면 안 되는 것이 아무래도 꽃당혜의 숙명인 듯했다.

2

간밤 꿈자리가 어지간히 사납다 싶더니만, 결국 불길한 소식 만나려고 그랬던 것일까. 천석꾼 마나님 귀하신 몸으로 관촌댁은 진종일 논두렁에서 시간을 보냈음에도 불구하고 피곤을 느낄 겨를조차 없었다. 피곤 따위는 아무 문제도 아니었다. 낮에 동네 밖에서 오암리 동생으로부터 들은 흉흉한 이야기가 감나뭇골 집까지 졸래졸래 따라 들어와 해전까지 그림자처럼 내내 관촌댁을 붙따르다가 해 떨어진 뒤로는 아예 미친 척하고 천석꾼 마나님 옆자리에 나란히 드러누워버렸다.

오암리 관촌댁이 딱히 뭐라 꼬집어 말한 건 아니었다. 일판 돌아가는 기맥에 대해 차근차근 조백(皁白)을 가려가며, 선은 여차하고 후는 저차하다고 조목조목 설명하지는 못했다. 다만, 저 혼자 가슴속에 끌어안고 있던 근심걱정 한 자락을 원정(原情) 삼아 친정언니 면전에 아무렇게나 펼쳐놓는 식이었다. 처음 들을 당시만 하더라도 관촌댁은 내 이야기 아닌 남의 이야기로 치부해버렸다. 어떤 여편네가 손에서 놓친 콩알 하나 찾아내겠다며 온종일 깍짓방 전체를 이 잡듯 샅샅이 뒤지더라는 식의, 매우 어리석고도 시답잖은 이야기처럼 들리는 것이었다.

그런데 그다음부터가 문제였다. 시답잖게 출발했던 그 이야기가 시간이 흐를수록 겁나는 이야기로 점점 덩치를 키우는 것이었다. 마루 위에 선명하게 찍힌 정체불명 토족(土足) 자국과도 같이 불길한 예감이 관촌댁 마음자리에 깊게 각인되고 있었다. 점심나절부터 점점 불어나기 시작한 근심걱정의 무게가 이제는 육중한 지지름돌 되어 관촌댁 혼백이 납작코 되도록 위에서 사정없이 덮쳐누르는 것이었다.

낙철이 그놈이 개도 안 물어갈 그 사회주의에 잔뜩 고부라진 눈치라니, 그 때문에 순사들이 눈에 불 켜고 오암리를 감시중인 것 같다니, 손바닥만한 산서 땅에서 대관절 이 무슨 재변이란 말인가.

순사들 감시 문제에 다시 생각이 스치자 관촌댁은 한바탕 부르르 진저리를 쳤다. 목구멍에 가로질린 생선가시처럼 그 문제가 두고두고 관촌댁 마음을 따끔따끔 찔러대고 있었다. 내가 시방 이러고 있을 때가 아니라는 생각이 불현듯 치밀었다. 관촌댁은 누운 자리에서 뽈딱 일어났다. 남포등 심지 바짝 낮추어 우선 방안 불빛부터 단속했다. 그니는 어둠 속에 숨어 잠시 바깥 동정 살핀 다음 가만가만 대청마루로 나섰다. 집 주위 한 바퀴 또 둘러보기 위함이었다. 어둠발 내려앉은 다음부터 아무도 모르게 은밀히 시작해서 밤이 이슥하도록 벌써 여러 고팽이째 되풀이하는 순검 행차였다.

"이구, 내 팔자야!"

한숨이 절로 쏟아졌다. 천석꾼 마나님이라 해서 고대광실에 돈 방석 깔고 앉아 하고많은 날 호강에 잣죽만 쑤며 살라는 법은 없는 모양이었다. 여느 집보다 살림 규모가 엄청나게 큰 만큼 시름의 북데기 또한 덩달아 커지게 마련이었다. 널따란 울안 구석구석 둘러봐도 큰 덩어리 시름 잘게 쪼개 나눠 가질 마땅한 상대 하나 없다는 점에서 관촌댁은 천석꾼 집안 안주인 자리가 새삼스레 협협하게 느껴지는 것이었다. 그야말로 호소무처 고적한 신세였다. 과년한 딸년 치마폭에 싸안고 살다시피 해도 그 딸년한테서 어느 한때 따뜻한 인정 한 쪼가리 얻어먹은 적 있었던가. 바람벽 하나 건너 구석방에 큰아들놈 숨 깔딱깔딱 쉬고 있어도 그게 어디 사람 구실 한 번이라도 변변히 맡은 적 있던가. 죄로 갈 소리로, 영감이라고 있어봤자 차라리 없느니만 못한 화상 아니던가. 인생길 걷다가 혼자서 넘기 힘겨운 가풀막이라도 만날 경우, 명색이 부부지간인데도 영감은 손 내밀어 기진한 마누라 부액하기는커녕 도리어 모지락스레 등 떠다밀어 골짝 밑으로 데굴데굴 굴려버린 다음 이녁 혼자만 씨억씨억 가풀막 넘어가버리는 식으로 아주 지독을 극한 성미였다. 좌로 둘러보나 우로 둘러보나 그저 사면팔방 두루 적막공산일 따름이었다.

관촌댁은 몹시 뒤 마려운 걸음걸이로 측간 찾아가는 체하다 김장용 배추가 밤이슬 함초롬히 머금고 한창 속살 찌우는 남새밭 앞에서 살그미 발길을 돌렸다. 고무신 뒤축이 지척지척 땅바닥에 끌리면서 내는 음험한 예리성(曳履聲) 때문에 제풀에 깜짝깜짝 놀라기를 반복했다. 아닌 밤중에 바지랑대 끝에 앉은 고추잠자리 잡으러 가는 시늉으로 그니는 신중에 신중 기해가며 순검을 돌았다. 아무 영문 모르는 복구란 놈이 어둠 속에서 목에 매인 쇠줄 연방 철컥거리며 안주인 향해 자꾸만 알은체했다. 웬만한 머슴보다 더 윗길로 대접받고 지내리만큼 지난날 위풍당당했던 복구도 하마터면 수약(睡藥) 과용으로 목숨 잃을 뻔했던 저 화적패 사건 이후 주인네 식구들한테 완전히 신용 잃은 채 육장 천덕꾸러기 신세로 전락해 있었다. 사납고도 영리하기로 소문난 짐승 또한 당최 믿을 것이 못 되었다. 울안에 두고 수족처럼 부리는 아랫것들이 한둘 아니건만, 본시 순검이란 게 그것들 믿고 맡길 만한 일거리도 아니었다. 막연하던 불안감이 또렷한 형상 갖추어 눈앞에 정체 드러낼 때까지는 죽으나 사나 그저 관촌댁 혼자서 짊어지고 가야만 하는, 아주 고약하기 이를 데 없는 짐바리가 다름아닌 야간 순검이었다.

무신 놈에 팔자를 요로코롬 고단허게도 타고났는지……

입 밖으로 빠져나가려는 한숨을 얼른 도로 붙들었다. 관촌댁은 대문짝 엄폐물 삼아 몸을 숨긴 채 바깥 기척을 살폈다. 오랫동안 어둠 속 저편 향해 눈귀 활짝 열어놓고 기다려봐도 수상쩍은 낌새 따위는 도통 잡히지 않았다. 높고 기다란 담장 따라 시궁쥐 노리는 고양이처럼 살금살금 걸으며 사방을 살펴봐도 결과는 매한가지였다. 온갖 종류 풀벌레들이 제각각 음색 다르고 고저장단 다른 울음 가닥들을 씨줄과 날줄로 엮어 가을철 피륙을 짜면서 밤이 깊었음을 알리고 있었다. 먼곳에서 짖어대는 개 울음이 간간이 밤공기를 공허하게 흔들곤 했다. 군용 방한복 또는 조종사 비행복 따위 재료로 견피를 공출당하는 바람에 한동안 산서 바닥에서 씨가 마르다시피 했던 개들인데, 어느새 집집마다 다시 기르는 걸 보면 한 배에 여러 마리 새끼 낳는 짐승의 능력이 인간보다 훨씬 우월한 것 같기도 했다. 만약 견피 숫자만큼 가가호호 인피를 공출당했더라면, 집집마다 마을마다 자식들 빈자리를 조선의 어미들이 어느 세월에 무슨 재주로 그처럼 잽싸게 채울 수 있겠는가.

헛간에서 베틀 소리가 철커덕철커덕 울려나오고 있었다. 병든 동생 약값에 한 푼이라도 보태겠다고 순금은 날마다 밤도와 낡은 베틀과 씨름하기를 일삼았다. 그동안 귀에 못이 박이게끔 노상 들어온 소리인지라 철커덕철커덕 간단없이 울려대는 베틀 소리한테 관촌댁은 제대로 된 소리 대접을 하고 싶은 마음이 없었다. 베틀 소리 빼면 사위는 그저 고즈넉하기만 했다. 집 안팎 어디에서도 순사들 번뜩이는 감시 눈초리는 잡아낼 수 없었다. 나 여기 숨었네, 하고 왜장치는 식으로 잠복근무에 임하는 흘게 늦은 감시가 세상에 어디 있을까마는, 아무튼지 관촌댁은 긴 칼 옆구리에 찬 순사가 장독대 위로 머리통 불쑥 내밀어주기를 차라리 고대하고 싶은 심정이었다. 시간이 갈수록 좀처럼 꼬리 안 잡히는 감시 징후에 점점 조바심 느낀 나머지 관촌댁은 엉뚱깽뚱하게도 순사들 두려워하거나 경계하기보다 되레, 그 좋은 감시 왜 오암리 동생 집에만 배급하고 감나뭇골 우리집은 쏙 빼놓느냐며 일제 관헌들 불공평한 처사에 단단히 시비 걸고 싶을 지경이었다.

관촌댁은 당장 사랑채로 달려가고 싶은 마음이 굴뚝같았다. 혼자서 드넓은 사랑채 독차지한 채 영감은 안채하고 인연 끊다시피 하면서 오로지 그곳에서 침식과 배설 행위 일체를 해결하며 지냈다. 마치 화냥질 끝에 얻은, 아비 누군지도 모르는 핏덩이처럼 순금이 과부 아닌 과부 신세 등에 척하니 들쳐 업은 채 집안으로 기어들어 안채에 똬리 틀어버린 다음부터 비롯된 영감의 버릇이었다. 가문에 똥칠한 딸년하고는 죽는 날까지 결단코 겸상하지 않겠다는 고집이었다. 더군다나 큰아들마저 몹쓸 노점 한 짐 걸머지고 들어와 날이면 날마다 방구들 꺼지게 쿨룩쿨룩 기침해대고 가래 캑캑 뱉어대는 바람에 그만 만정이 뚝 떨어져버린 영감은 화적도당 소굴 같은 안채하고 아예 담을 쌓은 채 철옹성 같은 사랑채를 피신처 삼아 세월 보내는 중이었다. 그런데도 워낙 때가 때인지라 그토록 찬바람 쌩쌩 도는 영감일망정 몹시 아쉽게 느껴지는 것이었다. 관촌댁은 당장 사랑채로 달려가 잠든 영감 마구 흔들어 깨우고 싶었다. 늙은 여편네 혼잣손으로 감당하기 버거운 인생살이의 허리 뚝 분질러 그 절반을 영감 면전에 힘껏 패대기치고 싶었다.

"지무시유, 영감?"

대답 대신 콧구멍 솥단지로 팥죽 쑤어대는 소리만 문 밖으로 요란하게 흘러나올 뿐이었다. 한 번쯤 더 불러볼까 하다 그만두고 문에 살며시 손을 대봤다. 안 열렸다. 손아귀에 부쩍 더 힘주어 문고리를 잡아당겼지만 문짝은 꿈쩍도 하지 않았다. 영감은 북풍한설 강추위도 없는 계절에 안쪽 장지문은 물론 바깥쪽 덧문까지 꽉꽉 걸어 잠가 외풍 차단한 채 물샐틈없는 성곽 안에서 잠에 혼곤히 취해 있었다. 그처럼 병증에 가까운 문단속 버릇은 화적패가 다녀간 이후 영감 신상에 나타난 첫번째 변화였다.

"영감, 문 조깨 열어보시요!"

관촌댁은 손바닥으로 덧문을 탕탕 때렸다. 그러자 갑자기 코고는 소리가 뚝 그치는가 싶더니만 안에서 다급히 움직이는 기척이 새나왔다.

"누, 누구여?"

"나요, 나. 싸게 문이나 따보시요!"

"에잉? 화적이 들었다고?"

아마도 꿈을 꾸던 참인 듯했다. 꿈속으로 또다시 화적패를 불러들인 모양이었다. 밤마다 복면하고 나타나 비수 휘둘러대는 불한당한테 숨겨두었던 금은보패 몽땅 다 털리고 덤으로 뭇매질까지 당하는 악몽에 시달리게 된 것이 화적패 다녀간 후 영감에게 생긴 두번째 변화였다.

"나요, 나! 이녁 조강지처란 말이요!"

방안 움직임이 더욱더 부산스러워지는가 싶더니만, 결국 문단속에 한층 더 치중하는 기색이었다.

"뭣이여? 화적패가 또 쳐들어왔어?"

"장날마다 꼴띠기 나오는지 아요? 화적놈들은 굉일 반굉일도 없이 허구헌 날 천석꾼 집 무시로 출입헌다요?"

밉살맞은 생각 울컥 솟구치는 사품에 관촌댁은 얀정머리없이 쏘아붙였다. 얻어먹을 지청구 다 먹은 다음에야 방안 움직임이 다소 진정되는 듯했다.

"누구여?"

"여적지 꿈속만 헤매고 있소? 누구는 누구겄소, 이녁 늙다리 예펜네지! 지발 정신 조깨 채리고 싸게 문이나 따시요!"

"이 신새복에 임자가 웬일이여?"

"신새복 아니라 시방 초저녁이요. 금쪽같은 우리 영감 옥체 무탈허니 잘 기시는가 들여다보고 잪어서 한번 와봤소."

"뭣이 워찌고 워찌여? 무탈허니 기시는가 보겄다고 요로콤 잘 지무시는 사람 뚜딜겨 깨와서 탈을 맨든단 말이여?"

영감이 버럭 소가지를 부렸다. 이미 잠이 확 달아나버린 목청이었다.

"긍깨 시방 나가 미안시럽다고 안 그러요."

매우 난폭한 기세로 안쪽 장지와 바깥쪽 덧문이 연달아 열어젖뜨려졌다. 늙정이 마누라 통째로 한입에 집어삼킬 기세인 영감 험상이 밖으로 시커멓게 불거졌다. 평상시 영감 유별난 심통으로 미루어 짐작건대, 모처럼 만에 사랑채까지 어렵게 발걸음한 마누라를 곱게 안으로 맞아들일 리 만무했다. 관촌댁은 마치 개구멍 빠져나가듯 영감 겨드랑이 밑을 잽싸게 통과해 안쪽으로 진입하는 데 성공했다.

"하도 오래 못 봐서 영감 거처가 으떻게 생겼든가 다 잊어뿌렀소. 이왕지사 발을 들여논 짐에 사랑채 귀경이나 한번 헙시다."

관촌댁은 깜깜한 방을 손바닥으로 더듬더듬 쓸어 가까스로 성냥통 찾아내서 남포등에 불을 밝혔다.

"낫살깨나 훔친 할망구가 자기 분수를 알고 처신을 혀야지, 집에 딸린 아랫것들 열 입이 숭보는지도 몰르고 이 오밤중에 곤허게 자는 영감 흔들어 깨와놓고 이 무신 추접이여?"

야마니시 아끼라가 불빛 앞으로 험상 불쑥 들이밀며 늙정이 마누라를 감때사납게 꾸짖었다.

"나가 나잇값 못허는 게 뭣이 있다고 그러요?"

"해필이면 이 야심헌 때 골라서 불고체면허고 사랑채로 뎀벼드는 임자 그 시커먼 복장을 나가 눈치 못 챌 성부른가? 따른 집 같으면 손자를 봐도 펄써 두서넛은 보고도 남었을 할망구가 그새를 못 참고는 음심을 발동혀서 영감 품안 뽀치는 그 소행이 나잇값 못허는 추접 아니고 뭣이여?"

"오매, 오매, 참말로 숭칙도 시러라! 불보살 가온뎃 토막맨치로 어질디어진 예펜네한티 시방 화냥년 잡도리가 웬말이랴!"

기가 찰 노릇이었다. 창졸간에 꼼짝없이 음녀 누명 뒤집어쓸 판이었다. 하긴, 영감 입에서 그렇듯 망측스러운 언사가 튀어나오는 것도 무리는 아닐 성싶었다. 차돌멩이처럼 아랫배에 딴딴히 뭉친 음기를 온몸이 흐물흐물 녹아내리도록 후련하게 풀어본 것이 언젯적 일인지 기억조차 가물가물할 지경이었다. 환갑 맞으려면 아직도 한참 더 부지런히 나이를 챙겨 담아야 할 젊은 영감이고 새파란 할멈이었다. 사람들이 천석꾼 지체 무겁게 쳐준답시고 오래전부터 내남없이 영감님으로 떠받들고 마나님으로 모셔온 까닭에 겉껍데기에는 다소 노티가 묻었을지 몰라도, 속고갱이에는 무르녹은 중년이 오롯이 들어앉아 잿더미 속 잉걸덩이처럼 누군가가 부젓가락으로 헤적거리는 순간만을 기다리는 형국이었다.

"긴허게 상의헐 일 조깨 생겨서 하나뿐인 영감 믿고 찾어왔드니만, 생뚱같은 애민 소리에 고만 만정이 확 달어나뿌러서 인제는 한시도 같이 못 있겄네. 그럼 화냥년은 요만 물러가볼라요!"

앵돌아지는 시늉으로 관촌댁이 엇비뚜름히 외어앉는 자세를 취했다.

"오면서 가?"

영감이 한 발짝 할멈 쪽으로 다가앉았다.

"이왕지사 사랑채 출입헌 짐에 영감 밑진 잠이라도 얼추 벌충허게코롬 물팍이나 쪼깨 주물러주고 가."

"옴매, 옴매, 참말로 넘을시락 태산이고 건널시락 장강이라드니만, 이녁이 똑 그 짝이네그랴! 으떤 미치고 설친 지집이 화냥년 잡도리 당험시나 영감 신체 알뜰살뜰 주물러준다냐?"

"위선 상의허고 잪으다는 일부텀 말을 끄내부아."

야마니시는 한껏 거드름 피우며 담배쌈지 끌어당겨 장죽에다 담뱃가루를 꾹꾹 눌러 쟁이기 시작했다.

"영감이 애민 소리로 생사람 잡는 바람에 허고 잪든 말이 남생이 모가지맨치로 쏙 들어가뿔고 말었소!"

"부용이 그놈 약값 타령 읊어댈라고 찾어온 거라면 애시당초 말 끄집어낼 생심도 허들 말어!"

"하이고, 참말로 걱정도 팔자소관으로 풍년이요, 풍년! 부용이 갸로 말헐 것 같으면, 천석꾼 영감허고 터럭만침 상관도 없이 나 혼자 씨 뿌리고 나 혼자 밭 부쳐서 호락질로 생산헌 소출이 분명헌 판인디, 나가 시방 무신 염치로 갸허고 넘넘지간 의붓애비더러 내 새끼 약값 부조허라고 목매달고 손벌리겄소? 곧 죽어도 내 아들 죽지 이녁 아들 죽는 것 아니니께 걱정도 마시요! 부용이 갸 병든 목심 돌볼라 말고 곰팽이 피드락 그 약값 천년만년 애껴두었다가 저승질 떠날 적에 노잣돈 삼어서 이고지고 잘 가시요!"

모지락스럽고 몰풍정하게만 타고난 영감의 성정 돌아가는 본새에 걸맞게끔 관촌댁은 막말 대거리도 서슴지 않았다.

"뇌짐쟁이 약값 타령 아니랑께 나 맴이 개붓허고만. 허고 잪은 말 없다면 허고 잪은 일이라도 허고 가야겄지?"

하얀 담배 연기 닮은 하얀 비웃음을 입으로 콧구멍으로 빼끔빼끔 내뿜으며 영감이 거슴츠레한 눈빛으로 할망구를 건너다보았다.

"나가 허고 잪은 말은 후제 내 눈구녁에 흙 들어간 연후에 내 묏동 앞에서나 들어보시요!"

"오밤중에 자는 사람 흔들어 깨와놓고 이왕지사 치마꼬랑지 살랑살랑 흔든 짐에 본전이라도 뽑고 가야 되잖겄어?"

발딱 일어나 방 밖으로 뛰쳐나갈 태세인 관촌댁 정강이 부위에 야마니시의 장죽이 턱하니 가로거쳤다. 그 사품에 관촌댁은 발을 헛디디면서 애구, 하는 비명과 함께 방바닥에 고꾸라지고 말았다.

"옴맴매, 이 영감이 참말로 실성을 먹어뿌렀내벼? 아랫것들 숭본다고 화냥잡년 잡도리헐 때는 은제고, 싫다는 화냥년 우격다짐으로 붙드는 것은 또 무신 경우다냐?"

영감 손아귀에 치맛자락 단단히 거머잡힌 상태에서 관촌댁은 사지를 버르적거리며 세차게 앙탈했다. 하지만 영감에게 한번 뺏겨버린 치맛자락은 이미 관촌댁 소유가 아니었다.

잠시 후 관촌댁은 흐트러진 옷매무새와 헝클어진 머리 치장 수습할 겨를도 없이 황망히 사랑채를 빠져나왔다. 영락없이 야음 틈타 숨겨두었던 샛서방 만나고 돌아가는 음부 거동이 바로 그런 모양새일 것이었다. 혹여 어느 이목에 잡힐세라 관촌댁은 연방 주변을 두리번두리번 살피며 발소리 죽여 안채 어둠 속으로 살며시 숨어들었다. 길 가다 봉욕한 듯 전혀 예상치 못한 대목에서 얼김에 받아들인 영감이었다. 하지만 사정이 사정이고 형편이 형편인지라 부부간에 실로 오랜만에 치르는 행사인데도 전신이 녹작지근히 풀리는 충족감 따위는 도무지 탐할 계제가 못 되었다. 절대로 범하지 말아야 될 어떤 금기를 범한 것처럼 관촌댁은 장차 집안에서 뭔가 크게 부정 타는 일이 생길 것만 같은 불길한 예감을 아무래도 떨쳐버릴 수가 없었다.

안채로 돌아오자마자 관촌댁은 깜깜한 부엌 바닥에 쪼그려 앉아 바가지로 냉수 끼얹으며 뒷물부터 깐깐히 했다. 하늘이 노하기 전에 부정 탄 몸뚱어리 미리 단속함으로써 스스로 지은 죄업을 다소나마 닦고자 하는 행동이었다. 애당초 목적하고 갔던 오암리 동생네 이야기는 결국 첫머리도 입 밖에 꺼내지 못한 채 천만뜻밖의 봉욕만 하고 물러난 셈이었다. 순사들 감시에 따른 대비책은 상의하고 마잘 겨를조차 없었다. 하긴, 그런 이야기 꺼내지 않은 게 오히려 잘된 일이라는 생각이 뒤늦게 들기도 했다. 배낙철이란 성명 삼자 내비치기 무섭게 영감은 눈자위가 허옇게 뒤집어질 것이었다. 만약 이야기가 사회주의나 주재소 근처라도 슬쩍 건드릴 양이면 영감은 버르르 부아통 터뜨리다못해 입에 게거품 부걱부걱 물고 제풀에 필경 까무러칠 것이었다. 불같은 영감 성깔 너무도 익히 아는지라 관촌댁은 혹 떼러 갔다가 하마터면 남의 혹들까지 주렁주렁 덤터기 쓴 채 돌아올 뻔했다고 생각하는 것으로 애써 위로를 삼고자 했다.

화적패가 다녀간 그 이튿날 꼭두새벽에 화적패 못지않은 기세로 불시에 들이닥친 영감은 곤히 자는 사람 느닷없이 깨워놓고, 화적패 수괴가 어느 놈인지 기어코 알아냈다며 마냥 설쳐댔다. 해괴망측하게도 영감은 남남지간 아닌 자기 이질한테 혐의를 두고 있었다. 내세울 만한 증거도 없이 단지 복면 틈새로 빠끔히 드러난, 그 차갑고도 준수한 눈매의 임자가 다름아닌 배낙철일 거라는 지레짐작에 기대어 영감은 엄연히 경성에 유학중인 이질을 두고 끔찍한 저주를 마구 퍼부어댔다. 남의 집안 속내를 제 손금 들여다보듯 훤히 꿰는 작자 소행일시 분명하다는 주장이었다. 못된 송아지 방둥이에 뿔 돋듯, 어린 나이에 위험천만한 사상을 복장에 품은 채 이모부 보기를 나라 팔아먹은 역적 대하듯 사갈시하던 바로 그놈 아니고는 감히 그런 패역무도한 악행 도모할 작자가 세상천지 아무도 없다는 이야기였다. 듣다듣다 못하고 보다보다 못한 관촌댁이 친정동생 집안 두둔한답시고, 터무니없는 넘겨짚기로 공연히 생사람 잡지 말라고 한소리 던졌다가 창졸간에 영감한테 화적패와 한통속으로 몰리는 곤욕을 치르기도 했다.

만의 일이라도 화적패와 관련된 이야기가 밖으로 흘러나갈까 두려워 노심초사하며 안팎 식솔들 철저히 잡도리했음에도 불구하고 그새 어느 주둥이가 나발불어댔는지 마치 바싹 메마른 잡목숲에 옮아붙는 산불의 기세와도 같이 불과 하루이틀 어간에 소문은 사방으로 왁자하게 퍼져나갔다. 이제는 조선인 최명배 아닌, 자칭 내지인 야마나시 아끼라 영감이 화적패 만나 졸경 치른 이야기로 온 산서 바닥이 와글와글 들끓을 지경이었다. 혹자는, 기왕지사 신출귀몰 강도단이 소작인들 고혈 빨아 쌓아올린 재물 털어가는 김에 야마나시 영감 목숨까지 알뜰살뜰 챙겨갔더라면 얼마나 더 속이 후련할 뻔했느냐고 쑤군덕거렸다. 또 혹자는, 벼락을 맞아도 열두 번은 더 맞아 마땅한 악질 중의 최악질 야마나시 영감 간담이 바싹 졸아붙도록 단단히 혼뜨검 내준 그 거사만으로도 벌써 십 년 묵은 체증이 쑥 내려간 것 같다며, 홍길동에 비견할 만한 그 의적이 누군지 알기만 한다면 자기 딸 주어 데릴사위 삼고 싶노라고 희떱게 떠벌리기도 했다.

최진용을 통해 산서 주민들 갖가지 반응을 수시로 접하면서 야마니시는 어금니를 빠드득빠드득 갈아댔다. 더욱이나 부아통 터질 노릇이기는, 위문한답시고 눈치코치도 없이 천석꾼 집 대문간 연락부절로 넘나드는 방문객 발걸음이었다. 얼마나 황망하고 참담하셨느냐, 그래도 어디 상한 대목 없이 옥체 보전하실 수 있었던 것은 하늘이 돌보신 덕 아니겠느냐, 어쩌고저쩌고 입에 발린 덕담 주워섬기며 머리 깊숙이 조아려대는 놈일수록 뒤돌아서기 무섭게 잘코사니 부르게 마련인 줄 익히 아는지라 야마니시는 속이 물끄러미 들여다보이는 아첨꾼들 대할 적마다 소태라도 씹은 듯 입맛이 쓰디쓰고 혓바늘이 까칠까칠 돋는 바람에 번번이 끼니를 잡칠 수밖에 없었다.

특히나 인근 마을 출장 핑계 삼아 감나뭇골에 불쑥 모습 드러낸 면사무소 시라야마 계장이 항간에 떠도는 소문의 진위 확인하기 위해 다짜고짜 고약한 질문을 던졌을 때가 야마니시로서는 가장 견디기 힘든 고통의 한때였다. 그런 말씀 당최 입길에 올릴 생각도 마시라고, 강도는 고사하고 좀도적 비슷한 놈 그림자도 구경한 적 없노라고, 어떤 시러베자식이 그따위 잡소리 떠벌리고 다니더냐고, 공연히 남의 말 물어내기 즐겨 하는 못돼먹은 주둥이들이 멀쩡한 사람 험한 꼴 당하기 바라는 놀부심통으로 헛소문 퍼뜨린 것에 불과하다고, 만일 강도들한테 건네줄 여유 재물 있다면 대일본제국에 다만 일원어치라도 더 애국헌납 하는 편이 훨씬 이문인 줄 삼척동자도 다 아는 세상인데 이 내 몸이 어찌 불한당 놈들 밑구멍이나 닦아주는 어리석은 짓거리에 귀한 재물 허비할 리 있겠느냐고 야마니시 아끼라는 한바탕 강변한 다음 뱃가죽 늘어나게끔 코아래 진상으로 칙사 대접해서 시라야마를 돌려보내느라 어지간히 진땀을 빼야만 했다.

그런 일이 있은 뒤부터 야마니시 아끼라는 완전히 겉 다르고 속 다르게 처신하기 시작했다. 바깥세상 향해서는, 피천 한 닢 강도당한 사실 없노라고 딱 잡아떼었다. 집안 쪽 향해서는, 빼앗긴 거만재물 기필코 되찾겠다는 일념으로 마누라를 비롯한 가솔들을 달달 볶아먹곤 했다. 오암리를 무시로 출입하면서 처제로부터 배낙철 소행이 틀림없다는 확고부동한 증거를 물어오지 않는다고 늙정이 마누라한테 걸핏하면 성화를 대곤 했다. 곤경에 몰린 관촌댁이 큰맘 먹고 오암리에 갔다가 아무 소득 없이 빈손으로 돌아오자, 원수 집구석과 내통하면서 자매끼리 낙철이놈 죄상 감추고 허물 덮어줄 흉계나 꾸민다며 얼토당토않은 억짓손으로 사람 오장육부 박박 긁어놓고 말았다. 뿐만이 아니었다. 야마니시는 구체적인 증거 확보하기 위해 최진용을 경성으로 파송해 화적패 출현을 전후한 무렵 낙철의 행적을 수소문하도록 조처하는 등등 온갖 극성 골고루 다 떨었다.

그러나 경성행 장도에 올랐던 진용이 도리어 배낙철의 무죄를 뒷받침하는 증언에 떼밀려 빈털터리로 돌아오자 야마니시 아끼라는 크게 낙담하고 말았다. 다른 누구도 아닌 자신의 둘째아들 귀용의 증언이 아비의 낙담에 결정적으로 작용했다. 그 무렵 배낙철은 경성 권역 밖으로 한 발짝도 벗어난 적 없을뿐더러 오로지 학업에만 전념하느라 산서 바닥에서 시방 죽이 끓는지 밥이 끓는지 도통 모르고 지냈음을 천지신명 두고 골백번이라도 맹세할 수 있다며 아버지 밀사로 파송된 사촌형 앞에서 귀용이 거듭거듭 장담하더라는, 무척이나 실망스러운 보고 내용이었다.

여름내 후끈 달아올랐던, 잃은 재물 향한 야마니시 아끼라의 검질긴 집착은 가을로 접어들어 찬바람 살랑살랑 일면서부터 차츰 식어가기 시작했다. 하지만 오암리 쪽 향하고는 여전히 오줌조차 누지 않을 정도로 처제네 집안에 대한 악감정은 끝내 버리지 못하고 있었다. 어쩌다 오암리 소리가 슬쩍 귓가에 닿을라치면 자다가도 벌떡 일어날 지경으로 야마니시는 못된 이질 녀석 향한 의심을 여간해서 거두려 하지 않았다.

마음자리가 미친년 속속곳 그 안쪽 사정만큼이나 엉망진창인 판에 잠인들 제대로 올 턱이 있겠는가. 관촌댁은 보리깜부기 색깔 어둠을 품안에 그득 부둥켜안은 채 밤이 깊도록 전전반측하면서 자신의 고단한 팔자 상대로 힘겹게 몸싸움 벌이다 그예 또 벌떡 일어앉고 말았다. 막무가내로 오지 않으려는 잠 억지로 청하느라 생피 말리느니 차라리 울안 한 바퀴 더 둘러보는 편이 남는 장사일 듯싶었다. 자정이 훨씬 지났을 거라고 시간을 대충 어림하면서 관촌댁은 일껏 벗었던 치마를 속곳 위에 다시 둘렀다.

고즈넉이 잠든 울안에서 오직 헛간만이 외롭게 깨어 있었다. 온밤 꼬박이 밝힐 작정인 듯 헛간에서는 남포등 불빛이 밝게 새나오고 있었다. 지치지도 않고 물리지도 않는지 초저녁 무렵 다름없는 힘찬 기세로 베 짜는 소리가 철커덕철커덕 울리고 있었다. 불빛과 소리에 이끌려 관촌댁은 저도 모르게 헛간 쪽으로 발길을 돌렸다.

금지옥엽 소리 듣고도 남을 천석꾼 외딸이 다따가 베틀에 손대기 시작한 것은 약혼자 저세상으로 떠나보낸 다음 객지 유학생활 접고 집으로 돌아온 직후부터였다. 동짓달 산야에 내려쌓인 숫눈처럼 새하얗게 소복담장한 순금은 집안 식구들 따가운 눈총 아랑곳없이 오랜 세월 헛간 구석에 처박힌 채 징역살이하던 낡은 베틀을 말끔히 손보아 제 방으로 옮겨놓았다. 그리고 생전 안 하던 짓거리로 어미를 졸라 베 짜는 기술을 몸에 익히기 시작했다.

관촌댁은 박행한 딸년 심중을 얼른 헤아렸다. 그리고 젊어 한때 마을에서 날렸던 자신의 베짜기 솜씨를 순금에게 고스란히 물려주기로 마음먹었다. 정씨 집안 귀신 되기로 일찌감치 작심한 몸이면서도 딸은 그 댁 어른들 극구 만류에 떼밀려 청상과부 시집살이 단념한 채 이를테면 친정에 해당하는 본가로 돌아올 수밖에 없었다. 순금은 여생을 부모한테 얹혀살 수밖에 없는 제 구차한 신세 다독이는 한편 심심파적 일거리로 시름 멀리 쫓아내기 위해 낡아빠진 베틀에 지성으로 매달리는 눈치였다.

소일거리로 시작되었던 순금의 베틀 작업이 제법 본격적인 돈벌이 수단으로 격이 달라진 것은 최근의 일이었다. 고질병 노점에 된통 얻어맞아 병석에 누운 채 폐인으로 아까운 세월 까먹고 지내는 동생을 보더니만, 순금은 어느 날 느닷없이 머슴들 지휘해서 공사를 벌이기 시작했다. 헛간 뜯어고쳐 공방 꾸미는 작업이었다. 임시변통이나마 아쉬운 대로 공방 모양이 그럭저럭 갖추어지자 순금은 베틀을 헛간으로 옮겼다. 그리고 그날부터 순금은 밤을 낮 삼으며 바디질에 어기차게 매달려 줄곧 무명베를 짜기 시작했다. 그러는 딸년 그 따스운 마음 씀씀이를 관촌댁은 너끈히 다 헤아릴 수 있었다. 당최 아버지 주머니에서 노린전 한 닢 굴러나올 가망이 안 보이자 동생 약값에 한 푼이라도 보탤 요량으로 시작한 작업이었다. 제 몸뚱이 돌볼 겨를도 없이 하고많은 날들을 베틀에서 보내는 딸년 그 가긍한 정상이 관촌댁은 한편으로 눈물겨우리만큼 고맙고 대견하면서도 다른 한편으로 그지없이 서글프고 짠하게 느껴지기도 하는 것이었다.

"에미다."

관촌댁은 베틀 공방 문전에서 헛기침 먼저 앞세워 선발대로 들여보낸 다음 나지막한 목소리 뒤딸려 방안으로 넌지시 밀어넣었다. 그러자 내내 철커덕철커덕 울리던 베틀 소리가 뚝 멎었다.

"왜 여태 안 주무시고……"

"하나뿐인 딸년이 요로코롬 밤을 꼴딱 새워감시나 파수를 보고 있는디 이 에미가 무신 염치로 꿀잠 펴자고 자빠졌겄냐."

집안 식구들 통틀어 기중 만만한 상대는 순금이었다. 손 부여잡고 하소연이든 통사정이든 마음 편히 늘어놓을 사람은 달랑 딸년뿐이라고 생각했다. 물론 그 딸년도 호락호락 얕잡아 상대해도 무방하리만큼 손쉬운 상대는 결코 아니라는 사실을 관촌댁은 오랜 경험 통해 익히 알고 있었다.

"쪼깨 들어가도 되겄냐?"

관촌댁은 문을 열고 공방 내부를 빠끔히 들여다보았다.

"되고말고요, 어머님."

"아, 아니, 밤기운이 솔찮이 치운디 수건은 애꼈다가 얻다 쓸라고 그러콤 맨대가리로 앉어 있냐?"

가윗날 받아 들쭉날쭉 아무렇게나 먹힌 흔적을 아직도 머리통에 흉측하게 얹고 있는 딸년 바라보며 관촌댁은 잔뜩 오만상을 지었다. 불뚝성 유별난 제 아버지에 의해 무자비하게 삭발당한 뒤로 딸년은 식구들 앞에서건, 심지어 동네 사람들 앞에서건 수건이나 보자기 따위로 그 치욕의 증표를 가리고자 시도한 적이 단 한 차례도 없었다. 흉물스러운 제 흠처를 되레 동네방네 광고하고 다니는 자해적 행동으로 아버지 향해 앙갚음하는 듯싶은 딸년 모습 대할 적마다 관촌댁은 번번이 가슴이 미어지곤 했다.

"그 맨대가리 소리는 제 앞에서 당최 비치지도 마셔요."

예사롭지 않은 딸년 서슬에 단박 주눅이 들면서 관촌댁은 주뼛

주뼛 방안으로 들어섰다. 순금은 이미 일손을 놓고 있는 상태였다. 어미가 들어왔는데도 고개조차 돌리지 않은 채 똑바로 베틀 위쪽 눈썹대 부위만 쳐다보고 있었다. 문을 등진 채 앉을깨 위에 꼿꼿이 앉은 딸년 뒷모습 바라보고 있자니 관촌댁은 별안간 가슴이 철렁 내려앉는 기분이었다. 호적상으로 보나 실지로 보나 미혼녀가 엄연한 딸자식이 한밤중에 처녀귀신처럼 새하얀 소복담장 차림으로 베를 짜는 꼬락서니가 어미 눈에 곱다시 보일 리 만무했다. 깔축없는 청상의 자태 그것이었다. 뒤로 오는 호랑이는 속일 수 있어도 앞으로 오는 팔자는 속일 수 없다던 옛말이 문득 떠올랐다. 관촌댁이 박행한 딸년 두고 느끼던 시름의 두께가 순식간에 두어 뼘가량 더 두꺼워졌다.

"요러다가 필경 니 몸 축나겄다. 너까장 덜컥 병들어뿔면 니 약값은 또 누가 무신 사업으로 감당을 헌다냐?"

제 몫의 불행은 뒷전으로 빼돌리고 동생 몫 불행만 매양 안타까이 여기며 제 일신 부축할 여유 없이 날마다 무리를 서슴지 않는 딸년에 대한 고마움을 관촌댁은 에둘러 거친 방식으로 표현했다. 순금의 앉음새를 살펴보고 나서 관촌댁은 아직도 사람과 베틀이 한데 어우러지지 못한 채 제각각 따로 놀고 있음을 알아차렸다. 관촌댁은 엉덩이 끝부분에 걸친 앉을깨를 오금 쪽으로 바싹 밀어넣어 몸의 중심을 알맞추 잡아준 다음 아래쪽으로 약간 흘러내린 부티도 허리 쪽으로 많이 끌어올려 딸로 하여금 연일 계속되는 장시간 중노동에 힘을 낭비하는 일 없게끔 세심히 배려해주었다.

늘어놓을 하소연이 너무 많은 탓에 무엇부터 먼저 꺼내야 좋을지 얼른 분별이 안 섰다. 관촌댁은 베틀의 누운다리랑 용두머리랑 눈썹대를 손바닥으로 차례차례 쓰다듬는 척하면서 딸년 둘레를 일없이 바장였다. 오랜 세월 자신의 땀과 손때가 짙게 배어 있는 고물딱지 베틀이었다. 최씨 집안으로 출가한 이래 수단방법 안 가리고 가산 일구기에 혈안이 된 남편 거들어주는 방편으로 불철주야 베짜기에 매달리며 청춘을 거의 고스란히 바치다시피 한 물건이었다.

내외간에 부창부수 화답하며 지악스레 억척 떨고 모질음 쓴 보람이 있어 거만의 부를 쌓는 데는 일단 성공한 셈이었다. 하지만 천석꾼 마나님으로 떠받들리는 오늘날 관촌댁 처지가 중노동에 시달리던 새댁 시절에 비해 반드시 행복하다 말할 수는 없는 노릇이었다. 본시 인생살이에서 행복이란 것이 반드시 재산 규모에 비례해서 누려지지 않는다는 사실을 관촌댁은 웬만큼 나이 먹은 다음에야 뼈저리게 깨달을 수 있었다. 잘살아도 한세상, 못살아도 한세상인 것을 구태여 안간힘 쓰고 죽살이쳐가며 젊음을 탕진할 필요가 과연 있었던가, 하는 때늦은 회한이 문득문득 일곤 했다. 특히 자식들 문제와 관련해서 어덕서니 형상의 거대한 수심 덩어리가 천둥벌거숭이처럼 집안으로 뛰어들어 좌충우돌할 때면 더 더욱 그랬다. 관촌댁은 인생의 꽃철에 해당하는 녹의홍상 그 좋은 시절을 땀과 손때의 형태로 변형시켜 해면처럼 욕심껏 빨아들인 베틀의 부분과 부분들을 연방 손바닥으로 어루만지는 한편 그런 기구망측한 과거에 대해 이제는 모르는 척 시치미 떼고 있는 베틀의 전모를 감개 어린 눈빛으로 요모조모 찬찬히 더듬었다.

"야야, 순금아."

마침내 말문이 열리려 했다. 낮에 이모 만났던 이야기부터 꺼낼 작정으로 딸을 돌아보는 순간, 관촌댁은 그만 입이 딱 얼어붙고 말았다. 울고 있었다. 딸년이 소리 없이 우는 중이었다. 짙은 음영으로 차일을 친 속눈썹에 이슬 방울처럼 송골송골 매달린 눈물 방울들이 남포등 불빛을 반짝반짝 되쏘고 있었다. 내내 그렇게 소리 죽여 울면서 베를 짜고 있었던 성싶었다. 그래서 한밤중에 불쑥 찾아든 제 어미 얼굴 똑바로 쳐다보려 하지 않은 것일까.

"무신 일로 오셨어요?"

약간 코맹맹이 소리로 순금이 무디게 물었다. 관촌댁은 딸자식 얼굴 정면으로 대하기가 차마 거식해서 베틀의 도투마리 근처에다 시선을 붙박아두려 애썼다. 아무리 제 속으로 낳은 자식이라 하더라도, 한밤중에 소복담장하고 외진 헛간에 홀로 앉아 눈물 쫄쫄 쥐어짜는 꼬락서니는 생각만으로도 벌써 등골이 오싹해지는 장면이었다.

"무신 일은……"

"저한티 허실 말씀이 있어서 오신 모냥인디, 저는 괘념허지 마시고 어서 말씀을 끄내셔요."

어느 틈에 눈물 찌꺼기 말끔히 지운 순금이 언제 울었더냐 싶으리만큼 차분한 목소리로 용건을 재촉했다. 관촌댁은 헛기침으로 목청 가다듬으면서 그제야 딸년 얼굴을 정면으로 직시했다.

"하로하로 살기가 갈시락 더 심들고 팍팍허지야?"

마치 살기 힘들고 팍팍한지 여부 알아볼 목적으로 그 밤중에 일부러 딸을 찾아온 듯 관촌댁 어조는 자못 진중했다. 박행한 딸년 향한 연민의 정이 농후한 어머니 물음에 순금은 고개를 좌우로 가볍게 흔들어 보였다.

"별로 그렇지도 않어요. 저게 있으니께요."

넌지시 팔 뻗어 남포등 가리키는 딸을 보고 관촌댁은 갑자기 뜨악한 낯꽃을 지었다.

"밝은 불빛이 흑암 세력을 물리치딧기 환란 중에도 제 가슴속에서는 소망이라는 등불이 휘황허니 타오르고 있다는 뜻이지요."

썩을 년, 하면서 관촌댁은 속으로 혀를 찼다. 배웠다는 유세 떠느라고 저 혼자만 알아먹게끔 씨부렁거린다면 못 배운 어미는 대관절 어쩌란 말인가.

"아니다. 에미 듣기 좋으라고 고로코롬 보들보들헌 말만 골라서 허는 것 같은디, 그러는 니 심정 나가 다 안다. 나도 눈구녁 뚫리고 귓구녁 열려 있는 사람인디, 딸년 고달픈 신세를 에미가 으찌 몰라볼 것이냐."

관촌댁은 알량하고 엉성한 베틀 공방 천장이 자칫 내려앉으리만큼 대짜배기 한숨 조력을 받으며 자신의 생각을 고집했다. 지지리도 박복하고 군색하게 타고난 외딸 팔자를 두고 느끼는 어미의 속마음을 달리 표현할 방법이 없는 까닭이었다.

"몸땡이가 잠시 고단허다고 혀서 사람이 반다시 마음까장 고단허란 법은 없어요, 어머님."

순금이 그새 뽀송뽀송 건조된 눈매로 어미를 말똥말똥 올려다보았다.

"아니다, 아니여. 딸년 맴을 에미가 몰라준다면 세상천지 어느 누가 그 맴 알어줄 것이냐. 오직이나 신세가 한탄시럽고 팔자가 웬통혔으면 개도야지도 잠들고 마소도 잠든 추야장 야삼경에 젊은 처자 몸땡이로 베틀 붙들고 앉어서 눈물이나 잘금잘금 깨물고 있었을꼬!"

"저는 운 적이 없어요, 어머님. 한탄스럽지도 않고 원통허지도 않은디 제가 뭣 땜시 눈물 같은 걸 깨물고 있겄어요?"

여태껏 관촌댁이 알고 있던 상식에 의하면, 여자가 한밤중에 홀로 앉아 우는 경우는 대략 두 가지 이유 때문이었다. 하나는 여자로서 되알지게 서럽고 원통한 꼴 당했을 경우이고, 다른 하나는 통각을 지닌 인간으로서 몸뚱어리 어느 부분이 도저히 견디기 어려우리만큼 심하게 결딴나버린 경우였다.

"울은 적도 없담시나 그 눈구녁에서 눈물이란 놈은 무단시 왜 쫄쫄 삐져나오고 야단이다냐? 순금이 너 혹시 어디 아푼 것 아니냐?"

"베 짜는 동안 내내 기도를 올리고 있었어요, 어머님."

기도란 말 듣는 순간, 관촌댁 낯꽃이 별안간 돌덩이처럼 굳어졌다. 썩을 년, 하면서 관촌댁은 다시 한번 속으로 혀를 찼다. 몹쓸 딸년이 설마 사위스러운 어미가 일상적으로 섬기는 성주대감이나 조왕신 상대로 기도했을 리 만무했다. 결국 딸년이 지성으로 섬겨온 야소귀신이 언제나 문젯거리였다. 집안에 번번이 거센 풍파 몰고 오는 그 야소귀신 향해 눈물콧물 쥐어짜며 뭔가를 싹싹 빌고 있었음이 분명했다. 벌어진 모녀 사이 간극을 일껏 땜질해놓았던 정나미가 도로 뚝 떨어져 나가고 있었다. 방금 전까지 박복자 딸을 둔 어미로서 느꼈던 애틋한 감정은 어느 순간에 부지거처가 돼버리고, 모닥불 같은 역정만이 가슴속에서 모락모락 연기를 피워올리기 시작했다.

"중대가리맨치로 가새 주뎅이에 머리터럭 빡빡 뜯어멕히고도 너는 여적지 정신을 못 채렸냐? 오날날 니 신세를 요 모냥 요 지경으로 고장내뿌린 것이 대관절 어느 구신 소행이냐? 객지 유학 가서 허라는 공부 작파허고 부모 몰르게 야소구신 섬긴 죄로 오날날 벌을 받어서 니 팔자가 요 모냥 요 지경으로 폭삭 절딴나뿌린 것 아니냐! 그 야소구신 워디가 월매나 그러콤 영험허길래 그

봉변 그 챙피 다 당허고도 모잘라서 여적지 지성으로 받들어 뫼시고 자빠졌냐? 그동안 니가 일천정성 다 바쳐서 조석으로 치성드린다고 그 야소구신이 니 소원 반 토막이라도 들어준 적 있드냐? 맨날 너한티 손해만 붙였지, 옜네, 자네 가지소, 허고 어디 한 번 이득을 노놔준 적 있드냐?"

폭포수처럼 막말 한바탕 좍좍 쏟고 나니까 관촌댁은 돌멩이처럼 딴딴하게 뭉쳐 있던 가슴속 응어리가 얼추 풀리는 기분이었다.

"그 많은 질문을 한꺼번에 몽땅 쏟으시면 제가 무신 재주로 답변을 드리겄어요? 설마허니 그 대답 들으시고 잪어서 이 오밤중에 저를 찾어오신 것은 아니겄지요?"

순금의 자세는 시종일관 한결같았다. 영감과 자식들 틈바구니에 끼여 이러지도 저러지도 못하는 어미 딱한 처지 너끈히 다 이해한다는 투로 순금은 미소를 머금어 보이는 여유마저 부리고 있었다. 참으로 요지부동의 고집이요 신심이었다.

"이구, 내 팔자야! 동서남북 사면팔방이 꽉꽉 맥힌 벽창우 딸년 붙들고 통사정허느니 차라리 나가 춘풍이 귓구녁에다 대고 명심보감 강론허는 편이 훨낀 더 수월허겄다!"

"무신 통사정인지는 몰라도, 어서 허시라니깨요."

"오냐, 허고말고! 낙철이 그놈이 사회주의자란다!"

부앗김에 관촌댁은 소래기를 빽 내지르고 말았다. 그러고는 제 목청에 스스로 놀라 문 있는 곳으로 쪼르르 달려갔다. 혹여 누가 엿들을세라 관촌댁은 얼른 바깥 기척을 살폈다.

"그런디요, 어머님?"

염탐하는 눈귀 없음을 다행으로 여기며 막 안도하려는 참인데, 다음 이야기 재촉하는 딸년 목소리가 심상하게 들렸다. 낙철이가 사회주의자라는 귀띔을 마치 오암리 사는 이종사촌이란 말로 잘못 들은 것 같은 말투였다. 순금은 일손 놓은 뒤로도 내내 손에 들고 있던 북과 꾸리를 반 통 정도 짜다 만 옥양목 베천 위에 살며시 내려놓았다. 동요의 빛 털끝만치도 안 비치는 딸년 바라보고 있노라니 일껏 사그라지려던 부아가 새삼스레 또 치밀었다.

"느그 이종동상이 사회주의 시궁창에 콧등 처박고 엎어졌다는디도 너는 암시랑토 않단 말이냐?"

관촌댁은 그토록 극약처방을 내렸음에도 불구하고 딸꾹질 한 번 하는 법 없이 말짱하게 견디는 딸년을 도무지 이해할 수 없었다.

"사회주의란 게 뭣이간디요, 어머님?"

제 어미 가장 취약한 급소 찌르듯 딸년이 갑자기 고약하기 이를 데 없는 질문을 꽂는 바람에 관촌댁은 잠시 말문이 막혔다.

"거 뭣이냐…… 사회주의라는 게, 말허자면, 거 뭣이냐……"

잠시 말을 더듬거리다 말고 관촌댁은 기어이 또 소가지를 부렸다.

"니가 시방 여고보 댕겼다는 유세로 이 에미를 시삐 보는 것이냐, 뭣이냐? 여러 소리 질게 헐 필요 없느니라. 한마디로 탁 쌔려

잡어서 그 옘병헐 놈에 사회주의란 물건이 서양에서 양코배기들이 꾸며낸 신식 화적질이 아니고 달리 뭣이겄냐!"

사회주의에 관한 관촌댁의 이해는 실인즉슨 야마니시 아끼라 영감 것을 고스란히 베낀 것에 불과했다. 어쩌다 사회주의가 입길에 오를라치면, 영감은 매번 입아귀에 허옇게 게거품 문 채 냅다 욕지거리부터 처박지르곤 했다. 사회주의 놈들 하는 짓거리는 낱낱이 다 화적패 행악질하고 아삼륙으로 친척뻘이며 천벌받아 마땅한 패역무도라는 주장이었다. 부자들 재물 강탈해서 가난뱅이들끼리 노느매기하겠다는 사회주의 놈들 못된 심보가 야밤중에 복면하고 남의 집 월장해서 주인장 멱통에 흉기 들이대고, 목숨이 아까우면 재물 바치고 재물이 아까우면 목숨 바쳐라, 겁박하는 화적패 심보하고 다를 게 뭐가 있느냐는 것이 야마니시 영감 평소 지론이었다.

"어머님, 사회주의를 꼭 그런 식으로만 평론헐 수는 없어요. 저 역시 사회주의가 맘에 드는 건 아니지만, 그렇다고 그것이 화적질이랑 똑같다고 생각헌 적은 여적지 한 번도 없어요."

"니 말대로 사회주의가 화적질이 아니라면, 뭣 땜시 순사들이 밤낮으로 오암리를 지키고 감시헌다냐?"

"그건 또 무신 말씀이셔요? 오암리를 감시허다니요?"

그러잖아도 커다랗던 딸년 눈알이 별안간 간장종지 크기로 휘둥그레졌다. 드디어 딸년 얼굴에 극약처방 효험이 제대로 나타나는 걸 보고 관촌댁은 속으로 쾌재를 불렀다. 이왕지사 놀라는 김에 앉은자리에서 산똥 지릴 지경으로 실컷 한번 놀라보라고 관촌댁은 목소리에 초 치고 간 맞추어 딸년 상대로 잔뜩 허풍을 떨어댔다.

"주재소 순사들이랑 분견대 헌병들이 총칼 들고 한목에 왁작쳐들어와서는 오암리 느그 이모네 집을 철통같이 에워싸고 개미새끼 한 마리 얼씬허들 못허게코롬 하루 왼종일 보초를 서고 있단다!"

"누구한티 들으셨어요, 그런 말을?"

단박에 소낙비와 천둥번개 잉태한 만삭의 매지구름떼가 사방에서 새까맣게 몰려들어 딸년 얼굴 암담하게 휘덮는 모양을 낱낱이 지켜보면서 관촌댁은 거추없이 신바람이 났다.

"누구는 누구겄냐, 느그 이모지!"

점심참이었다. 오암리 작은 관촌댁이 불시에 감나뭇골 큰 관촌댁을 찾아왔다. 제각각 떨어져 따로 지낼 때는 친정동네 이름 딴 택호를 자매가 사이좋게 나눠가지면서 주변 사람들로부터 똑같이 관촌댁으로 대접받았다. 그러나 자매가 한자리에 같이 있을 경우, 감나뭇골 관촌댁은 천석꾼 마나님 지체에 힘입어 내처 '관촌댁' 자리에 머물러 있는 반면 오암리 관촌댁은 지체에 맞게끔 '낙철이네'로 어김없이 곤두박질치게 마련이었다.

"저 아래편짝 시암 근처에 시방 낙철이네가 와 있고만요."

점심 채비에 필요한 물 길으러 인근 마을 공동 우물에 다녀온 소작인 아낙이 논둑에 물동이 내려놓자마자 가만히 건네는 귀엣말이었다. 낙철이네란 말 듣는 순간, 관촌댁은 칼날 같은 선뜩한 기운이 정수리부터 가슴까지 일직선으로 북 긋고 지나가는 느낌이었다. 오암리 동생이 그 먼길 걷고 또 걸어 끝물 피사리 작업이 한창인 천석꾼 소유 논배미 수소문해서 일부러 찾아왔다는 점, 더욱이나 당자 모습 직접 드러내지 않고 새중간에 사람을 넣어 먼발치에서 은밀히 부르고 있다는 점 때문에 관촌댁 가슴은 대뜸 벌렁벌렁 뛰놀기부터 했다. 때마침 근처에서 영감 모습 눈에 띄지 않는 것이 그나마 다행이었다. 천석꾼 대지주 체통으로 논둑에 주저앉아 어중이떠중이 아랫것들과 어우러져 허술한 찬으로 끼니 때울 수는 없는 노릇인지라 야마니시 영감은 마름 안내받아 푸짐한 독상 기다리는 인근 마을 소작인 집으로 이미 떠난 다음이었다.

"니가 이 원거리까장 으짠 일이냐?"

둥그런 우물통 운두 위로 삐주룩이 올라오는 동생 얼굴 발견하고 관촌댁은 내닫던 발걸음 멈추면서 차갑게 힐문했다.

"우리 성님 어디 기신가 물어물어 여그까장 찾어왔고만요."

"긍깨 시방 으짠 일로 날 찾느냐고 묻잖냐!"

"성님 뵌 지도 한참 되얐고, 디릴 말씸도 쪼깨 있고 혀서……"

"느그 성부 근처에는 당최 얼씬도 허들 말라고 나가 열두 번도 더 신칙을 허잖드냐!"

"큰일나부렀어라, 성님!"

초장부터 울상이던 낙철이네가 드디어 눈물바람을 장만하기 시작했다. 부뚜막 위에 갓난쟁이 엎어놓고 나온 여편네처럼 어찌할 바 모르는 동생을 보고 있노라니 관촌댁은 다시금 자발없는 예감에 휩싸였다. 소작인 아낙한테 전갈 받을 때 이미 예삿일이 아님을 직감했다. 범보다 무섭고 스라소니보다 사나운 형부가 원수야 악수야 왜장치며 해코지할 기회만 벼르는 판인데도 마치 불꽃 핥으러 종작없이 날아드는 부나비처럼 호구 속으로 허위단심 뛰어들 적에는 필시 그럴 만한 긴간사가 벌어졌기 때문일 것이었다.

"호랭이 아가리에 들어가도 정신머리 하나는 채려야 쓴다고 그러잖드냐! 느그 집구석 지둥뿌리라도 뽑아져 넘어갔다는 것이냐, 뭣이냐?"

"차라리 지둥뿌리 뽑아져나가는 편이 훠낀 낫겄어라. 그보담도 훠낀 더 고약시런 큰일이어라."

"너 땜시 폭폭혀서 나가 시방 뛰다 죽겄다! 엔간치 뜸들이고, 인제 고만 자초지종을 고허거라!"

"우리 낙철이 잡어갈라고 주재소 순사들이 시방 오암리 안팎에 쫘악허니 깔려부렀다는 소문이어라."

"에잉? 낙철이 잡어갈라고?"

관촌댁은 기가 꽉 막혔다. 양잿물 나우 풀어 갓 빨아낸 옥양목 빛깔로 희푸르게 질린 낯꽃 바싹 들이대면서 낙철이네는 온몸에 뒤발한 두려움을 털어내느라 푸르르푸르르 연방 진저리치고 있었다.

"한양성 올라가서 과거 공부 허는지 천하가 다 아는 느그 낙철이를 무신 연유로 오암리 촌구석에서 찾어내겄다고 순사들이 그러코롬 쌩고상을 허고 야단을 떤다냐?"

어찌 돌아가는 셈판인지 아직도 제대로 분별할 길 없어 관촌댁은 맹한 눈빛으로 낙철이네를 건너다보았다.

"그놈이 한양에서 종적을 싸악 감촤뿌렀응깨 고향 동네라도 들들 뒤지는 것 아니겄어라."

"학문허는 낙철이가 대관절 무신 죄를 졌다고 갑째기 종적을 감촤?"

"나가 그 속내를 으찌 알겄소. 우리 동네 이장 으런 말씀으로는, 틀림없이 낙철이 그놈이 사상 문제 땜시 단단허니 탈이 붙어서 일본 관헌들한티 된통으로 추급을 당허는 것 같다고……"

"사상 문제는 또 뭣이다냐?"

"낙철이 그놈이 아, 글씨, 사회주의를 허고 자빠졌다고 안 그러요."

"뭣이여? 사회주의?"

관촌댁은 대경실색할 수밖에 없었다. 여태까지 배낙철이라고 똑 부러지게 명토 박지 않은 채 그냥 건공중에 띄워 사회주의자

욕하는 소리는 영감한테 더러 들은 기억이 있었다. 하지만 그때마다 관촌댁은, 제놈 타고난 바탕이 워낙 선비인데다 왕년에 오암리 일대에서 방귀깨나 뀌고 살았던 집안 출신인데, 설마하니 낙철이가 그럴 리 있겠는가 싶어 그다지 괘념하지 않았다. 어릴 적부터 신동으로 소문난 이질 녀석이 제 이모부하고 불공대천지 원수 맺어가며, 천석꾼 영감 말마따나 개도 안 물어갈 그 사회주의를 할 리가 없지 싶어 그냥 한 귀로 듣고 한 귀로 흘려버렸다. 그런데 다른 누구도 아닌, 낙철이 어미한테서 사회주의 소리를 직통으로 듣게 되다니, 세상에 이런 재변 중의 재변이 어디 또 있단 말인가.

"이 썩어 문드러질 년아, 니년이 시방 온정신이냐, 반정신이냐? 낙철이 그놈이랑 한 꿰미로 엮인 메뚜기 신세가 바로 우리 귀용이라는 걸 천하가 다 아는 판국인디, 오암리에 순사들 짜악 깔렸다고 나한티 쪼르르 달려오면 우리 귀용이는 대관절 으쩌란 말이냐! 차라리 뒤꽁댕이에다 순사들 주렁주렁 매달고 같이 들어닥친단 말이지 왜 니년 혼자만 탈래탈래 나타났냐, 이 바우너설에다 사대육신 뻗쳐놓고 사매질을 쳐댈 년아!"

"성님도 그런 말씸 당최 허들 마시요! 귀용이 이름은 여적지 이장 으런 입에서 안 비쳤응께 나가 요로콤 성님 만나러 오지라!"

"그렇다 허이면 우리 귀용이는 안심 팍 내려놔도 괭기찮단 말이냐?"

"성님도 참말로 너무나 허요! 나 혼자서 시름단지 끌어안고 자식 걱정허니라고 이리 뛰고 저리 뛰다가 성님이라도 만나서 깝깝헌 심정 하소연헐까 허고 먼질 마다 않고 역부러 찾어왔드니만, 적선은 고사허고 됩데로 찬바람 쌩쌩 도는 소리만 허시니께 내 억장이 시방 무너앉을라 그러요!"

낙철이네가 우물 둔덕에 엉덩이 붙이고 퍽석 주저앉음과 동시에 치마 끝 집어 올려 눈물이야 콧물이야 한목에 싸잡아 훔치기 시작했다. 동생이야 그러거나 말거나 전혀 상관할 바 아니었다. 관촌댁은 오암리 이장 입에서 귀용이 이름자 거론된 적 없다는 그 가벼운 귀띔 한마디에 천 근 무게 의미를 싣느라 아무 경황이 없었다. 일단 내 시름 먼저 덜고 나면 동생 시름 또한 안쓰럽게 느껴질 법도 하련만, 관촌댁은 낙철이네가 안쓰럽기는커녕 오히려 역정만 버럭 치솟았다.

"이년아, 달랑 하나뿐인 자식놈이 뻘건 황톳물 홈빡 덮어쓰고 화적패 진배없는 사회주의 또랑창에 푹 빠지드락 그 에미년은 뒷짐 지고 귀경만 허고 자빠졌었단 말이냐?"

"그런 악담일랑 당최 허들 마시요! 회오리밤 같은 외쪽 자식이 사회주의에 빠진 꼴이 뭣이 귀염성시럽고 얼매나 대견시럽다고 그 에미가 뒷짐 지고 귀경만 허고 있었겄소?"

"에미년이 제백사허고 나서서 팔소매 걷어붙이고 초저녁에 잠을 깨와놨드라면 그 자식놈이 여태까장 오밤중일 리가 없잖냐!"

"열 포졸이 한 도적 못 막는다고 안 그럽디여? 타관대처에 멀찌가니 떨어져서 쥐도 새도 몰르게 꾸미는 일을 오암리 촌구석에 들어앉은 에미가 무신 재주로 일찌감치 거니를 채겄소? 그놈이 사회주의를 허고 자빠졌는지를 나도 엊그저께사 게우 남새 맡었는디, 다 늦게 남새 맡어봤자 무신 신통수가 생기겄소? 원님 행차 뒤에 나발 부는 격이지라. 자식을 겉은 낳아도 속은 못 낳는 법이라는 옛말이 눈꼽만침도 그르지가 않습디다."

"참말로 장허기도 허다! 화적놈을 자식으로 둔 에미라서 니년은 퍽도 자랑시럽겄다!"

그런 상황에서 당장 동생에게 건네줄 수 있는 말은 고작 비아냥거림밖에 없었다. 관촌댁은 동생 쪽 슬그머니 외면한 채 언제 나타날지 모를 그 누군가의 이목 잔뜩 꺼리는 체하면서 호젓한 공동 우물 주변으로 시선을 돌렸다. 낙철이네가 회삼물 바닥에 퍽석 퍼더버리고 앉아 어린애처럼 양쪽 발을 동당동당 번갈아 굴러대는 몸짓을 선보였다.

"성님, 우리 성제찌리 시방 누가 자랑시럽고 누가 넘세시럽네, 허고 한유허게 말씨름이나 허고 있을 때요? 내 발등에 불 떨어졌는디, 잘잘못이사 어느 쪽 소관이든지 간에 우선 그 불부텀 끄고 봐야 되지 않겄어라?"

형부 출현 경계하는 친정언니 속셈을 눈치챈 낙철이네가 마음이 다급한 나머지 그간의 경위를 두서없이 설명하기 시작했다.

동생이 도막도막 사방에 흩뜨려놓는 이야기 토막들 대충 주워 모아 회삼물 바닥에 일렬로 펼쳐놓으니 관촌댁 머릿속 흐릿한 화면 위에 활동사진 한 편이 덜덜거리며 돌아가기 시작했다.

낙철이네한테 숨겨진 내막을 넌지시 똥겨준 사람은 나이 지긋한 이장이었다. 이장은 이웃 된 정리로 차마 시치미 떼고 함구할 수만은 없어 고민 끝에 귀띔해주기로 결심했다며 조심스럽게 운을 떼었다. 낙철이네 집안 일거수 일투족이 모조리 감시당하고 있으니 각별히 조심하라면서 이장은 뜻밖의 사실을 토설했다. 경찰 주재소와 헌병 분견대 넘나들며 관헌들 밀정 노릇으로 업을 삼는 면소재지 건달 하나가 며칠 전부터 오암리를 무시로 출입하면서 마을 사람들한테 낙철이네 동정을 밑두리콧두리 캐물어 죄다 챙겨간다는 것이었다. 더군다나 그 건달이 가장 공들여 파고드는 구멍이 바로 경성 유학생 배낙철의 행방인 것 같다는 이장의 추측이 뒤따랐다. 낙철이네는 각박하기 그지없는 세상에서 그처럼 이웃을 염려하는 이장의 마음 씀씀이를 극구 치하했다. 이장을 보낸 다음 낙철이네는 나간 집구석같이 휑한 울안 분위기에 압도되어 한동안 넋 달아난 여편네처럼 마루 끝에 오도카니 앉아 먼산바라기만 했다. 돌이켜 생각해보니, 웬 생면부지 사내하고 동네 고샅길에서 더러 얼굴 마주친 기억이 되살아났다. 어쩌다 시선이 얽히거나 오면가면 길이 엇갈릴 경우 그냥 무심하고 심상한 표정으로 지나치곤 하던 사내였다. 워낙 수더분하게 생겨먹은 낯짝인데다 왜경 밀정이라고 마빡에 큼지막하게 써 붙인 것도 아닌지라, 그자가 바로 문제의 건달이고, 그 건달이 노리는 먹잇감이 바로 제 아들이란 사실을 낙철이네는 꿈에도 생각지 못했다.

"시방 내 코가 석 자허고도 네 치 닷 푼은 빠져 있는지 너도 잘 알잖냐. 느그 성부 점심 한번 잘 잡쉈다고 된트림허고 오다가 먼 빛으로 처제 알어보고는 토사곽란 일으키기 전에 싸게 돌아가거라!"

사회주의라는 걸 비상(砒霜)인 양 혹은 양잿물인 양 끔찍이 꺼리고 사갈시하기는 관헌들이나 영감이나 피차일반인 줄 아는지라 관촌댁은 배가네 집구석에 드리운 감시의 음험한 그늘이 최씨 집안까지 넘늘어지기 전에 얼른 감나뭇골과 오암리 사이에 굵다란 금줄 쳐놓는 것이 상책이라 생각했다. 관촌댁은 한없이 길어질 기미 보이는 동생 이야기의 중동을 가위로 싹둑 자르듯 모지락스럽게 끊어버렸다. 그러자 낙철이네가 뜨악한 표정을 지었다.

"끝까장 들어도 안 보고 내 입을 봉헐 작정이요?"

"더 들어봤자 내 대갈통 니 대갈통에서 무신 뾰쪽수가 나올 텍이 만무허다. 순금이랑 부용이, 두 것들 걱정건지만 담고 있어도 내 머릿속은 시방 미친년 속속곳맨치로 엉망진창이다. 내 말이 쪼깨 섭섭허니 들릴랑가 몰르겄다만, 지각각 근심걱정 지각각 알어서 삶어먹든가 볶아먹든가……"

"성님네 집안은 여적지 암시랑토 않은 것 같습디여?"

낙철이네가 뚱딴지같은 질문을 면전으로 불쑥 들이밀었다.

"암시랑토 않은 것 같으냐고? 그게 시방 뭔 소리여?"

"밀정 노릇 헌다는 그 건달이 성님네 집 근처는 안 찌웃거리고 댕기드냐, 그 말이요."

"뭣이여, 이년아? 밀정 건달잡놈이 무단시 왜 우리집 근처를 찌웃거리고 댕긴단 말이냐?"

관촌댁은 삽시에 오장이 확 뒤집히고 말았다.

"낙철이허고 귀용이가 한지붕 밑에서 한이불 덮고 한솥밥 먹음시나 노상 붙어 지내는 이종지간인지를 천하가 다 알고 있으니께 허는 말이지라."

"긍께 시방 니년 말은, 그것들 둘이서 이종지간이니께 저승질도 어깨동무허고 짱짜란허니 같이 떠나야 된다, 요따우 말뽄새냐?"

낙철이네 입에서 나오는 말결이 아까하고는 사뭇 다른 방향으로 흘러가고 있었다. 어느 입을 통해서든 귀용이란 이름자 비친 적도 없노라고 방금 전에 제 주둥이로 분명히 밝히지 않았던가.

"그런 말뽄새라기보담은…… 원판 이종사촌찌리 서로 가차이 지내다보니께 혹간 귀용이한티도 그새 무신……"

"예끼, 순!"

호통 소리와 함께 관촌댁은 발을 높이 들어 우물가 회삼물 바닥을 쾅 소리 나게 굴렀다. 하지만 애꿎은 회삼물 바닥을 그런 식으로 벌주어봤자 반분도 풀리지 않았다. 관촌댁은 손 뻗으면 빰따귀에 닿을 지근거리의 친정동기 얼굴을 주먹처럼 단단한 눈초리로 째렸다.

"맴보재기를 곱게 둘러써야 오든 불행도 샛골목으로 비켜가는 법이여, 이년아! 우리 귀용이한티 사회주의 불장난이 언감생심 당키나 헌 수작이냐? 산서 바닥 떵떵 울리는 만석꾼 자식이 뭣이 아숩고 뭣이 그립다고 느그 아들이랑 작반혀서 사회주의 화적패 놀음에 고부라지겄냐, 이년아! 큰 이종이 화적이면 작은 이종도 덩달어 화적 되라는 법이라도 있단 말이냐? 일찌가니 찬물 먹고 속채리거라, 썩을 년아! 속 조깨 채리란 말여, 이 썩어문드러질 년아! 왜놈 순사한티 쫓기는 것이사 한 놈으로 족허고, 그 한 놈이 바로 느그 아들이면 그것으로 끝내야지, 무단시 왜 내 아들까장 물구신맨치로 못 끌고 들어가서 안달복달이냐? 아서라, 아서, 이 오살에 육시를 헐 년아!"

관촌댁은 사람 잡는 선무당 기세로 한바탕 길길이 날뛰었다. 그러다 결국 제풀에 지쳐 우물가 동생 옆에 퍼벌하고 주저앉아버렸다.

"친동기간에 으찌 요럴 수가 있다요? 참말로 섭섭허요, 성님!"

낙철이네가 마침내 본격적으로 눈물바람 앞세우기 시작했다.

"오는 방맹이에 가는 홍두깨다, 이년아!"

낙철이네가 옷고름으로 연방 눈물 찍어내는 동안 관촌댁은 먼

산바라기만 하고 있었다.

"동냥은 못 줄망정 쪽박은 깨들 말어야지라. 옛말에 조카자식도 자식이라 혔는디, 황차 이모라는 사람이 자기 조카자식을 화적패로 몰아대는 법이 세상천지 어디 있다요? 성님 일신 무탈허기만 허면 동상 집구석은 폭삭 망조가 들어도 괭기찮다, 이 말이요? 참말로 야속허고 또 야속허요, 성니임!"

"지랄 고만 떨고 느그 성부 납시기 전에 싸게싸게 멀리멀리 가뿔란 말이여, 옘병헐 년아!"

사람 입장 곤란하게 자꾸만 눈물바람 앞세우는 동생을 관촌댁은 인정사정없이 다그쳐 멀리 오암리로 쫓아버렸다. 관촌댁 자매의 우물가 공론은 그렇듯 끔찍한 비극으로 막을 내리고 말았다. 마치 정월 대보름날 식전에 아이들이 서로 내 더위, 하고 선손 걸어 외침으로써 그해 여름 제 몫의 무더위를 미리감치 남에게 팔아먹으려 경쟁하듯, 자매간에 서로 낯 붉혀가며 미구에 닥칠 큰 불행 상대방에게 떠넘기려고 힘겨루기 하는 꼴이었다. 모지락스러운 축객 행위에 떼밀려 울며불며 쫓겨간 친정동생 두고 느끼는 연민보다는 동생 집안에서 비롯된 사달로 말미암아 혹시 천석꾼 집안까지 몰아닥칠지도 모르는 풍파에 대한 두려움이 관촌댁 마음속에 훨씬 더 크고 무겁게 자리하고 있었다. 먹물 가까이하다보면 옷에 저절로 검은 얼룩 생기는 법이고 짐승 잡는 자리에 얼쩡거리다보면 필경 몸에 붉은 핏방울 튀기게 마련이었다. 만약 순사들 손에 낙철이가 붙잡히는 날이면 같은 꼬챙이에 꿰인 귀용이 또한 붉고 굵은 오랏줄에 함께 묶이기 십상이었다.

"일판이 요로콤 배배 꾀아서 어지럽게 돌아가는 판국인디, 장차 이 노릇을 으찌혀야 옳단 말이냐!"

이야기를 다 마치자마자 관촌댁은 한바탕 또 흐드러지게 한숨을 토했다. 그럴 수 있는 방법만 찾아진다면, 늦가을 새벽녘 두엄더미처럼 하얀 김 모락모락 피워올리는 가슴팍 활짝 열어젖뜨려 그 기구망측한 내면 풍경을 딸에게 구경시키고 싶은 심정이었다.

"너무 심려허들 마셔요, 어머님. 형편이 위중헌 때일시락 외려 더 정신 바짝 채리고 침착허니 처신을 허셔야지요."

순금이 차분한 어조로 가만가만 말했다. 순사들이 오암리 이모집을 감시한다는 말에 눈알 휘둥그레지던 최초 반응과는 영 딴판이었다. 그새 딸은 평상심 되찾아 넌지시 다독거림까지 뻗침으로써 아직도 갈피 못 잡고 우왕좌왕하는 어미 마음에 한 가닥 구원의 빛을 던져주고 있었다.

"혹시 다른 자리서 누구허고 이런 말씀 나누신 적 있으셔요?"

"나가 미쳤다냐? 요게 무신 경사고 길사냐? 요게 무신 자랑단지라도 되는 것이냐? 어느 연놈들 좋아라 춤추는 꼴 보고 잪어서 나가 요런 흉화지사를 동네방네 광고 돌리고 댕기겄냐!"

관촌댁은 제풀에 한소끔 퍼르르 끓어오르며 소가지를 부렸다.

"나 혼자 맴속에다 담고 있기가 하도 고롭고 폭폭혀서 하소연이라도 쪼깨 근네볼까 허고 아까막시 사랑으로 느그 애빈가 부친님인가를 찾어갔다가는, 아, 글씨……"

매우 아슬아슬한 대목에서 퍼뜩 맑은 정신 되찾아 관촌댁은 허둥지둥 말허리를 잘라버렸다. 햇볕 당양한 양달 모래밭에 구덩이 파고 들어앉아 무심코 땅까불 놀다가 불시에 덮쳐든 수탉 밑에 납작 깔리는 암탉 꼬락서니였다. 영감 부대한 몸피에 옴나위없이 짓눌리던 일이 악몽처럼 되살아나는 바람에 관촌댁은 새삼스럽게 한바탕 또 진저리쳐야만 했다.

"아버님은 뭐라고 말씀허시든가요?"

"나가 미쳤다냐? 느그 아부지 그 살인 내고도 남을 불뚝성을 누구보담도 잘 아는 느그 에미가 함부로 섶 지고 불구뎅이로 뛰어들 성불르냐?"

"아버님한티 발설허지 않기를 참말로 잘허셨어요. 오암리 쪽 진상이 소상허니 밝혀질 때까장은 이 일을 누구한티도 절대로 내색허들 마셔요."

"게우 고따우 훈수가 똑똑허다는 니 머리에서 나온 묘방이냐?"

"내일 부용이랑 진용이 오라버니랑 만나서 상의를 허겄어요. 셋이서 무릎 맞대고 의견을 나누다보면 뭣인가 대책이 생길지도 모르지요."

서두르거나 조바심하는 기색도 없이 또박또박 제가 할말 마치면서 순금은 한동안 놓았던 일손을 다시 잡았다. 발 고운 아홉 새짜리 옥양목 짜느라 날렵한 손놀림으로 북을 넣고 익숙한 솜씨로 바디질에 임하는 그 태연자약한 동작을 잠시 지켜보다 말고 관촌댁은 딸년 의중을 뒤늦게 알아차렸다. 철커덕 울리는 맨 첫번째 바디질 소리는 말하자면, 이제 밤도 많이 깊었으니 그만 돌아가라는 매정한 통고인 셈이었다. 관촌댁은 적잖이 실망하고 말았다. 역시 당초 짐작이 틀린 게 아니었다. 제 속으로 낳은 딸년이라 해서 결코 만만히 다룰 상대는 아니었다. 또다시 깔축없는 청상 자태로 되돌아가 마치 그것이 제 팔자소관인 양 베짜기 작업에 고부라지는 소복담장 딸년 바라보고 있자니 실망의 단계를 지나 낙담마저 느껴질 지경이었다. 관촌댁은 혼자서 안달복달하던 끝에 한 아름이나 되는 근심걱정 보퉁이 머리 위에 되똑 얹은 채 결국 딸년 베틀 공방을 떠날 수밖에 없었다.

베틀 공방 벗어나자마자 관촌댁은 허연 물머리 얹은 거센 파랑처럼 쏴아쏴아 왜장치며 달려드는 가을바람과 눈앞을 막아서는 어둠장막 앞에서 부르르 온몸을 떨었다. 연방 철커덕철커덕 바디치는 소리에 등 떼밀려가며 관촌댁은 황급히 안채로 향했다. 자식 목숨과 장래가 걸린 재변을 지척지간에 둔 어미 처지로 사랑채에서 엉겁결에 벌였던 짓이 마치 금수간의 흘레인 듯 마냥 추잡스럽게만 느껴졌다. 그 흘레붙기로 말미암아 필경 집안 누군가는 징벌을 받고야 말 거라는 사위스러운 예감이 무시로 머릿속을 들락날락하고 있었다. 만약 둘째아들 신상에 어느 날 어떤 불상사가 불쑥 닥친다면, 그것은 위난지경에 처한 자식 둔 아비 어미가 짐승처럼 어우러져 부정 타는 짓거리 벌인 죄로 인해 신불을 노엽게 만든 결과일 거라는, 되우 자발없는 생각이 자꾸만 앞서는 바람에 관촌댁은 밤새도록 꺼림칙한 기분에서 헤어날 재간이 없었다.

윤흥길
1942년 전라북도 정읍 출생. 1968년 한국일보 신춘문예에 단편「회색 면류관의 계절」이 당선되며 작품활동을 시작했다. 대표작으로『장마』『완장』『황혼의 집』『아홉 켤레의 구두로 남은 사내』 등이 있다. 한국문학작가상, 한국창작문학상, 현대문학상, 21세기문학상, 대산문학상, 박경리문학상을 수상했다. 대한민국예술원 회원이다.

문학동네 장편소설
문신 1

1판 1쇄 2018년 12월 15일
1판 3쇄 2024년 3월 1일

지은이 윤흥길
책임편집 김영수 | 편집 김봉곤 강윤정 김필균 | 모니터링 이희연
디자인 김이정 유현아 | 저작권 박지영 형소진 최은진 서연주 오서영
마케팅 정민호 서지화 한민아 이민경 안남영 왕지경 정경주 김수인 김혜원 김하연 김예진
브랜딩 함유지 함근아 고보미 박민재 김희숙 박다솔 조다현 정승민 배진성
제작 강신은 김동욱 이순호 | 제작처 한영문화사

펴낸곳 (주)문학동네 | 펴낸이 김소영
출판등록 1993년 10월 22일 제2003-000045호
주소 10881 경기도 파주시 회동길 210
전자우편 editor@munhak.com | 대표전화 031) 955-8888 | 팩스 031) 955-8855
문의전화 031) 955-3576(마케팅) 031) 955-2679(편집)
문학동네카페 http://cafe.naver.com/mhdn
인스타그램 @munhakdongne | 트위터 @munhakdongne
북클럽문학동네 http://bookclubmunhak.com

ISBN 978-89-546-5408-1 04810
978-89-546-5418-0 (세트)

* 이 작품은 대한민국예술원 예술창작지원금에 힘입어 집필되었습니다.